AUS DER ASCHE

MINISTERIUM DER KURIOSITÄTEN, BAND #6

C.J. ARCHER

Übersetzt von
ANNETTE SPRATTE

WWW.CJARCHER.COM

Aus der Asche, Ministerium der Kuriositäten, Band 6

Originaltitel: From The Ashes © 2016 C.J. Archer

Aus dem Englischen übersetzt von Annette Spratte
© 2023

KAPITEL 1

YORKSHIRE, DEZEMBER 1889

„Miss Holloway! Halten Sie sich gerade!" Mrs Denks Gehstock traf meinen Rücken. Ich spürte den Schlag auf meiner Haut brennen, sogar durch alle Schichten meiner Kleidung hindurch. Mir stockte der Atem und die Augen tränten. Ich wich ihr aus. „Junge Damen lassen die Schultern nicht hängen."

Ich biss die Zähne zusammen, bis der Schmerz nachließ. „Ich bin keine Dame." Anstatt mich aufzurichten, neigte ich den Kopf, sodass das Buch, das ich darauf balancierte, herunterrutschte und auf den Boden krachte. Bei der Landung klappte es auf, wobei einige Seiten umgeknickt und der Buchrücken überdehnt wurde.

Luft zischte durch Mrs Denks Nase. Immer wenn sie wütend wurde, zischte ihr schwerer Atem durch ihre Nase. Die Schulleiterin und Benimmlehrerin des Pensionats für missratene Töchter wurde sehr oft wütend—meistens auf mich.

Ich erwartete einen weiteren Treffer ihres Stocks, doch der blieb aus. Sie trat in mein Blickfeld. Die anderen Mädchen schoben sich an den Rand des alten Bankettsaals. Sie erahnten die Konfrontation und wenn es eins gab, was die Mädchen an dieser sogenannten Schule hassten, dann war es Konfrontation, insbesondere mit der formidablen Mrs Denk.

Aus dem Augenwinkel sah ich Alice den Kopf schütteln, mit

der ich ein Zimmer teilte. Sie warnte mich, der Schulleiterin nicht wieder in die Quere zu kommen. Ich versuchte ihr mit einem Blick zu vermitteln, dass ich klarkam, dass Mrs Denk mir nichts tun würde, sondern nur versuchen, mich mit ihrer scharfen Zunge und ihren Bestrafungen einzuschüchtern. Die waren nichts im Vergleich zu dem, was ich in den letzten Jahren erlebt hatte. Anscheinend gelang es mir nicht, denn Alice schaute besorgt. Normalerweise machte sie sich wenig Sorgen.

„Heben Sie das auf." Die kleinen Fältchen um Mrs Denks Mund wurden weiß, so sehr presste sie die Lippen aufeinander. Der Rest ihres Gesichts war glatt, was für eine Frau Ende vierzig eine beeindruckende Leistung war. Einige der Mädchen hatten darüber spekuliert, ob sie einen Pakt mit dem Teufel geschlossen hatte, um ihren jugendlichen Teint zu behalten, aber wenn das der Fall gewesen wäre, hätte sie den Teufel auch darum bitten sollen, dass ihre Haare nicht grau wurden. Mrs Denk zeigte selten Gefühle, abgesehen von dem gelegentlichen Zusammenpressen ihrer Lippen, was vermutlich der wahre Grund für die fehlenden Falten war. Ich würde nie wieder auf die Idee kommen, dass man ein faltiges Gesicht bedauern musste. Es war vielmehr ein Zeichen für eine leidenschaftliche Natur und ein erfülltes Leben.

Ich bückte mich, um das Buch aufzuheben, nicht weil sie es mir befohlen hatte, sondern weil ich Bücher nicht beschädigen wollte, selbst so ein langweiliges über die Kunst, eine Dame zu sein. Anstatt es mir wieder auf den Kopf zu legen, platzierte ich es auf dem Tischchen, das Teil des Hindernisparcours war, den ich zu absolvieren versuchte.

„Legen Sie es sich wieder auf den Kopf und setzen Sie die Übung fort", sagte Mrs Denk in ihrem schärfsten Ton, der mehr als ein Mädchen erzittern ließ.

Wieder schüttelte Alice den Kopf. Wir kannten uns erst seit zehn Tagen, aber sie konnte mich schon gut einschätzen, hauptsächlich weil ich schon am ersten Tag mit Mrs Denk aneinandergeraten war. Ich mochte Tyrannen nicht und die Schulleiterin war eine von der übelsten Sorte—eine Tyrannin im Schafspelz. Wenigstens hatte Lincoln nie vorgegeben, etwas anderes zu sein.

Ich schluckte den Kloß herunter, der sich jedes Mal in

meinem Hals bildete, wenn ich an ihn dachte, was leider sehr oft vorkam. Stattdessen rief ich die Wut herbei, die nie weit weg war. Keine Wut auf ihn—die war nicht mehr so stark—sondern Wut auf mich selbst, weil ich zugelassen hatte, dass er mich so behandelt hatte.

„Nein", sagte ich ruhiger als ich mich fühlte. Ich wusste, dass ich Mrs Denk und den anderen Mädchen und Lehrerinnen eine raue Fassade bot, doch innerlich bibberte ich, als sie den Stock mit beiden Händen nahm und ihre Augen grausam aufleuchteten. Hätte meine Wut mich nicht angetrieben, hätte ich ihre Geduld nicht so auf die Probe gestellt, aber ich konnte den Zorn ebenso wenig zügeln, wie ich ihre Autorität über mich anerkennen konnte. Jeder Befehl, den sie mir gab, jeder Versuch, mich in eine damenhafte Erscheinung voller Grazie und Haltung zu verwandeln, stachelte meine rebellische Natur an.

Wo war das verdammte Ding gewesen, als Lincoln mich in die Droschke gepackt und von Lichfield weggeschickt hatte?

Mrs Denk kniff ihre Lippen noch fester zusammen. Die Nasenlöcher blähten sich und der zischende Atem verwandelte sich in Schnaufen. „Legen Sie sich das Buch auf den Kopf, Miss Holloway. *Jetzt.*"

„Ich sehe den Sinn darin nicht." Ich breitete die Arme aus, um auf den Bankettsaal zu deuten, der vermutlich seit dem Mittelalter kein Bankett mehr gesehen hatte.

„Der Sinn besteht darin, dass Ihr Vormund Sie hierhergeschickt hat, damit Sie zu einer Dame werden."

Ich schnaubte. „Ich bezweifle, dass er mich aus diesem Grund hergeschickt hat. Und nennen Sie ihn nicht meinen Vormund. Das ist er nicht. Niemand ist das." Bevor sie mir widersprechen konnte, fügte ich hinzu: „Ich bin keine Dame, Mrs Denk, und werde auch niemals eine sein. Egal, wie oft Sie mich zwingen, mit einem Buch auf dem Kopf herumzulaufen oder meine Vokale deutlicher auszusprechen, oder mich mit Ihrem Stock verprügeln. Ich bin eine Kanalratte. Ein Nichtsnutz. Obdachloses Gesindel." Eine verstoßene Verlobte, hätte ich noch ergänzen können, und eine Ausgeburt wider Gott, wie mein Adoptivvater mich genannt hatte. Doch das tat ich nicht. Diese Worte auszusprechen, war viel zu schmerzlich, und ich wollte nicht, dass mir die Tränen kamen, wenn ich Mrs Denk gegenüberstand. Sie war die Art von Frau, die sich von der Schwäche anderer ernährte und ihren Vorteil daraus zog.

Eins der Mädchen schnappte nach Luft, ein anderes unterdrückte ihre Verblüffung, indem sie die Hand über den Mund legte. Der Rest starrte mich einfach nur an. Es war zweifelsfrei der erste Hinweis auf meine Herkunft, den sie bekamen. Trotz der Spekulationen und des Tratsches hinter meinem Rücken hatte ich ihnen nichts über meine Vergangenheit verraten, da sie mich nicht direkt gefragt hatten. Das hatte nur Alice getan, der ich meine Geschichte erzählt hatte, wobei ich den Teil über meine Nekromantie und Details über die Wohnsituation bei Lincoln in Lichfield Towers ausgelassen hatte. Sie war die Einzige in der Benimmklasse, die von meinen Worten nicht schockiert war, sondern lediglich die Stirn runzelte und mich mit Blicken warnte, Mrs Denk nicht an ihre Grenzen zu bringen.

Die Luft pfiff mit einem besonders hohen Ton durch die Nase der Schulleiterin. „Ihre Theatralik ist ermüdend, Miss Holloway. Es ist kein Wunder, dass Ihr *Vormund* Sie hergeschickt hat, sodass er sich das nicht mehr anhören muss." Zweifelsohne betonte sie „Vormund", um mich weiter zu reizen. „Nehmen Sie das Buch und legen Sie es sich auf den Kopf. Sie verschwenden meine Zeit sowie die der anderen Mädchen."

„Die sind alle schon ziemlich gut darin, mit einem Buch auf dem Kopf herumzulaufen", sagte ich. „Alle außer mir, und ich weigere mich, weiter an Ihrer albernen Übung teilzunehmen."

Einige der Mädchen lachten nervös.

Mrs Denk richtete sich empört zu ihrer vollen Größe auf. Sie war um einiges größer als ich und keine schlanke Frau. Ihr Busen glich einem Riff, das sich mit jedem zischenden Atemzug hob und senkte. „Legen Sie sich das Buch auf den Kopf", presste sie zwischen den Zähnen hervor.

„Sonst?"

Ihr Stock traf mich am Oberarm.

„Verdammt!", schrie ich und zuckte zusammen. „Sie sind wahnsinnig!"

Sie versuchte, mich erneut zu schlagen, aber ich war bereit und fing den Stock mit meiner bloßen Hand ab. Stechender

Schmerz, schlimmer als tausend Bienenstiche, brannte in meiner Handfläche. Ich wollte aufschreien und meine Hand an mich drücken, weigerte mich aber, Verletzlichkeit zu zeigen. Gegen die Qual ankämpfend riss ich ihr den Stock aus der Hand und zerbrach ihn über meinem Knie.

Ihre Augen wurden rund. Die Kinnlade klappte ihr herunter. Das zu sehen war die Schmerzen allemal wert. „Wie können Sie es wagen!"

„Aber aber Mrs Denk. Regen Sie sich nicht so auf, sonst platzt Ihr Korsett." Ich nickte in Richtung ihres bebenden Brustkorbs. „Ich würde sagen, das Teil ist bereits gefährlich nah an seiner Belastungsgrenze."

Ihr glattes Gesicht wurde rot und zog sich zusammen, wodurch sich Furchen bildeten, die zuvor nicht da gewesen waren. Ich warf Alice ein siegessicheres Grinsen zu. Sie biss sich auf die Lippe, um ihr Lächeln zu unterdrücken. Ein Lächeln, das sofort wieder verschwand.

Mrs Denks Hand traf meine Wange. Ich torkelte rückwärts, zu überrascht, um einen Ton von mir zu geben. Die Schreie der anderen Mädchen hallten von den Steinwänden zurück. Alice legte beide Hände über den Mund, ihre hübschen grauen Augen weit aufgerissen.

Mrs Denk packte meinen Arm dort, wo ihr Stock mich getroffen hatte. Ihr Griff zerquetschte mein ohnehin schon wundes Fleisch. „Sie kommen mit mir, Miss Holloway. Ich habe eine ganz besondere Strafe für Sie auf Lager."

Sie marschierte mit mir aus dem Bankettsaal, begleitet vom ängstlichen Geflüster der Mädchen. Ich konnte nicht viele ihrer Worte aufschnappen, aber eins stach so deutlich hervor wie eine Glocke: Oubliette.

Alice hatte mir alles über die Oubliette erzählt, den engen Kerker unter der Burg, der zu klein war, um sich darin hinzulegen, und der durch eine Falltür im Boden zu erreichen war. Sie hatte behauptet, er hätte als besondere Bestrafung für die schlimmsten Gefangenen in der grausamen Geschichte der Burg gedient. Und für die „missratenen" Mädchen, die zu böse waren, um in Gesellschaft mit den anderen Schülerinnen zu sein. Keine der derzeitigen Schülerinnen hatte die Oubliette gesehen, aber

Mademoiselle LeClare, die Französischlehrerin, hatte ihnen von einem Mädchen erzählt, das in dem feuchten, einsamen Raum gestorben war, als sie noch Schülerin gewesen war. Ich hatte sie gefragt, ob das Mädchen einfach hineingefallen oder von der Schulleiterin hineingeworfen worden war, aber Mademoiselle LeClare hatte keine Details preisgeben wollen. Die Mädchen nahmen allerdings das Schlimmste an. Gerüchte, dass der Geist der Schülerin in der Burg umging, halfen auch nicht gerade. Allerdings hatte ich keine weiblichen Geister in der Burg herumschweben sehen, nur einen Mann in blutbefleckter Kleidung und Kettenhemd, das beim Gehen melodisch klirrte. Dadurch wurde ich auf seine Anwesenheit aufmerksam, sodass ich ihm aus dem Weg gehen konnte. Ich wollte nicht, dass irgendjemand hier erfuhr, dass ich Geister sehen konnte, geschweige denn sie beschwören.

Wir passierten die alte Küche mit ihrer klaffenden Feuerstelle. Unsere Schritte hallten in dem ungenutzten Raum. Mrs Denk schubste mich durch eine Tür zum Treppenhaus, wo wir nicht im Erdgeschoss anhielten, sondern weiter in die schalen, feuchten Tiefen der Burg hinabstiegen. Ich hätte mich mithilfe der Bewegungen, die Lincoln mir in unseren Trainingseinheiten beigebracht hatte, aus Mrs Denks Griff befreien können, aber eine Zeit im Kerker würde mir für den Rest des Tages den Unterricht ersparen, also entschied ich mich gegen einen Kampf. Abgesehen davon würde es wahrscheinlich nur einige Stunden währen, um mich gefügig zu machen. Wenn mir langweilig wurde, konnte ich mich immer noch reumütig zeigen.

Die Treppe wurde zu schmal, als dass wir noch nebeneinander hätten gehen können. Meine Haare streiften die rauen Steine über uns und Mrs Denk musste sich ducken. Am Ende der Stufen lag ein großes Gewölbe mit Säulen, die breiter und höher waren als die üppig proportionierte Schulleiterin. Es war kälter als in der restlichen Burg, was ich nicht für möglich gehalten hätte. Das einzige Feuer, das in der Schule gestattet war, befand sich im Esszimmer, das an die neue Küche im Erdgeschoss angeschlossen war. Nicht einmal Mrs Denk hatte Feuer in ihrem Büro. Das wusste ich, denn ich war seit meiner Ankunft täglich dorthin geschickt worden.

Sie ließ mich endlich los, versperrte aber den Ausgang zur Treppe. Ich zog in Erwägung, mit ihr zu ringen, aber das hätte vermutlich nur zu weiteren Bestrafungen geführt. Ich wollte nicht, dass man mir die Essensrationen kürzte. Die waren sowieso schon geringer, als was ich aus Lichfield gewohnt war, aber immer noch deutlich mehr als die wenigen Happen, die ich in meiner Zeit auf der Straße hatte stehlen können. Wenn ich im Frühjahr aus der Schule entkommen wollte, musste ich gesund bleiben und meine Kräfte durch genügend Essen aufbauen.

„Mr Fitzroy wird Sie nicht holen kommen", sagte sie ohne jegliche Sympathie in der Stimme. „Das tun sie nie. Lernen Sie es besser jetzt als später."

„Ausnahmsweise stimme ich Ihnen zu. Er ist nicht die Art von Mensch, der eine einmal gefasste Meinung ändert." Insbesondere, wenn niemand da war, der ihm half, sie zu ändern. Seth, Gus und der Koch schafften das nicht. Sie hatten noch immer Angst vor ihm und selbst wenn sie den Mut aufbrachten, ihn dafür zur Rede zu stellen, dass er mich weggeschickt hatte, scherte er sich zu wenig um ihre Ansichten, um seine Meinung zu ändern. Das war das Problem—er scherte sich um niemanden. Nicht einmal um mich, wie sich herausgestellt hatte.

Ich unterdrückte den aufsteigenden Kummer, indem ich mir auf die Zunge biss.

„Ist es das?", fragte ich und sah mich um. Die Wände glänzten vor Feuchtigkeit und in einer dunklen Ecke kratzte etwas. Ich konnte so gerade eben eine große Steintafel ausmachen, die in der Nähe einer der Säulen lag. Von einer Wand hingen rostige Ketten herab, daneben lagen Fußschellen auf dem Boden. „Keine Oubliette? Wie enttäuschend."

„Ich bin keine unvernünftige Frau, Miss Holloway", sagte sie. „Aber bei meinen Schülerinnen dulde ich keine Halsstarrigkeit."

Darauf gab es ein Dutzend Antworten, doch ich konnte mich plötzlich nicht aufraffen, eine davon zu geben. Ich würde ihre Meinung sowieso nicht ändern oder sie milde stimmen. Sie glaubte fest daran, dass Disziplin und Routine unseren sogenannten Eigensinn beheben würden. Während das vermutlich auf die meisten Mädchen zutraf, galt es nicht für diejenigen von uns, die wegen ihrer übernatürlichen Fähigkeiten hierhergeschickt worden waren.

Ich hatte eine Woche gebraucht, ehe ich Beweise für die übermenschlichen Charakteristiken der Mädchen entdeckt hatte, aber sobald das der Fall war, bemerkte ich mehr davon. Von den achtzehn Schülerinnen waren es sechs. Bei zwei weiteren war ich mir noch nicht sicher. Es hatte mit dem Medium angefangen, deren Blick dem vorbeiwandelnden Geist gefolgt war, aber es gab auch ein Mädchen mit pyrokinetischen Fähigkeiten, zwei, die Objekte mit ihren Gedanken bewegen konnten, und zwei weitere, deren Hände plötzlich auf unerklärliche Weise haarig wurden, wenn sie sich aufregten.

Und dann war da noch Alice, eine Seherin, oder etwas in der Art. Jedenfalls vermutete ich das. Sie hatte merkwürdige Träume, die so lebhaft waren, dass sie mehrere Minuten brauchte, um richtig wach zu werden. In diesem Zustand faselte sie von allen möglichen seltsamen Dingen, meistens von einer Königin, die sie umbringen wollte.

„Sie werden hierbleiben, bis Sie gelernt haben, zu kooperieren", sagte Mrs Denk und machte auf dem Absatz kehrt.

„Werde ich zu essen bekommen?", fragte ich.

„Einmal pro Tag."

„Pro Tag? Sie haben vor, mich über Nacht hierzubehalten?"

„Wenn es nötig ist, um Ihnen ein gewisses Maß an Gehorsam beizubringen."

„Und wenn nicht?"

„Das werden wir sehen."

„Was ist, wenn ich in einer Woche noch ungehorsam bin? Oder in einem Monat? Werden Sie mich hier ohne Bewegung oder Gesellschaft oder sogar Licht einsperren?"

„Meiner Erfahrung nach dauert es nie so lange."

„Ich wette, Sie haben noch nie jemanden wie mich kennengelernt."

Ich glaubte, sie schnauben zu hören, konnte mir aber nicht sicher sein. Es war sehr unwahrscheinlich, dass die mürrische Mrs Denk solch einen undamenhaften Laut ausstieß, der für die hölzerne Hausmutter viel zu emotional war.

„Was ist, wenn ich hier unten sterbe?", fragte ich zum Spaß.

Es war kleinlich und kindisch, so zu nerven, aber es fühlte sich verdammt gut an. Ich nervte ja nicht nur sie, sondern auch Lincoln, wenn auch auf eine sehr verworrene Art. Gott, wie sehr ich mir wünschte, wieder ein Pfahl in seinem Fleisch sein zu können, nur um wenigstens etwas Befriedigung zu bekommen, auch wenn es albern war. „Was ist, wenn sich die Verletzung an meiner Hand entzündet?" Ich zeigte ihr meine Handfläche, die noch immer von ihrem Hieb mit dem Stock brannte. „Was machen Sie dann, Mrs Denk?"

„Seien Sie doch still, Miss Holloway", sagte sie seufzend.

„Und wenn nicht? Schicken Sie mich dann zurück zu meinem Vormund?"

Sie blieb stehen und drehte sich zu mir um, die Hände vor sich gefaltet. Sie war der Inbegriff demütiger, wenn auch ausdrucksloser, Pietät. „Ich glaube, Sie verstehen nicht, Miss Holloway. Mädchen werden unter der Prämisse hierhergeschickt, dass sie nie wieder zu dem Zuhause zurückkehren werden, das sie zuvor kannten, egal, was sich hier abspielt. Sie sind unerwünscht. Weggeworfen. Vergessen. Ich schicke kein Mädchen dorthin zurück, wo es hergekommen ist. Niemals."

Jedes Wort traf mich mit der Wucht eines Vorschlaghammers. Mir war gar nicht bewusst gewesen, dass ich bis jetzt noch die Hoffnung gehegt hatte, Lincoln würde mich holen kommen. Eine winzige Hoffnung nur, aber sie hatte existiert. Jetzt lag sie zerbrochen zu meinen Füßen. Er hatte mich hierhergeschickt, um mich so sorgfältig aus seinem Leben zu entfernen, wie ein Chirurg ein Bein amputiert. Es gab kein Zurück, selbst wenn ich aus der Schule entkam. Ich wollte nirgendwo sein, wo ich nicht willkommen war. Also musste ich mir ein neues Leben aufbauen, weit weg von Lichfield, vielleicht sogar weit weg von London. Diese Entscheidung musste ich an einem anderen Tag treffen, wenn mein Kopf klarer war. Im Moment war ich zu durcheinander, um einen vernünftigen Gedanken zu fassen.

„Wenn Sie also unter diesem Dach bleiben wollen—oder überhaupt unter einem Dach—*werden* Sie Gehorsam lernen. Und alles, was Ihr niederer Geist sonst noch aus den Unterrichtsstunden mitnehmen kann", fuhr Mrs Denk fort. „Falls nicht, die Welt ist ein sehr großer, sehr beängstigender Ort für eine junge

Frau ohne Zuhause, ohne Freunde und ohne Möglichkeiten, sich ihren Unterhalt zu verdienen, außer ihren ..." Ihr Blick wanderte zu meiner eher unbedeutenden Oberweite. „... natürlichen Attributen."

Ich stolperte rückwärts, bis ich gegen die Steintafel stieß. Meine Beine fühlten sich schwach an und ich war froh, mich daraufsetzen zu können. Mrs Denk zeigte kein triumphales Lächeln angesichts des Effekts ihrer Worte auf mich. Ihr Gesichtsausdruck veränderte sich nicht.

„Die Oubliette ist dort hinten." Sie nickte in die Richtung der schwarzen Tiefen hinter mir. „Also passen Sie auf, wo Sie hintreten." Sie drehte sich um und stieg die Treppe hinauf.

Die Tür schlug zu und schnitt das bisschen Licht ab, das den Kerker noch erreicht hatte. Das Schloss rumpelte. Ich war gefangen.

KAPITEL 2

Das Trippeln winziger Krallen auf den Steinen beruhigte meine angespannten Nerven nicht gerade. Jahrelanges Leben in ausgebrannten Kellern und verlassenen Lagerhäusern hatte mir einen tiefen Hass auf Ratten, Käfer und Läuse eingeimpft, den ich vermutlich nie wieder loswerden würde. Während ich zwar nicht unbedingt gern in völliger Dunkelheit allein war, hätte ich es besser ertragen, hätten meine Gedanken sich nicht unweigerlich Lincoln zugewendet.

Er war kein flexibler Mann, also war es unwahrscheinlich, dass er seine Meinung änderte. Auf Rettung zu warten und zu hoffen, war vergebens. Das wusste ich, und zwar schon seit meinem dreizehnten Lebensjahr. Allerdings musste ich zugeben, dass ich meine Lektionen in den letzten Monaten vergessen hatte. Komfort hatte Wohlbehagen verursacht, was mich hatte vergessen lassen, dass ich die einzige Person war, auf die ich mich wirklich verlassen konnte. Wenn ich aus dem Pensionat für missratene Töchter fliehen wollte, musste ich es auf eigene Faust tun.

Trotz meines Ärgers und meiner Frustration vermisste ich ihn ganz fürchterlich. Ich hasste und liebte ihn und hatte es aufgegeben, das verstehen zu wollen. Meine Gefühle ihm gegenüber waren in Aufruhr, doch meine Gefühle bezüglich meiner Situation waren klar. Ich wollte meine Freunde wiedersehen. Ich wollte bei ihnen zu Hause sein und mein Zuhause war Lichfield. Dort gehörte ich hin. Darüber grübeln, was ich zurückgelassen hatte, erfüllte mich mit einer so tiefschwarzen Trauer, dass ich bezweifelte, sie je loszuwerden.

Er sollte verdammt sein. Verdammt dafür, dass er mir das antat, dass er mir alles gegeben hatte, was mein Herz begehrte, nur um es mir dann wieder zu entreißen. Ich hatte meinen Verlobungsring ausgezogen, bevor ich in der Schule angekommen war, um peinliche Fragen zu vermeiden, aber ich sehnte mich danach, ihn ihm ins Gesicht zu schleudern. Falls ich ihn jemals wiedersah, würde ich—

Stopp! Hör auf, dir über die Zukunft Gedanken zu machen.

Ich durfte nicht zu weit im Voraus denken und mir ganz sicher nicht die Hoffnung gestatten, nach Hause zurückzukehren. Es gab nur das Hier und Jetzt—die Dunkelheit, Einsamkeit und die herumhuschenden Ratten. Erst musste ich aus dem Kerker raus, dann würde ich mich darauf konzentrieren, im Frühjahr aus der Schule zu entkommen. Was danach kam ... da würde ich einfach abwarten und schauen müssen.

Das Kratzen klang plötzlich sehr nah. Ich sprang von der Steintafel auf, wobei ich mich mit den Händen abdrückte. Schmerz schnitt durch meine Hand, wo Mrs Denks Stock mich verletzt hatte. Ich fluchte so laut ich konnte und schüttelte die Hand aus, aber das half nicht. So sehr hatte es vorher nicht wehgetan.

Denk an etwas anderes. Denk an die Flucht im Frühling.

Ich hörte wieder ein Huschen und trat danach, traf aber keine lebende Kreatur. Wenn doch nur mein Kobold die Viecher für mich vertreiben könnte, oder noch besser, mich aus dem Kerker holen könnte. Aber die katzenartige Kreatur, die in dem Bernsteinanhänger an meinem Hals wohnte, gehorchte mir nur, um mein Leben zu retten. Vielleicht sollte ich sie davon überzeugen, dass Ratten eine direkte Gefahr für meine Person darstellten.

Ich lehnte mich mit einem Seufzen an die Säule, da ich mich nicht wieder hinsetzen wollte. Am Ende kroch noch etwas in die Falten meines Rockes. Mein Magen knurrte. Seit dem Frühstück hatte ich nichts mehr gegessen und musste schon seit mehreren Stunden im Kerker sitzen. Aufs Klo musste ich auch. Ein furchtbarer Gedanke kam mir. Was war, wenn Mrs Denk beschloss, mich hier unten versauern zu lassen? Wer würde sie aufhalten? Niemand wagte es, ihr in die Quere zu kommen, nicht einmal die anderen Lehrerinnen. Ich konnte hier verhungern. Oder vor Langeweile sterben.

Meine Fantasie beschwor alle möglichen Todesarten herauf und berechnete, wie lange jede dauern würde. Das war nicht die schönste Methode, um sich die Zeit zu vertreiben, aber wenigstens dachte ich nicht mehr an Lincoln.

Mehr Zeit verstrich, aber ich konnte nicht sagen, wie viel. Mehr als ein Tag? Zwei? Ich musste mich in eine Ecke hocken, um mich zu erleichtern, wobei ich meine Röcke weit nach oben zog, damit sie sauber blieben. Ich stellte mir vor, wie die Ratten an meinem Hinterteil schnüffelten und beeilte mich. Dann kehrte ich zu der Säule in der Mitte des Kerkers zurück. Den Weg ertastete ich mit meiner gesunden Hand, die über die eiskalten Steine glitt. Ich zitterte in der frostigen Luft, die durch meine Kleidung und Haut bis in meine Knochen zog. Vergiss das Verhungern. Ich würde vorher erfrieren.

Meine Beine wurden zu müde, um mich länger aufrecht zu halten, also hockte ich mich hin. Schließlich setzte ich mich. Wann ich aufhörte, mir wegen der Ratten Sorgen zu machen, wusste ich nicht, aber irgendwann war es mir egal, ob sie mich unter die Lupe nahmen. Ich war mir sicher, dass ich ihre kleinen Pfoten auf meinen Händen spürte und ihre zuckenden Nasen an meinem Ohr. Das Einzige, was mich von meinem Steinsockel hochjagte, war das Gefühl, dass mir etwas durch die Haare kroch.

Ich hastete weg, nur um gegen eine weitere Säule zu rennen. Zu meiner Schande muss ich gestehen, dass ich kreischte. *Peinlich*. Die alte Charlie wäre vor Lachen umgefallen, wenn einer der Jungs aus der Bande wegen einer Ratte in den Haaren gekreischt hätte. Die jetzige Charlie war so viel schwächer. In diesem Moment hasste ich sie.

Ich stand auf. Die alte Charlie *und* die neue mussten ihr Glück selbst in die Hand nehmen. Ich tastete mich zur Treppe vor, stolperte über die erste Stufe und krachte auf die Hände und Knie. Ich stöhnte beim Schmerz in meiner Hand auf, schaffte es aber, ihn so weit zu unterdrücken, dass ich bis ans obere Ende gelangte. Ich hämmerte mit der Faust gegen die Tür und wartete.

Keine Reaktion.

„Hallo? Ist da jemand?"

Nichts.

Ich hämmerte erneut und schrie, so laut ich konnte, bekam aber keine Antwort, als wäre die nächste Person meilenweit entfernt. Sollten die Lehrerinnen und Schülerinnen die Burg verlassen, würde ich nie davon erfahren.

Ich lehnte mich gegen die Tür und schloss die Augen. Tränen traten unter meinen Wimpern hervor. Ich war durstig, hungrig und hilflos. Mrs Denk sollte in die Hölle verdammt sein, und Lincoln auch.

Das Klirren von Metall ließ mich die Augen wieder öffnen. Wie lange waren sie geschlossen gewesen? Ich konnte nichts sehen, nicht einmal den durchscheinenden Geist, dessen Kettenhemd das Geräusch gemacht hatte.

„Ist da jemand?", fragte ich in die Dunkelheit.

Das Klirren hörte auf. War er stehen geblieben oder einfach weiter in einen anderen Teil der Burg geschwebt?

„Ich kann Sie sehen, Mr Geist", versuchte ich es erneut. „Also, jetzt nicht, dafür ist es zu dunkel, aber ich habe Sie durch die Räume der Schule wandern sehen."

„Schule?" Die raue, maskuline Stimme war näher, als ich gedacht hatte.

Ich grinste. Also *konnte* er mich hören. Gott sei Dank war er nicht vollkommen verrückt und sich meiner Anwesenheit nicht bewusst.

„'s ist keine Schule", fuhr er fort, wobei in seinem Ton sowohl Stolz als auch Arroganz mitschwang. „'s ist Inglemere. Mein Zuhause."

„Ihnen gehörte diese Burg?"

„Ja, aber ich schätze, es ist schon eine Weile her. Die Zeit hat jetzt keine Bedeutung mehr. Ich bin tot." Er sagte das, als wäre das für mich neu. „Sind Sie diejenige, über die da oben alle tuscheln?"

„Vermutlich. Charlie Holloway, zu Ihren Diensten."

„Sir Geoffrey Falstead. Es ist mir ein Vergnügen, Ihre Bekanntschaft zu machen, Mistress Holloway. Es geschieht nicht oft, dass mir ein Geisterseher begegnet. Sie sind erst die zweite."

„Wir sind eine seltene Art."

„Es ist tröstend, mal wieder mit jemandem zu sprechen. Ich vermisse Gesellschaft, das Lachen ebenso wie ernsthafte Gespräche. Ich vermisse Musik. In diesen Wänden hallte sie oft", murmelte er. „Nicht mehr. Seit diese Frau kam, wurde die Luft hier schal."

„Mrs Denk hat diesen Effekt auf Luft. Wenn Sie sich so nach Gesellschaft sehnen, warum bleiben Sie? Warum gehen Sie nicht ins Jenseits?"

„Ich habe geschworen, Inglemere zu schützen. An dem Tag, als die Belagerung begann, habe ich der Bevölkerung versprochen, dass ich darüber wachen würde, selbst aus dem Grab heraus, falls das nötig werden würde. Das wurde es in der Tat. Ich starb an jenem Tag."

„Das tut mir leid", sagte ich leise. „Wirklich. Aber die Belagerung ist lange vorbei, Sir Geoffrey, und Ihre Zeitgenossen sind alle verstorben. Sie können jetzt gehen."

„Es ist meine Pflicht, die Burg zu beschützen." Er klang beleidigt. „Ich drücke mich nicht vor meinen Pflichten, Mistress Holloway."

„Nein, natürlich nicht." Ich würde ihn nicht drängen. Manche Geister wollten in dieser Welt bleiben und es war ihre Entscheidung. Normalerweise wollten sie noch etwas klären, ehe sie hinübergingen, wie beispielsweise sich an ihrem Mörder zu rächen oder zu warten, bis ein geliebter Mensch neues Glück gefunden hatte. Nur wenige blieben für immer. „Wie viel sehen Sie bei Ihren Wanderungen?", fragte ich ihn.

„Alles. Ich sehe jegliches Kommen und Gehen. Diese Frau kaufte die Burg, nachdem mein Geschlecht ausgestorben war, bedauernswerterweise, aber ich konnte kaum etwas ausrichten, außer zu spuken. Ich knallte Türen, verrückte Möbel, warf Gegenstände herum, aber nichts, was ich tat, ängstigte sie. Sie blieb. Eine ihrer Schülerinnen war das erste Medium, dem ich begegnete. Sie fungierte als Vermittlerin und die Direktorin und ich trafen eine Übereinkunft. Ich konnte hierbleiben, im Stillen, und sie würde die Burg nicht verändern, was sie in gezeichneten Plänen festhielt. Ich stimmte zu." Er seufzte. „Was hätte ich auch sonst tun können? Es stand nicht in meiner Macht, sie aufzuhalten. Ich konnte nur ihre Schülerinnen erschrecken. Ich werde nicht gehen. Niemals."

„Das ist sehr nobel von Ihnen, Sir Geoffrey, und ausgesprochen loyal Inglemere gegenüber. Dafür bewundere ich Sie."

„Danke, Mistress Holloway. Der Kerker wird selten benutzt, weswegen ich wenig Gründe habe, hierher zu kommen. Aber ich habe gehört, wie sie hinter vorgehaltener Hand von Ihnen gesprochen haben, eingesperrt in diesen gottverlassenen Ort, vergessen von Ihrer Herrin." Er seufzte. „Jetzt ist es hier auch nicht besser als zu meiner Zeit. Ist Ihnen kalt?"

„Extrem." Es gab Hoffnung. Wenn ich ihn dazu bringen konnte, etwas zu *tun*. „Sie sind hergekommen, um nach mir zu sehen? Das ist sehr nett von Ihnen."

„Es ist meine Pflicht", sagte er recht steif. Ich wünschte, ich könnte ihn sehen, da ich den Verdacht hatte, dass er mich im Dunkeln sehen konnte. „Ich kam, nachdem ich mit angehört hatte, wie eine Maid diese Frau anflehte, Sie freizulassen."

„Alice?"

„Ich glaube, das ist ihr Name."

„Gut. Ich wusste, dass sie hier die Mutigste ist. Was hat Mrs Denk gesagt?"

„Sie hat Alice ohne Essen in ihr Zimmer geschickt."

„Oh." Ich zog die Knie an und lehnte meine Stirn dagegen. „Arme Alice. Wann war das?"

„Die Zeit hat für mich wenig Bedeutung. Die Sonne geht bald auf."

Also vor geraumer Zeit. Mrs Denk scherte sich wirklich nicht um mein Wohlergehen. Vielleicht ließ sie mich wirklich hier verrecken. „Sir Geoffrey, würden Sie mir einen Gefallen tun?"

„Deswegen bin ich hier. Keine zarte Frau sollte hier unten gefangen gehalten werden. Das ist nur was für Verräter und Franzosen. Wie kann ich helfen?"

„Gibt es vielleicht einen anderen Fluchtweg? Einen Geheimgang zum Beispiel?"

„Nein. Ein Ein- und Ausgang, über diese Treppe."

„Verdammt." Ich konnte ihn zwingen, auf dem Friedhof, den ich jenseits der Bäume entdeckt hatte, in eine Leiche einzutreten und Mrs Denk dazu zu bringen, den Schlüssel herauszurücken, aber das würde Wartezeit bedeuten. Abgesehen davon gab es noch einen Weg. Vielleicht. „Können Sie dem Medium eine Nachricht übermitteln?"

„Es gibt außer Ihnen noch ein Medium hier?"

Ich erklärte ihm nicht, dass ich Nekromantin war und dass es einen Unterschied gab. „Ihr Name ist Meredith. Sie ist etwa so groß wie ich und hat dunkle, lockige Haare. Sie trägt gern rosa. Sie finden sie in der dritten Schlafkammer hinter der alten Küche."

„Die Schlafräume der Bediensteten", sagte er abwesend. „Ich werde sie holen, aber vielleicht ist sie kein Medium. Sie beachtet mich nicht."

„Das wird sie, wenn Sie sie ansprechen. Sagen Sie ihr, sie soll irgendwie den Schlüssel von Mrs Denk holen und ihn unter der Tür durchschieben."

„Und wenn sie nicht will?"

„Sagen Sie ihr, sie soll Alice holen. Alice ist mutiger. Sie wird es machen." Was allerdings die Frage aufwarf, warum sie noch nicht versucht hatte, den Schlüssel zu ergattern und mich zu befreien. Oder hatte sie es versucht und war gescheitert? „Danke, Sir Geoffrey. Ich weiß es zu schätzen, dass Sie einer Jungfrau in Nöten helfen möchten." Falls ein wenig Schmeichelei ihn dazu bewegte, sein Bestes zu geben, dann war es eben so.

„Ich kann nicht viel Zeit aufwenden, um sie zu überzeugen", warnte er mich. „Ich muss meine Runden drehen. Die Umgebung muss gesichert werden, die Wehrgänge vorbereitet. Die französische Armee liegt hinter den Bäumen in Stellung und könnte heute angreifen."

Oh je. Also war er doch verrückt. Ich schätzte, es war zu viel verlangt, dass ein Geist so lange allein hier hauste, ohne zumindest teilweise den Verstand zu verlieren.

Das Kettenhemd rasselte und verstummte dann plötzlich. Er war verschwunden. Ich wartete. Und wartete. Es fühlte sich an wie Stunden. Um mich von meinem leeren Magen und den kalten Knochen abzulenken, sang ich jedes Lied, das mir meine Adoptivmutter als Kind beigebracht hatte. Als ich damit fertig war, fing ich wieder von vorn an, wieder und wieder, wobei ich jedes Mal lauter und weniger melodisch sang.

„Hören Sie mit diesem höllischen Lärm auf!", rief Sir Geoffrey endlich.

„Sie sind zurück!" Ich sagte ihm nicht, dass ich beinahe aufgegeben hatte. Der Hauch von Wahnsinn hatte mir nicht gerade Zuversicht eingeflößt. „Gibt es Neuigkeiten?"

„Die Franzosen nähern sich."

„Ich meinte Neuigkeiten über meine Flucht. Haben Sie mit Meredith gesprochen?"

„Das habe ich. Nachdem sie sich beruhigt hatte und zur Vernunft gekommen war, folgte ich ihr zu der anderen Maid Alice. Leider schläft Alice und kann nicht geweckt werden."

„Schläft!" Das erklärte, warum sie mir nicht zu Hilfe gekommen war. „Hat Meredith sie geschüttelt?"

„Ja, und sie hat sie auch angeschrien und ihr Wasser über die Füße gegossen." Er klang aufgeregt, seine Konzentration nicht beim Gespräch.

„Warum ihre Füße?"

„Sie wollte die Frisur der Maid nicht ruinieren."

Ich verdrehte die Augen. „Und was ist dann passiert?"

„Nichts. Sie schlummerte weiter."

Die arme Alice war wieder in einem ihrer tiefen Träume gefangen und wurde von der Königin verfolgt, vermutete ich.

Das Kettenhemd rasselte, bewegte sich weiter weg und kam dann wieder näher. Er musste direkt vor mir stehen. „Vergeben Sie mir, Mistress Holloway, ich muss jetzt gehen. Dies ist zurzeit sowieso der sicherste Ort für Sie."

„Wovon sprechen Sie, Sir Geoffrey? Was ist los?"

„Die Franzosen werden vermutlich nicht verhandeln."

Ich schnalzte mit der Zunge. Hätte ich einen Geist am Kragen packen können, hätte ich ihn erwürgt. Ich war der Freiheit so nahe und doch so weit davon entfernt. Ich brauchte seine Hilfe. Ohne ihn oder Meredith oder Alice …

„Können Sie noch einmal mit Meredith sprechen?", fragte

ich. „Drängen Sie sie, allein herzukommen. Sagen Sie ihr, dass Mrs Denk mir über einen Tag kein Essen gebracht hat."

„Die Leiterin ist beschäftigt. Ich mag sie nicht, aber sie hat im Moment anderes im Kopf als Ihr Wohlbefinden."

„Was könnte denn wichtiger sein als mein Leben?", rief ich.

„Die Franzosen."

Ich stöhnte. Es war aussichtslos.

„Sie bauen Belagerungsgeräte auf", fuhr er fort. Wieder wurde das Klirren des Kettenhemdes leiser. „Es könnte eine lange Schlacht werden. Die Burg wird nicht mehr gut verteidigt und ich bezweifle, dass eine Horde Schulmädchen mir viel nützen wird. Aber ich muss es versuchen. Inglemere wird nicht fallen! Nicht, solange ich in seinen Fluren umgehe." Seine Stimme wurde leiser und das Kettenhemd hörte auf zu klirren.

„Sir Geoffrey?"

Keine Reaktion.

Ich tastete mich an den Wänden entlang und stolperte von Säule zu Säule. „Sir Geoffrey, sind Sie da?"

Keine Antwort. Er war weg.

Ich brach auf dem Boden zusammen und weinte, doch die Tränen versiegten bald. Sie würden mich hier nicht herausholen, doch ich fühlte mich etwas besser. Alles, was ich jetzt tun konnte, war warten, entweder auf Mrs Denk, die zur Besinnung kam, oder darauf, dass Alice aufwachte. Sie konnte nicht ewig schlafen und Mrs Denk würde mich sicher nicht meinem Schicksal überlassen. Sie war grausam, aber keine Mörderin.

Ich drückte meine Arme gegen meine Brust und zog die Knie an. Mir wurde dadurch nicht warm und ich zitterte wie Espenlaub. Meine Zähne klapperten und es fühlte sich an, als würde Eis durch meine Adern rutschen. Wenn ich noch viel länger im Kerker blieb, würde die feuchte Kälte mich sicher töten.

Würde mein Kobold das als lebensbedrohlich betrachten? Ich legte meine Hand um den Bernstein. „Ich befreie dich." Als nichts geschah, wiederholte ich den Befehl auf Französisch, wie meine Mutter es mir beigebracht hatte. *„Je libère toi."*

Wieder nichts. Ich seufzte. Vielleicht war es etwas Gutes, dass mein Kobold keine unmittelbare Gefahr für mich sah.

Ein leichtes Klopfen an der Tür ließ mich zur Treppe herumfahren. Hatte ich mir das eingebildet?

Da war es wieder, lauter. Nein, kein Klopfen. Es war das Geräusch von Eisen auf Holz. Ein Schlüssel? Ich kroch auf allen vieren über den Boden, um nicht im Dunkeln über die unterste Stufe zu stolpern. Meine wunde Handfläche brannte, aber das war mir egal. „Mrs Denk?" Ich würde versprechen, von diesem Moment an brav zu sein. Nun, jedenfalls bis zu meiner Flucht aus der Schule. Und ich würde dieses Versprechen auch halten. Ich wollte nicht ständig unter Beobachtung stehen, während ich meinen Ausbruch plante.

Die Tür öffnete sich einen Spalt und ließ einen schmalen Lichtstrahl ein. „Ich bin's", ertönte die Stimme eines Mädchens. „Meredith. Charlie?"

„Meredith!" Gott sei Dank. Sie hatte doch den Mut aufgebracht, mich zu retten.

Die Tür ging weiter auf und ihr Gesicht erschien im Schatten. Sie hielt eine Kerze hoch und blinzelte in die Dunkelheit. „Ich bin gekommen, um dich zu holen. Wir brauchen dich." Sie schaute hinter sich und winkte mich zu sich.

Ich stieg die Treppe hinauf und nahm ihre angebotene Hand. „Danke. Ich dachte schon, ich würde hier unten sterben."

Ihre rosigen Lippen pressten sich zusammen. „Sir Geoffrey hat mir gesagt, dass Mrs Denk dir nichts zu essen gebracht hat. Mein Gott, Charlie, das ist furchtbar." Sie trat zurück und betrachtete mich. Ihre Stupsnase zog sich kraus. „Du siehst schrecklich aus."

Mein Kleid war dreckig, insbesondere an den Knien und dem Saum, ebenso wie meine Hände. Zweifelsohne waren auch die Spuren meiner Tränen auf meinem Gesicht zu sehen und ich wollte mir gar nicht vorstellen, wie meine Haare aussahen. „Es war eine Qual. Danke für die Rettung. Jetzt muss ich mich Mrs Denk stellen. Oder ganz aus der Burg fliehen." Ich biss mir auf die Lippe. Wie sollte ich vorgehen?

Ihre Augen wurden rund und sie sah wieder nervös über die Schulter. „Ich fürchte, das geht beides nicht."

Ein donnernder Knall dröhnte über unseren Köpfen, gefolgt

von einem Krachen, das nicht aufhören wollte. Spitze Schreie waren zu hören, bis Merediths Heulen sie übertönte.

Sie warf sich auf den Boden und bedeckte den Kopf mit den Armen. Ihre Kerze ging aus und sie fing an zu weinen.

„Was war das?", fragte ich und ging neben ihr auf die Knie.

„Sie greifen an!", heulte sie. „Sir Geoffrey hat gesagt, dass sie das tun würden. Ich dachte, er wäre verrückt, aber ich hätte auf ihn hören sollen. Ich hätte Mrs Denk warnen sollen, nicht da raus zu gehen, aber jetzt ist sie weg und vielleicht sogar tot! Wir haben nur einen Geist, der uns helfen kann, und ein paar Mädchen und Lehrerinnen ohne militärische Erfahrung. Wir werden sterben, Charlie!"

Die ganze Welt war an einem einzigen Abend durchgedreht. Oder war ich durch ein Portal in eine Alternativwelt gerutscht? „Meredith, wovon *redest* du?"

Wieder schrie jemand. Darauf folgten mehrere weitere Schreie in kurzer Abfolge, inklusive Merediths. Ein erneutes dröhnendes Krachen brachte jedoch eine unheimliche Stille über die Burg. Mir rutschte der Magen in die Kniekehlen. Die Schreie waren mir lieber gewesen.

„Meredith!", rief ich und schüttelte sie. „Was passiert da?"

„Die französische Armee greift die Burg an. Wir werden belagert!"

Ich hockte mich hin und starrte sie an. Entweder war sie verrückt oder ich. Es gab nur eine Möglichkeit, das herauszufinden. Ich stand auf und zog sie mit auf die Füße. Sie schluchzte laut. „Erzähl mir alles, was heute Nacht vorgefallen ist." Ich nahm ihre Hand und schleifte sie hinter mir her.

Sie rammte die Füße in den Boden und zog rückwärts. „Ich gehe hier nicht weg. Wenn die Burg einstürzt, ist es hier im Kerker am sichersten."

„Nicht, wenn der Eingang von Schutt versperrt wird. Vertrau mir, Meredith, der sicherste Ort ist weit weg von hier. Wo sind Mrs Denk und die anderen?"

„Mrs Denk hat sich heute Früh auf den Weg gemacht, um mit der Armee zu verhandeln." Sie verzog das Gesicht. „Sie ist nicht zurückgekommen."

„Also ... ist es wirklich die französische Armee oder plapperst du nur nach, was Sir Geoffrey sagt?"

Sie schlang die Arme um sich. „Ich weiß nicht, ob es Franzosen sind oder nicht", jammerte sie. „Alles, was ich weiß, ist, dass da hunderte, wenn nicht sogar tausende Soldaten die Burg umzingeln. Manche sind beritten, aber die meisten zu Fuß. Einer trägt eine Fahne mit einem roten Herz darauf."

„Das ist nicht die französische Flagge."

Sie wischte sich die Tränen ab. „Ein Abgesandter hat nach Alice gefragt."

„Alice! Was hat sie denn mit all dem zu tun?"

„Ich weiß es nicht", heulte sie. „Aber Mrs Denk hat sich geweigert, sie zu übergeben. Sie wollte eine Erklärung und der Abgesandte hat nur gesagt, dass Alice wegen Verrats gegen die Königin und das Land gesucht wird."

„Welches Land?"

„Habe ich nicht gehört."

„Was hat Mrs Denk dann gemacht?"

„Sie hat behauptet, dass die ganze Sache absurd sei. Sie dachte, die Einheimischen hätten sich einen Spaß erlaubt oder eine Schlacht auf dem Schulgelände nachgestellt. Sie war wütend und ist hinausmarschiert, um ihnen die Meinung zu geigen und sie wegzuschicken. Sir Geoffrey hat sie gewarnt, das nicht zu tun, aber sie konnte ihn natürlich nicht hören. Das konnte nur ich und ..." Sie brach erneut in Tränen aus. „... und ich habe seine Warnung nicht weitergegeben ... und jetzt ist sie tot!"

Ich nahm Meredith in die Arme und tätschelte ihren Rücken. „Das wissen wir nicht", sagte ich halbherzig. Mir gingen alle möglichen Szenarien durch den Kopf, aber eine Sache wurde deutlich. Alice war der Schlüssel. Sie hatte von einer Königin geträumt, die hinter ihr her war, und jetzt stand eine ganze Armee einer Königin vor unserer Tür und verlangte ihre Auslieferung.

Alices Traum war Wirklichkeit geworden.

Es war hirnrissig, aber ich hatte in den letzten Monaten einige seltsame Dinge erlebt. Ich wäre dumm, wenn ich irgendwelche Theorien verwerfen würde, egal wie abstrus sie waren.

Ich hörte Sir Geoffrey brüllen, konnte ihn aber nicht verstehen. Danach ertönten weitere Schreie von den Mädchen. Sie mussten extrem verängstigt sein. Meredith wimmerte.

Ich packte ihre Schultern. „Du musst Alice wecken." Falls meine Theorie stimmte, dann stand es in Alices Macht, die Armee zu stoppen, indem sie einfach aufwachte. Wenn die Soldaten ihren Träumen entsprungen waren, würden sie verschwinden, sobald sie nicht mehr träumte. Wenn meine Theorie allerdings nicht stimmte …

„Was wirst du tun?", fragte Meredith.

„Sir Geoffreys Anweisungen an die Mädchen weitergeben. Er kennt die Stärken dieser Burg besser als jeder andere und ich wette, dass er mehr Schlachten erlebt hat, als wir alle zusammen." Ich hob meine Röcke und lief die Treppe hinauf. „Lauf!", rief ich.

Unterwegs kam ich an einem hysterischen Mädchen vorbei. Ich versuchte, sie aufzuhalten, aber sie war wild entschlossen, in den Kerker zu kommen. Ich wartete, um sicherzugehen, dass Meredith dieser Versuchung nicht auch nachgab. Als ich sie hinter mir herkommen sah, setzte ich meinen Weg zu einem der Türme der Burg fort. Von dort hatte man die beste Aussicht.

Was ich sah, verschlug mir den Atem. Eine große Lücke klaffte in den Zinnen des Wehrganges. Nach dem Schutt und der passenden Lücke auf der anderen Seite zu urteilen, war der Turm mit gewaltiger Kraft gesprengt worden.

Ich bahnte mir vorsichtig einen Weg durch das Chaos und linste über die eisige Mauer. „Großer Gott." Ein Meer von rot-weiß gekleideten Soldaten hatte sich auf dem frostigen Rasen versammelt. In ihrer Mitte stand ein riesiges Katapult auf Rädern. Berittene Soldaten waren hinter und neben der Hauptarmee aufgereiht. Sonnenlicht glänzte auf ihren Schwertern. Die meisten waren Fußsoldaten, die entweder Schwerter oder Langbogen trugen. Es waren diese Schützen, die jetzt Pfeile aus ihren Köchern nahmen.

Eine Bewegung links von mir erregte meine Aufmerksamkeit. Sir Geoffrey! Er schwebte zum Turm herunter, sein Augenmerk auf die Armee unten gerichtet. Er hatte mich nicht gesehen.

„In Deckung!", brüllte er. „Beschuss!"

Ein Pfeilhagel erhob sich wie ein Schwalbenschwarm in die Luft, änderte die Richtung und fiel vom Himmel. „Jesus!" Ich ging auf der Wendeltreppe in Deckung. Ein Pfeil rutschte die Stufen herunter und blieb neben mir liegen.

Sir Geoffreys Geist erschien plötzlich auf der Treppe. Sein zerfurchtes Gesicht schaute finster. „Sie sind entkommen."

„Meredith hat mich befreit", sagte ich atemlos. „Sir Geoffrey … passiert das wirklich?"

Er nickte grimmig. „Die Burg geht verloren. Wir haben keine Waffen und die Jungfrauen können unmöglich kämpfen."

„Wo sind sie?"

„Verstecken sich in ihren Betten."

Ich konnte es ihnen nicht übel nehmen. „Sagen Sie mir, was zu tun ist."

Ein weiterer Pfeilregen prasselte auf den Turm herab. „Das Haupttorhaus ist gefallen und die Franzosen sind im Vorhof. Die Katapulte haben furchtbare Zerstörung an den Mauern angerichtet."

„Das habe ich gesehen", sagte ich schwermütig. „Oh, Sir Geoffrey, es tut mir so leid."

Er schob die Schultern zurück, wodurch sein Kettenhemd in Bewegung geriet. „Ich habe gehört, wie ihr Kommandant die Ramme angefordert hat. Sie werden bald in der Festung sein."

„Das glaube ich einfach nicht", murmelte ich, während ich verarbeitete, was meine Augen kurz zuvor gesehen hatten. Diese Soldaten waren real. Ihre Waffen waren real. Wir waren in eine mittelalterliche Schlacht geworfen worden.

Mittelalterliche Kriege waren blutige, brutale Angelegenheiten.

Sir Geoffrey versuchte, meine Schulter zu berühren, aber seine Hand ging durch mich durch. Er starrte sie an, als hätte er vergessen, dass er ein Geist war. „Sie müssen sich und die anderen Jungfrauen auf das Schlimmste vorbereiten."

„Was glauben Sie, wird das Schlimmste beinhalten?"

Der Blick, den er mir zuwarf, erfüllte mich mit blankem Horror. „Die Franzosen kennen keine Moral."

Ich schluckte. „Alice ist jetzt unsere einzige Hoffnung. Ich werde versuchen, sie zu wecken."

„Was kann sie tun?", rief er mir nach, während ich die enge Wendeltreppe hinunterrannte.

„Ich erkläre es später." Falls es funktionierte.

Ich wäre fast mit Meredith zusammengestoßen, die in die entgegengesetzte Richtung lief. Ich packte ihre Schultern und richtete sie auf. „Und?", drängte ich. „Hast du Alice geweckt?"

Die großen, dunklen Tiefen ihrer Augen füllten sich mit Furcht und Entsetzen. Sie schüttelte den Kopf. „Charlie ..." Ihre Stimme bebte. „Charlie, sie ist weg. Ich kann Alice nicht finden."

KAPITEL 3

„ *W* as soll das heißen, sie ist weg?", schrie ich Meredith an. „Sie kann nicht weg sein! Sie hat geschlafen." Und wenn sie aufwachte, würde die Armee nicht verschwinden?

„Ich kann sie nicht finden." Tränen liefen Meredith über die Wangen. Sie schlang die Arme um sich selbst und wirkte so verschreckt wie ein Kätzchen.

Die dicken Mauern der Burg blockierten die Geräusche der Armee und Sir Geoffreys gebellte Befehle. Ich konnte auch kein Schreien mehr hören und hatte das Gefühl, dass Meredith und ich die beiden einzigen noch lebenden Menschen waren.

„Hast du die Burg durchsucht?", fragte ich. „Sie muss hier irgendwo sein."

„Ich habe eine kurze Suche unternommen, aber man kommt nicht mehr überall hin. Die Geschosse des Katapults haben einige Wände zerstört und ich habe mich nicht in die Türme getraut."

„Ist jemand verletzt?"

„Ich glaube nicht. Einige verstecken sich im Kerker, weil sie glauben, dort ist es am sichersten."

Das war durchaus möglich, wenn wir nicht fliehen konnten, aber es konnte sich ebenso gut als Falle herausstellen. „Gut gemacht, Meredith, aber jetzt musst du mir helfen, Alice zu finden."

„Warum?"

„Sie ist der Schlüssel."

Ihre Tränen versiegten. Sie blinzelte mich an. „Du wirst sie doch nicht ausliefern, oder?"

„Nein! Ich kann es nicht erklären, aber ich glaube, wenn sie aus ihrem Traum erwacht, wird die Armee verschwinden."

Sie runzelte die Stirn. „Das ergibt keinen Sinn."

„Auf dieser Welt gibt es eine Menge Dinge, die keinen Sinn ergeben, Meredith. Aber ich habe herausgefunden, dass sie deswegen nicht weniger real sind. Wie Sir Geoffrey zum Beispiel." Ich warf einen Blick die Treppe hinauf, wo ich ihn zuletzt gesehen hatte.

„Ja", flüsterte sie und wischte sich die Wangen ab. „Du hast recht. Wir werden sie finden."

Ich umarmte sie kurz. Sie zitterte heftig, aber wenigstens hatte sie aufgehört zu weinen. „Wir bitten so viele der Mädchen um Hilfe, wie wir können. Alice muss hier irgendwo sein, entweder schlafwandelnd oder in einer Trance."

Ein Rumpeln von unten unterbrach uns. Meredith packte meine Hand. „Was war das?"

„Eine Ramme. Sie versuchen einzudringen. Wir müssen uns beeilen. Mobilisiere so viele aus dem Kerker, wie du kannst. Ich fange in den Türmen an zu suchen."

„Du kannst da nicht rausgehen, Charlie!"

Ich drückte ihre Hand. „Geh, Meredith. Sei mutig."

Ich rannte durch den düsteren Gang zum Aufenthaltsraum und dem dahinterliegenden Salon, dann eine weitere Wendeltreppe hinauf in den Turm. Dieser lag im hinteren Bereich der Burg, den ich noch nicht erkundet hatte. Die atemberaubende Aussicht auf die karge Winterlandschaft wurde durch den Ring von Soldaten zunichtegemacht, die gegen die Kälte mit den Füßen stampften. Es waren nicht so viele wie vorn. Trotzdem würde es unmöglich sein, an ihnen vorbeizukommen.

Anders als die Türme im vorderen Bereich der Burg war dieser hier unbeschädigt, wodurch ich mich leichter bewegen konnte, auch wenn ich aufpassen musste, dass ich nicht ausrutschte. Meine Hausschuhe waren nicht für die Glätte geeignet.

Von Alice war keine Spur zu sehen, also kehrte ich ins Innere zurück. Wie kalt es auf dem Turm gewesen war, wurde mir erst bewusst, als ich aus dem Wind kam. Die Burg konnte man selbst mit viel Fantasie nicht als warm bezeichnen, aber meine Knochen fühlten sich nicht mehr so eingefroren an wie im Kerker. Hier und dort hinzurennen hatte seine Vorteile.

Unter mir dröhnte die Ramme erneut gegen die dicken Doppeltüren des Burghofes. Der schwere Eisenriegel und das Querholz waren mir auf den ersten Blick unsympathisch gewesen, weil sie das Gefühl des Eingesperrtseins verstärkt hatten. Jetzt wusste ich sie enorm zu schätzen und fragte mich, wer die Tür verriegelt hatte, nachdem Mrs Denk gegangen war. Vielleicht Meredith, auf Anweisung von Sir Geoffrey.

Einige ängstliche Schreie folgten dem Dröhnen. Gut. Das bedeutete, dass Meredith ein paar Mädchen überzeugt hatte, ihr bei der Suche nach Alice zu helfen. Ich würde sie nie wieder für feige halten. Vielleicht hatte sie Angst, aber sie ging die ihr gestellten Aufgaben an, trotz ihrer Furcht. *Das* war echter Mut.

Ich setzte meine Suche im oberen Bereich der Burg fort, rannte Treppen hinauf und hinunter, bis mir die Oberschenkel brannten und Schweiß sich an nicht zu nennenden Orten bildete. Die Ramme setzte ihr rhythmisches Hämmern fort, begleitet von Schreien. Ich hastete in den Fluren an Mädchen vorbei, suchte in jedem Raum, unter Betten und in Schränken nach Alice. Mit jedem Stoß der Ramme wurden die Schreie verzweifelter.

Alice musste doch irgendwo im Schloss sein. Wenn ich sie wäre und mir jemand auf den Fersen war, wohin würde ich gehen?

Die Ramme krachte erneut gegen die Tür. Holz splitterte. Mädchen kreischten. Falls die Armee noch nicht eingedrungen war, würde sie es bald tun. Sobald sie in der Burg waren, würden sie sich wie von Sir Geoffrey beschrieben wie Tiere aufführen oder uns in Ruhe lassen und nach Alice suchen? Wussten sie überhaupt, wie sie aussah?

Was, wenn ich so tat, als wäre ich sie und mich ergab?

Das könnte funktionieren, wenn sie sie nie gesehen hatten. Es könnte uns wertvolle Zeit verschaffen, um die Suche fortzusetzen.

Ich steuerte an einer verängstigten Lehrerin vorbei ins Erdgeschoss, das weitestgehend verlassen war, da die Mädchen so weit wie möglich von der Tür weg geflüchtet waren.

„Charlie, wo willst du hin?", rief Meredith von der Haupttreppe her, die aus dem zentralen Burghof hinaufführte. „Da unten ist es zu gefährlich. Sie brechen bald durch."

„Ich werde mit ihnen sprechen."

„Nein! Das solltest du nicht tun! Komm mit uns. Wir schließen uns in der alten Küche ein."

Ich winkte ab und eilte zur Tür. Einige der Holzpaneele waren beschädigt, die Türangeln lose. Sie würde nicht mehr lange halten.

„Eins!", ertönte ein Ruf von draußen. „Zwei!"

„Warten Sie!", rief ich. „Sofort aufhören! Ich ergebe mich, wenn Sie versprechen, alle anderen hier in Ruhe zu lassen."

„Wer bist du?", verlangte eine harsche Stimme zu wissen.

„Alice."

Gemurmel folgte auf meine Aussage. „Zeig dich."

Verdammt. Wenn er mich sehen wollte, bedeutete das wahrscheinlich, dass er Alice identifizieren konnte. Wir sahen uns überhaupt nicht ähnlich. Sie war hübsch mit hellen Haaren, während ich braune Haare hatte und kleiner und unauffälliger war. „Ich will ein paar Versprechen von Ihnen, bevor ich das tue", rief ich zurück.

„Die Herzkönigin gibt keine Versprechen."

Die Herzkönigin? Gütiger Himmel, was kam als Nächstes? „Was geschieht mit mir, wenn ich mich ergebe?"

„Exekution natürlich!"

Ich stolperte rückwärts. Exekution! „Ohne Gerichtsverhandlung?"

Die Soldaten lachten. „Ergib dich, Alice! Die Königin wird nicht eher ruhen, als bis sie für deine Kränkungen Gerechtigkeit erfährt!" Er fing mit kehliger Stimme wieder an zu zählen, die bei dem Wort „Eins!" brach.

„Das weiße Kaninchen", murmelte eine bekannte Stimme hinter mir. „Muss das weiße Kaninchen finden."

„Alice!"

Sie stand im Nachthemd da, nichts an den Füßen, kein Tuch um die Schultern gelegt. Ihre glasigen Augen blickten durch mich hindurch.

„Zwei!", ertönte der Befehl von draußen.

„Alice, wach auf!" Ich schüttelte sie an den Schultern, aber sie starrte weiter geradeaus und murmelte etwas von dem weißen Kaninchen, das sie finden musste. „Alice, du musst jetzt aufwachen!"

„Drei!", donnerte der Kommandant.

Die Ramme krachte gegen die Türen. Holz brach und die Türangeln zerbarsten. Ich packte Alices Hand und rannte mit ihr zur Kerkertreppe.

Doch es war zu spät. Die Armee war durch und hatte uns entdeckt. Das „Schnappt sie!" des Kommandanten ging in den Triumphschreien der Soldaten unter.

Ich zerrte Alice hinter mir her, aber sie war fast so leblos wie eine Stoffpuppe. Wir kamen langsam voran. Zu langsam. Die schnellsten Soldaten griffen nach ihr, als wir die obersten Stufen erreicht hatten.

Ich schubste sie zur Seite und wir klatschten beide gegen die Steinwand. Der Schwung des Soldaten katapultierte ihn die Treppe hinunter. Das widerliche Knirschen seiner Knochen und die Schmerzensschreie gingen in den Schlachtrufen der anderen Soldaten unter, die uns fast erreicht hatten. Ich presste Alice an mich und legte meine Hand um meine Bernsteinkette.

„Ich setze dich frei, Kobold!"

Nichts geschah. Alles war still geworden. Ich schaute über die Schulter. Wir waren allein. Da waren keine Soldaten, keine Ramme, keine weit entfernten Signale, die zum Rückzug riefen. Sie waren einfach verschwunden. Ich lehnte mich gegen die Wand und stieß einen tiefen Seufzer aus. *Gott sei Dank.*

Alice regte sich in meinen Armen. Sie blinzelte mich an, die Augen klar. „Charlie?" Sie sah sich um und biss sich auf die Unterlippe. „Oh. Oh nein. Charlie, es tut mir so leid."

„Ist schon gut", murmelte ich schwer atmend. „Ist nicht deine Schuld."

„Aber sie sind wegen mir lebendig geworden." Sie sah mich vorsichtig an. „Wegen meiner Träume. Verstehst du?"

„Ich hatte es vermutet."

„Und ... du glaubst mir?"

„Wenn du gesehen hast, was ich gesehen habe, glaubst du das Verwunderliche ohne Zweifel. Aber das hier ..." Ich nickte in Richtung des Burghofes, wo die zerstörten Türen lagen. „Das hier ist wirklich extrem verwunderlich. Du musst mir alles über deine Gabe erzählen, aber nicht jetzt. Wir müssen nachsehen, ob jemand verletzt ist."

„Gabe", höhnte sie. „So würde ich es nicht bezeichnen."

Ich nahm ihre Hand und wir gingen die Haupttreppe hinauf. „Wir haben überall nach dir gesucht", sagte ich. „Weißt du, wohin du gegangen bist, oder hast du alles aus deinem ... Traum vergessen?"

„Ich habe nichts vergessen. Ich vergesse es nie, obwohl ich die reale Welt nicht mehr so klar wahrnehme, wenn ich schlafe." Sie seufzte. „Ich war die ganze Zeit hier, aber ich hatte den Trank getrunken, der mich schrumpfen lässt."

Ich blieb stehen. „Dich schrumpfen lässt? Du meinst ... dein Körper hat sich im Traum auch verändert, nicht nur dein Ich?"

Sie hob eine Schulter. „Es ist eine merkwürdige Magie."

„In der Tat."

„Ich habe im Traum versucht, mit dir zu sprechen", fuhr sie fort, während wir unseren Weg zur obersten Etage fortsetzten. „Aber du konntest mich nicht hören. Also habe ich stattdessen das weiße Kaninchen gesucht. Es ist so etwas wie ein Führer." Ich sah sie verständnislos an und sie seufzte wieder. „Ist egal."

Auf der Treppe begegnete uns Sir Geoffrey, das geisterhafte Gesicht strahlend. „Wir haben es geschafft, Mistress Holloway! Wir haben die Franzosen zum Rückzug gezwungen."

Ich würde seine gute Stimmung nicht mit der Wahrheit dämpfen. „Das haben wir, Sir Geoffrey." Zu Alice sagte ich: „Sir Geoffrey ist unser Hausgeist."

Sie drängte sich dichter an mich. „Du kannst ihn sehen?", fragte sie mit gedämpfter Stimme.

Ich nickte. „Meredith auch. Komm, wir müssen sie finden. Sie war sehr tapfer bei dieser Feuerprobe."

„Das war sie", sagte Sir Geoffrey mit einem entschiedenen Nicken. „Ich sollte Sie warnen. Diese Frau kommt zurück. Sie wird jeden Moment hier sein."

„Mrs Denk! Die habe ich fast vergessen."

„Mädchen!", ertönte ihr unverwechselbares Kreischen unten von der Tür her. „Mädchen!" Das Geräusch ihrer klatschenden Hände hallte von den Wänden wider. „Hierher zu mir! Sofort!"

„Wie sollen wir ihr das alles erklären?", flüsterte Alice.

„Das ist mir jetzt ziemlich egal", sagte ich. „Wir müssen uns erst um alle kümmern."

Also liefen wir die Treppe hinauf statt hinunter und fanden alle Lehrerinnen und Schülerinnen in der mittelalterlichen Küche, wo sie um den riesigen Kamin kauerten.

„Charlie!" Meredith sprang auf und rannte zu mir. Sie schlang die Arme um mich und drückte mich so fest, dass meine Rippen schmerzten. „Charlie, Alice, Gott sei Dank geht es euch beiden gut. Wir haben uns solche Sorgen gemacht."

„Ist jemand verletzt?", fragte ich.

„Niemand", berichtete sie und trat zurück. „Alle sind hier."

„Gott sei Dank", murmelte Alice und rieb sich die Augen. „Gott sei Dank."

Alle drängten sich um uns, umarmten sich und weinten, während wir ihnen erklärten, dass die Gefahr vorüber und alle Soldaten fort waren. Und dass Mrs Denk zurückgekehrt war und unsere Anwesenheit verlangte. Niemand eilte hinaus, um sie zu begrüßen, nicht einmal die Lehrerinnen.

„Was ist passiert?", fragte eine der älteren Lehrerinnen. „Wo sind all diese Soldaten hergekommen? Und was wollten sie von Ihnen, Alice?"

„Ich, äh, also ..." Alice biss sich auf die Lippe und zuckte mit den Schultern. „Es ist kompliziert."

„Ihre Familie ist von der gewalttätigen, wilden Sorte", antwortete ich an ihrer Stelle. „Sie wollten sie holen, aber Alice wollte die Schule nicht verlassen. Das hat sie ihnen erklärt und sie sind gegangen." Ich bezweifelte, dass meine Erklärung irgendjemanden außer den Leichtgläubigsten überzeugte. Ganz sicher überzeugte sie die Mädchen nicht, bei denen ich übernatürliche Kräfte vermutete. Wie ich hatten sie in ihrem Leben genug merkwürdige Phänomene gesehen, um zu wissen, dass von Zeit zu Zeit unerklärliche Dinge geschahen. Nur sie würden später einen ausführlicheren Bericht bekommen. Es war an der Zeit, dass wir missratenen Mädels uns besser kennenlernten.

„Da sind Sie ja!" Mrs Denk stand im Türrahmen der Küche. Sie zeigte keine Anzeichen von Besorgnis oder Verwirrung. Ihr Gesicht war so ausdruckslos wie immer. „Warum kauern Sie alle hier, als wären Ihre Leben in Gefahr?"

Mehrere Frauen warfen sich Blicke zu. Ich schob mich hinter Alice in der Hoffnung, dass Mrs Denk mich nicht herauspicken und in den Kerker zurückschicken würde.

„Unsere Leben *waren* in Gefahr", sagte eine der Lehrerinnen zögernd.

„Papperlapapp. Das war alles eine Show von den Dörflern. Dorfidioten, sollte ich wohl sagen", grummelte sie. „Ich werde ein ernstes Wörtchen mit ihnen reden. Was fällt denen ein, meine Mädchen und Angestellten so zu verängstigen?" Sie trat zur Seite und verschränkte die Hände. „Der Unterricht ist für heute gestrichen. Wir haben viel aufzuräumen. Alice, um Himmels Willen, ziehen Sie sich etwas an. Wenn Sie ordentlich gekleidet sind, kommen Sie in mein Büro. Wir besprechen die Bestrafung für Ihren Umgang mit den Dorfbewohnern."

„Ich verstehe nicht", murmelte Alice.

Mrs Denks Nase blähte sich. „Tun Sie nicht so unschuldig. Sie haben nach *Ihnen* gefragt. Wem sind Sie auf die Füße getreten, um das alles zu verursachen?"

„Ich … ich bin mir nicht sicher." Alice sah mich an. „Ich habe noch nie mit jemandem aus dem Dorf gesprochen. Bitte, geben Sie ihnen nicht die Schuld. Das alles ist wegen meiner Familie passiert. Sie sind ziemlich dramatisch, wenn sie es wollen, und sie fordern schon eine ganze Weile, dass ich nach Hause komme."

„Und Sie haben abgelehnt?"

„Alice ist gern hier", sagte ich. „Sie hat schon so viel von Ihnen gelernt, nicht wahr, Alice?"

„Oh ja. Ich liebe den Französisch- und Benimmunterricht. Jetzt sehe ich, dass mich eine großartige Zukunft erwartet, wo ich zuvor … nun, sehr missraten war. Meine Mutter ist an mir verzweifelt."

Mrs Denk presste die Lippen aufeinander. „Da bin ich mir sicher." Sie wedelte mit der Hand, damit Alice sich auf den Weg machte.

Sie ging mit einem erleichterten Seufzen. Anscheinend entging sie einer Bestrafung. Jetzt jedenfalls. Ich wollte ihr folgen, doch Mrs Denk trat mir in den Weg. Ich stellte mich auf einen Kampf ein. Falls sie versuchen sollte, mich zurück in den Kerker zu schicken, würde ich jede Kampftechnik anwenden, die Lincoln mir beigebracht hatte. Sollte ich wieder dort unten landen, lief ich Gefahr, nie wieder herauszukommen.

„Wie ich sehe, wurden Sie befreit", sagte sie in eisigem Ton.

„Mir ist in dem Chaos die Flucht gelungen."

Die Falten über ihren Lippen vertieften sich. „Ich werde nicht nach dem Namen Ihrer Komplizin fragen, aber ich erwarte Ihre Entschuldigung sowie das Versprechen, sich zu benehmen."

„Und wenn nicht?"

Ihr Mund zuckte, was ich für den Versuch eines Lächelns hielt. „Dann wandern Sie zurück in den Kerker."

Oder ich würde entkommen. Aber es war draußen viel zu kalt, um lange ohne Unterschlupf zu überleben. Ich konnte meinen Verlobungsring verkaufen und das Geld für Unterkunft und Reisekosten verwenden, aber dazu musste ich erst einen Käufer finden, der bereit war, den Wert auch zu bezahlen. Das nahe Dorf Inglemere war viel zu klein, um einen Juwelier mit dem entsprechenden Kapital zu beherbergen. Also musste ich bei meinem ursprünglichen Plan bleiben, im Frühling zu fliehen, wenn die Straßen besser waren und ich nicht erfrieren würde, wenn ich eine Nacht draußen verbringen musste.

Ich ignorierte die Stimme des Protests in meinem Kopf und sammelte meine Entschlossenheit. „Ich entschuldige mich, Mrs Denk."

„Für Ihr aufmüpfiges Verhalten." Als ich lediglich nickte, sagte sie, „Los, sagen Sie es."

„Ich entschuldige mich für mein aufmüpfiges Verhalten gestern. Es wird nicht wieder vorkommen. Ich verspreche, den Unterricht nicht zu stören, mich Ihren Anweisungen nicht zu widersetzen oder unaufgefordert zu sprechen. Ich werde mein bestes Benehmen an den Tag legen und appelliere an Ihre Gnade. Bitte vergeben Sie mir, Mrs Denk." Wenn ich mich schon darauf einließ, dann auch richtig.

Sie schaute auf mich herab. Nach mehreren Sekunden trat sie zur Seite. "Sie dürfen gehen."

Ich eilte aus der Küche in das Zimmer, das ich mir mit Alice teilte. Sie lächelte, als sie mich sah. "Sie hat dich freigelassen!"

"Nachdem ich mich gebührlich erniedrigt habe."

Sie verzog das Gesicht und drehte mir den Rücken zu. "Schnürst du mich?"

Ich konzentrierte mich darauf, ihr Korsett zu schnüren. "Geht es dir gut nach der ganzen Aufregung?"

"Mir geht es gut, aber ich fühle mich so verantwortlich. Die Tür ist völlig zerstört und alle hatten panische Angst."

Ich erzählte ihr nichts von der Zerstörung der Burgtürme. Sie fühlte sich auch so schon schlecht genug. "Niemandem ist etwas passiert, das ist die Hauptsache." Als ich mit dem Korsett fertig war, drehte ich sie zu mir um und nahm ihre Hände. "Ich werde dir etwas erzählen, was nur sehr wenige Menschen über mich wissen."

"Dass du Geister sehen kannst?"

Ich biss mir auf die Lippe. "Mehr als das."

Anstatt entsetzt zu sein, wirkte sie morbide fasziniert. "Wie aufregend. Du kannst dir meines absoluten Stillschweigens sicher sein, Charlie. Ich verspreche, dass ich es keiner Menschenseele erzähle."

"Ich bin Nekromantin." Ich erklärte ihr, wie ich die Toten zum Leben erwecken und Geister kontrollieren konnte. Nichts davon ließ sie angewidert zurückschrecken. Sie lauschte aufmerksam, während ich ihr von meiner echten Mutter, meiner Adoption und meiner Ankunft in Lichfield erzählte.

"Er hat dich entführt!"

"*Der* Teil der Geschichte beunruhigt dich?", lachte ich. "Alice, du bist wundervoll. Ja, er hat mich entführt, aber ich habe eine andere Seite an ihm entdeckt. Vielleicht. Glaube ich." Ich wischte das Thema beiseite, da ich es im Moment nicht hervorzerren wollte. Den ganzen Morgen hatte ich fast gar nicht an Lincoln gedacht, was ich als Fortschritt betrachtete.

„Ich habe noch nie jemanden kennengelernt, der Geister sehen kann", sagte sie, während sie ihr Kleid anzog. „Und Meredith kann das auch?"

Ich nickte. „Es gibt hier noch andere mit übernatürlichen Fähigkeiten. Und dann dich natürlich."

Sie plumpste auf ihr Bett. Unser Zimmer war klein, kaum breit genug, um unsere Betten, den Waschtisch und die schmale Kommode unterzubringen, die wir uns teilten. Es gab keinen Kamin, nur eine Fensterlaibung, in der man sitzen konnte.

Ich setzte mich neben sie. „Erzähl mir alles von dir, Alice. Erzähl mir, wieso deine Träume zum Leben erwachen."

Sie seufzte. „Ich weiß nicht, warum. Sie sind auch nicht immer zum Leben erwacht. Das war erst das zweite Mal. Das erste Mal war, bevor meine Eltern mich hierhergeschickt haben. Ich hatte schon immer lebhafte Träume, weißt du, selbst als Kind, und immer über die gleiche Welt und Kreaturen. Ich bin mit der Überzeugung aufgewacht, dass ich mit dem verrückten Hutmacher Tee getrunken oder die Grinsekatze getroffen habe. Mama hat mir gesagt, ich sei albern und es als einfache Träume abgetan. Alle haben das. Ich auch, aber dann hat die Königin sich eingemischt."

„Die Herzkönigin?"

Sie nickte. „Furchtbare Frau, will den Leuten für jede Kleinigkeit die Köpfe abschneiden, ganz egal, wie minimal, voreingenommen oder unzuverlässig die Beweise sind. Ich habe sie auf einen Fall von Voreingenommenheit bei einem ihrer sogenannten Prozesse hingewiesen und prompt hat sie meinen Arrest befohlen. Ich bin weggelaufen, aber sie hat mir ihre Soldaten auf den Hals gehetzt. Den Traum hatte ich mehrmals, bis ich eines Tages mit meinen Eltern im Zimmer aufwachte, die mich anschrien und versuchten, mich wach zu kriegen. Die Soldaten waren auf der Suche nach mir zu unserem Haus gekommen."

„Verdammt Scheiße. Tschuldigung", fügte ich hinzu. „Alte Gewohnheit. Was hast du getan?"

„Ich habe gar nichts getan, aber direkt am nächsten Tag

haben meine Eltern mich hierhergeschickt. Sie nannten es ein Mädchenpensionat." Sie schaute zur Decke und schüttelte den Kopf. „Mehr ein Gefängnis."

„Haben sie es begründet? Haben sie mit dir über die Träume gesprochen?"

„Nein, aber sie mussten die Anwesenheit der Soldaten mit meinen Träumen in Verbindung gebracht haben, sonst hätten sie nicht so verzweifelt versucht, mich zu wecken."

„Hast du sie gefragt, warum du so warst?"

Sie schüttelte den Kopf. „Meine Eltern sind keine Menschen, mit denen du so etwas besprichst. Sie sind sehr konservativ und ein guter Ruf ist ihnen wichtig. Viel wichtiger als ich", murmelte sie vor sich hin.

Ich legte meine Hand auf ihre. „Ich bin mir sicher, dass sie dich lieben."

„Tun sie das?"

„Natürlich. Du bist ihre Tochter."

„Bin ich das?" Sie schniefte und sah mich mit tränenverschleierten Augen an. „Ich sehe ihnen überhaupt nicht ähnlich. Meine Mutter hat rote Haare und mein Vater dunkle. Sie sind auch beide ziemlich klein."

Ich legte meinen Arm um sie. „Zieh keine voreiligen Schlüsse."

Sie starrte auf ihre Hände. „Ich schätze, sie haben mich hergeschickt, weil sie sich sonst nicht zu helfen wussten. Wenigstens haben sie mich nicht in ein echtes Gefängnis gesperrt."

„Stimmt", sagte ich leise und erinnerte mich an meine Zeit in der Arrestzelle der Polizei. Dagegen war der Kerker der Burg ein Paradies.

„Charlie, was soll ich tun? Was ist, wenn die Soldaten der Königin wiederkommen, wenn ich das nächste Mal einschlafe?"

„Das ist bisher erst zweimal passiert. Das letzte Mal war …?"

„Vor zwei Monaten."

„Gab es damals einen Auslöser, der jetzt auch da war?"

Sie verzog den Mund, während sie nachdachte. „Es hat mich aufgeregt, dass du in den Kerker gesteckt werden solltest. Ich habe Mrs Denk angefleht, dich freizulassen, aber sie hat sich geweigert. Sie hat sogar gesagt, dass du für meine Unverfrorenheit noch mehr bestraft wirst." Sie zog die Schultern hoch. „Sie hat mir gesagt, du würdest einen ganzen Tag kein Essen bekommen. Es tut mir leid, Charlie."

„Das ist wohl kaum deine Schuld." Ich umarmte sie. „An deiner Stelle hätte ich das Gleiche getan. Und das andere Mal vor zwei Monaten?"

Sie wurde rot. „Ein Geschäftsfreund meines Vaters hat um meine Hand angehalten. Ich kenne ihn seit meiner Kindheit. Er ist fast zwanzig Jahre älter als ich. Auch wenn er ganz nett ist, wollte ich ihn nicht heiraten. Meine Eltern haben meinen Protest ignoriert und darauf bestanden, dass ich ihn ermutige. Es war grässlich. Ich habe in Erwägung gezogen, wegzulaufen, aber dann hatte ich diesen Traum, der lebendig wurde. Ich hatte weder mit meinen Eltern noch mit dem Mann Kontakt, seit sie mich hierhergeschickt haben."

„Und das sind die beiden schlimmsten Situationen, in denen du dich bisher befunden hast? Du warst noch nie aufgeregter?"

„Da gab es noch die Zeit, als mein kleiner Bruder gestorben ist. Ich war wochenlang untröstlich. Aber da wurden meine Träume nicht lebendig."

Ich legte mich auf das Bett und überlegte, wie ich mich in Anbetracht der beiden Situationen fühlen würde, die die leibhaftig gewordenen Träume ausgelöst hatten. Aufgeregt, ja, aber auch wütend und frustriert. Als junge Frau achteten nur wenige Menschen auf deine Meinung, geschweige denn, dass sie dir erlaubten, Entscheidungen zu treffen. Trotz all seiner Fehler hatte Lincoln mich wenigstens respektiert.

Ich setzte mich auf. „Meinst du, du warst jemals wütender?"

Sie stützte sich auf ihre Hände. „Ne-in. Vielleicht nicht."

„Oder frustrierter?"

„Nicht beides zusammen." Ihr Gesicht hellte sich auf und sie sprang vom Bett. „Charlie, glaubst du, das ist es? Glaubst du, es ist eine Kombination von Wut und Frustration, die meine Träume wahr werden lässt?"

„Ich weiß nicht. Vielleicht."

Sie ging im Raum auf und ab, wofür sie nur drei Schritte brauchte. „Du könntest recht haben." Sie drehte sich um und lief in die andere Richtung. „Mein Gott, ich glaube, es ist so. Ich habe es gehasst, wie machtlos ich mich beide Male gefühlt habe. Ich wurde in eine Ecke gedrängt, ohne Ausweg."

„Und ein Ausweg wurde dir durch deine Träume geliefert", sagte ich ruhig. „Auf ziemlich dramatische Art."

Sie lachte und griff meine Hände. „Du hast recht. Ich *weiß*, dass du recht hast."

„Und das macht dich glücklich?"

„Wenigstens kenne ich jetzt den Auslöser. Das ist *so* eine Erleichterung."

„Das kann ich mir vorstellen." Ich lächelte. „Ich nehme nicht an, dass du hier irgendwo etwas Essbares versteckt hast? Ich verhungere."

Sie schnappte nach Luft. „Natürlich tust du das! Ich schleiche mich in die Küche und hole dir was." Sie drückte mich kurz und ging.

Ich zog meine Kleider aus, wusch mich und zog frische Unterwäsche und ein grünes Wollkleid an. Meine Hand schmerzte noch, also wickelte ich etwas Leinen um die Schwellung. Dann legte ich mich mitsamt meinen Kleidern ins Bett und dachte über Alices seltsame Gabe nach. Ich war froh, dass sie den Auslöser jetzt kannte, aber es würde nahezu unmöglich sein, nie wieder frustriert oder wütend zu sein. Dieses Drama würde sich wahrscheinlich wiederholen. Die arme Alice. Stell dir vor, eine ganze Armee würde dich jagen, weil eine mächtige Königin dir den Kopf abschlagen wollte! Im Vergleich dazu erschien mir der Mörder, der hinter mir und anderen Übernatürlichen her war, schon beinahe zahm.

Trotz der Aufregung wanderten meine Gedanken zurück zu den Tagen vor meiner Abreise aus Lichfield, zu dem Rätsel um die Tode von Reginald Drinkwater und Joan Brumley wie auch zu den Anschlägen auf mein eigenes Leben. Der Mörder hatte vermutlich weitere Verbrechen begangen. Wir hatten große Zweifel bezüglich des vorzeitigen Ablebens von Captain Jasper und den Männern, die ihm bei seinem verrückten Vorhaben geholfen hatten, ein Serum zu entwickeln, das die Toten zum Leben erweckte. Was alles noch viel schlimmer machte, war die Wahrscheinlichkeit, dass jemand involviert war, der Zugang zu den Ministeriumsakten hatte. Möglicherweise war es sogar der

Mörder. Ich fragte mich, ob Lincoln den Übeltäter inzwischen entlarvt hatte.

Lincoln.

Es waren diese stillen Momente, die ich am meisten hasste. Dann hatte ich Zeit zum Nachdenken und dachte unweigerlich über ihn nach, über seinen Sinneswandel und darüber, wie unser verheiratetes Leben ausgesehen hätte. Tränen brannten in meinen Augen und schnürten mir die Kehle zu. Von dieser Zukunft zu träumen war sinnlos. *Meine* Träume würden nie wahr werden.

Alice kehrte mit einem Teller zurück. „Ich habe ein paar Scheiben Fleisch, Käse und Brot ergattert." Aus der Rocktasche zog sie ein in ein Tuch gewickeltes Paket. „Und ein kleines Stück Fruchtkuchen. Reicht das?"

„Das ist die beste Mahlzeit, die ich seit Jahren hatte", sagte ich und nahm den Teller entgegen. „Danke, Alice."

* * *

Mrs Denk beauftragte einige junge Männer aus dem Ort, den Schutt von den Zinnen wegzuräumen und die gröbsten Löcher zu stopfen, bis ordentliche Reparaturen durchgeführt werden konnten. Ein Zimmermann kam mit seinem Lehrling, um die Eingangstür zu reparieren. Bei so vielen Männern auf dem Gelände wurde uns befohlen, den Unterricht wieder aufzunehmen und so aus ihrem Blickfeld zu verschwinden. Ich ertrug das Sticken und Malen mit Wasserfarben mit einem fröhlichen Lächeln, das ich für Mrs Denk aufgesetzt hatte. Als wir endlich Pause hatten, sammelte ich die Mädchen mit übernatürlichen Fähigkeiten um mich und führte einen leisen, aber sehr erhellenden Austausch mit ihnen.

Ich fand heraus, dass die beiden Mädchen, deren Hände sich in Pfoten verwandelten, sich sogar ganz verwandeln konnten, wenn sie das wollten. Manchmal geschah das allerdings, ohne dass sie es bemerkten. Einmal hatte ich beobachtet, wie die Feuerstarterin mit bloßen Fingern ein Feuer angezündet hatte, aber viel mehr war an ihrem Trick nicht dran. Sie rief das Feuer und es kam. Ihr war auch nie kalt, was ein positiver Nebeneffekt war. Dann waren da die beiden Mädchen, die Dinge mit der Kraft ihrer Gedanken bewegen konnten. Es ähnelte stark Reginald Drinkwaters Magie, was sie in direkte Gefahr brachte, sollte der Mörder jemals von ihrer Existenz erfahren. Hier waren sie sicherer als irgendwo sonst, selbst wenn einer von Alices Träumen wahr wurde.

Während die beiden Gestaltwandler voneinander wussten, dachten die anderen alle, sie wären die einzigen Missgeburten in der Schule—oder sogar auf der Welt. Die meisten waren von einem Vormund nach Inglemere geschickt worden, der Angst vor ihrer Magie hatte. Alice war die Einzige, die von ihren Eltern geschickt worden war. Bei allen anderen waren die Eltern verstorben, obwohl einige gut über ihre Magie informiert waren und alle angehalten worden waren, sie geheim zu halten. Zu erfahren, dass es außer ihnen noch andere Übernatürliche auf der Welt gab, hob ihre Stimmung enorm.

Meredith und ich erläuterten unsere Fähigkeiten und nicht eins der Mädchen rümpfte die Nase, als ich das Auferwecken von Toten erwähnte. Als ich an diesem Abend ins Bett ging, hatte ich den Eindruck, etwas Wichtiges erreicht zu haben, etwas, das das Leben dieser Mädchen mehr verändern würde als Sticken zu lernen oder wie man eine Herzogin anredete. Zum ersten Mal, seit ich Lichfield verlassen hatte, fühlte ich mich nicht mehr allein oder so, als wäre mein Leben zu Ende. Meine Zukunft war noch immer unsicher, aber ich würde gut noch länger an der Schule bleiben können. Wenn ich Freunde hatte, konnte ich sogar Mrs Denk ertragen.

Sie rief mich am folgenden Nachmittag in ihr Büro. Furcht setzte sich wie ein Kloß in meinen Magen, während ich die grauen Steinflure entlangging. Hatte sie uns reden hören? Dachte sie, wir wären alle verrückt? Was, wenn sie mich von den anderen Schülerinnen isolierte?

Ich blieb an einem Fenster stehen. Die Strahlen der Sonne waren schwach, winterlich, aber ich war von den Fenstern ferngehalten worden, seit die Arbeiter angekommen waren, und sehnte mich nach einem Blick auf den Himmel. Eine Kutsche wartete in der Einfahrt in der Nähe der Stufen. Ein schwarz gekleideter Fahrer kauerte sich in seinen Mantel. Wir hatten Besuch. Wie ungewöhnlich.

Erst als ich mich Mrs Denks Büro näherte, wurde mir klar, dass der Besucher hereingekommen sein musste und mit mir zu tun hatte. Warum sollte sie mich sonst rufen lassen?

Mit hämmerndem Herzen hielt ich vor der Tür an. Ich klopfte nicht. Meine Hand fühlte sich zu schwer an, um sie zu heben.

Wie sich herausstellte, musste ich nicht klopfen. Die Tür ging auf.

Er öffnete sie. Lincoln.

Sein Anblick raubte mir den Atem. Ich konnte meinen Blick nicht von ihm abwenden. Ich nahm jeden Zoll seines Gesichts wahr, vom zusammengebundenen Haar bis hin zum stoppeligen Kinn und den Furchen um seinen Mund. Sie waren stärker ausgeprägt als das letzte Mal, das ich ihn gesehen hatte, und ich musste meine Fingernägel in meine Handflächen drücken, um sie nicht wegzustreichen. Die Schatten unter seinen pechschwarzen Augen waren ebenfalls dunkler. Er musste wenig geschlafen haben. Es hätte sich wie ein Sieg anfühlen sollen, tat es aber nicht.

„Charlie." Seine ausdruckslose Stimme verriet nichts, auch wenn das schwere Schlucken ein kleines Anzeichen dafür war, dass ihm das Wiedersehen mit mir nicht völlig egal war. Sein Blick sprang ebenfalls über mein Gesicht, als wollte er es mit seiner Erinnerung vergleichen.

Ich wappnete mich gegen die Welle, die durch meine Adern schoss, doch es nützte nichts. Sie wärmte mein Gesicht, ließ mein Herz rasen, brachte jeden Teil von mir in Wallung. Mir war das Wiedersehen ganz gewiss nicht egal, aber ich war mir nicht sicher, was ich empfand.

„Was willst du, Lincoln?"

„Ich will dich nach Hause holen."

KAPITEL 4

„Wir werden dich vermissen." Alice drückte mich schluchzend an sich.

„Ich euch auch", sagte ich. „Ich werde ganz oft schreiben."

„Das wäre wunderbar. Ich bekomme nie Post."

Sie reichte mich an Meredith weiter, die mich auch bat, ihr zu schreiben. „Natürlich", sagte ich. Dann flüsterte ich ihr ins Ohr: „Passt auf euch auf. Ihr müsst euch nie wieder allein fühlen."

Sie schenkte mir ein zittriges Lächeln. „Danke, Charlie. Ich werde nie vergessen, was du für uns getan hast."

Ich lachte. „Ich habe gar nichts getan, außer euch auf etwas hinzuweisen, was ihr früher oder später sowieso herausgefunden hättet." An den Geist gerichtet, der direkt hinter ihr schwebte, fügte ich hinzu: „Geben Sie auf sie acht, Sir Geoffrey, und halten Sie die Franzosen fern."

Er nickte mit ernster Miene. „Sie sind eine mutige junge Frau. Gute Reise."

Ich umarmte jedes der übernatürlichen Mädchen und sagte Alice ein weiteres Mal, dass sie mir nur zu schreiben brauchte, falls das Leben in der Schule für sie unerträglich wurde. Das hatte ich das erste Mal erwähnt, als ich in mein Zimmer zurückgekommen war, um zu packen und den anderen Mädchen mitzuteilen, dass ich fortging. Alice hatte lange Zeit in stillem Schock dagesessen, die Augen feucht von nicht vergossenen

Tränen. Es hatte mich einiges an Überzeugungsarbeit gekostet, ehe sie mir glaubte, dass sie ohne mich zurechtkommen würde und dass ihre Träume jetzt, wo sie den Auslöser kannte, vermutlich nicht mehr lebendig werden würden. Wenigstens fühlte sie sich nicht mehr so allein, denn sie hatte jetzt die anderen Übernatürlichen als Freundinnen.

Unser Abschied war viel zu kurz. Lincoln wollte Inglemere sofort verlassen, um den ersten Zug aus York am folgenden Morgen zu erwischen. Der Reise mit ihm zurück nach London blickte ich mit gemischten Gefühlen entgegen.

„Auf Wiedersehen, Miss Holloway", sagte Mrs Denk, wobei sich ihre Nasenlöcher weiteten. „Es war eine Freude, Sie hier an der Schule zu haben."

„Wenn es eine solche Freude war, warum haben Sie mich dann bei jeder Gelegenheit bestraft?"

Wenn ich nicht gespürt hätte, wie Lincoln sich hinter mir aufrichtete, hätte ich es an Mrs Denks Blick und den zusammengepressten Lippen gesehen. „Sie übertreibt", sagte sie.

„Charlie übertreibt nie", sagte er mit eisiger Ruhe.

„Sollten Sie eines der anderen Mädchen auf diese Art bestrafen, werden wir die Behörden verständigen." Es fiel mir schwer, nicht triumphierend zu klingen. Seit meiner Ankunft hatte ich mir einen solchen Sieg über sie herbeigewünscht.

Mrs Denks Nase pfiff bei jedem schweren Atemzug, aber sie sagte nichts. Ob meine Drohung oder Lincolns Anwesenheit der Grund für ihr Schweigen war? Hinter ihr unterdrückten einige Mädchen ein Grinsen.

Ich stieg mit meiner Tasche in die Kutsche, gefolgt von Lincoln. Er schloss die Tür und ich winkte meinen Freundinnen durch das Fenster zu, bis wir die Pforte passiert hatten und ich sie nicht mehr sehen konnte.

„Wie hat sie dich bestraft?", fragte er.

„Das spielt keine Rolle mehr."

„Für mich spielt es eine Rolle."

Ich konnte ihn nicht ansehen, also starrte ich weiter die karge Winterlandschaft vor dem Fenster an. „Mir gefiel der Benimmunterricht nicht. Oder Französisch. Oder dauernd gesagt zu bekommen, was ich tun soll."

„Wurde dir Schaden zugefügt?"

„Nicht wirklich." Er antwortete nicht, was mich dazu brachte, ihn anzuschauen. Sein intensiver, dunkler Blick war so unergründlich wie ein tiefer See im Winter. „Was hat dich dazu gebracht, deine Meinung zu ändern?"

„Ich dachte, dein Leben sei in Gefahr."

„Wie hast du—? Oh. Deine Sinne." Ich spreizte meine Hände über die Tasche auf meinem Schoß, in der mein Verlobungsring war. Jetzt trug ich Handschuhe. Hatte er vorhin bemerkt, dass der Ring nicht mehr an meinem Finger steckte? Bestimmt. Er bemerkte alles. „Die Situation hat sich geklärt, ohne dass jemand verletzt wurde. Warum holst du mich trotzdem ab, obwohl ich hier nicht mehr in Gefahr bin? Ich hatte den Eindruck, dass meine Anwesenheit in der Schule eine dauerhafte Einrichtung sein sollte."

Gewichtiges Schweigen füllte für einige Hufschläge die Kabine. Ich dachte schon, er würde nicht antworten, doch dann sagte er: „Ich will dich wieder in Lichfield haben."

Nicht eine Sekunde lang nahm ich an, dass er mich vermisst hatte oder mich liebte. Vielleicht war er jedoch in der Lage, sich schuldig zu fühlen, oder er fühlte sich verpflichtet, persönlich über meine Sicherheit zu wachen. Er hatte mir gesagt, dass der Mörder noch nicht gefasst war. Uns beiden war klar, dass er mich früher oder später ausfindig machen würde, sogar hier.

Ich unterbrach den Blickkontakt und schaute wieder aus dem Fenster. Steinmauern klammerten sich in der Ferne an karge Hügel. Vereinzelt hielten Bäume neben einer Scheune Wache. Die matschige, zerfurchte Straße behinderte unser Fortkommen und ließ die Kutsche schonungslos schaukeln. Es kostete mich verdammt viel Mühe, mit meinen Knien nicht an Lincolns zu stoßen. Es war zu eng.

„Sag mir, was dich in Gefahr gebracht hat", sagte er mit volltönender Stimme.

„Nein", sagte ich zu meinem Spiegelbild. „Ich bin nicht in der Stimmung, mit dir zu reden."

Das beendete jegliche Unterhaltung, bis wir in York ankamen. Es gelang mir, ihn nicht noch einmal anzusehen. Fall er mich anschaute, wusste ich nichts davon. Der einzige Austausch fand statt, als er eine Decke unter seinem Sitz hervorzog. Er reichte sie mir und ich legte sie mir mit einem höflichen Dank über die Beine.

Er hatte in einem Hotel in der Nähe des Bahnhofs Zimmer für uns reserviert. Meins hatte ein kleines Wohnzimmer. Ich teilte ihm mit, dass ich dort zu Abend essen würde. Er bat nicht darum, mir Gesellschaft leisten zu dürfen und ich lud ihn auch nicht ein.

„Gute Nacht, Charlie", sagte er steif. Der Portier war mit meinem Gepäck hineingegangen. „Falls du etwas benötigst, mein Zimmer ist direkt neben deinem."

„Es gibt da tatsächlich etwas." Ich öffnete meine Tasche und steckte die Hand hinein. „Ich muss dir das hier zurückgeben."

Ich hielt ihm den Ring hin. Er behielt seine Hände hinter dem Rücken, aber seine Schultern versteiften sich. „Behalte ihn."

„Nein." Als er sich nicht rührte, wollte ich ihm den Ring in die Jackentasche stecken.

Seine Hand schoss vor und packte mein Handgelenk. Sein Griff war fest, tat aber nicht weh. Ich hätte mich losreißen können, unterließ es jedoch. Sein Blick hielt mich gefangen. „Er gehört dir", sagte er leise.

Der Portier kam aus dem Zimmer. Mit einem Räuspern trat er um uns herum. Lincoln ließ mich los.

„Ich will den blöden Ring nicht", presste ich laut genug zwischen den Zähnen hervor, dass der Portier mich hören konnte. „Ich will ihn nicht mal mehr ansehen. Er symbolisiert unsere Verlobung und die ist beendet." Ich steckte den Ring in Lincolns Tasche. Diesmal versuchte er nicht, mich aufzuhalten. „Gute Nacht."

Ich ging in mein Zimmer und trat die Tür zu. Das Feuer im Wohnzimmer war heruntergebrannt. Ich legte Kohlen nach und schürte es, ehe ich mich mit einem tiefen Seufzer in einen Sessel fallen ließ. Es war ein langer, anstrengender Nachmittag gewesen und ich fühlte mich erschöpft. Meine Gefühle unter Kontrolle zu halten, war ermüdend gewesen, doch jetzt, wo ich allein war, ließ ich meinen Tränen freien Lauf. Als das nicht half, warf ich ein Kissen an die Wand. Meine Wut wurde dadurch nicht weniger. Ich hatte gedacht, ich hätte die Verletztheit und

Wut hinter mir gelassen, aber das Wiedersehen mit ihm hatte alles wieder ans Licht gebracht.

Trotzdem überwog die schiere Erleichterung, wieder nach London zurückzukehren, insbesondere nach Lichfield. Ich konnte es kaum erwarten, Seth, Gus und den Koch wiederzusehen. Ich wollte mein Pferd reiten, in meinem eigenen Bett schlafen, auf dem Anwesen umherstreifen und schauen, was für Veränderungen es im Wintergarten gab. Wieder in Lincolns Nähe zu sein, machte einen großen Teil davon aus, aber nicht alles. Die blinde Bewunderung, die ich ihm zuvor entgegengebracht hatte, würde ich vermutlich nicht mehr verspüren, davon hatte mich sein Verhalten geheilt.

Der Aufenthalt im Kerker hing mir noch nach und ich ging früh ins Bett, wo ich besser schlief als die letzten Tage. Morgens kam der Portier, um mir mit meinem Gepäck zu helfen. Lincoln wartete im Foyer. Zu seinen Füßen stand ein kleiner brauner Koffer. Er nahm dem Portier meinen Koffer ab und hob seinen auf.

„Guten Morgen", sagte er und beobachtete mich genau. Ich schaute weg. „Hast du gut geschlafen?"

„Ja."

Auf dem Weg zum Bahnhof redeten wir nicht miteinander. Ich trug meine Hutschachtel, die er dann in unserem Abteil über meinem Kopf im Gepäcknetz verstaute. In unserem *Privat*abteil. Es sah so aus, als würde ich seine Anwesenheit die ganze Reise über ertragen müssen.

„Wie lange dauert es bis London?", fragte ich, als der Zug in einer Wolke aus Dampf und Ruß aus dem Bahnhof rollte.

„Wir kommen am frühen Nachmittag an. Ist dir warm?"

„Warm genug."

Lincoln stellte seinen Koffer auf den Sitz neben sich und öffnete ihn. Auf seinem Hemd zum Wechseln lag ein Muff aus Pelz, den er mir reichte. Darunter war ein Buch. Ich erkannte es als dasjenige, das ich vor meiner Abreise aus Lichfield gelesen hatte. Ein blaues Band diente als Lesezeichen. Er hielt mir das Buch hin. Dann erschien eine kleine Falte auf seiner Stirn, als ihm klar wurde, dass ich mit den Händen im Muff schlecht umblättern konnte.

„Ich kann für dich umblättern", sagte er.

„Das wird nicht nötig sein." Ich reichte ihm den Muff zurück und nahm das Buch. „Meine Handschuhe sind ausreichend, danke." Ich machte es mir am Fenster bequem und öffnete das Buch an der markierten Stelle. Obwohl ich die Seite zweimal las, nahm ich kein einziges Wort davon auf.

Beim dritten Anlauf gab ich auf. Ich würde mich weder auf diese Sache noch auf irgendeine andere konzentrieren können. Lincoln war mir viel zu bewusst, ebenso wie meine eigene Reaktion auf ihn. Mein Herz hatte den ganzen Morgen nicht aufgehört, wie verrückt zu hämmern.

Ich wagte einen kurzen Blick, nur um festzustellen, dass er mich ansah.

„Darf ich eine Frage bezüglich der Bedrohung deines Lebens stellen?", sagte er.

„Das darfst du."

„Resultierte es aus etwas, das die Direktorin dir angetan hat?"

Ich schüttelte den Kopf. „Die Herzkönigin war schuld."

„Und die ist wer?"

„Sie ist Alices Fantasie entsprungen. Oder eher gesagt, ihren Träumen. Sie werden manchmal lebendig."

Er zog die Augenbrauen hoch. Seit er mich begrüßt hatte, war das die stärkste Bewegung in seinem ansonsten verhärteten Gesicht. Der alte Lincoln Fitzroy mit dem versteinerten Gesicht war noch nicht ersetzt worden, auch wenn er seine Meinung geändert und mich abgeholt hatte. „Sie ist übernatürlich", sagte er. Es war keine Frage.

„Sie und einige andere an der Schule. Abgesehen von Alice gibt es ein Medium, zwei, die Objekte mit der Kraft ihrer Gedanken bewegen können, eine Feuerstarterin und zwei Gestaltwandler. Ich habe gestern Abend so viele Informationen wie möglich über sie gesammelt—über sie persönlich, ihre Familien und ihre Fähigkeiten. Der Bericht ist in meinem Koffer. Ich wollte ihn dir zusenden, aber jetzt kann ich die Informationen selbst in den Ministeriumsakten vermerken, wenn wir ... zurück nach Lichfield kommen." Ich hatte „nach Hause" sagen wollen, konnte mir aber noch nicht gestatten, das Haus so zu betrachten.

Nicht, ehe ich nicht wusste, was die Zukunft für mich bereithielt. „Falls wir dorthin fahren."

„Das tun wir. Du musst nie wieder weg."

Eine Last, von der ich nicht gewusst hatte, dass sie da war, fiel von mir ab. *Nach Hause.* Ich würde nach Hause kommen— für immer. Oder bis er wieder seine Meinung änderte. „Trotzdem werde ich mir diesmal keine Hoffnungen machen", murmelte ich.

Er wurde ganz still. Nur seine Finger bewegten sich. Sie krallten sich in das Fell des Muffs. „Ich werde dich nicht wieder wegschicken, Charlie. Du hast mein Wort."

Ich prustete ein harsches Lachen heraus. Mein hitziges Temperament meldete sich, das nie weit unter der Oberfläche geschlummert hatte, seit er wieder in mein Leben spaziert war. Jetzt konnte ich es nicht mehr in Schach halten. „Dein Wort! Und was ist das wert? Du hast mir versprochen, ich würde in Lichfield ein Zuhause haben, und hast mich trotzdem fortgeschickt. Du hast mir versprochen, mich zu heiraten, und hast trotzdem die Verlobung gelöst. Dein Wort bedeutet mir nichts mehr."

Ich drehte ihm die Schulter zu und starrte aus dem Fenster. Heiße Tränen brannten in meinen Augen, fielen aber nicht. Ein Teil von mir wünschte sich zurück an die Schule, um meine neugewonnenen Freundinnen besser kennenzulernen. Genau das war einer der von ihm genannten Gründe gewesen, mich dorthin zu schicken. Ich sollte ein normales Leben führen und Freunde finden können, und irgendwie hatte ich genau das auch getan.

Die Tür zu unserem Abteil öffnete sich und ich drehte mich gerade noch rechtzeitig um, um ihn hinausgehen zu sehen. Er schloss die Tür. Obwohl ich ihm nachgehen wollte, blieb ich sitzen. Was ich wollte und was ich tun sollte, waren zwei sehr unterschiedliche Dinge. Ab sofort würde ich mehr auf meinen Kopf als auf mein Herz hören. Ich bekam es nur gebrochen, wenn ich auf mein Herz hörte.

Ohne ihn war es einfacher, mich auf mein Buch zu konzentrieren und ich hatte es fast ausgelesen, bis wir London erreichten. Lincoln gesellte sich erst wieder zu mir, als der Zug langsamer wurde und in den Bahnhof einlief. Er sah mich nicht an.

Er nahm mein Gepäck und bedeutete mir vorauszugehen. Der Bahnsteig war voll und er blieb dicht bei mir. Sein aufmerksamer Blick sprang auf der Suche nach Anzeichen einer Gefahr hin und her. Ich würde jetzt, da ich wieder in London war, auch aufmerksam sein müssen. Ich würde auch in Lichfield bleiben müssen, bis der Mörder gefasst war. Ein Gefängnis war gegen ein anderes ausgetauscht worden, aber wenigstens wohnten in Lichfield die Menschen, die ich liebte. Und es gab keinen Benimmunterricht.

Die Straße vor der King's Cross Station war genauso belebt wie die Bahnsteige und Bahnhofshalle, trotz des miserablen Wetters. London begrüßte mich mit einem Graupelschauer. Er trommelte vom Himmel und durchnässte meine Kleidung in den wenigen Sekunden, die wir vom Eingang des Bahnhofs bis zur nächsten wartenden Droschke brauchten.

Ich kletterte hinein, während Lincoln mit dem Fahrer sprach und unser Gepäck verstaute. Kurz darauf stieg auch er ein. Wasser tropfte aus seinen Haaren in seinen Kragen. Seine Hand hinterließ einen feuchten Abdruck auf dem Sitz, als er sich die Stirn wischte.

„Tut mir leid", sagte er plötzlich.

„Das Wetter ist wohl kaum deine Schuld." Ich schaute wieder aus dem Fenster, weil ich ihn viel zu gern ansah und ihn anzusehen war katastrophal für meine Gefühle. „Sind Seth und Gus zu beschäftigt, um uns abzuholen?"

„Sie sind gegangen."

Mein Kopf fuhr zu ihm herum. „Wie bitte?"

„Sie wollten nicht mehr für mich arbeiten."

Ich blinzelte. „Oh." Mehr bekam ich nicht heraus.

„Vielleicht kommen sie zurück, wenn sie erfahren, dass du zu Hause bist."

Seth und Gus weg. Für sie stand doch bestimmt zu viel auf dem Spiel, um einfach so zu gehen. Sie brauchten die Arbeit und beide glaubten, dass es wichtig war, den Mörder zu entlarven. Lincoln musste sich irren. Ohne Zweifel hatten sie ihrer Wut

Ausdruck verliehen, weil er mich fortgeschickt hatte, was er eventuell überbewertet hatte.

„Oder sie beschließen, wegzubleiben", fuhr er fort. „Falls das so ist, werden sie dich bestimmt besuchen."

Ich setzte meinen triefnassen Hut ab und legte ihn auf meinen Schoß. „Was ist mit dem Koch?"

„Er ist noch in Lichfield, soweit ich weiß." Er zog seine Uhr aus der Tasche und klappte den Deckel auf. „Ich muss noch einmal los, nachdem wir angekommen sind. Die Übernatürlichen aus den Archiven müssen gewarnt werden, dass ihre Leben in Gefahr sind."

„Doch sicher nicht alle, oder? Nur diejenigen, deren Magie dazu genutzt werden könnte, die Toten zum Leben zu erwecken."

„Mit denen fange ich an."

„Du hast eine Liste angefertigt?"

„Das brauche ich nicht."

Natürlich. Alles war sicher in seinem perfekten Gedächtnis verwahrt.

„Du brauchst die Unterstützung von Seth und Gus. Hole sie erst zurück und teile die Liste durch drei."

„Allein bin ich schneller."

Das bezweifelte ich, war aber nicht in der Stimmung, schon wieder mit ihm über seine Sturheit zu diskutieren. Ich würde nicht gewinnen.

Zum Glück war der Weg bis Lichfield Towers nicht weit. Ich konnte mich nicht entscheiden, was schlimmer war—das angespannte Schweigen oder meine feuchte Kleidung. Die vertrauten hohen Zäune und Hecken der wunderschönen Anwesen am Rande von Hampstead Heath ließen mich jedoch beides vergessen. Die kurzen Blicke durch die Tore auf die hübschen Häuser vertrieben meinen Missmut und ließen mein Herz höherschlagen. Trotz der Befangenheit zwischen Lincoln und mir, trotz des grauenhaften Wetters und der Aussicht, dass Seth und Gus möglicherweise nicht zurückkehrten, wollte ich nirgendwo anders sein.

Mir stockte der Atem, als wir durch die schweren Eisentore über die gewundene Einfahrt fuhren. Lichfield ragte vor uns auf, die Flügel ausgebreitet, als wollte es uns willkommen heißen. Früher hatte ich den düsteren Turm in der Mitte als bedrohlich empfunden, aber jetzt nicht mehr. Es gab nichts Heimeligeres als seine grauen Mauern und den Rauch, der aus drei Schornsteinen aufstieg. Wenn Seth und Gus nicht mehr hier wohnten, warum gab es drei Feuer? Hatte Lincoln Doyle gesagt, wann er uns erwarten sollte?

Der Butler begrüßte uns mit zwei Regenschirmen. Er öffnete die Kutschentür und schnappte überrascht nach Luft, als er mich sah. „Miss Holloway!"

„Guten Tag, Doyle. Haben Sie uns nicht erwartet?"

Er sah ziemlich albern aus, wie er da mit offenem Mund und weit aufgerissenen Augen stand. „Nein, ich, äh, wurde nicht vorgewarnt." Über meine Schulter sah er zu Lincoln und reichte mir dann einen Schirm. „Willkommen zu Hause."

„Vielen Dank, Doyle. Es ist wundervoll, Sie wiederzusehen. Aber ich bestehe darauf, dass Sie mich Charlie nennen."

Er hielt Lincoln den anderen Schirm hin, der hinter mir ausstieg, ihn jedoch ablehnte. Während er das Gepäck ablud, wurde er noch einmal komplett nass. Ich hastete die Stufen hinauf und sah mich um. Es hatte sich wenig verändert. Der einzige Unterschied waren die Visitenkarten auf dem Tablett neben der Tür. Besucher waren in Lincolns Abwesenheit hier gewesen. Fünf, um genau zu sein, alles Frauen und reiche noch dazu, nach der Dicke der Karten und den hochgestochenen Namen zu urteilen. Ich trampelte den Anflug von Eifersucht nieder, der sich in meine Brust bohrte. Seine Besucher gingen mich nichts an, nicht mehr.

Ich ging weiter zur Küche, wobei ich leise auftrat, damit der Koch nichts von meiner Anwesenheit bemerkte. Er stand am mittleren Tisch, die Ärmel über die Ellenbogen hochgekrempelt, die Hände im Teig vergraben. Er schaute nicht auf.

„Gott, was habe ich diese herrlichen Gerüche vermisst", sagte ich mit einem Lächeln.

Er sah hoch. Ohne sich auch nur die Hände abzustauben, umrundete er den Tisch und drückte mich an sich. Er war warm und weich wie eins seiner Soufflés und roch nach Mehl, Butter und Gewürzen.

„Ist das schön, dich zu sehen", sagte ich und machte einen Schritt zurück, um ihn anzusehen. Seine Augen funkelten und ein Grinsen stand breit auf seinem Mondgesicht.

„Und dich erst!" Er schaute an mir vorbei. „Bist du entkommen? Weiß er es?"

Ich lachte. „Er hat mich geholt. Ich weiß nicht, warum."

„Er vermisst dich", sagte er mit seiner typischen Direktheit. „Er ist keine Maschine; er will nur, dass die Leute das glauben." Er lachte und umarmte mich erneut. „Gott sei Dank bist du zurück. Hier war's die Hölle seit du weg warst. Seth und Gus sind gegangen."

„Ich hab's gehört. Glaubst du, sie kommen zurück?"

Er nickte. „Sobald die hören, dass du wieder da bist. Bin nur nicht sicher, wo sie sich rumtreiben."

„Wie informieren wir sie dann?"

„Seth wird seine Mutter kontaktieren."

„Seine Mutter?"

Er grinste. „Die etepetete Lady Vickers wohnt jetzt hier. Der begegnest du noch früh genug." Er hieß mich warten und holte etwas aus der Speisekammer, das er mir reichte. „Das habe ich für Lady V aufgehoben, aber iss du es." Ich packte drei Scheiben kaltes Rindfleisch aus und aß eine direkt, während der Koch zuschaute. „Nimm's mit nach oben. Nimm ein Bad. Du bist nass und kalt." Er stieß mich mit dem Ellenbogen an und wandte sich wieder seinem Teig zu. „Diese Kekse sind fertig, bis du gebadet hast."

Ich nahm die Dienstbotentreppe zum ersten Stock und hielt die Augen offen, während ich zu meinen Gemächern eilte. Ich war noch nicht bereit, Lady Vickers zu begegnen. Erst mal musste ich meine Nerven mit einem warmen Bad stärken.

Lincoln kam aus seinem Zimmer. Er hatte sich bereits umgezogen und seine feuchten Haare hingen in wirren Wellen in seinem Nacken. Er trug seine Jacke und Krawatte in der Hand. Sein oberster Hemdknopf war offen. Mein Herz stolperte bei dem Anblick.

Er entdeckte mich, ehe ich in mein altes Zimmer huschen und so tun konnte, als hätte ich ihn nicht gesehen. Er wurde langsamer, als wäre er überrascht, mich zu sehen. Oder vielleicht wollte er mir nicht zu nahe kommen. „Ich weiß, dass es dir unangenehm ist", sagte er, während er sich näherte. „Aber ich hoffe, du kannst es aushalten."

Ich schob die Schultern zurück. „Für dich ist es nicht unangenehm?"

Seine Hand legte sich auf die Türklinke und blockierte meinen Fluchtweg. „Ich … weiß nicht."

„Was soll das heißen, du weißt es nicht?"

Sein Adamsapfel hüpfte und seine Knöchel wurden weiß. „Ich fühle gerade sehr viele Dinge, aber ich kann sie nicht auseinanderdividieren. Sie purzeln alle durcheinander. Als würde der Koch Zutaten für einen Kuchen mischen." Er senkte den Blick, als könnte er meinem nicht länger standhalten. Dann öffnete er die Tür. „In nächster Zeit werde ich mich rarmachen, während ich die Übernatürlichen warne und die Ermittlungen weiter vorantreibe."

Wie schwer es wohl für ihn gewesen war, mir von seinen Gefühlen zu berichten? Er war kein Mann, der gern über Emotionen redete. Manchmal war ich mir nicht sicher, ob er über das gleiche emotionale Register verfügte wie wir alle. Mir kam es inzwischen so vor, als würde seine reglementierte und einsame Kindheit seinen Mangel an Empathie nicht vollständig erklären. Viel wahrscheinlicher war, dass ihm ein Stück Herz fehlte, das der Rest von uns Menschen besaß.

„Das Komitee wird nicht über deine Rückkehr informiert", sagte er. „Auch sonst niemand. Das sollte dir für den Moment etwas Freiraum verschaffen."

„Und du weist mich nicht an, hierzubleiben?"

„Anweisungen haben in der Vergangenheit bei dir nicht funktioniert. Ich sehe keinen Grund, warum es diesmal so sein sollte."

„Falls ich ausgehe, werde ich vorsichtig sein."

Er neigte den Kopf zu einem Nicken und ging.

„Du humpelst", sagte ich, noch ehe er weit gekommen war.

Seine Schritte wurden normal. „Du irrst dich."

Lügner. Er hatte definitiv gehumpelt. Ich unterdrückte den Impuls, ihm nachzugehen, und zog mich stattdessen in mein Zimmer zurück. Mir war egal, ob er humpelte. Meinetwegen konnte ihm das ganze Bein abfallen. Sollte er doch zur Hölle fahren und dortbleiben. Ich würde mir nie wieder Sorgen um sein Wohlergehen machen. Schließlich machte er sich auch keine um meins.

* * *

Ich kehrte über die Dienstbotentreppe zur Küche zurück, da es so einfacher war, Lady Vickers aus dem Weg zu gehen. Dass ich ihrer Magd in die Arme laufen könnte, hatte ich jedoch nicht bedacht.

„Wer sind Sie?", platzte ich beim Anblick der hübschen Frau heraus, die ein Tablett die Treppe hinauftrug.

„Bella Briggs, Miss." Sie machte einen umständlichen Knicks, wobei ihr fast der abgedeckte Teller vom Tablett gerutscht wäre. Im letzten Moment fing sie ihn ab, nur um das Tablett in die andere Richtung zu neigen. „Verdammter Mist!"

Ich griff schnell die Ecke des Tabletts und half ihr, alles zu richten, ehe ein Unglück passierte.

Sie kicherte. „Tut mir leid, Miss. Da hatte ich mich gerade nicht im Griff. Sie werden ihrer Ladyschaft doch nichts davon sagen, oder?"

„Wenn Sie es ihr nicht sagen, sage ich auch nichts. Sie sind Lady Vickers' Magd?"

„Zu Ihren Diensten."

„Kein Knicks!"

Sie kicherte wieder. Sie wirkte nicht heimtückisch, aber ich war trotzdem misstrauisch. Wir waren früher schon überlistet worden. Die letzte Frau, die wir eingestellt hatten, hatte mich entführt. Es war besser, vorsichtig zu sein, auch wenn Bella völlig harmlos schien.

„Mr Fitzroy hat sie selbst eingestellt, oder?", fragte ich.

„Das war Seth." Sie schob ihre Hüfte zur Seite, während ihre vollen Lippen sich zu einem verführerischen Lächeln verzogen. Ich musste nicht fragen, wie sie an die Stelle gekommen war. An ihrem Geschick, ein volles Tablett zu balancieren, lag es jedenfalls nicht, sondern wohl eher an dem Spaß, den sie Seth im Bett bereiten konnte. Ob seine Mutter davon wusste? „Wissen Sie, wann er zurückkommt?"

„Hoffentlich bald."

Ich nickte in Richtung des Tabletts. „Schaffen Sie es damit die Treppe rauf?"

„Klar." Sie ging ohne einen Blick zurück an mir vorbei, was vermutlich auch besser war.

Ich setzte meinen Weg in die Küche fort und stürzte mich auf die Kekse, die der Koch gebacken hatte. Sie waren noch warm. Doyle schenkte mir eine Tasse Tee aus der Kanne neben dem Herd ein.

„Hast du dein Haustier noch?", flüsterte der Koch, als Doyle in den Keller ging, um eine Flasche Wein zu holen.

Ich berührte den Bernsteinanhänger unter meiner Kleidung. „Den habe ich noch und musste ihn nicht ein einziges Mal verwenden. Nun, einmal fast, als die Soldaten der Herzkönigin angegriffen haben."

Hätte er Augenbrauen gehabt, wären sie jetzt auf seiner Stirn nach oben geschossen. Doyle kam zurück, bevor ich eine Chance hatte, es ihm zu erklären. Ich war mir nicht sicher, was der Butler wusste, und da der Koch mir keine Fragen über die Soldaten stellte, nahm ich an, dass Doyle über die wahren Aufgaben des Ministeriums nicht informiert war. Ich konnte mir nicht vorstellen, dass seine Unwissenheit noch lange vorhalten würde bei den vielen Merkwürdigkeiten, die uns passierten.

„Mr Fitzroy humpelt", sagte ich zu beiden Männern. „Ist ihm was passiert, während ich weg war?"

„Ein Muskelmann vom Zirkus ist ermordet worden", sagte der Koch mit einem Kopfschütteln. „Der Tod hat ermittelt, aber ich kann mich nicht entsinnen, dass er verletzt wurde." Er sah Doyle an.

Doyle studierte angestrengt das Etikett der Weinflasche.

„Doyle?", hakte ich nach. „Was ist los? Was ist passiert?"

Der Butler räusperte sich. „Es wäre unangebracht, wenn ich etwas erwähne, das Mr Fitzroy lieber für sich behalten würde." Da er allerdings von seinen eigenen Worten nicht sonderlich überzeugt wirkte, nahm ich an, dass ich mich nicht übermäßig würde anstrengen müssen, um es aus ihm herauszukitzeln.

„Er wird Sie nicht bestrafen." Ich funkelte den Koch wütend an, als der den Mund öffnete, um zu protestieren. „Kommen Sie, Doyle. Ich mache mir doch nur Sorgen um Mr Fitzroy. Muss er zum Arzt?"

Doyle seufzte und ließ sich auf einen Schemel am Tisch fallen. „Ich weiß es nicht. Er hat sich mir nicht anvertraut, aber ich nehme an, dass seine Füße versorgt werden sollten. Da war viel Blut."

„Blut!"

„Auf dem Teppich in seinem Wohnzimmer. Er hat versucht, es auszuwaschen, aber Blut ist wirklich hartnäckig."

„Amen", murmelte der Koch.

Ein leises Stöhnen entschlüpfte Doyles Lippen.

Der Koch zupfte an seiner Schürze. „Kein menschliches Blut." Er drehte Doyle den Rücken zu und zwinkerte in meine Richtung.

„Ich habe auch blutiges Glas gefunden", fuhr Doyle fort. „Er hatte es weggeworfen, aber es fiel mir zwischen dem anderen Müll auf. Ich habe aber nicht gezielt gesucht", verteidigte er sich, obwohl ihm niemand Vorwürfe gemacht hatte.

„Was für Glas?", fragte der Koch.

„Noch einmal, ich habe nicht versucht, meine Nase in Mr Fitzroys Angelegenheiten zu stecken."

„Aber?"

Doyle seufzte. „Es schien eine Karaffe zu sein. Es roch nach Brandy."

„Er hat sich den Fuß am Glas geschnitten", sagte ich wie betäubt. Das musste schmerzhaft gewesen sein. Kein Wunder, dass er humpelte. „Wie hat er die Karaffe zerbrochen? Und welcher Fuß war es?"

„Ich würde sagen beide, und zwar an den Sohlen, nach den Abständen zwischen den Flecken und ihrer Form zu urteilen", fügte er hinzu.

„Er ist über zerbrochenes Glas *gelaufen*!" Aber Lincoln konnte den Scherben leicht ausweichen, indem er über die Möbel lief, um sich Schuhe aus dem Schlafzimmer zu holen. War er betrunken? „Ist er in meiner Abwesenheit verrückt geworden?"

Doyle und der Koch sagten nichts und wichen beide meinem Blick aus.

Ich stellte meine Teetasse ab und beugte mich vor. „Erzählt es mir", drängte ich. „Erzählt mir alles."

„Da sind Sie!" Eine kräftige Stimme füllte die Küche genauso effektiv wie die große, stämmige Gestalt der Sprecherin den Türrahmen. Eine attraktive Frau mit vollem Haar, das ihr über die Schultern fiel, stand in der Tür, die Hände auf die Hüften gestemmt. Ihr Haar hatte die gleiche Farbe wie Seths, nur mit etwas Grau hier und da. „Briggs sagte, ich würde Sie hier finden. Wozu reden Sie mit den Angestellten? Kommen Sie, Charlotte. Ich muss mit Ihnen sprechen." Sie drehte sich um und ging, ohne sich umzusehen, ob ich mitkam. Offensichtlich erwartete sie, dass ich sie einholte.

„Geh schon, Charlie", sagte der Koch und deutete mit dem Kinn hinter Lady Vickers her. „Geh und sag ihr, dass sie so nicht mit dir umspringen darf. Du bist die Dame des Hauses, nicht sie."

„Stimmt." Ich stand auf und zupfte an meinen Ärmeln.

Erst als ich beinahe den Salon erreicht hatte, fragte ich mich, ob der Koch meine Rolle überschätzte. War ich noch die Hausherrin? Oder hatte ich diesen Titel mit der Auflösung meiner Verlobung mit Lincoln verloren?

KAPITEL 5

Von Weitem war es schwierig, die Frau mit den hübschen hellen Haaren mit einem erwachsenen Sohn in Verbindung zu bringen. Selbst in tiefschwarzer Trauerkleidung war Lady Vickers attraktiv, wenn auch etwas furchteinflößend. Ein Lächeln würde sie möglicherweise sanfter und nahbarer erscheinen lassen, aber die strenge Stirn und die steifen Schultern zeigten mir deutlich, dass sie sich mir weit überlegen fühlte. Erst als ich mich ihr näherte, wie sie dort auf dem Sofa saß, sah ich, wie besorgt ihr Blick und wie weiß ihre Knöchel waren.

„Guten Tag, Lady Vickers", sagte ich mit einem Nicken. „Schön, Sie endlich kennenzulernen."

„Ganz meinerseits, Miss Holloway."

„Nennen Sie mich bitte Charlie."

„Und Sie müssen mich mit Madam ansprechen. Ma'am ist ebenfalls akzeptabel, aber nicht My Lady. Sie sind keine Angestellte."

Ich seufzte und wünschte mir, ich wäre in der Küche geblieben. Sie klopfte auf das Sofakissen und ich setzte mich neben sie. Die Bemerkung, dass ich kein Hund war, verkniff ich mir. Ich wollte Seths Mutter nicht kränken, insbesondere wenn wir irgendwie miteinander auskommen mussten. Lichfield Towers war groß, aber nicht groß genug, um sich aus dem Weg zu gehen. So wie ich Lincoln nicht aus dem Weg gehen konnte.

„Seth hat mir alles von Ihnen erzählt." Es klang wie eine Warnung und ich erwartete eine Liste von zahlreichen Gründen, warum ich nicht mit ihrem Sohn befreundet sein sollte. „Er bewundert Sie." Meine Überraschung musste mir im Gesicht gestanden haben, denn sie lächelte. Ich hatte recht; ihr Ausdruck wurde dadurch sanfter. „Er sagt mir, dass Sie die Einzige sind, die Mr Fitzroy im Griff hat. Falls das stimmt, ist das eine beachtliche Leistung."

„Wenn das wahr wäre, hätte er mich wohl kaum weggeschickt."

„Er hat Sie zurückgeholt, nicht wahr?"

„Und wenn schon. Ihn kann man nicht *im Griff* haben. Niemand kann das."

„Kein Grund, deswegen *mir* gegenüber schnippisch zu werden, Charlie. Es war Seths Beobachtung, nicht meine."

Ich sog Luft durch meine Zähne ein und ließ sie langsam wieder entweichen. „Wie lange gedenken Sie, in Lichfield zu bleiben, Madam?"

„So lange wie nötig." Ihr Blick wanderte zu ihren Händen, die auf ihrem Schoß lagen. „Meine Freunde können mich zurzeit nicht aufnehmen. Ich bin mir allerdings sicher, dass sie das bald tun werden."

Ich fühlte mich grässlich. Die arme Frau hatte für einen Skandal gesorgt, als sie mit ihrem Lakaien nach Amerika durchgebrannt war. Jetzt, da er tot und sie nach England zurückgekehrt war, würden ihr die Türen verschlossen und Einladungen nicht existent sein. Die Visitenkarten deuteten jedoch etwas anderes an. „Sie sind herzlich willkommen, so lange hierzubleiben, wie Sie wünschen", sagte ich.

„Mr Fitzroy hat mir das bereits zu verstehen gegeben. Ich muss sagen, es gefällt mir hier, trotz der Größe des Hauses."

„Es ist Ihnen zu groß?"

Sie lachte. „Mein liebes Kind, dieser Salon ist ein Viertel so groß wie mein alter."

Sie musste von ihrem Anwesen in England sprechen, nicht ihrem amerikanischen Haus. Nach dem, was Seth mir erzählt hatte, war ihre Unterbringung in New York eher unglücklich gewesen. Ihr zweiter Ehemann war nicht in der Lage gewesen, seiner neuen Frau den Lebensstil zu bieten, den sie als Lady Vickers gewohnt gewesen war. Sie hatte zwar noch ihren Titel, aber ihr Zuhause, ihre Freunde und ihren Ruf hatte sie mit der Heirat des Lakaien verloren. Ein großer Preis für die Liebe. Ich hoffte nur, dass er sie glücklich gemacht hatte.

„Ich hoffe, Sie werden sich nicht allzu unwohl fühlen", sagte ich mit so viel Freundlichkeit, wie ich aufbringen konnte. „Oder unsere Gesellschaft zu langweilig finden. Ich fürchte, wir haben selten Besucher."

„Das hat sich seit meiner Ankunft bereits geändert. Ich würde gern behaupten, dass sie mich besuchen kommen, aber sie kommen wegen meinem Seth und Mr Fitzroy. Seit dem Ball sind die jungen Damen ganz aus dem Häuschen wegen der beiden."

„Ball? Lincoln ist zu einem Ball gegangen?" Und ich hatte gedacht, er hätte Mörder gejagt. Er war bei einem Ball!

„Lady Harcourts jährliche Weihnachtsfeier letzte Woche. Es war eine ziemliche Sensation, dass wir drei dort aufgekreuzt sind."

„Das kann ich mir vorstellen."

Sie tätschelte meine Hand. „Meine Liebe, ich weiß, dass Sie und Mr Fitzroy verlobt waren, also hoffe ich, dass ich Sie nicht beunruhigt habe mit meiner Erwähnung des Balls und der Besucher, aber finde, Sie sollten es wissen. Ich an Ihrer Stelle wüsste die Informationen zu schätzen."

Ich nickte. Vielleicht erschien es merkwürdig, aber ich schätzte es wirklich, dass sie es mir sagte und so ausgedrückt fühlte sich ihr Tratsch auch nicht boshaft an.

„Ich möchte Ihnen außerdem versichern, dass Mr Fitzroy sich sehr anständig betragen und keinem der Mädchen den Vorzug gegeben hat", fuhr sie fort. „Er scheint die Art Mann zu sein, der Ihre Gefühle respektiert und aufs Äußerste bemüht ist, Ihren guten Ruf zu wahren. Ich bin mir sicher, dass er verlauten lassen wird, Sie hätten die Verlobung beendet. Dann wird er genügend Zeit verstreichen lassen, ehe er sich weiter umsieht."

Ich lachte. „Madam, mein Ruf ist es wohl kaum wert,

gewahrt zu werden. Was das Umsehen angeht, bin ich mir ziemlich sicher, dass er kein Interesse an einer Ehe hat, weder mit mir noch mit jemand anderem."

„Das mag sein, aber bezüglich Ihres Rufes möchte ich widersprechen."

Ich zog eine Augenbraue hoch. „Seth hat Ihnen doch erzählt, dass ich mehrere Jahre als Junge auf der Straße gelebt habe, oder?"

Meine Direktheit rang ihr nicht einmal ein Blinzeln ab. „Das hat er, aber wenige kennen Ihre Vergangenheit. Wenn wir herumerzählen, dass Sie meine Freundin sind, oder mir anvertraut, und die Einzelheiten unter den Tisch fallen lassen, wird niemand auf die Idee kommen, dass sie kein Mädchen aus gutem Hause sind."

„Sie wollen Ihre Freunde anlügen? Wozu?"

„Natürlich, um einen passenden Ehemann für Sie zu finden." Sie zwinkerte mich an, als ob sie meine Frage vollkommen idiotisch fand.

Ich zwinkerte zurück, denn ich fand *sie* idiotisch.

„Ich bin mir sicher, dass ich Ihnen einen Gentleman verschaffen kann, der Mr Fitzroy weit überlegen ist. Sie sind hübsch und haben eine ordentliche Figur. Außerdem haben Sie Temperament, was einige Männer mögen. Und diese Augen! Wenn Sie Ihre Karten richtig spielen, liegen Ihnen die Männer in kürzester Zeit zu Füßen."

Ich hielt die Hände hoch und schüttelte den Kopf. „Vielen Dank für Ihre freundlichen Worte, aber ich habe kein Interesse daran, einen Ehemann zu finden."

Sie nahm meine Hand zwischen ihre. Ihr Blick wurde mitfühlend. „Mein liebes Kind, ich weiß, dass Sie sich im Moment verletzt fühlen, aber Sie dürfen nicht zu lange warten. Sie sind schon fast neunzehn."

Und doch hatte ich kaum gelebt. Vielleicht waren junge Frauen über zwanzig in ihrer Welt nichts weiter als übrig gebliebene Essensreste, aber in meiner nicht. Ich hatte so wenig vom Land gesehen und gerade erst reiten gelernt. Plötzlich schien es Unmengen zu tun zu geben, bevor ich sesshaft wurde und heiratete. Seltsam, dass ich das erst jetzt so empfand und nicht schon, als ich in den Norden gegangen war. Vor zwei Wochen war ich sehr erpicht darauf gewesen, Lincolns Frau zu werden.

„Wenn ich Ihnen helfen soll, in der Gesellschaft Fuß zu fassen, dann müssen Sie mir eines versprechen." Lady Vickers war wieder rigide und förmlich geworden, ihr Kinn in königlicher Arroganz vorgeschoben.

Es war deutlich interessanter herauszufinden, was ihre einzige Bedingung war, als mit ihr über meinen Eintritt in die Gesellschaft zu streiten. „Das wäre?"

„Ich will Ihre Zusicherung, dass Sie sich nicht an meinen Seth heranmachen."

„Wie bitte?", stotterte ich.

„Wenn ich Sie den richtigen Leuten vorstelle, müssen Sie mir versprechen, nicht zu versuchen, meinen Sohn zu erobern. Es ist nichts Persönliches, meine Liebe. Während ich mir sicher bin, dass Sie ihm eine gute Ehefrau wären, kann er kein armes Mädchen heiraten. Er braucht eine reiche Erbin, um uns an den uns zustehenden Platz in der Gesellschaft zurückzubringen."

Ich brach in schallendes Gelächter aus, nur um abrupt aufzuhören, als sie mich gekränkt ansah. „Sie haben mein Wort, Madam. Ich werde Seth den Erbinnen überlassen. Sollen die sich um ihn schlagen. Ich bin sicher, dass er überaus beliebt sein wird."

Das schien ihr sehr zu gefallen. Sie schob ihre üppige Brust vor und lächelte sacht. „Das ist er bereits. Seine Anwesenheit beim Ball hat signalisiert, dass er bereit ist, sich eine Frau zu nehmen. Daher die vielen Besucher in letzter Zeit."

Lincolns Anwesenheit war vermutlich in gleicher Weise gedeutet worden. Das würde erklären, warum Lady Vickers glaubte, er wolle zu gegebener Zeit heiraten. Ob er wusste, was er der gehobenen Gesellschaft in London mit seinem Auftritt signalisiert hatte?

„Sehen Sie, das ist das Problem", fuhr Lady Vickers fort. „Seth ist nicht hier, um seine Besucher zu empfangen. Es wird immer schwieriger, Ausreden für seine Abwesenheit zu finden."

„Lincoln hat angedeutet, dass er und Gus zurückkommen könnten, da ich jetzt wieder hier bin."

„Er hat sich über die Art, wie Mr Fitzroy Sie behandelt hat, sehr aufgeregt." Sie verzog den Mund, aber ich konnte nicht ergründen, was sie darüber dachte.

„Dann ist das ja geklärt. Werden Sie Seth heute Abend benachrichtigen oder bis morgen warten?"

Sie runzelte die Stirn. „Charlie, Sie scheinen nicht zu verstehen. Ich weiß nicht, wo er ist."

„Er hat es Ihnen nicht gesagt? Seiner eigenen Mutter?"

„Er findet nicht, dass unsere Beziehung es erfordert, jederzeit zu wissen, wo er ist", sagte sie knapp.

„Er sollte Ihnen wenigstens sagen, wo er lebt."

„In der Tat." Sie seufzte. „Ich hatte gehofft, Sie könnten ihn für mich finden. Vielleicht weiß der Koch etwas."

„Sie haben ihn nicht gefragt?"

Sie zog die Nase kraus. „Ich dachte, Sie könnten das tun."

„Das habe ich schon und er weiß es nicht, aber ich habe eine Ahnung. Gus steht seine Großtante sehr nahe. Ihr hat er vermutlich gesagt, wo er sich rumtreibt. Ich schätze, wenn wir Gus finden, finden wir auch Seth. Ich werde ihr morgen eine Nachricht schicken."

„Nein, nein, nein. Wir müssen ihn heute Abend zurückholen. Weiß der Himmel, wo er wohnt. Ich hasse den Gedanken, dass er eine eisige Nacht da draußen allein verbringt. Er sollte *hier* sein."

Ich bezweifelte, dass Seth frieren oder allein sein würde. Höchstwahrscheinlich lag er bei einer seiner Liebschaften im warmen Bett. Hoffentlich war es nicht Lady Harcourt. Er hatte zwar erkannt, was für eine falsche Schlange sie war, aber bei einem hübschen Gesicht und einer üppigen Figur wurde er trotzdem leicht schwach.

„Sie wollen, dass ich noch heute eine Nachricht schicke? Ich schätze, Doyle könnte sie überbringen."

Sie schüttelte den Kopf. „Wir sollten persönlich hinfahren. Das geht schneller."

„Sie möchten, dass wir uns *beide* aufmachen?" Da draußen war ich nicht sicher. Der Mörder lief immer noch frei herum.

Niemand wusste, dass ich zurück war. Der Mörder würde nicht am Tor auf mich warten. Selbst Lincoln hatte mir in gewisser Weise erlaubt, das Anwesen zu verlassen.

„Ich hole meinen Mantel und meine Handschuhe", sagte ich und stand auf. „Und am besten sage ich dem Koch, er soll Lincoln Bescheid geben, falls er zurückkommt und wir nicht hier sind." Es wäre unklug, den Drachen zu reizen, indem ich ihn nicht über meinen Aufenthaltsort informierte.

* * *

Ich drückte mich so flach ich konnte auf den Sitz der Kutsche, sodass lediglich Lady Vickers von außen zu sehen war, die mir gegenüber saß. In Gedanken fügte ich „sich in Gefährten verstecken" zu meiner Liste von Gründen hinzu, kein Korsett zu tragen. Ich richtete mich erst auf, als sie verkündete, es sei sicher. Die Abenddämmerung verschluckte die wenigen Farben, die die Stadt zu bieten hatte—das Rot und Grün einer Stechpalme, das Blau eines Hutbandes—aber wenigstens regnete es nicht. Der vielseitige Doyle würde nicht nass werden, während er uns zu Gus' Großtante in der Broker Row nahe des Seven Dials Distrikts fuhr.

Bella Briggs hatte Lady Vickers' Haare hochgesteckt und einen frechen schwarzen Hut darauf befestigt, aber der Hut rutschte bereits und die Frisur glich schlaffen Segeln, die ihr über die Ohren hingen. Haare gehörten wohl nicht zu Bellas Talenten. Lady Vickers blieb aufmerksam. Sie hatte es sich zur Aufgabe gemacht, nach Tunichtguten Ausschau zu halten, sobald wir uns den ärmeren Bezirken der Stadt näherten. Ich war mir nicht sicher, ob sie mich vor dem Mörder beschützte oder schlicht vor Dieben auf der Hut war. Ich erzählte ihr nicht, dass ich mit fünfzehn mit einer Bande von Jungs in der Nähe der Broker Row gelebt hatte. Sie schaute auch so schon entsetzt genug auf die dreckigen Gesichter und zerlumpten Kinder.

„Warten Sie hier", sagte ich, als Doyle die Kutsche zum Stehen brachte. „Ich schaue mal, was ich von Mrs Sullivan erfahren kann."

„Sie können da nicht allein rausgehen!", sagte Lady Vickers.

Ich blockierte die Tür mit meinem Arm. „Ich komme zurecht. Sie bleiben besser hier und behalten die Kutsche im Auge."

Sie packte den Kragen ihres Mantels. „Sie haben recht. Doyle

65

kann das nicht allein. Aber wird Ihnen nichts passieren, meine Liebe?"

„Ach was. Ich bin an solche Orte gewöhnt. Abgesehen davon ist es noch nicht dunkel." Die Dunkelheit brachte die wirklichen Gefahren. Wenige anständige Menschen wagten sich in einer kalten Nacht in der Nähe von Seven Dials auf die Straße, aber viele weniger anständige waren unterwegs und führten nichts Gutes im Schilde.

Die frostige Luft zwickte mir in die Nase und Wangen, als ich auf den Bürgersteig trat. Ich nickte Doyle zu, doch der war zu sehr damit beschäftigt, die Straße nach möglichen Gefahren abzusuchen. Mrs Sullivan lebte in einem schmalen Mietshaus, das von einer zischenden Lampe beleuchtet wurde. In einer Stunde würde sie es nicht mehr schaffen, die Dunkelheit zu durchdringen. Ich klopfte schnell und war froh, dass die Tür ebenso schnell von der Putzfrau mit dem runden Gesicht geöffnet wurde. Sie begrüßte mich freudig und lud mich zu sich und den Mädchen ein—junge, obdachlose Frauen, die sie von Zeit zu Zeit aufnahm—aber ich lehnte dankend ab.

Kurz darauf nannte ich Doyle eine Adresse und kletterte zurück in die Kutsche. Wir fuhren los, noch ehe ich die Tür ganz geschlossen hatte.

„Hat sie gesagt, ob Seth auch dort ist?", fragte Lady Vickers.

„Nein. Aber falls nicht, wird Gus wissen, wo wir ihn finden."

Gus hatte sich in einem alten Haus in Clerkenwell ein Zimmer genommen. Früher musste es einem Adeligen gehört haben, doch jetzt wirkte es verloren zwischen den modernen Mietshäusern auf beiden Seiten. Diese standen stark und aufrecht da, während das Haus sich nach rechts lehnte und sich scheinbar durch pures Glück an seinem Ort hielt. Es dauerte etwas, bis die Tür von niemand Geringerem als Gus persönlich geöffnet wurde.

„Charlie!" Er blinzelte heftig, als würde er seinen Augen nicht trauen, dann zog er mich in eine Umarmung. „Verdammt! Du bist entwischt! Meine Güte, komm besser rein. Wenn sich das rumspricht, isser dir auf den Fersen."

Ich lachte. „Ich bin nicht entwischt. Lincoln hat mich geholt. Anscheinend hat er seine Meinung geändert."

Seine Augen wurden schmal. Das mit der Narbe wurde zu einem Spalt zwischen den muskulösen Wölbungen seines Gesichts. Es war kein schönes Gesicht, aber ich fand es wundervoll und drückte ihn gleich noch einmal. Er legte schmunzelnd seine kräftigen Arme um mich.

„Also hat der Tod doch ein Herz?", fragte er und ließ mich los. „Oder arbeitet er besser, wenn du da bist?"

So hatte ich es noch nicht betrachtet. Ich hatte mich gefragt, warum Lincoln mich wieder eingesammelt hatte, obwohl er mir gegenüber keinerlei Gefühle zeigte. Es schien unwahrscheinlich, dass er unsere Beziehung wieder aufnehmen wollte... und doch hatte er sich um mich Sorgen gemacht. „Hat er nicht gut gearbeitet, während ich weg war?"

Seine dünnen Lippen wurden noch dünner. „Er war viel waghalsiger, nachlässiger und arrogant, aber er hat auch mehr mit mir und Seth geredet. Hat uns seine Pläne verraten und so, als wär'n wir Gleichgestellte, keine Diener. Das hat er vorher nich gemacht."

„Nein", sagte ich leise, „hat er nicht."

„Komm rein, dann lernst du Miss Parkin kennen, meine Vermieterin. Die is'n bisschen wirr im Kopf und vergisst dich wahrscheinlich in fünf Minuten, aber sie macht guten Tee."

Ich schaute über die Schulter zur wartenden Kutsche. Doyle berührte die Krempe seines Hutes und Gus begrüßte ihn herzlich. Dann entdeckte er Lady Vickers. Sie beachtete ihn nicht, sondern starrte stur geradeaus.

„Wofür haste denn Lady Schlampe mitgeschleppt?", fragte er mit saurem Gesicht.

„Konnte es nicht verhindern. Sie sucht nach Seth. Ist er hier?"

„Nö."

„Weißt du, wo er ist?"

„Jou."

„Dann sollten wir am besten gleich hinfahren. Sie will ihn unbedingt wieder zu Hause haben."

Er grunzte. „Das wirdse noch viel mehr wollen, wenn sie sieht, was er getrieben hat, seit er aus Lichfield weg is."

„Oh?"

Sein Mundwinkel zog sich hoch, als würde er an einer Angel

hängen. „Um die Zeit findet ihr ihn im Brickmaker's Arms. Das is kein Ort für Ladys."

„Du meinst, Lady Vickers sollte nicht mitkommen? Wir könnten versuchen, sie nach Lichfield zurückzubringen, aber ich bezweifle, dass ihr das gefällt. Was passiert denn im Brickmaker's Arms, was Ladys nicht zu sehen bekommen sollen?"

Sein Grinsen wurde breiter und entblößte krumme Zähne. Früher hatte ich das Lächeln als bedrohlich empfunden, aber jetzt lächelte ich zurück. „Faustkämpfe."

Mir rutschte das Herz in die Hose. „Seth kämpft wieder? Aber warum? Er hat seine Familienschulden doch beglichen."

Er zog eine klobige Schulter hoch. „Vielleicht lässt er sich gern verprügeln."

„Niemand lässt sich gern verprügeln, insbesondere Seth. Dafür schaut er viel zu gern in den Spiegel."

Er schnaubte vor Lachen. „Lass mich mein Zeug holen."

„Du kommst noch heute mit nach Lichfield?"

„Klar. Miss Parkin stört's nich. Die erinnert sich sowieso meistens kaum an mich. Kriegt Angst, wenn ich um die Ecke komme. Dann muss ich ihr jedes Mal wieder erklären, dass ich eins von ihren Zimmern miete."

„Vielleicht sollte sie weibliche Mieter nehmen."

„Oder solche, deren Gesicht ihr nicht vor Schreck das Haarnetz vom Kopf jagt."

Er verschwand und tauchte ein paar Minuten später wieder am Fenster der Kutsche auf, das ich öffnete, als er klopfte. „N'Abend, Milady." Er zog die Kappe vom Kopf, um Lady Vickers zu grüßen. „Hat Charlie Ihnen gesagt, dass wir Sie erst nach Hause bringen?"

Ich lehnte mich zurück und hielt den Mund. Ich hatte ihr nichts dergleichen gesagt. Vielleicht war das fies von mir, aber ich sah keinen Grund, warum sie nicht sehen sollte, welche Orte ihr Sohn aufgesucht hatte, um die Schulden zu begleichen, die sie ihm hinterlassen hatte. Fairerweise musste man sagen, dass die Schulden von ihrem ersten Mann, Seths Vater, angehäuft worden waren, aber sie hätte in London bleiben und ihm helfen können, sich den Gläubigern zu stellen.

„Ich werde euch begleiten", sagte sie hochnäsig. „Ich will sichergehen, dass Seth tut, was man ihm sagt, und nach Hause kommt—heute Abend."

Gus verdrehte die Augen und setzte sich zu Doyle auf den Kutschbock. Vielleicht hätte ich das auch tun sollen. Lady Vickers saß mir schmollend gegenüber und murmelte: „Er war lange genug weg. Er hat seinen Standpunkt deutlich gemacht." Ich dachte, Seths Standpunkt hätte nichts mit ihr zu tun, aber vielleicht irrte ich mich.

Wir fuhren durch die fast leeren Straßen. Die Dunkelheit wurde lediglich durch das schummrige Licht der Straßenlaternen und die Lampen an unserer Kutsche durchbrochen. Auch wenn es noch früh war, waren wenige Menschen unterwegs, und die hasteten mit eingezogenen Köpfen und hochgeklappten Mantelkragen vorbei. Wenigstens war es noch nicht nebelig.

Die Kutsche hielt vor einer Kneipe, aus deren Fenstern gedämpftes Licht drang. Das Schild des Brickmaker's Arms schaukelte quietschend im Wind. Die Tür ging auf und ein Betrunkener stolperte heraus, begleitet von Stimmengewirr. Der Kerl torkelte, schaffte es aber, seinen Weg fortzusetzen. Nur einmal lehnte er sich an die Wand der Kneipe, ehe er in einer pechschwarzen Gasse verschwand.

Gus öffnete die Kutschentür und ich sprang heraus. Lady Vickers hielt sich zurück, den Mund und die Nase mit einem Taschentuch bedeckt.

„Bleiben Sie hier", sagte ich. „Wir holen ihn."

„Er ist hier?", murmelte sie in ihr Taschentuch. „In diesem schmierigen Loch?"

Ich ging voraus, nur um von Gus am Arm gepackt zu werden. Er zog mich hinter sich. „Ich geh vor, Charlie. Setz deine Kapuze auf und lass die bloß dein hübsches Gesicht nich sehen. Ich kann dir die nich alle vom Leib halten und wir wissen nich, in was für 'nem Zustand Seth is. Ob er helfen kann."

Ich schluckte. Falls Seth schwer verletzt war ... nicht auszudenken.

Mein Arm wurde wieder in Beschlag genommen—diesmal von Lady Vickers. Sie marschierte mit mir im Gleichschritt. Von dem Taschentuch war nichts mehr zu sehen. Sie sah aus wie ein Offizier, der in die Schlacht zog. Obwohl sie wusste, dass sie diese Schlacht nicht gewinnen konnte, war sie entschlossen, nicht klein beizugeben. Es erfüllte mich nicht gerade mit Zuversicht.

Ich tätschelte ihre Hand. „Ich bin mir sicher, er wird heute Abend mit nach Hause kommen."

Sie kniff die Augen zusammen. „Danke, Charlie. Ich wäre Ihnen überaus verbunden, wenn Sie all Ihre Überzeugungskraft einsetzen würden."

Ich unterdrückte ein Lächeln. „Ich tue mein Bestes."

Lady Vickers stieß einen leisen Schrei aus, als wir die Kneipe betraten und holte das Taschentuch wieder hervor. Sie hustete hinein und grummelte etwas, das ich über den Lärm und das Gelächter nicht verstehen konnte. Ich schätzte, es hatte etwas mit dem Gestank nach Urin und Schweiß zu tun, eine Kombination, die mich allzu sehr an die Löcher erinnerte, in denen ich mit den anderen Jungs aus meiner Bande gehaust hatte.

„Man gewöhnt sich dran", sagte ich.

„Ich glaube, ich muss mich übergeben."

„Tun Sie das in einer Ecke, wo es niemand bemerkt."

Gus bahnte sich einen Weg durch die Menge, den Lady Vickers' ausladender Rock noch vergrößerte. Ich folgte und musste nur einmal einen Mann anzischen, der versuchte, mir in die Wange zu kneifen. Er kicherte, versuchte es aber nicht noch einmal.

Gus fragte den Wirt hinter der Bar, ob Seth „unten" war. Der Wirt nickte und richtete seinen schielenden Blick auf Lady Vickers und mich.

„Wer sind die denn?"

„Seths Mutter und eine Freundin", sagte Gus. „Die sind in Ordnung. Die wissen, dass man die Klappe hält."

Der Wirt schaute misstrauisch, aber ein paar Münzen, die Gus mit seiner großen Pranke über den Tresen schob, änderten seine Meinung. Er nickte und wir folgten ihm zu einer Tür, die in einen spärlich beleuchteten Lagerraum führte. Es roch nach Bier; eine willkommene Abwechslung vom Rest der Kneipe, auch wenn Lady Vickers ihr Taschentuch trotzdem nicht wegnahm.

Der Wirt hob eine Falltür an, die hinter Fässern verborgen war, und Gus ging wortlos die Treppe hinunter. Ich bedeutete Lady Vickers, ihm zu folgen. Sie schaute in die Luke, bewegte sich aber nicht.

„Warum ist Seth im Keller?", fragte sie und steckte das Taschentuch ein.

„Tanzstunden", sagte der Wirt schmunzelnd.

„Er ist bereits ein hervorragender Tänzer."

„Bewegt euch, ich hab zu tun", knurrte er.

Ich drängte sie mit einem Nicken und einem Lächeln. Sie rümpfte die Nase, hob ihre Röcke an und trat durch die Falltür. Nicht viele Frauen ihres Standes hätten das getan. Ihre Tapferkeit war bewundernswert.

Ich folgte den beiden die Treppe hinunter in einen weitläufigen, fast leeren Raum. Lediglich an den Wänden waren Tische und zerbrochene Stühle aufgestapelt. Ein Hemd und eine Weste hingen am Bein eines umgedrehten Stuhls. Seile umspannten ein großes Quadrat in der Mitte des Raumes. Seth stand mit dem Rücken zu uns darin. Er sprach mit einem anderen Mann, der eine gelbe Krawatte und eine grüngoldene Weste trug. Seine feine Kleidung und der geölte Schnurrbart bildeten einen merkwürdigen Kontrast zu seinen vorgewölbten Brauen und dem Stiernacken. Die Männer waren allein.

„Seth!", kreischte Lady Vickers, die Stimme sowohl schrill als auch zitternd. „Seth! Komm sofort hierher!"

Seine Schultern sackten herab, als hätte jegliche Luft auf einen Schlag seinen Körper verlassen. „Gus, ich bringe dich um."

„Sie is nich die einzige, die ich hergebracht habe, falls du mal guckst, du Trottel", sagte Gus grinsend.

Seth drehte sich um und ich schnappte angesichts seiner aufgeplatzten Lippe und blauen Wange nach Luft. Vermutlich sahen seine Knöchel noch schlimmer aus, aber die hatte er hinter dem Rücken verborgen, sodass wir sie nicht sehen konnten.

Lady Vickers wimmerte. „Oh, mein lieber Junge. Dein schönes Gesicht."

Seth schien sie nicht gehört zu haben. Er grinste breit. „Charlie!"

Er kam auf uns zu, aber seine Mutter fing ihn ab. Sie packte sein Kinn und drehte es hier- und dorthin. Nachdem sie ihn eingehend untersucht hatte, ließ sie ihn los. „Was hat das zu bedeuten? Warum bist du nackt? Bedecke dich umgehend. Hier ist eine unschuldige junge Frau anwesend."

„Und Gott sei's gedankt, dass sie es ist!" Seth machte einen Bogen um seine Mutter und zog mich in seine Arme. „Schau weg, unschuldige junge Frau, ehe meine Nacktheit dich korrumpiert."

Ich lachte und erwiderte seine Umarmung. „Lass mich los, bevor deine Mutter in Ohnmacht fällt", flüsterte ich.

„Die fällt nie in Ohnmacht. Ihre Konstitution ist leider viel zu gut. So eine gelegentliche Bewusstlosigkeit würde mir etwas Ruhe verschaffen." Er ließ mich los, grinste aber immer noch von einem Ohr bis zum anderen. Die Wunde in seiner Lippe riss auf und fing an zu bluten, was er aber nicht zu bemerken schien.

Seine Mutter kam im Sturzflug mit ihrem Taschentuch in der einen und Seths Hemd in der anderen Hand an, die Lippen zusammengekniffen. Ihr rügender Blick galt allerdings mir. „Vergessen Sie Ihr Versprechen nicht", flüsterte sie.

Seth war zu sehr mit Anziehen beschäftigt, um es zu hören. „Du bist entkommen!", sagte er, während er das Hemd in die Hose stopfte. Nach der Hälfte gab er auf und ließ den Rest heraushängen. Seine Mutter beendete die Aufgabe, während er das Hemd zuknöpfte. „Ich wusste es. Braves Mädchen."

„Was treibst du hier unten?", fragte Lady Vickers, ehe ich antworten konnte. „Und sag nicht, es wären Tanzstunden." Sie betrachtete die Seile, die den Boxring markierten, den Schlägertyp, der uns mit einem ungeduldigen Tappen seines Fußes beobachtete, und schließlich den blutverschmierten Boden.

Seth versteckte schnell wieder die Hände hinter seinem Rücken, aber nicht, ehe ich die zerschundenen Knöchel gesehen hatte. Armer Seth. Warum hatte er diesen brutalen Sport wieder angefangen? Faustkämpfe dieser Art waren nicht nur verboten, sondern auch völlig unmenschlich. Der Adel liebte sie genauso wie das niedere Volk in der Kneipe oben. Es war eine der wenigen Aktivitäten, die keine Standesgrenzen kannte. Das, und die Hurerei.

„Ich, äh ..." Seth schluckte und starrte seine Mutter an.

Auch ich suchte krampfhaft nach einer Ausrede, aber Gus war seine Rettung. „Trifft seinen Schneider." Er deutete auf den Schläger. „Wer sonst würde sich so kleiden?"

Ich presste meine Lippen zusammen, um nicht zu grinsen. Gus zwinkerte mir zu.

Der Schläger richtete sich plötzlich auf und schob die Schultern zurück. Er richtete seine Krawatte und trat vor. „Ich habe bei dem Herrn hier gerade Maß für einen neuen Anzug genommen, Ma'am." Dabei warf er Seth ein zufriedenes Grinsen zu. Offenbar gefiel es ihm, in die Lüge mit einbezogen zu werden.

Lady Vickers rümpfte die Nase. „Benutzt eigentlich niemand mehr deinen Titel?", fragte sie Seth. „Er ist Lord Vickers", sagte sie so laut, als wäre der Schläger schwerhörig. „Und so werden Sie ihn auch anreden, sonst sucht er sich einen anderen Schneider."

Die Oberlippe des Mannes kräuselte sich wie bei einem angriffslustigen Hund. „Ich komme später noch einmal zurück", sagte Seth schnell. Er scheuchte uns zur Treppe, wobei er einige wachsame Blicke über die Schulter warf.

„Was ist mit heute Abend?", knurrte der Mann. „Wir hatten eine Vereinbarung."

„Sie werden einen anderen ... Kunden finden müssen. Sicher sehen Sie ein, dass ich jetzt nicht bleiben kann."

Der Schläger polterte auf uns zu wie ein außer Kontrolle geratener Felsbrocken, der einen Hang herunterrollte, die gelben Zähne gebleckt. „Komm zurück, du verdammter Schwanzlutscher!"

Lady Vickers klappte der Unterkiefer herunter. Dann wurde er hart und ihre Augen noch härter. Sie drehte sich um und baute sich breitbeinig auf. Definitiv niemand für eine Ohnmacht.

„Mutter!", brüllte Seth. „Aus dem Weg!"

Sie stemmte ihre Hände auf die Hüften. „Wie *können* Sie es wagen, meinen Sohn mit so *widerlichen* Worten zu betiteln!"

„Weg da, Lady", fuhr der Kerl sie an. „Mit Ihnen habe ich nichts zu schaffen." Als sie sich nicht vom Fleck rührte, schubste er sie mit dem Arm zur Seite.

Hätte Gus sie nicht aufgefangen, wäre sie gestürzt.

„Verschwindet! Ihr alle!" Seth stellte sich ebenso breitbeinig auf, wie seine Mutter es getan hatte. Er ballte die Fäuste und ging in Angriffsposition. „Gus, sieh zu, dass du sie in Sicherheit bringst."

„Seth!", schrie Lady Vickers. „Nein!"

KAPITEL 6

„*D*er kommt schon klar", versicherte ich Lady Vickers, nahm ihre Hand und zerrte sie zur Treppe. „Er ist ein geübter Kämpfer."

Sie ließ sich von uns die Treppe hinaufbringen, nur um anzuhalten und sich umzudrehen, als das Geräusch von Haut auf Haut den Beginn des Kampfes signalisierte. Seth duckte sich unter der Faust des Schlägers durch und landete seinen ersten Treffer. Der Kerl taumelte zurück, aber Seth beließ es nicht dabei, sondern setzte ihm nach.

Lady Vickers wimmerte und presste erneut das Taschentuch an ihre Nase.

„Schauen Sie nicht zu", sagte ich und nahm ihren Arm. „Wir warten in der Kutsche auf ihn."

Wir hasteten durch den Lagerraum und die Kneipe, dann nach draußen zur Kutsche. „Der Mann da …", murmelte sie, sobald wir drinnen saßen, „er ist kein Schneider, oder?"

„Nee", sagte Gus und setzte sich neben sie. Er legte ihr die Decke über die Knie. „Auch kein Tanzlehrer."

Lange mussten wir nicht warten, bis Seth in die Kutsche purzelte. „Los!", rief er Doyle zu. Seine Kleidung war verrutscht, die Haare hingen ihm schweißverklebt auf die blutverschmierte Nase. Er grinste. „Verdammte Hacke, ist das schön, dich zu sehen, Charlie."

„Gleichfalls", sagte ich grinsend. Die Situation war absurd. „Du blutest auf dein Hemd."

Er wischte sich den Ärmel über die Nase und betrachtete ihn. „Mist. Blut kriegt man schwer raus."

„Ich bin sicher, Bella macht das für dich."

Der eisige Blick seiner Mutter sagte mir, dass sie ganz genau wusste, was Bella für Seth tun würde.

„Gott, wir haben dich vermisst, Charlie." Er grinste noch immer, wobei seine perfekten weißen Zähne im Licht der Lampe an der Tür aufblitzten. „Wie bist du entkommen? Wo versteckst du dich? Wohin fahren wir jetzt?"

„Mach mal langsam." Ich lachte. „Ich bin nicht entkommen. Lincoln hat mich zurückgeholt."

Sein Lächeln verwelkte. Die Lippen öffneten sich. „Wer hat ihm denn etwas Verstand eingeprügelt? Mutter?" Er lachte. Ich verdeckte meinen Mund, um mein Lächeln zu verstecken.

„Seth!", bellte Lady Vickers. „Erkläre dich. Hast du dich *geprügelt*? Für *Geld*?"

„Was hat mich verraten? Das Blut? Oder der Kämpfer mit dem Stiernacken und mangelndem Modegeschmack? Sein Erscheinungsbild ist ein Verbrechen, aber versuch mal, ihm das zu erklären. Er glaubt, er wäre Beau Brummell."

Neben mir schnaubte Gus. „Hast du einen vor die Glocke gekriegt? Du redest, als wäre da drinnen was locker."

Lady Vickers beugte sich vor und betrachtete Seths Verletzungen und blaue Flecken. Abgesehen von der blutigen Nase und der aufgeplatzten Lippe umgab ein gelber Fleck eins seiner Augen, der schon älteren Datums sein musste. Vielleicht *war* er in den letzten Tagen zu oft am Kopf getroffen worden. Niemand sollte so fröhlich sein wie Seth, nachdem er grün und blau geprügelt worden war.

„Schau sich einer dein schönes Gesicht an." Lady Vickers schnalzte mit der Zunge, während sie seinen Kopf hin und herdrehte. „Und das auch noch zu so einer wichtigen Zeit, wenn du den besten Eindruck machen musst. Was werden die Mädchen jetzt denken?"

Er ruckte aus ihrem Griff. „Du wärst überrascht, wie aufregend sie ein paar blaue Flecken finden", grummelte er. „Wenn das nicht noch mehr Besucherinnen auf den Plan ruft, dann weiß ich es auch nicht. Ich bin mir sicher, du wirst mit ihrem neugewonnenen Enthusiasmus vollauf zufrieden sein, sobald es sich rumspricht."

„Sobald sich rumspricht, dass du Preisboxer bist, können wir uns glücklich schätzen, wenn wir überhaupt noch irgendwo eingeladen werden." Sie schniefte und betupfte ihre Augenwinkel mit dem Taschentuch, obwohl sie trocken waren. Auch wenn sie zu Beginn des Kampfes um ihn besorgt gewesen war, zeigte sie jetzt keinerlei Beunruhigung bezüglich seines Wohlbefindens.

„Keine Sorge, Mama. Alles wird gut, jetzt, wo Charlie wieder zurück ist. Du wirst schon sehen."

Lady Vickers verzog das Gesicht. Ich vermutete, dass ich ihr erneut würde versichern müssen, dass ich nicht vorhatte, ihren Sohn in eine Ehe zu locken.

Seth grinste mich an. „Und auch noch rechtzeitig zu ihrem Geburtstag."

* * *

LADY VICKERS FOLGTE Seth mit flatterndem Taschentuch und wehenden Röcken wie ein Schatten bis in die Küche. „Lass mich wenigstens das Blut abwischen."

„Mir geht's gut!", fuhr er sie über die Schulter an. „Nichts, was ein herzhaftes Mahl nicht beheben könnte. Was gibt's zum Abendessen, Koch?"

Der Koch schaute von dem Topf auf, in dem er am Herd rührte und begrüßte Seth mit einem Grunzen. „Abendessen ist für die, die hier wohnen."

„Ab heute wohne ich wieder hier." Seth klopfte ihm auf die Schulter und schielte in den Topf. „Ich bin halb verhungert. Sieh mich an! Ich vergehe fast." Er nahm den Holzlöffel, den der Koch auf dem Rand des Topfes abgelegt hatte, tauchte ihn ein und schlürfte genüsslich.

„He!" Der Koch riss ihm den Löffeln weg. „Hast deine Manieren genauso verloren wie deinen Verstand, wie ich sehe."

„Es war ein sehr herausfordernder Abend", sagte Lady

Vickers von der Tür her. „Bella kann mir das Essen in mein Zimmer bringen. Wirst du heute Abend mit mir dinieren, Sohn?" Sie schien nicht weiter in den Raum kommen zu wollen, als ob wir im Meer stünden und sie am Ufer und nicht nass werden wollte.

„Ich muss mit Charlie reden. Zum Frühstück leiste ich dir Gesellschaft." Seth ging zurück zu seiner Mutter, küsste ihre Stirn und sagte ihr, dass er sie sehr gern hatte. Ganz der Charmeur.

Es funktionierte sogar. Sie lächelte und tätschelte seine Wange. „Gute Nacht, mein lieber Junge." Damit ging sie, aber nicht ohne mir noch einen warnenden Blick zuzuwerfen.

Ich holte Schüsseln und der Koch schöpfte Suppe hinein. Dann holte er Brot aus dem Ofen. Gus und Doyle gesellten sich zu uns, nachdem sie die Pferde versorgt hatten, und wir fünf saßen wie eine Familie am Tisch, wenn auch eine merkwürdige. Sie war nicht vollständig. Lincolns Abwesenheit bildete eine Lücke, die ich für meinen Teil deutlich spürte. Gus war der erste, der ihn erwähnte, nach seinem ersten Schluck Suppe.

„Wann kommt der Tod zurück?", fragte er Doyle.

„Das hat er nicht gesagt", erwiderte der Butler.

„Du weißt doch, wie er ist", sagte der Koch. „Der könnte tagelang weg sein."

„Oder er könnte jeden Moment hereinkommen", fügte Seth hinzu.

Wir alle schauten zur Tür.

Ich seufzte. „Anscheinend warnt er alle ..." Ich schaute zu Doyle und suchte nach einem anderen Wort, das nicht zu viel preisgab.

„Übernatürlichen." Doyle tupfte sich den Mundwinkel mit der Serviette ab und aß weiter, als hätte er nichts Bedeutsames gesagt. „Mr Fitzroy hat mich über den wahren Zweck des Ministeriums aufgeklärt, ehe er gegangen ist."

Seth und Gus sahen sich an. „Und Sie finden das nicht ... seltsam?", fragte Seth.

„Ich wurde nicht eingestellt, um mir eine Meinung über die Belange meines Arbeitgebers zu bilden."

„Wette, das hält Sie nich davon ab, eine zu haben", murmelte

Gus in seine Schüssel, die er an den Mund gesetzt hatte. Er trank den letzten Rest Suppe aus und stellte die Schüssel mit einem zufriedenen Knall auf den Tisch. „Gibts Nachschlag?"

„Lass den anderen noch was übrig", sagte der Koch.

„Warum hat Fitzroy dich geholt?", fragte Seth mich. „Hat er was gesagt?"

„Er dachte, ich könnte in Gefahr sein", sagte ich, ohne ihren Blicken zu begegnen.

„Er muss es gesehen haben", sagte Gus, der sich darauf konzentrierte, auf dem Weg zum Tisch nichts aus seiner sehr vollen Schüssel zu verschütten.

„Er hat uns über seine Hellsichtigkeit informiert", erklärte Seth. „Bevor wir gegangen sind."

„Mir hat er das nicht gesagt", grummelte der Koch.

Nach Doyles erstauntem Gesichtsausdruck zu urteilen, war das auch für ihn neu.

„Er weiß nicht die ganze Zeit, was ihr macht", versicherte ich ihm. „Und er kann auch keine Gedanken lesen. Er weiß nur, ob jemand da ist oder nicht."

„Und ob Charlie in Gefahr ist", sagte Seth, der mich beobachtete. „Wenn es um sie geht, ist es am stärksten. Also, was ist passiert? Oder hat er überreagiert?"

„Lincoln und überreagiert? Das Wort gibt es in seinem Vokabular doch gar nicht. Es gab da eine Situation in der Schule, die aber friedlich gelöst wurde, sobald Alice aufgewacht ist." Ich gab ihnen einen kurzen Abriss der Geschehnisse, was zu einer Diskussion über die Kräfte von Alice und den anderen Mädchen führte. „Es scheint, als würden wir Hexen von unseren Eltern und Vormündern als missraten angesehen werden."

„Missraten?", fragte der Koch.

„Der Name der Schule."

Sie schauten mich verständnislos an.

„Es ist das Pensionat für missratene Töchter in der Nähe von York. Hat er euch das nicht gesagt?"

„Er hat uns gar nichts gesagt", brummte Seth und riss ein Stück vom Brot ab. „Weder den Namen der Schule, noch wohin du gebracht wurdest, noch wie weit weg. Nichts."

„Oh. Ich verstehe. Nun, das ist der Name und die sogenannten missratenen Mädchen werden dorthin geschickt, um sie aufzupolieren und junge Damen aus ihnen zu machen. Es gab mehrere übernatürliche Schülerinnen."

„Also bist du jetzt eine junge Dame?", fragte der Koch mit einem schiefen Grinsen.

Ich lachte. „Zwei Wochen waren bei weitem nicht lang genug. Die Lehrerinnen haben verzweifelt aufgegeben und die Direktorin ..." *Hat mich in den Kerker gesteckt.* „Die Direktorin hat mich als persönliche Herausforderung betrachtet." Es war sinnlos, ihnen zu erzählen, was sie wirklich gesagt und getan hatte. Abgesehen davon hatten Mrs Denk und ich eine Art Waffenstillstand ausgehandelt.

„Du bist nich auf Bäume geklettert, oder?", fragte Gus mit schalkhaft blitzenden Augen.

„Wäre ich zu gern, aber du auch, wenn du den ganzen Tag in einem Zimmer sitzen und nähen müsstest. Die Langeweile war eine größere Gefahr als alles, was Alice hätte träumen können."

Doyle wischte seine Schüssel mit seinem Brot aus. „War es weise, sie dort zu lassen?"

„Ich weiß es nicht, hoffe es aber. Jetzt, da sie weiß, wodurch ihre Träume lebendig werden, sollte sie es kontrollieren können."

Sie schwiegen. Vielleicht überlegten sie wie ich, welche Schrecken über Alice und die anderen hereinbrechen konnten, falls sie nicht ruhig blieb. Allmählich wünschte ich mir, ich hätte sie mit nach Lichfield gebracht, aber das war für sie im Moment viel zu gefährlich, da der Mörder noch nicht gefasst war.

„Also hat Fitzroy dich geholt, obwohl du bei seiner Ankunft nicht in Gefahr warst", sagte Seth. „Das ist eine ziemliche Kehrtwende. Das letzte Mal, als ich ihn gesehen habe, war er genauso stur wie immer. Ich war bereit, ihn zu vermöbeln, als er uns nicht sagen wollte, wo du bist."

„Warum hastes nich gemacht?", knurrte Gus. „Weil er dich umgehauen hätte, vielleicht?"

Seth brummte lediglich.

„Also wisst ihr auch nicht, warum er seine Meinung geändert hat?", fragte ich.

„Er hat dich vermisst", sagte der Koch mit einem Schulterzucken.

„Oder dich gebraucht", fügte Gus hinzu.

„Kommt aufs Gleiche raus", sagte Seth.

„Nein, tut's nicht", sagten Gus und der Koch gleichzeitig.

„Was auch immer seine Gründe waren, Gott sei Dank sind Sie zurück." Doyles Überzeugung überraschte mich. Ich hatte gedacht, dass meine Rückkehr ihn am wenigsten berührte, da er mich nicht sonderlich gut kannte. „Er war ... schwierig in Ihrer Abwesenheit. Vielleicht ändert sich das jetzt."

„Inwiefern schwierig?"

„Er war labil, unberechenbar. Er hat sich gelegentlich in Gefahr gebracht, ohne auf sich zu achten."

Er musste sich auf Lincolns zerschnittene Füße beziehen. Dachte er, Lincoln hätte das Glas selbst zerbrochen, um dann absichtlich über die Scherben zu laufen?

„Er war so wie früher", ergänzte Gus. „Bevor du hier eingezogen bist, Charlie."

Ich schluckte. Lincoln war das Leben anderer nie sonderlich wichtig gewesen, daher der Spitzname, den die Männer ihm gegeben hatten—Tod. Ich bildete mir gern ein, dass er sich verändert hätte, dass seine Gefühle für mich ihn neu geformt hätten, aber vielleicht war das eine dumme Hoffnung. Je mehr ich darüber nachdachte, desto sicherer war ich mir. Lincoln hatte in meiner Abwesenheit aufgehört, etwas vorzutäuschen, und war ohne die Scheuklappen der Liebe zu seinem wahren Selbst zurückgekehrt. Die Scheuklappen waren auch von mir abgefallen, also sollte ich ihn nicht zu hart verurteilen.

Ich stand auf und sammelte die Schüsseln ein. Als ich zu Seth kam, fasst er mein Handgelenk und betrachtete meine Hand. „Wo ist dein Verlobungsring?"

„Den habe ich ihm zurückgegeben."

Jemand schnappte nach Luft. Seth ließ mich mit einem Stirnrunzeln los. „Bist du verrückt? Warum willst du die Verlobung auflösen? Willst du nicht die Herrin von all dem hier sein? Willst du nicht mehr seine Frau werden?"

„Ich ... ich weiß nicht mehr, was ich will. Meine Zukunft ist unklar. Ich weiß nur, dass die Dinge zwischen mir und Lincoln jetzt anders sind. Das müssen sie. Wir können nicht einfach so weitermachen wie bisher. Ich wäre schön blöd, wenn ich so tue, als wäre alles wieder gut."

„Du musst nicht so tun, aber du kannst mit ihm reden, ihm sagen, was du fühlst."

„Ich habe es ihm auf der Rückfahrt gesagt. Glaube mir, Seth, wenn er danach nicht verstanden hat, wie ich mich fühle, dann fehlt ihm wirklich Empathie."

Er runzelte noch mehr die Stirn. „Er hat nicht versucht, dich umzustimmen?"

„Warum sollte er?"

„Er hat dich zurückgeholt, Charlie. Sagt das nichts aus? Bedeutet das nicht, dass er dich vermisst hat und dich immer noch liebt?"

„Falls er unsere Beziehung wieder hätte aufnehmen wollen, hätte er mir das gesagt, als ich ihm den Ring zurückgegeben habe. Er war mir gegenüber kühl."

„Kühl oder vorsichtig? Vielleicht hat er versucht, erst deine Gefühle zu ergründen, ehe er sich wieder auf dich einlässt."

Ich nahm seine Schüssel und ging in die Spülküche. Seth hatte vielleicht recht, aber es spielte keine Rolle. Lincoln hatte mich verraten, und das würde ich ihm nicht verzeihen. Und ohne Vergebung gab es kein Zurück zu dem, was wir einmal hatten.

„Du hättest den Ring verkaufen sollen", rief Gus. „So'n Steinchen hätte dir'n hübsches Sümmchen eingebracht. Aua! Wofür war das jetzt?"

„Dafür, dass du ein Idiot bist", knurrte Seth.

„Ich kümmere mich um das Geschirr", sagte Doyle. Ich hatte nicht bemerkt, dass er mir in die Spülküche gefolgt war. „Sie sollten Ihre Hand versorgen."

Ich ballte meine Hand zur Faust, um die Striemen zu verbergen, die noch immer sichtbar waren. „Sie haben es gesehen."

„Ein guter Butler sieht alles. Auch wie müde seine Herrin aussieht."

Ich schenkte ihm ein schwaches Lächeln. „Ich wäre lieber ihre Freundin. Aber danke, Doyle. Ich werde mich früh zurückziehen. Es war ein langer Tag. Ein guter Tag, aber ein langer."

Er nahm den leeren Eimer neben der Tür. „Alle sind froh, dass Sie zurück sind, Charlie. Alle."

* * *

NACH DEM FRÜHSTÜCK bat Lincoln um meine Anwesenheit in der Bibliothek, zusammen mit Seth und Gus. Ich hatte erwartet, dass er unterwegs sei, aber er behauptete, dass alle in London ansässigen Übernatürlichen inzwischen gewarnt wären und dass es jetzt an ihnen lag, ob sie die Warnung ernst nahmen oder nicht.

„Es wird Zeit, dass wir uns darauf konzentrieren, den Mörder zu schnappen", sagte er.

Wir, nicht er allein. Es war ein gutes Zeichen, dass er uns alle einbeziehen wollte. Vielleicht.

„Wie?", fragte Seth. Nachdem er das Blut abgewaschen hatte, sahen seine Verletzungen nicht mehr so schlimm aus, aber seine Mutter hatte beim Frühstück trotzdem über sein „raues" Aussehen gejammert. Sie hatte ihn gezwungen, seine Knöchel mit Bandagen zu umwickeln, die mit einer übel riechenden Flüssigkeit getränkt worden waren. Die Bandagen dampften jetzt im Kaminfeuer, wohin er sie geworfen hatte. „Der einzige Weg, den ich zurzeit sehe, ist Thomas Rampling zu befragen." Seth warf mir einen finsteren Blick zu.

„Wer ist Thomas Rampling?", fragte ich.

„Ein Toter, der die Identität des Mörders kennen könnte. Haben Sie ihr nichts erzählt, Fitzroy?"

„Dafür war keine Zeit." Lincoln stand beim Feuer, während Seth, Gus und ich in Sesseln vor dem Kamin saßen. Er wirkte müde, was seinem guten Aussehen aber keinen Abbruch tat.

Ich studierte meine im Schoß gefalteten Hände, um nicht abgelenkt zu werden und um die Schwiele in meiner Handfläche zu verbergen.

„Sie hatten den ganzen Weg von York Zeit!"

„Seth", zischte Gus. „Halt die Klappe."

Ich konnte ihre Blicke auf mir spüren, also schaute ich trotzig hoch. „Unser Abteil war voll", log ich. „Wir hatten keine Gelegenheit, ausführlich über die Morde zu sprechen. Und wenn … hatten wir andere Dinge zu bereden."

Lincoln verlagerte sein Gewicht von einem Fuß auf den anderen. Ich schaute kurz in sein Gesicht und erwischte ihn dabei, wie er mich ansah. Eine kleine Falte stand zwischen seinen Brauen.

„Dann mach's dir mal gemütlich, Charlie", sagte Gus. „Das ist ne ziemlich wilde Geschichte."

Sie berichteten mir vom Mord an dem Muskelmann vom Zirkus und wie Lincolns Informant sie zu einem Schützen namens Jack Daley geführt hatte, der den Abzug gedrückt hatte. Irgendwie hatten sie Daley dazu gebracht, den Namen des Mannes auszuspucken, der *ihn* angeheuert hatte—Thomas Rampling. Ich hatte den Verdacht, dass Lincoln seine üblichen Einschüchterungsmethoden verwendet hatte, um Daley zum Reden zu bringen, da er meinen diesbezüglichen Fragen auswich. Leider war Rampling ertrunken, bevor sie mit ihm sprechen konnten. Es war sein Geist, den ich beschwören sollte. Der konnte hoffentlich den mysteriösen Mann identifizieren, der *ihn* angeheuert hatte. Alles, was sie wussten, war, dass er zum Adel gehörte und dass er Rampling losgeschickt hatte, um Auftragsmörder zu bezahlen, die Übernatürliche umbringen sollten, deren Kräfte möglicherweise dazu genutzt werden konnten, um Tote zum Leben zu erwecken. Das hatte Victor Frankenstein mithilfe meiner Nekromantie vergeblich versucht.

Seth beugte sich vor und stützte seine Ellenbogen auf die Knie. „Ramplings Geist ist unsere einzige Hoffnung, die Wahrheit herauszufinden."

„Was is mit Gillingham?", fragte Gus mit einem Schulterzucken. „Wollen Sie den unter die Lupe nehmen, Sir?"

„Es ist unwahrscheinlich, dass er schuldig ist", sagte Lincoln.

„Was ist mit Gillingham?", fragte ich. „Ist er aus einem bestimmten Grund verdächtig oder einfach nur, weil er ein Stück Scheiße ist, das man noch nicht mal unter der Schuhsohle kleben haben möchte?"

Seth grinste und Gus kicherte in sich hinein. Ich hätte schwören können, dass auch Lincolns Lippen zuckten. „Lady Gillingham ist eine Gestaltwandlerin", sagte er.

Ich lehnte mich fassungslos in meinem Sessel zurück. „Verdammt und zugenäht. Du meinst wie die beiden Mädchen, die ich in der Schule kennengelernt habe?"

„Ich vermute es. Sie verwandelt sich in eine ... Kreatur."

„Hat sie dir das gesagt? Oder ihr Mann?"

„Ich habe ein Gespräch der beiden mit angehört und wurde misstrauisch genug, um der Sache auf den Grund zu gehen. Ich bin durch ihr Schlafzimmerfenster eingestiegen und habe sie im Schlaf beobachtet."

Meine Finger krallten sich in die lederne Armlehne. „Ich verstehe."

„Sie war mit Fell bedeckt und ähnelte einer Art Wolf. Ihre geschärften Sinne erlaubten es ihr, mich zu hören und zu riechen. Sie griff an und hörte erst auf, als sie mich erkannte. Wir haben geredet und sie hat mir erzählt, dass sie mit der Fähigkeit geboren wurde, willentlich zwischen ihrer menschlichen und dieser anderen Gestalt zu wechseln. Im Schlaf ist sie aber meistens die andere Kreatur. Ihr Mann hat diese Tatsache letzten Sommer herausgefunden." Etwa zu der Zeit, als Lincoln mich wegen meiner Nekromantie gekidnappt hatte. Kurz darauf hatten die Morde eingesetzt.

Ich ließ die Armlehne los. Kleine Halbkreise von meinen Fingernägeln waren im braunen Leder sichtbar. „Du hast gesagt, du hältst ihn nicht für verdächtig. Warum nicht?"

„Seine Frau widert ihn an, trotzdem hat er sie nicht umgebracht."

„Sie kann allerdings keine Toten zum Leben erwecken oder sonst irgendwie Körperteile wiederbeleben oder Geister beschwören. Wenn er nur solche Übernatürlichen tötet, könnte er trotzdem der Mörder sein."

Lincoln nickte und ich vermutete, dass er diese Tatsache im Hinterkopf behielt, aber dennoch nicht davon ausging, dass Gillingham der Mörder war.

Gus schnaubte. „Er hasst seine Frau."

„Er hat panische Angst vor ihr", fügte Seth hinzu. „Er will weder in ihrer Nähe sein noch seine Kinder verderben."

„Manche Leute würden übernatürliche Fähigkeiten als Verbesserung betrachten", sagte ich eingeschnappt.

„Gillingham nicht." Seth lehnte sich zurück, legte die Beine übereinander und ließ seine weißen Zähne in einem Lächeln aufblitzen. „Deswegen brauchst du keine Angst zu haben, dass er dich würde heiraten wollen, sollte seine Ehe enden. Tut mir leid, wenn dich das enttäuscht, Charlie."

Ich verdrehte die Augen und erwischte Lincoln wieder dabei, wie er mich intensiv beobachtete. „Ich komme mit der Enttäuschung klar."

„Ich glaube trotzdem, dass Gilly schuldig is", sagte Gus. „Den kann ich nich leiden."

„Wenn wir jeden umbringen, den wir nicht mögen, bleibt vom Komitee niemand übrig", sagte Seth.

„Hab ja nich gesagt, dass ich ihn umbringen will."

„Wie naiv du bist."

„Niemand bringt hier ohne guten Grund irgendwen um", warf Lincoln ein. „Nicht mal Gillingham, sollte er sich als schuldig erweisen."

„Spielverderber."

Es schien tatsächlich so, als hätten wir nur eine einzige Option: den Geist von Thomas Rampling beschwören. Wenigstens wusste ich jetzt, warum Lincoln mich zurückgeholt hatte. Er brauchte mich, aber nicht für sein persönliches Glück. Er brauchte meine Nekromantie, so wie am Anfang unserer Bekanntschaft. Es überraschte mich nicht. Lincoln hatte nur wenige Bedürfnisse, sowohl emotional als auch körperlich.

Überrascht war ich vielleicht nicht, aber Enttäuschung stach wie eine Nadel in meine Brust.

„Hat Rampling einen Zweitnamen?", fragte ich.

„James." Lincoln verlagerte wieder sein Gewicht und kam diesmal dabei etwas näher. „Charlie, wenn du das nicht machen möchtest, musst du nicht."

„Natürlich möchte ich", schnappte ich. „Dafür bin ich doch hier, oder?"

Seth und Gus sahen Lincoln an. Er schüttelte den Kopf, sagte aber nichts. Ich stieß die Luft aus und fing an. „Thomas James Rampling, ich rufe Sie her zu mir. Thomas James Rampling, bitte kommen Sie als Geist zu mir für … ein Gespräch."

Weißer Nebel sammelte sich in der Ecke der Bibliothek in Form eines Mannes. Wie eine Kohlezeichnung wirkte er weder echt noch lebendig, dennoch hatte er eine Form, die durch den Raum auf mich zu schwebte. Sein Gesicht war durch das Ertrinken aufgedunsen und es fiel mir schwer, ihn anzusehen. Nachdem er sich umgesehen und jeden der Männer betrachtet hatte, stellte er sich in Lincolns Nähe auf die andere Seite des riesigen Kaminsimses.

„Mr Thomas Rampling?", fragte ich.

„Wer sind Sie?"

„Mein Name ist Charlie. Ich habe Sie gerufen, um Ihnen einige Fragen zu stellen."

„Wie haben Sie das gemacht?"

„Es ist eine vererbte Fähigkeit. Sind Sie gewillt, mir einige Fragen über den Mann zu beantworten, der sie angeheuert hat, um Jack Daley anzuheuern?"

Der Nebel löste sich auf, als hätte eine kräftige Brise ihn erfasst, dann stellte er Thomas Ramplings Gestalt wieder her. „Was wollen Sie wissen?", fragte er und schaute zu Lincoln.

„Nur ich kann Sie hören", erklärte ich. „Wir sind das Ministerium der Kuriositäten, eine Gruppe, die gegründet wurde, um alle Übernatürlichen wie meine Wenigkeit zu erfassen. Daley hat einen Übernatürlichen getötet und wir möchten wissen, warum und wer den Mord angeordnet hat. Er sagte uns, Sie hatten ihn angeheuert. Stimmt das?"

Der Nebel waberte. „Was sind die Konsequenzen, falls ich das getan habe? Das ist kein Geständnis, wohlgemerkt, nur eine Frage."

„Es gibt keine Konsequenzen. Sie sind bereits tot. Es gibt nichts, was irgendjemand in dieser Dimension Ihnen antun kann, und wir haben kein Interesse daran, Sie posthum zu beschuldigen. In der Dimension, in der Sie jetzt existieren, sind Ihre irdischen Taten bereits bekannt und verurteilt. Ein Geständnis uns gegenüber ändert nichts."

Seine Augen wurden schmal. „Warum sollte ich Ihnen irgendetwas sagen?"

Ich seufzte. „Weil ich Sie höflich darum bitte und weil ich glaube, dass Sie kein grausamer Mann sind, sondern durch Ihre Umstände zur Grausamkeit gezwungen wurden."

„Ich habe kein Handwerk, keine besonderen Fähigkeiten und

konnte keine Arbeit finden", erklärte der Geist. „Ich brauchte das Geld."

„Ihr Cousin hielt Sie für einen guten Mann", sagte Lincoln. Er musste geraten haben, dass Rampling sich querstellte. „Erweisen Sie seiner Erinnerung an Sie Ehre und helfen Sie uns, den Mann hinter diesen Morden zu schnappen."

„Nun gut." Rampling fuhr mit der Hand über sein geschwollenes Gesicht. „Ich wurde bezahlt, um Daley anzuheuern, keine Frage. Ich habe ihm gesagt, wo er die Opfer findet und ihm seine Bezahlung gebracht. Aber das Gesicht des Mannes, der mich beauftragt hat, habe ich nie gesehen. Ich kann Ihnen weder seinen Namen sagen noch ihn beschreiben."

„Schwachsinn", murmelte ich, ehe ich es verhindern konnte.

Ramplings Augen weiteten sich und ich entschuldigte mich für meinen Ausrutscher. Dann wiederholte ich für die anderen, was der Geist gesagt hatte. Sowohl Gus als auch Seth fluchten ebenfalls. Lincolns Brustkorb hob sich mit einem tiefen Atemzug.

„Er muss etwas wissen, das den Mann identifizieren kann", sagte Lincoln. „Warum sonst hätte er umgebracht werden sollen?"

Guter Punkt. Ich sah den Geist an, der nachdenklich die Stirn gerunzelt hatte.

„Gibt es etwas anderes als sein Erscheinungsbild, woran Sie ihn erkennen würden?", fragte ich. „Etwas an oder in seiner Kutsche vielleicht? Ein Monogramm auf einem Brief? Ein auffälliger Ring?" Ein Gedanke verschlug mir kurz den Atem. „Ein auffälliger Spazierstock?" Wie der, den Lord Gillingham benutzte.

Rampling schüttelte den Kopf. „Nicht, dass ich mich erinnere."

„Denken Sie nach!"

Der Nebel schwebte um mich herum und hinterließ Kühle. Ich sah zu, wie er zur Decke schwebte, dann unter den Tisch tauchte und die Leiter zum höchsten Regal hinaufschoss. Endlich kam er am Ausgangspunkt zum Stehen. Das Stirnrunzeln war verschwunden.

„Ich glaube, ich weiß warum", sagte er. „Ich bin ihm die

erste Nacht gefolgt. Mein Cousin fährt für einen Lord und eine Lady und er kam zufällig vorbei, kurz nachdem ich den Mann getroffen hatte, der mich angeheuert hat. Mein Cousin hat sich nur mit Rumfahren die Zeit vertrieben, bis seine Herrin mit ihren Einkäufen fertig war. Ich hab ihn gebeten, der Kutsche des Adeligen mit Abstand zu folgen mit mir als Fahrgast. Ich dachte, ich könnte dem Kerl später vielleicht etwas Geld dafür abknöpfen, dass ich seine Identität geheim halte, wenn ich rausfinde, wo er wohnt. Er ist aber nicht nach Hause gefahren, also war es sinnlos. Wir sind ihm den ganzen Weg bis nach Brooks's on St. James gefolgt. Seine Kutsche fuhr gerade wieder los, als wir näherkamen. Ein Lakai hat jemanden an der Haustür begrüßt. Das Gesicht habe ich nicht gesehen", fügte er hinzu, bevor ich nachfragen konnte. „Er stand mit dem Rücken zu mir. Der Lakai kannte ihn aber, also wette ich, der war Mitglied in dem Klub. Wenn Sie ihn finden wollen, versuchen Sie es da."

Es war nicht viel, aber wenigstens etwas. Ich gab die Information an die anderen weiter. „Was ist mit seinem Körperbau?", fragte Seth. „Groß, klein, dick, dünn?"

„Größer als die meisten, aber alles andere konnte man unter den ganzen Lagen seines Regenmantels nicht ausmachen. Mit dem hochgeschlagenen Kragen und dem Hut konnte ich auch seine Haare nicht sehen."

„Ist er wie ein alter Mann gegangen?", fragte ich. „Oder wie ein junger?"

Rampling zuckte mit den Achseln. „Kann mich nicht erinnern. Nicht so, dass es mir aufgefallen wäre."

Verdammt. Das war wirklich nicht viel.

„Wenn er mit dem Rücken zu Rampling stand", sagte Gus nachdenklich, „dann konnte der Adelige ihn nich sehen und hätte nich gewusst, dass er ihm folgt. Warum hat er ihn umgebracht?"

„Er hat einen Schlussstrich gezogen", sagte Lincoln. „Für alle Fälle. Sobald wir Daley ausfindig gemacht hatten, musste er besorgt gewesen sein, dass wir ein Bindeglied zwischen ihm und Daley finden."

„Lebt Daley noch?", fragte ich. Die anderen, die mit den

Morden in Verbindung gestanden hatte, waren im Polizeige-wahrsam gestorben, nachdem wir ihre Schuld aufgedeckt hatten.

„So weit ich weiß", sagte Lincoln. „Aber ich war in letzter Zeit nicht in der Nähe der Polizeistation."

„Kein großer Verlust, wenn der abtritt", grummelte Gus. „Der Kerl war'n Monster, Charlie. Solche Leute willste nich in 'ner dunklen Gasse treffen."

In meiner Zeit auf der Straße hatte ich Männer gesehen, die auf die Schwächsten Jagd machten. Sie waren zu äußersten Grausamkeiten fähig, obwohl mir zum Glück das Schlimmste erspart geblieben war. Ich hatte schnell gelernt, sie zu identifi-zieren und einen Bogen um sie zu machen. Trotzdem jagten mir Gus' Worte einen Schauer über den Rücken.

„Rampling", sagte Lincoln zu dem Geist. „Wann sind Sie der Kutsche Ihres Auftraggebers gefolgt?"

„Vor einem Monat oder so."

„Können Sie das genauer sagen?", bohrte ich.

Ramplings Geist flirrte. „Ich weiß kein Datum, aber es war zwei Tage, bevor Daley das erste Mal getötet hat."

„Zwei Tage vor Drinkwaters Tod", sagte ich zu Lincoln.

„Der sechzehnte November", sagte Lincoln.

„Kann ich gehen?", fragte Rampling.

„Er möchte weg", sagte ich zu Lincoln. „Hast du noch Fragen an ihn?"

„Nur eine", sagte Lincoln. „Erzählen Sie mir von Ihrer Ermordung."

„Er hat mir eine Nachricht geschickt, dass ich ihn am Fluss treffen soll", sagte Rampling. „Ich habe seine Schrift erkannt und gewartet, aber er kam nicht. Ich wollte gerade gehen, als mich etwas am Hinterkopf traf. Ich erinnere mich, dass ich ins Wasser gefallen bin. Danach nichts mehr."

Ich wiederholte das für Lincoln, der einmal nickte. „Das ist alles. Er kann gehen."

„Danke", sagte ich zu dem Geist. „Sie haben uns sehr gehol-fen. Ich wünsche Ihnen Frieden im Jenseits. Sie dürfen gehen."

Der Nebel löste sich auf und schwebte davon. Ich lehnte mich im Sessel zurück und rieb mir die Stirn. Auch wenn es mir nichts ausmachte, mit Geistern zu reden, wühlte es mich jedoch auf, wenn sie gestorben waren, ohne ein hohes Alter zu erreichen. Für mich waren sie so real und trotzdem weilten sie nicht mehr in dieser Welt. Manchmal war das schwer zu greifen.

„Gehört Gillingham diesem Klub an?", fragte Gus.

Lincoln nickte. „Genau wie Eastbrooke, Marchbank, Andrew Buchanan und fast jeder Aristokrat in London. Ich bin Mitglied."

„Ich war es mal", sagte Seth, „als ich mir den Beitrag noch leisten konnte. Es war furchtbar öde dort, keine Frauen."

„Wir statten ihm heute beide einen Besuch ab", sagte Lincoln. „Gus fährt uns."

„Wie sollen wir diesen Kerl ausfindig machen? Das ist so eine Nadel-im-Heuhaufen-Situation."

„Indem wir das Heu durchstöbern. Mach die Pferde bereit", sagte Lincoln zu Gus. „Wir brechen in Kürze auf."

Gus ging, gefolgt von Seth. Ich stand auch auf.

„Einen Moment, Charlie." Lincoln wartete, bis die Männer außer Sichtweite waren. Dann nahm er plötzlich meine Hand. Er drehte sie um und offenbarte die Schwiele, die Mrs Denks Stock hinterlassen hatte. Also hatte er es bemerkt.

Sein Daumen fuhr sanft an der Wunde entlang. Mir trat ein Kloß in den Hals bei der unerwarteten Zärtlichkeit. Verdammt. Warum konnte ich nicht gleichgültig bleiben?

Ich zog meine Hand weg.

KAPITEL 7

„Wie ist das passiert?", fragte Lincoln mit einem Nicken in Richtung meiner Hand.

„Ich bin mit der Schulleiterin aneinandergeraten. Mach dir keine Sorgen."

„Und wenn ich mir um dein Wohlergehen Sorgen machen möchte?", fragte er leise.

„Warum jetzt?", gab ich zurück. „Vor zwei Wochen hast du das auch nicht getan."

„Ich dachte, du wärst in der Schule gut aufgehoben. Wenn ich gewusst hätte, dass die Schulleiterin dir so etwas antut, hätte ich dich früher abgeholt."

„Dann entschuldige bitte, dass ich nicht geschrieben habe. Ich hatte nicht den Eindruck, meine Briefe wären willkommen." Ich hob meine Röcke an und marschierte zur Tür.

Mir war nicht bewusst, dass Lincoln mir folgte, bis er meinen Arm packte. Er drehte mich um und zog mich zu sich. Nicht so nah, dass unsere Körper sich berührten, aber nah genug, um seine Wärme zu spüren und zu sehen, wie seine Pupillen sich weiteten.

Ich wappnete mich für eine Konfrontation, aber er ließ mich schnell los und trat zurück. „Du hast recht. Briefe wären nicht willkommen gewesen. Ich hätte sie nicht gelesen."

Seine Ehrlichkeit traf mich, auch wenn ich sie zu schätzen

wusste. Lincoln war noch nie der Typ für süße, aber falsche Worte gewesen, um mich rumzukriegen. Es war eins der Dinge, die ich an ihm gemocht hatte.

„Ich wollte nicht an dich erinnert werden", sagte er. „Ich habe hier alles vermieden, was ich mit dir verbinde."

Ich verschränkte die Arme, entschlossen, seine Worte und jegliche Freundlichkeit abzuwehren, die er mir jetzt entgegenbrachte. Ich weigerte mich, mich davon beeinflussen zu lassen. „Wie unpraktisch, dass deine seherischen Fähigkeiten mit meiner Abreise nicht abgerissen sind, sonst wäre es dir vielleicht gelungen, nie wieder an mich zu denken."

„Das ist mir auch nicht gelungen, bevor ich gespürt habe, dass dein Leben in Gefahr ist. Es scheint, als müsste ich nicht einmal in der Nähe der Dinge sein, die ich mit dir assoziiere, um an dich zu denken."

Erneut schluckte ich schwer. Dieses Gespräch verlief überhaupt nicht so, wie ich es erwartet hatte. „Das vergeht mit der Zeit. Jedenfalls wurde mir das gesagt."

„Mir wurde das Gleiche gesagt."

Ich stieß ein bitteres Lachen aus. „Da wir gerade von Verletzungen sprechen, die uns in meiner Abwesenheit beigebracht wurde, erzähl mir doch von deinen Füßen."

Sein Gesicht wurde völlig ausdruckslos. „Da gibt es nichts zu erzählen. Du hast mich in einem schwachen Moment gesehen."

„In einem Moment, in dem du vergessen hast, ohne Humpeln zu laufen." Mit ihm zu sprechen war schon eine Schlacht für sich, in der keiner von uns beiden die Oberhand gewann. Ich hatte das Gefühl, die gesamte Zeit auf der Hut sein zu müssen, und doch rückte ich weder vor, noch wich ich zurück. „Ich weiß von dem zerbrochenen Glas und dem Blut auf deinem Fußboden. Bevor du auf Doyle wütend wirst, weil er mir davon erzählt hat, solltest du wissen, dass er sich nur um dein Befinden gesorgt hat."

Ein Herzschlag verstrich. Zwei. Seine Lider senkten sich und er beobachtete mich durch seine Wimpern. „Bedeutet deine Frage, dass du dich auch sorgst?"

In mir sträubte sich alles. „Ich bin neugierig, warum du Glas zerbrochen hast und dann absichtlich darüber gelaufen bist."

Er beobachtete mich noch immer. Ich ertrug es mit, so hoffte ich, Trotz und ohne Emotionen, aber es war nicht leicht. Sein forschender Blick machte es schwer, die Fassade der Gleichgültigkeit aufrechtzuerhalten.

Nach ein paar Augenblicken ging er an mir vorbei. Er wartete, die Hand auf der Türklinke. Anscheinend war ich entlassen. Mit erhobenem Kinn und dem Blick auf die Tür statt auf ihn gerichtet, schritt ich aus der Bibliothek.

„Ich bin froh, dass du wieder zu Hause bist", sagte er, während ich noch in Hörweite war. „Ich weiß, du glaubst, das wäre ich nicht, aber ich bin es. Unermesslich."

„Ist das so?", warf ich über die Schulter, ohne stehen zu bleiben. „Ich schätze, meine Rückkehr wird helfen, einige deiner Schuldgefühle zu lindern."

Sobald ich den unteren Absatz der Haupttreppe erreicht hatte und von ihm nicht mehr gesehen werden konnte, rannte ich in mein Zimmer. Ich setzte mich auf den Boden, legte den Kopf auf die Knie und weinte. Nicht vor Kummer, sondern vor lauter Erleichterung darüber, wieder zu Hause zu sein. Und vor Frustration, weil ich Lincoln wieder so nah war. Ich dachte, ich würde es aushalten können, ihn täglich zu sehen, aber da war ich mir nicht mehr so sicher. Er war niemand, demgegenüber ich gleichgültig bleiben konnte.

* * *

Warten war noch nie meine Stärke gewesen. Es fühlte sich wie eine Ewigkeit an, durch das Fenster des Empfangszimmers nach Lincoln, Seth und Gus Ausschau zu halten, bis sie vom Brooks's Klub zurückkamen. Das konnte doch nicht so lange dauern, aber zwei Stunden nach ihrer Abfahrt waren sie immer noch nicht zurück.

Lady Vickers versuchte mich zu überreden, mit ihr auf dem Sofa zu sitzen und zu nähen, aber selbst diese banale Aufgabe stellte eine Herausforderung dar. Ich zuckte bei jedem Knarzen des Hauses zusammen, bei jedem Windhauch, der die Fensterscheiben klirren ließ. Doyles Ankunft mit Tee brachte etwas Erleichterung, nicht wegen des Tees oder seiner Anwesenheit, sondern weil er die Zeitung mitbrachte. Er reichte sie Lady Vickers und ging. Sie blätterte zu den Gesellschaftsseiten. Ich überflog die Titelseite, aber die meisten Nachrichten waren politischer Natur und interessierten mich nicht.

Lady Vickers schnappte nach Luft. „Grundgütiger. Ei-ei-ei. Sie wird entsetzt sein, wenn sie das sieht."

Ich wusste, dass sie darauf brannte, von mir gefragt zu werden, aber das war mir egal. Ich brauchte die Ablenkung. „Was ist denn?"

„Hören Sie sich das an." Sie klappte die Zeitung um und räusperte sich. „‚Unsere Zeitung hat von der skandalösen Vergangenheit einer der schillerndsten Damen Londons erfahren. Sie lässt nie eine Party aus und Hs niedere Herkunft hat sie nicht daran gehindert, durch die Ehe mit einem Adeligen aufzusteigen, aber diese noch unbestätigte Information könnte dem ein Ende setzen. Uns wurde zugetragen, dass die gefeierte Schönheit in ihrer Jugend am Alhambra getanzt hat. Der Eigentümer dieses Etablissements, Mr Golightly, enthielt sich eines Kommentars, aber unsere Quelle behauptet, H wäre beim Publikum ausgesprochen beliebt gewesen.'"

Einem Publikum, das hauptsächlich aus Gentlemen bestand, die darauf brannten, mit den Tänzerinnen während der langen Pause und nach der Vorstellung Zeit zu verbringen. Ich war dort gewesen und hatte durch Golightlys Assistentin Miss Redding von Lady Harcourts Vergangenheit als Tänzerin erfahren. Miss Redding war selbst Tänzerin gewesen. Lady Harcourt hatte ihren Zukünftigen im Al kennengelernt und es geschafft, ihre Vergangenheit geheim zu halten. Bis jetzt, wie es schien. Ihr guter Ruf hing in letzter Zeit an einem seidenen Faden. Miss Redding hatte das Geheimnis preisgeben wollen. Auch eine weitere frühere Tänzerin, Mrs Drinkwater, hatte damit gedroht. Lady Harcourt war dem Lüften des Geheimnisses um ihre skandalöse Vergangenheit nur dadurch entgangen, dass sie ihrem Erpresser Informationen über mich gegeben hatte. Gelegentlich war ich selbst versucht gewesen, es zu lüften.

Lady Vickers konnte das jedoch unmöglich wissen. „H?", fragte ich unschuldig.

„Julia—Lady Harcourt—natürlich. Die Hinweise sind alle

eindeutig." Sie zeigte auf den Artikel, der erste und auffälligste auf den Klatschseiten. „‚Niedere Herkunft', ‚durch die Ehe mit einem Adeligen', ‚Schönheit'. Der zusätzliche Hinweis H ist kaum nötig." Sie lächelte mich an. „Ach, wie die Mächtigen fallen."

„Sie mögen sie nicht?"

Sie schniefte. „Sie war eine der ersten, die mich brüskiert hat, nachdem die Schulden meines Mannes bekannt wurden. Sie hat natürlich Mitgefühl vorgetäuscht, aber ich habe sie durchschaut."

„Warum sollte sie Sie brüskieren?"

„Niemand steht gern auf der untersten Stufe und sie war damals noch sehr damit beschäftigt, aus dem Pfuhl ihrer Herkunft zu klettern. Indem sie mich zuerst geächtet hat, machte sie sich bei den Biestern beliebt. Die lieben es einfach, ihre gespaltenen Zungen in fiesen Tratsch zu tauchen. Ihre Zunge stellte sich als die grausamste von allen heraus und sie wurde schnell zur Anführerin. Ich habe kein Mitleid mit Frauen dieser Sorte. Überhaupt keins. Leider ist die Gesellschaft mit ihnen von oben bis unten durchsetzt."

„Weiß Seth, wie sie Sie behandelt hat?" Sicher nicht in Anbetracht der Tatsache, dass Lady Harcourt bis vor kurzem eine seiner Eroberungen gewesen war. Er schien sie sogar gemocht zu haben, bevor er erfahren hatte, wie gemein sie zu mir gewesen war.

„Ich bezweifle es. Er ist ein Mann und Männer können mit Tratsch nichts anfangen. Ihre Welt dreht sich nicht so sehr darum wie unsere, meine Liebe." Sie warf mir über die Zeitung einen ernsten Blick zu. „Die Damen der Gesellschaft sind wie Haie im Wasser und warten nur darauf, dass ein Opfer vorbeischwimmt. Sie alle können Verletzlichkeit riechen und wenn sie es tun, greifen sie an. Das müssen Sie sich merken, Charlie. Merken Sie sich, dass Sie denen niemals Angst oder Schwäche zeigen dürfen, selbst wenn Sie sich am liebsten in irgendeiner Ecke zusammenrollen wollen." Sie tätschelte plötzlich mein Knie und grinste. „Deswegen hasst Julia mich immer noch. Sie verabscheut meinen Trotz, meine Weigerung, ihre Spielchen mitzuspielen. Wenn Sie meinem Rat folgen, bringe ich Sie sicher durch die tückischen Gewässer. Mir ist es inzwischen ziemlich egal. Meine Zeit ist um und ich werde die Suppe auslöffeln, die ich mir eingebrockt habe. Aber ich weiß noch immer, in welche Richtung die Haie schwimmen und kann Ihnen helfen."

„Mir liegt nicht wirklich etwas daran, in deren Ozean zu schwimmen", sagte ich. „Aber danke."

„Ihnen liegt vielleicht nichts daran, aber Sie werden sich dort wiederfinden."

„Warum sollte ich?"

„Sie wollen einen guten Ehemann, oder? Ihre erste Ehe ist sehr wichtig und hat rein gar nichts mit Liebe zu tun. Richten Sie sich erst gut ein und kümmern Sie sich später darum, woanders Liebe zu finden."

Ich starrte sie an. Ich konnte kaum glauben, was ich da hörte. Ihre und meine Gedanken zur Ehe konnten unterschiedlicher nicht sein. „Ich habe im Moment kein Interesse an einer Heirat."

Sie sah mich höhnisch an. „Das werden Sie."

„Und wenn ich Interesse habe, werde ich meine Vergangenheit nicht vor meinem Mann oder den Menschen um mich herum verbergen." Ich hätte das noch weiter ausführen können, aber es erschien mir sinnlos, da sie ihre Meinung sowieso nicht ändern würde.

Sie legte die Zeitung beiseite und nahm meine Hände in ihre. Ihr mitfühlender Blick zwang mich, zurückzuweichen und ihre nächsten Worte zu fürchten. „Wenn Sie auf Mr Fitzroy warten, muss ich Sie warnen, sich nicht zu viele Hoffnungen zu machen. Er wird jetzt schnell weggeschnappt werden, lassen Sie sich das gesagt sein."

„Da bin ich mir sicher", sagte ich gepresst. „Wenn er bekannt gibt, dass er eine Frau möchte, werden sie ihm die Tür einrennen. Er sieht gut aus und ist reich." Allerdings kein gutes Heiratsmaterial. Das hatte ich die ganze Zeit gewusst und trotzdem hatte ich ihn heiraten wollen.

Früher.

„Gut." Sie ließ meine Hände los. „Es freut mich, dass Sie die Situation akzeptieren. Sie sind ein verständiges Mädchen mit einem gescheiten Kopf auf den Schultern. Sie werden eines Tages eine hervorragende Ehefrau abgeben. Wenn Sie so weit sind", fügte sie mit einem Zwinkern hinzu. „Aber das bedeutet ja nicht, dass man inzwischen keine potenziellen Kandidaten ausfindig macht."

Ich stöhnte.

„Sie werden mir eines Tages danken", sagte sie. „Es ist mein Geschenk an Sie, Charlie, zu Ihrem Geburtstag morgen. Mehr kann ich mir nicht leisten."

„Oh. Ich erwarte gar keins von Ihnen."

„Trotzdem biete ich es an. Bitte sagen Sie ja."

Ich nickte unsicher. Was hatte ich mir da eingebrockt?

Sie nahm die Zeitung wieder zur Hand, las aber nicht. Ihre Kiefer spannten sich an. „Nur, um es Ihnen noch einmal in Erinnerung zu rufen: Seth ist keine Option für Sie."

Ich lachte. „Wie Sie bereits mehrfach geäußert haben. Um meine Antwort zu wiederholen—ich bin an Ihrem Sohn nicht interessiert."

„Das behaupten Sie, aber ich habe Sie beide zusammen gesehen. Sie kommen gut miteinander aus."

„Wie Bruder und Schwester, nicht Liebende."

Das bedachte sie einen Moment. „Seth wollte immer Geschwister. Ich schätze, Sie und Gus haben auf gewisse Art diese Rolle für ihn übernommen." Ihre Aufmerksamkeit kehrte zu ihrer Zeitung zurück und ich setzte mich wieder auf den Sessel am Fenster. „Die interessante Frage ist", sagte sie hinter der Zeitung, „wer hat die Information über Julias Vergangenheit am Alhambra weitergegeben?"

Ich hätte gewettet, es war Miss Redding. Ihre Eifersucht auf Lady Harcourt war offensichtlich gewesen.

Das Knirschen von Wagenrädern auf dem Kies ließ mich aufspringen. „Sie sind zurück!"

„Gut. Ich muss mit Seth sprechen. Es gibt eine Reihe von Einladungen. Ich muss eine Liste von denen erstellen, die er und Mr Fitzroy annehmen wollen."

Das würde eine sehr kurze Liste.

Ich ließ sie im Empfangszimmer zurück und lief in die Küche, um die Männer zu begrüßen und außerhalb ihrer Hörweite mit ihnen zu sprechen. Lincoln und Seth kamen vom Hof herein. Gus versorgte wohl im Kutschenhaus die Pferde, aber da Seth einen ordentlichen, sauberen Anzug trug, musste er nicht helfen.

„Und?", fragte ich und streckte meine Finger über den warmen Herd. Der Koch und Doyle genossen eine Tasse Tee am Tisch. Als er seinen Herrn sah, kam Doyle auf die Füße, während der Koch weiter seinen Tee schlürfte. „Was habt ihr herausgefunden?"

„Marchbank war das einzige der drei männlichen Komiteemitglieder, das an diesem Tag nicht im Klub war", sagte Lincoln. „Buchanan war ebenfalls da, ebenso wie sein Bruder."

„Sein Bruder! Lord Harcourt!" Wir hatten Lady Harcourts ältesten Stiefsohn kennengelernt, als sein Bruder Andrew verschwunden war. Ich hatte gedacht, er und seine Frau würden friedlich auf dem Land leben. „Die Angestellten haben sich erinnert?"

„Das Gedächtnis des Inhabers ist gut, aber nicht unfehlbar. Ich habe darum gebeten, einen Blick in das Einsatzbuch für diesen Tag zu werfen. Die Einsätze der Mitglieder werden täglich vom Inhaber notiert. Durch die Befragung von ihm und den Lakaien sowie durch die Eintragungen im Buch konnten wir sicherstellen, wer dort war und wer nicht. Beide Buchanans spielen gern um Geld und General Eastbrooke und Lord Gillingham sind im Klub gut bekannt."

„Also scheint Marchbank nicht verdächtig zu sein."

„So sieht es wohl aus."

„Was ist, wenn jemand anders der Mörder ist?", fragte der Koch. „Jemand, den wir nicht kennen."

„Die Möglichkeit besteht", sagte Lincoln. „Ich habe alle Namen, die im Einsatzbuch notiert waren."

„Dürfen wir die Liste sehen?", fragte ich.

Lincoln tippte sich an die Schläfe. „Sie ist hier drin. Ich werde sie später für euch aufschreiben."

Seth schenkte aus der Teekanne auf dem Herd zwei Tassen ein und reichte Lincoln eine. Lincoln zögerte, nahm sie aber dann.

„Setzen Sie sich", befahl er Doyle, während er selbst Platz nahm.

Doyle atmete aus und setzte sich wieder, wenn auch mit

kerzengeradem Rücken und steifen Schultern. Peinliches Schweigen flimmerte in unserer kleinen Gruppe. Es war wohl unvermeidlich, aber ich mochte es nicht. Wie ich es brechen konnte, wusste ich genau, auch wenn ich nicht erwartet hatte, dass die Situation so eskalieren würde.

„Wir müssen den Mörder aus seinem Versteck locken", sagte ich.

Lincoln schaute mich scharf an. „Nein."

„Wie?", fragte Seth.

„Nein", sagte Lincoln erneut, lauter diesmal.

„Ich stimme ihm zu", sagte der Koch. „Das ist keine gute Idee."

„Wie?", wiederholte Seth. „Gibt mir mal jemand eine Antwort?"

„Wir geben meine Rückkehr nach Lichfield bekannt und ziehen den Mörder zu mir", sagte ich.

„Nein!", brüllten die drei.

„Das sehe ich auch so." Dass Doyle auch seine Meinung äußerte, überraschte mich. Er wirkte etwas verlegen, dass er etwas zur Diskussion beigetragen hatte und nippte schnell an seinem Tee, den Blick wieder gesenkt.

„Es ist zu gefährlich", fügte Seth hinzu.

Der Koch verschränkte die Arme und funkelte mich an. „Das ist eine blöde Idee, Charlie."

Ich verschränkte ebenfalls die Arme und funkelte zurück. „Aber—"

„Nein", fuhr Lincoln mit kalter, ruhiger Endgültigkeit dazwischen. „Und dabei bleibt es."

Ich seufzte. „Überhebliche Kerle", grummelte ich. „Also gut. Wir behalten meine Rückkehr erst mal für uns, aber ich weigere mich, hier länger als eine Woche unterzutauchen. Wenn der Mörder in der Zeit nicht entlarvt wurde, werde ich meine Rückkehr bekannt geben. Das wird ihn sicher aus seinem Versteck locken."

„Darüber verhandeln wir in einer Woche", sagte Lincoln. Das war keine Zustimmung, aber ich bezweifelte, dass ich von ihm je eine bekommen würde—oder von den anderen. Hoffentlich war eine Woche lang genug, und wenn ich dadurch auch nur eine

Konfrontation zwischen uns vermied. Die letzte saß mir noch in den Knochen.

„Eins noch", sagte ich, als er aufstand. „Du solltest wissen, dass Lady Harcourts Vergangenheit in den Zeitungen offengelegt wurde. Wir haben den Artikel gerade gelesen. Sie wird aufgebracht sein."

„Verdammter Mist." Seth fuhr sich mit der Hand über das Gesicht. „Wie haben die das rausbekommen?"

„Durch eine anonyme Quelle."

„Sie wird mehr als aufgebracht sein. Sie wird toben, bis sie herausgefunden hat, wer das war. Hoffentlich hat sie in nächster Zeit keinen Grund, herzukommen. Ich jedenfalls möchte ihr nicht gegenübertreten."

Lincoln nickte nur und wollte gehen, aber Lady Vickers blockierte den Ausgang.

„Es scheint, als müsste ich jedes Mal in die Küche kommen, wenn ich mit einem der Männer in diesem Haushalt sprechen will, inklusive meinem eigenen Sohn", sagte sie mit einem bedeutungsvollen Blick auf Seth.

Er senkte den Kopf und nippte äußerst konzentriert an seinem Tee.

„Ich habe Sie beide wiederholt gebeten, die Einladungen durchzugehen, die in Ihrer Abwesenheit eingegangen sind, und keiner hat mir gesagt, welche Sie annehmen werden."

„Ich werde gar keine annehmen", sagte Lincoln. „Entschuldigen Sie mich, Madam, ich habe zu tun."

Lady Vickers bewegte sich nicht. Ich hielt die Luft an. Wenn ich ihm so den Weg versperrt hätte, hätte er mich schlicht hochgehoben und zur Seite gestellt. Dass er das mit ihr machte, konnte ich mir nicht vorstellen, aber es wäre sehr erheiternd gewesen. Meine Lippen verzogen sich zu einem kleinen Lächeln, während ich abwartete, was er tun würde.

„Sie sollten an irgendeinem Anlass teilnehmen", sagte sie. „Dinner bei den Moselys wird eine flotte Angelegenheit. Das ist morgen Abend, also muss ich heute antworten."

„Schicken Sie meine Entschuldigung."

„Meine auch", sagte Seth fröhlich.

Seine Mutter betrat die Küche, sodass Lincoln an ihr vorbeischlüpfen konnte. Sie marschierte zu ihrem Sohn, richtete sich zu voller Größe auf und schaute ihre Nase entlang auf ihn herab. „Mr Fitzroy begeht einen Fehler. Ich werde nicht zulassen, dass du ihn auch machst, Seth. Ich werde die Einladung in deinem Namen annehmen."

Er stand auf. Auch wenn er größer war als seine Mutter, schien sie doch die formidablere von beiden zu sein. „Wenn Fitzroy nicht geht, gehe ich auch nicht." Er ließ sie stehen.

Sie hob ihre Röcke an und stürmte hinter ihm her. „Du *wirst* gehen! Willst du deine Mutter etwa zum Gespött der Leute machen?"

„Das schaffst du auch wunderbar ohne meine Hilfe", schoss er zurück.

Ihr schockiertes Luftschnappen hallte den Flur entlang. Der Koch kicherte. „Ich wette um einen Schilling, dass sie gewinnt."

* * *

DEN NACHMITTAG VERBRACHTE ich auf dem Dachboden, wo ich die neuen Akten über jedes der übernatürlichen Mädchen an der Schule anlegte. Aus dem Dachbodenfenster konnte ich die Einfahrt und drei Besucher sehen, die Lady Vickers empfing. Keiner blieb lange und ich vermutete, dass sie gekommen waren, um entweder Seth oder Lincoln zu treffen, vielleicht beide, und nicht die Baronin selbst. In Anbetracht der Tatsache, dass sie das Haus nicht verließ, um selbst Besuche zu machen, nahm ich an, dass sie noch immer von der Gesellschaft ausgeschlossen war. Ihre gute Laune, als ich mich im Salon wieder zu ihr gesellte, nachdem der dritte Besucher gegangen war, sagte mir, dass sie die Wahrheit gesagt hatte. Sie scherte sich nicht um die feine Gesellschaft, sondern absolvierte den Empfang der Besucher lediglich um Seths willen.

Nicht, dass *er* etwas darum gegeben hätte. Er redete kaum mit seiner Mutter, als er mit Gus und Lincoln zurückkam. Sie berichteten, dass Lord Harcourt in der Tat kürzlich in London gewesen, inzwischen aber auf seinen Landsitz zurückgekehrt war.

„Er war etwa um die Zeit hier, als Rampling von dem mysteriösen Mann kontaktiert wurde", sagte Lincoln. „Ebenso, als Rampling getötet wurde."

Wir saßen in der Abenddämmerung zu viert in seinem dunklen Büro. Die Blutflecken auf dem Teppich hatte ich beim Eintreten gesehen und neigte dazu, mich Doyles Meinung anzuschließen. Die Flecken lagen eine Schrittlänge auseinander.

„Aber wenn es Harcourt war", sagte ich, „warum sollte er Übernatürliche töten, die möglicherweise dazu benutzt werden könnten, Tote zu reanimieren, aber möglicherweise auch nicht?"

„Warum sollte das irgendwer tun?", murmelte Gus.

Darauf hatte niemand eine Antwort.

„Also was jetzt?", fragte ich mit einem Schulterzucken. „Was macht ihr morgen?"

„Wir feiern natürlich deinen Geburtstag!" Seth grinste. „Neunzehn, was? Ich erinnere mich an das Alter. So jung, so unschuldig."

Gus schnaubte. „Du warst mit neunzehn nich unschuldig."

„Du auch nicht."

Lincoln schien das Geplänkel nicht zu hören. Er saß an seinem Schreibtisch, die Aufmerksamkeit auf seine Hand gerichtet, die dort auf den Papieren ruhte. Direkt hinter den Papieren lag die kleine Schachtel mit meinem Verlobungsring, eingebettet in dunkelblauen Samt. Warum bewahrte er sie so offen auf seinem Schreibtisch auf?

„Stimmt etwas nicht?", fragte ich ihn.

Er schaute auf. Blinzelte. „Nein."

„Wenn es sonst nichts gibt", sagte Seth und stand auf. „Ich gehe in die Küche und schaue nach, was der Koch zum Abendessen macht."

„Und um deiner Mutter aus dem Weg zu gehen."

„Die Küche ist jetzt auch kein sicherer Hafen mehr für mich", sagte Seth seufzend. „Den gibt es nirgends mehr."

Sie nickten Lincoln zu und gingen. Ich folgte ihnen. „Ich werde Doyle beauftragen, einen neuen Teppich zu besorgen", sagte ich, als ich die Tür erreichte. „Der hier ist ruiniert."

* * *

„CHARLIE! Warte!" Gus kam am folgenden Morgen die Treppen herunter getrampelt, eine Hand auf dem Rücken. Als er unten angekommen war, hielt er mir ein großes Päckchen entgegen, das in braunes Papier verpackt und mit einem Band verschnürt war. „Herzlichen Glückwunsch zum Geburtstag."

„Du hast etwas für mich?", sagte ich, während ich das Päckchen entgegennahm.

„Natürlich."

„Soll ich es jetzt aufmachen?"

„Wenn nicht, mache ich es für dich auf."

Ich lachte und knotete das Band los. „Du bist so süß. Ich habe gar keine Geschenke erwartet. Schließlich bin ich kaum lang genug zu Hause, als dass du hättest einkaufen gehen können."

„Ich hab's besorgt, bevor du weg bist. Wenn ich gewusst hätte, dass du weggeschickt wirst und vielleicht nich wiederkommst, hätt' ich's dir gegeben. Deine Abreise kam aus heiterem Himmel."

„Für uns alle." Ich reichte ihm das Band und packte einen schwarzen Samthut aus, an dem vorn eine plüschige blaue Feder befestigt war. Ein passendes blaues Band zog sich um die Krone. „Der ist sehr hübsch, Gus. Danke." Ich gab ihm einen Kuss auf die Wange. „Gehst du zum Frühstück?"

Er bot mir seinen Arm an und wir betraten gemeinsam das Esszimmer. Lincoln und Seth saßen bereits, standen aber beide auf, als sie mich sahen.

„Herzlichen Glückwunsch, Charlie!" Seth zog mich ohne Rücksicht auf den neuen Hut in seine Arme. Ich schaffte es gerade noch, den Hut zur Seite zu strecken, bevor er zerdrückt wurde.

„Danke", sagte ich.

„Herzlichen Glückwunsch", sagte Lincoln und setzte sich wieder. Er fuhr fort, seinen Bacon zu essen und die Zeitung zu lesen, die neben seinem Platz aufgeschlagen lag.

Seth nahm meine Hand. „Du kannst essen, nachdem du mein Geschenk ausgepackt hast."

„Was habe ich für ein Glück", sagte ich, während ich das Päckchen entgegennahm. Tränen stiegen mir in die Augen, als ich in der Verpackung ein neues Paar schwarzer Handschuhe fand. Seit dem Tod meiner Mutter hatte ich keinen Geburtstag mehr gefeiert. Den Jungs in meiner Bande hatte ich das Datum nie verraten, denn das hätte zu Fragen über mein Alter geführt. Seit fünf Jahren hatte ich weder Glückwünsche noch Geschenke bekommen. Jetzt waren es zwei.

„Danke", sagte ich zu Seth. „Die passen wunderbar zum Hut."

„Du meinst, der Hut passt zu den Handschuhen. Sie sind aus feinstem Ziegenleder." Er nahm sie und strich damit über meine Wange. „Siehst du, wie weich sie sind?"

Gus schnaubte und ging zur Anrichte, wo Doyle das übliche Frühstück mit Toast, Eiern und Bacon bereitgestellt hatte. Ein separater Teller mit Deckel stand in der Mitte. Dagegen lehnte eine von Lincolns Visitenkarten mit der Rückseite nach vorn, worauf mein Name gekritzelt war. Die Handschrift erkannte ich von den Einkaufszetteln des Kochs. Ich hob den Deckel an und schnappte nach Luft. Drei Törtchen in verschiedenen Formen und Größen waren auf einem weißen Teller arrangiert. Das dicke, dreieckige mit dem Gitter obendrauf schien eine Fruchtfüllung zu haben, aus einem flacheren Rechteck quoll an den Enden Puddingcreme, und das quadratische mit Zucker bestäubte verbarg seine Geheimnisse unter goldenen Streuseln.

Ich lächelte. Sie waren ein Geschenk des Kochs für mich. Ich hatte ihm von den köstlichen französischen Kuchen erzählt, die ich während meiner Reise mit Lincoln nach Paris probiert hatte, und ihm so viele Details wie möglich genannt. Er musste diese hier nach meinen Beschreibungen kreiert haben.

Gus legte ein Stück Bacon auf seinen Toast. „Mir hat er zum Geburtstag noch nie so was gemacht."

Die Törtchen waren himmlisch. Das quadratische war mit Schokolade gefüllt, die mir beim ersten Bissen in den Mund quoll. Es katapultierte mich zurück zu den wundervollen, friedlichen Morgenstunden, die Lincoln und ich in Paris verbracht hatten. Wir hatten die herrlichsten Speisen probiert und unsere gegenseitige Gesellschaft genossen. Niemand hatte dort versucht, mich umzubringen oder zu kidnappen, und er hatte mich mit Respekt und Freundlichkeit behandelt. Es schien, als wäre das alles in einem anderen Leben passiert.

Nach dem Frühstück bedankte ich mich beim Koch in der Küche.

„Gern geschehen", sagte er. „War schon herausfordernd, die zu machen, und die waren bestimmt nicht richtig, aber es hat mir Spaß gemacht." Er gab mir einen Stupser unter das Kinn. „Genieß deinen Geburtstag, Charlie."

„Er hat auf jeden Fall wunderbar angefangen."

Doyle überreichte mir schüchtern etwas, das er hinter dem Rücken verborgen gehalten hatte. Wie die anderen Geschenke war es in braunes Papier gehüllt, aber mit einer grünen Schleife verschnürt, keinem einfachen Band. „Oh Doyle, das war doch nicht nötig", sagte ich, während ich ein Buch mit Kurzgeschichten auspackte. „Vielen Dank. Ich lese gern."

Ein rosa Hauch zog sich über seine Wangen, aber sein Kinn senkte sich nicht von seiner vornehmen Höhe. „Da Sie in nächster Zeit in Lichfield bleiben müssen, dachte ich, Sie benötigen vielleicht einen Zeitvertreib."

„Ganz bestimmt."

Lincoln tauchte plötzlich im Türrahmen auf. „Charlie, kann ich dich einen Moment in meinem Büro sprechen." Er wartete nicht auf mich, sondern schritt davon.

„Hat er dir noch nichts gegeben?", flüsterte der Koch.

„Nein, aber das erwarte ich auch nicht. Ich wäre überrascht, wenn er sich überhaupt an meinen Geburtstag erinnert."

Der Koch schnaubte. „Geh besser."

Ich hastete die Treppe hinauf, wurde aber langsamer, als ich an meiner Tür vorbeikam und mich seiner näherte. Ich hatte den Verdacht, dass er mir ein Geschenk machen würde, und ich wusste nicht, ob ich irgendetwas von ihm annehmen wollte. Nicht nur das, auch mit Lincoln allein zu sein zerrte an meinen Nerven.

Die Tür war offen und er wartete auf mich, die Knöchel einer Hand auf den Schreibtisch gestützt. „Herzlichen Glückwunsch", sagte er noch einmal.

„Danke." Ich schluckte. Sollte ich mich setzen? Stehenbleiben?"

Das Licht vom Fenster fiel auf den Diamanten in meinem Verlobungsring, der noch immer in seinem Kästchen auf dem

Schreibtisch stand. Falls das mein Geschenk war ... Nein, das konnte nicht sein. Er hatte ihn nicht eingepackt. Es waren gar keine Päckchen auf dem Schreibtisch zu sehen. Ich seufzte.

„Ich wollte dir dein Geschenk unter vier Augen geben." Er öffnete die Schublade seines Schreibtisches.

Ich schloss die Augen und zwang mein Herz, mit dem Hämmern aufzuhören.

„Charlie?"

Ich öffnete die Augen und blinzelte. Er hielt ein Dokument mit mehreren Seiten in der Hand. „Was ist das?", fragte ich, während ich es entgegennahm.

„Die Besitzurkunde eines Hauses in—"

„Du gibst mir ein Haus!" Ich schüttelte den Kopf und drückte die Papiere gegen seine Brust. „Sei nicht albern."

Er schluckte und starrte auf die Papiere. „Es ist in Harringay, nicht weit von hier. Die Gegend ist nahe genug an der Stadt, um sie gut zu erreichen, hat aber einen überwiegend ländlichen Charakter."

„Hörst du nicht zu, Lincoln? Ich will das nicht. Das ist zu viel."

„Es ist nicht sehr groß."

Ein kurzes Lachen entschlüpfte mir. Ich warf die Hände in die Luft. „Es ist ein verdammtes Haus! Selbst ein stinkendes, rattenverseuchtes Zimmer in Whitechapel ist zu viel, um es deiner Ex-Verlobten zum Geburtstag zu schenken. Das nehme ich nicht an."

„Es gehört bereits dir. Ich habe es gestern bezahlt und deinen Namen in die Urkunde eintragen lassen." Er zeigte auf die Stelle auf der obersten Seite. Mein Name stand deutlich lesbar darauf.

Ich wich zurück und legte meine Hand auf mein wummerndes Herz. „Du wirfst mich wieder aus Lichfield raus, nicht wahr?"

Seine Augen wurden groß. „Nein!"

„Warum sonst solltest du mir ein Haus schenken, um Himmels willen? Du willst, dass ich Lichfield verlasse, aber du willst dich nicht schuldig fühlen, weil du mich auf die Straße zwingst oder in eine Schule schickst, also kaufst du mir ein verdammtes Haus, in das ich einziehen soll."

Er trat auf mich zu. „Charlie—"

Ich trat zurück. „Ich bin froh, dass du deine Schuldgefühle beziffern kannst, Lincoln. Schön, dass du es dir erkaufen kannst, dich besser zu fühlen." Ich hob meine Röcke an und wirbelte herum.

Er fing mich ein, noch ehe ich einen einzigen Schritt getan hatte. Ich versuchte mich zu befreien, aber sein Griff war zu stark. „Deswegen habe ich es nicht für dich gekauft." Seine Stimme bebte, aber ob es Wut war oder ein anderes Gefühl, konnte ich nicht sagen. Er drehte mich zu sich um, doch ich weigerte mich, ihn anzusehen und blickte stattdessen auf seine Schulter. „Ich wollte dir etwas Besonderes zum Geburtstag schenken. Etwas, das dein Leben verändert."

„Mich zu zwingen, Lichfield zu verlassen, ist eine ziemlich große Veränderung in meinem Leben. Was soll ich denn sonst glauben, wenn du mir ein Haus kaufst, außer dass ich dort wohnen soll, weit weg von—" Mir verschlug es plötzlich die Sprache und Tränen stiegen erneut auf. „Weg von meinem Zuhause", beendete ich den Satz flüsternd.

Sein Atem bewegte meine Haare. Mir war sehr bewusst, dass er mich weiterhin festhielt und wir sehr nahe beieinanderstanden. „Du musst nicht in dem Haus wohnen, wenn du das nicht möchtest, aber du sollst das Haus *haben*. Die Gegend befindet sich im Wachstum und die Mieten werden steigen. Das Grundstück hat eine gute Größe für ein Paar oder eine kleine Familie."

Ich blinzelte meine Tränen weg, konnte ihn aber immer noch nicht ansehen. Er ließ mich los. Ich schüttelte den Kopf, weil ich Angst hatte, mich wieder an meinen Gefühlen zu verschlucken, wenn ich versuchte zu sprechen. Es war alles zu viel, zu verwirrend. Warum tat er das für mich, wenn er vor wenigen Wochen noch so grausam zu mir gewesen war. Schuldgefühle?

Oder weil er wusste, dass ich eines Tages wieder auf mich allein gestellt sein würde, weg von Lichfield, ohne Obdach?

Ich konnte meine sich überschlagenden Gedanken nicht entwirren. Es fühlte sich an, als würde ich hilflos in einem Boot dahintreiben, ohne Ruder zum Steuern. Ich drehte mich um und floh aus dem Zimmer. Er folgte mir nicht.

Ich rannte nach draußen und über den Rasen. Der Wind fuhr

mir ins Gesicht und löste meine Haare aus ihren Nadeln. Sie schlugen mir ins Gesicht und stachen mir in die Augen. Bis ich die kahlen Bäume im Obstgarten erreicht hatte, war ich außer Atem, aber mein Kopf war etwas klarer. Ich kletterte auf meinen Lieblingsapfelbaum, auch wenn er mir keinen Schutz bot, so kahl wie er war. Als ich die obersten Äste erreicht hatte, setzte ich mich in eine Astgabel und wischte mir die Tränen ab.

Das Anwesen von Lichfield breitete sich vor mir aus, eingehüllt in die Reste des Morgenfrosts. Rauch stieg aus vier Schornsteinen in den blassblauen Himmel, doch sonst war das Haus still, wie im Schlaf. Lincoln war mir nicht nach draußen gefolgt. Ich zitterte. Plötzlich war mir kalt. *Hier* war mein Zuhause. Wenn Lincoln die Wahrheit sagte und er nicht vorhatte, mich wieder wegzuschicken, warum schenkte er mir dann ein Haus, in dem ich nicht wohnen würde?

‚Ich wollte dir etwas geben, was dein Leben verändert‘, hatte er gesagt.

Plötzlich verstand ich. Abgesehen von dem Zuhause, das ich in Lichfield schon hatte, war die eine Sache, die ich mir am meisten wünschte, die Freiheit, zu tun und zu lassen, was ich wollte. Nicht mehr Opfer der Willkürlichkeit anderer zu sein, nicht einmal seiner. Als unverheiratete Frau ohne Geld und ohne Ausbildung war ich vollkommen von ihm abhängig. Das hatte er mir nur zu deutlich gezeigt. Indem er mir das Haus schenkte, gab Lincoln mir die Möglichkeit, mit der Miete Geld zu verdienen oder das Kapital zu behalten, sollte ich mich entscheiden, es zu verkaufen. Das Haus gab mir eine Freiheit und Unabhängigkeit, die wenige Frauen besaßen, und noch weniger unverheiratete.

Das würde mein Leben sicherlich verändern, nicht nur in finanzieller Hinsicht. Es erkaufte mir Zeit, meine eigene Zukunft zu wählen. Ich musste mich nicht in eine Ehe werfen; ich konnte warten. Es bedeutete, dass ich mich nie mehr auf Lincoln verlassen musste—oder sonst jemanden—, um mich zu retten, wie ich es an der Schule hatte tun müssen. Falls ich mich je wieder in einer solchen Situation wiederfinden sollte, konnte ich einfach gehen und von den Mieteinnahmen leben. Ich würde nie wieder obdachlos sein.

Ich legte meine Wange an die kühle, raue Rinde und atmete. Einfach nur atmen. Mein Herz hämmerte laut in der Stille, dröhnte durch meinen Körper und zwischen meinen Ohren. War das real? War ich jetzt wirklich in Sicherheit und Herrin meines eigenen Lebens?

Oder würde mir diese Sicherheit wieder entrissen werden, wenn ich es am wenigsten erwartete?

Das Rumpeln von Wagenrädern in der Einfahrt brachte mich dazu, mich aufzurichten und über die Baumwipfel zum Tor zu schauen. Zwei Kutschen näherten sich. Falls die Insassen zum Obstgarten neben dem Haus schauten, würden sie mich im kahlen Baum entdecken.

Ich kletterte hinunter, wobei mein Rocksaum an einem Zweig hängen blieb. „Verdammt." Ich hob meine Röcke und rannte zur Rückseite des Hauses, von wo aus ich um die Hausecke lugte, als die Kutschen vor der Eingangstreppe zum Stehen kamen. General Eastbrooke stieg aus der vorderen, gefolgt von Lord Gillingham. Lady Harcourt und Lord Marchbank kamen aus der zweiten. Zur Hölle. Das Komitee war angekommen.

KAPITEL 8

„Sind Sie verrückt geworden?" Lord Gillinghams Stimme hörte man sogar bis in die Tiefen des Dienstbotenbereichs hinten im Haus, wo ich stand.

Ich biss mir auf die Lippe und schob mich an Bella vorbei, die das Teegeschirr auf ein Tablett stellte. Zusammen mit Gus und dem Koch lauschte ich im Flur vor der Küche. „Er klingt wütend", flüsterte ich. Es war unnötig zu flüstern. Die Komiteemitglieder hätten uns auch nicht gehört, wenn wir normal laut gesprochen hätten, aber es kam wie von selbst.

„Total außer sich", sagte Gus. „Klingt, als hätten sie gerade erfahren, dass Fitzroy die Übernatürlichen gewarnt hat. Das ging schnell."

Sie hatten alle Spione—manche in Behörden, wo sie sogar Trigger auf bestimmten Akten platziert hatten, sodass sie verständigt wurden, wenn jemand Einsicht nehmen wollte. Es hätte mich nicht überrascht, wenn sie auch Leute auf die Übernatürlichen hier in der Stadt angesetzt hätten.

„Sie haben das nicht durchdacht." General Eastbrookes Stimme dröhnte in Erwiderung auf etwas, was jemand, vermutlich Lincoln, gesagt hatte.

„Was muss passieren, damit der Tod einen von denen umhaut?", fragte Gus grinsend.

„Oder umbringt", fügte der Koch hinzu. „Ich wette, dass Gilly als Erster dran ist."

„Ist Seth bei ihm?", fragte ich.

Gus nickte in dem Moment, als Doyle auftauchte. Seine eiligen Schritte entsprachen nicht seinem sonst gemäßigten Tempo. „Tee! Und zwar schnell!"

„Bella kümmert sich schon drum", teilte der Koch ihm mit.

„In welches Zimmer gehen sie?", fragte ich und folgte Doyle in die Küche.

„Bibliothek", sagte er und scheuchte Bella aus dem Weg. Sie schnalzte mit der Zunge und stemmte die Hände auf die Hüften. Er ignorierte sie. „Außer Hörweite von Lady Vickers."

„Aber nicht meiner."

„Du willst an der Tür lauschen?", fragte der Koch.

„Na klar."

Er brummte. „Lass dich nicht erwischen."

„Ich geh jetzt rein", sagte Gus zu mir. „Ich stell mich an die Tür und klopfe, falls jemand gehen will."

„Du bist wundervoll", sagte ich.

Er ging vor mir her und bedeutete mir mit einem Nicken, dass die Luft rein war, als er das Ende des Dienstbotenflurs erreicht hatte. Die gedämpften Stimmen wurden lauter, als ich mich der Bibliothek näherte, aber ich konnte nichts verstehen. Gus öffnete die Tür gerade so weit, dass er hindurchschlüpfen konnte, und ich hörte, wie Lord Marchbank Lincoln dafür rügte, dass er die Dinge selbst in die Hand genommen hatte. Ich wünschte, ich hätte Lincolns Reaktion sehen können.

Gus zwinkerte mir zu und schloss die Tür. Ich schlich über die Fliesen und legte mein Ohr an das Holz. Nicht zum ersten Mal wünschte ich mir, das Haus hätte Geheimgänge und -zimmer, die das Lauschen vereinfacht hätten.

„Sie sind ein Dummkopf", sagte Gillingham. „Sie haben überreagiert, wie immer."

„Lincoln überreagiert nie", schnappte Lady Harcourt. Wie merkwürdig, dass sie Lincoln jetzt verteidigte. Das letzte Mal, als ich sie gesehen hatte, hatten sie gestritten. Vielleicht hatte meine Abreise aus Lichfield ihre Hoffnungen auf eine romantische Liaison mit ihm neu entfacht.

„In diesem Fall hat er das", fuhr Gillingham fort. „Jetzt wissen wir nicht, wo sie zu finden sind. Was nützt ein Ministerium, wenn wir nicht wissen, wo die Kuriositäten sind, die wir im Blick behalten sollen?"

„Dem stimme ich zu", bemerkte Eastbrooke.

Doyle kam und ich trat zur Seite, um nicht gesehen zu werden. Er öffnete die Tür mit einer Hand, während er mit der anderen das Tablett balancierte. Die Gespräche erstarben.

„Ich schenke aus, danke, Doyle", sagte Lady Harcourt.

Einen Augenblick später kam Doyle wieder heraus und ging in den Dienstbotenbereich zurück. Ich nahm meinen Platz an der Tür wieder ein.

„Es war ein dummer Schritt, Lincoln", fuhr Eastbrooke fort. „Insbesondere, wenn sie als Köder hätten fungieren können, um den Mörder aus seinem Versteck zu locken."

„Niemand wird als Köder benutzt", knurrte Lincoln. „Sie sind keine Fleischstücke."

„Tun Sie nicht so, als wären sie normale Menschen", gab Gillingham zurück.

Für einen Mann, dessen Ehefrau ebenfalls „unmenschlich" war, waren seine Worte äußerst grausam. Mir machten sie allerdings nichts aus. Bereits kurz nach unserer ersten Begegnung hatte ich aufgehört, etwas darum zu geben, was Gillingham von mir dachte.

„Wenn ich dir diesen drastischen Schritt auch nicht vorwerfe, so hättest du uns doch zurate ziehen sollen", sagte Lady Harcourt. „Wir sind immerhin das Komitee."

„Und ich bin der Leiter des Ministeriums", sagte Lincoln vollkommen ruhig. „Ich arbeite nicht *für* das Komitee."

„Du musst auch nicht allein sein."

Ich verdrehte die Augen. Offensichtlicher ging es wohl kaum. Er redete von seiner Arbeit, sie machte zweideutige Bemerkungen über sein Privatleben. Das war nicht der Weg zu Lincolns Herz. Nicht, dass ich den Weg kennen würde—geschweige denn wusste, ob er überhaupt ein Herz hatte—aber Anspielungen waren sicherlich keine Lösung.

„Ich *arbeite* nicht allein", erwiderte er. „Ich arbeite mit Seth und Gus."

„Danke", sagte Seth. „Und ich möchte Sie alle wissen lassen, dass ich die Entscheidung mittrage. Diese Leute haben ein Recht darauf zu wissen, dass ihr Leben in Gefahr ist."

„Es interessiert niemanden, was Sie denken, Vickers." Gillingham klang gelangweilt. „Sie gehören nicht zum Komitee und sind auch kein Leiter. Sie und Ihr Gorilla sollten noch nicht einmal involviert sein, wenn Sie mich fragen."

„Ich habe nicht gefragt", sagte Seth mit lakonischer Leichtigkeit. „Niemand hat das."

„Gentlemen", sagte Marchbank. „Bleiben wir bei den Fakten. Und der wichtigste Fakt ist, dass wir nicht wissen, wo diese Leute sich jetzt aufhalten."

„Sie könnten allen möglichen Ärger stiften", sagte Eastbrooke.

„Bisher haben sie das nicht getan", sagte Lincoln.

„Vielleicht haben sie uns in der Vergangenheit keine Probleme gemacht, aber Sie hätten ihnen die Situation nicht offenbaren dürfen. Das sind Ministeriumsangelegenheiten. Streng geheim."

„Jetzt wissen sie, dass wir existieren", fügte Marchbank hinzu. „Sie haben unser Geheimnis verraten."

„Sie denken, ich arbeite für die Polizei", sagte Lincoln.

„Es ist egal, was die denken", schoss Gillingham zurück. „Ihnen ist bewusst, dass sie überwacht werden."

„Ich sehe das Problem nicht."

Gillinghams Schnauben drang sogar durch die geschlossene Tür. „Dann sind Sie ein Dummkopf."

„Genug, Gilly", sagte Lord Marchbank. „Für Beschimpfungen gibt es keinen Anlass."

Ich konnte Gillinghams geknurrte Antwort nicht verstehen.

„Das Problem bleibt", sagte Lady Harcourt. „Wir wissen nicht, wo sich diese Leute jetzt aufhalten. Bitte sag uns, dass du sie hast verfolgen lassen, Lincoln. Es würde uns enorm erleichtern."

„Sie wurden angewiesen, mir über ihre jeweiligen Aufenthaltsorte Bericht zu erstatten", sagte er.

„Gut."

„Freiwillig?", fragte Eastbrooke. Lincoln musste genickt haben, denn er fuhr fort: „Warum sollten sie das tun?"

„Sie haben denen sehr viel Vertrauen entgegengebracht", sagte Marchbank.

„Den meisten sind die Gefahren ihrer Kräfte bewusst", erklärte Lincoln. „Sie verstehen, dass ein Überwachungssystem nötig und auf lange Sicht für die Nation von Vorteil ist."

Jemand machte ein abfälliges Geräusch. Ich wettete, dass es Gillingham war.

„Werden Sie die Aufenthaltsorte für sich behalten?", fragte Marchbank.

„Das werde ich. Ich habe ihnen das Versprechen abgenommen, niemand anderen zu informieren."

„Mit Ausnahme von uns", sagte Gillingham.

„Niemand wird informiert. Ist das klar?"

Es gab eine Pause. „Deuten Sie etwa an, dass Sie uns nicht trauen?", platzte Gillingham heraus.

„Ich traue niemandem."

Eine gewichtigere Aussage hätte nicht über Lincolns Lippen kommen können. Ihr folgte totale Stille, die jedoch nur wenige Sekunden anhielt, ehe alle vier Komiteemitglieder gleichzeitig protestierten. Es war schwierig, die Stimmen auseinanderzuhalten, aber der Ärger hätte nicht deutlicher sein können.

„Er ist wahnsinnig", sagte Gillingham, sobald die anderen Stimmen verklungen waren. „Sie sind weich geworden, Fitzroy. Das ist der Einfluss von diesem Nekromantenmädel. Erst schicken Sie sie weg, ohne uns zu sagen, wohin, und jetzt auch noch alle anderen, die eine Gefahr für London darstellen."

Ich schnappte nach Luft und presste mein Ohr fest gegen die Tür in der Hoffnung, Lincolns Reaktion hören zu können. Doch falls er reagierte, war es nicht laut genug. Tatsächlich *war* Lincoln weicher geworden seit meiner Ankunft. Damals im Sommer hätte er die Übernatürlichen nicht gewarnt. Er hätte sie nicht als schützenswerte Menschen gesehen; sie wären nur Namen in Akten gewesen, die überwacht werden mussten. Hatte *ich* ihn verweichlicht?

„Sei doch still, Gilly", schnappte Marchbank. Er klang irritierter, als ich ihn je gehört hatte. Der Mann ließ sich nicht so leicht gegen den Strich bürsten. Vielleicht mochte er es einfach nicht, wenn man ihm sagte, dass er nicht vertrauenswürdig war. Ob Lincoln ihm später erzählen würde, dass er der Einzige war, der nicht unter Verdacht stand dank der Tatsache, dass er an dem Tag, als der Mörder Rampling beauftragte, nicht im Brook's Klub gewesen war?

„Du lässt ihm das durchgehen?", rief Gillingham. „Mein Gott, March, das geht nicht. Ich sage dir, das geht gar nicht. Für autonomes Verhalten ist im Ministerium kein Platz. Er soll nach unserer Anweisung handeln, nicht dagegen. Wir hätten wissen müssen, dass es dazu kommt, so wie er aufgewachsen ist, allein in deinem Haushalt, General. Er wurde nicht darauf trainiert, auf die Belange anderer zu achten."

Das war das Vernünftigste, was je aus Gillinghams Mund gekommen war. Lincoln war in der Tat allein aufgewachsen, damit er ein emotionsloser Leiter wurde. Obwohl es eiskalt war zu sagen, Lincoln wäre darauf *trainiert* worden, als wäre er ein Hund.

„Wirfst du mir vor, ihn nicht vernünftig erzogen zu haben?", brüllte Eastbrooke.

„Hört auf!" Lady Harcourts schriller Befehl schmerzte in meinen Ohren wie zerbrochenes Glas. „Genug Zank. Damit kann ich gerade nicht umgehen. Es zerrt an meinen Nerven."

„Dein Privatleben und seine Auswirkungen auf deine Nerven ist wohl kaum unser Problem, Julia", schoss Gillingham zurück. „Bring das bei Ministeriumstreffen nicht auf den Tisch."

Lady Harcourts Antwort war nicht zu hören.

„Es bleibt festzuhalten, dass Sie einen von uns für den Mörder halten", sagte der General herausfordernd.

„Ich habe mir darüber noch keine Meinung gebildet", sagte Lincoln. „Es könnte einer von Ihnen sein oder auch nicht."

„Unerhört." Gillinghams Murmeln klang nicht sehr weit von der Tür entfernt. Ich hoffte, dass Gus noch dort stand, bereit zu klopfen, falls jemand gehen wollte. „Ich bin noch nie so beleidigt worden."

Da sollte er mal die Beleidigungen hören, mit denen wir ihn betitelten. Die waren manchmal sehr farbenfroh. Ich war mir sicher, dass sowohl Seth als auch Gus sich auf die Lippen beißen mussten, um nicht zu grinsen.

„Wir können ihn nicht zwingen, es uns mitzuteilen", sagte Eastbrooke.

„Nein, aber wir können ihn aus dem Ministerium zwingen", sagte Gillingham. „Er ist nur durch uns Leiter."

„Sei nicht albern", sagte Eastbrooke. „Die Prophezeiung machte ihn zum Leiter. Die können wir nicht brechen."

„Die Prophezeiung hat ausgesagt, dass er der Leiter wird. Wie lange er das ist, blieb offen."

„Ich werde das Ministerium nicht verlassen", sagte Lincoln. „Und das ist endgültig. Sonst noch etwas? Ich bin ein beschäftigter Mann."

„Sie wandeln auf einem schmalen Grat, Fitzroy", warnte Gillingham. „Einem sehr schmalen Grat."

Ein schnelles, leises Klopfen erklang an der Tür. Ich wirbelte herum, nur um über meinen zerrissenen Rocksaum zu stolpern. Ich kam wieder auf die Füße, stolperte jedoch erneut. Die Tür ging auf. Ich lag völlig ungeschützt mitten auf den Fliesen.

Ich schaute über die Schulter und schluckte. Lord Gillingham tauchte in der größer werdenden Lücke der offenen Tür auf, den Kopf gesenkt. Er hatte mich nicht gesehen, Gott sei Dank.

„Gillingham, auf ein Wort, bevor Sie gehen", sagte Lincoln.

„Gillingham drehte sich um. „Was ist denn jetzt?"

Halb kriechend, halb rutschend erreichte ich die große Urne und versteckte mich dahinter. Ich zog die Knie an und sammelte gerade noch rechtzeitig meine Röcke um meine Füße. Lady Harcourt kam vor Lord Marchbank und General Eastbrooke aus der Bibliothek.

„Etwas Privates", hörte ich Lincoln zu Gillingham sagen. „Bezüglich Ihrer Frau."

Lady Harcourt blieb stehen und schaute zurück, während Seth und Gus aus der Bibliothek traten. „Worum geht es da?", fragte sie, als die Tür sich schloss.

„Keine Ahnung", sagte Eastbrooke. Gus holte die Mäntel von der Garderobe an der Eingangstür.

„Vielleicht hat er Anstoß daran genommen, wie Gilly seine

Frau in der Öffentlichkeit behandelt", sagte Marchbank ohne großes Interesse.

„Wie behandelt er seine Frau denn?", fragte Eastbrooke.

„Respektlos." Marchbank nahm seinen Mantel und die Handschuhe von Gus entgegen, als Doyle dazu kam.

Eastbrooke brummte. „Gilly behandelt jeden so. Und abgesehen davon, warum sollte sich Lincoln darum scheren?"

„Vielleicht tut sie ihm leid. Vielleicht mag er sie."

Lady Harcourt fauchte. Sie riss Seth ihre Handschuhe aus der Hand. Da er mit dem Rücken zu mir stand, konnte ich seinen Gesichtsausdruck nicht sehen. Er half ihr in den Pelzmantel und hielt dann ihren Arm fest, sodass sie nicht gehen konnte. Sie funkelte ihn an, verlangte aber nicht, dass er sie losließ.

„Geht ihr beide ruhig", sagte sie zum General und zu Marchbank. „Gilly kann mich nach Hause bringen."

Die beiden Männer verbeugten sich und gingen. Doyle schloss die Tür hinter ihnen, dann ging er mit Gus an mir vorbei in den Dienstbotenbereich. Gus klappte die Kinnlade herunter, als er mich sah, aber er wurde nicht langsamer. Doyle musste mich auch in meinem Versteck gesehen haben, aber er ließ sich nichts anmerken. Ich kauerte mich so eng zusammen, wie ich nur konnte.

„Julia, geht es dir gut?" Seths warme Stimme klang ernsthaft besorgt. Er musste noch immer etwas für sie übrig haben, sonst hätte er nicht gefragt.

Der bittere Geschmack der Enttäuschung füllte meinen Mund wie Galle. Er wusste, wie sie sein konnte, wusste, wie sie mich verabscheute und meine Entführung durch Mrs Drinkwater inszeniert hatte, und trotzdem war er nett zu ihr. Und das nur wegen etwas Tratsch.

Lady Harcourt warf einen Blick auf die Tür der Bibliothek. „Ich komme zurecht."

Er nahm seine Hand weg, aber sie fing sie ein und trat dichter an ihn heran, wobei sie ihre umfangreiche Brust an ihn drückte. Sie schaute zu ihm auf, klimperte mit den Wimpern und machte einen Schmollmund. Ich hätte würgen können. „Das ist so süß von dir, Darling, danke. Mir geht es gleich schon besser, da ich weiß, dass du auf meiner Seite bist."

Ich wünschte, ich könnte Seths Reaktion sehen. Er rührte sich nicht und seine emotionslose Frage gab nichts preis. „Weißt du, wer mit der Zeitung gesprochen hat?"

Sie schüttelte den Kopf und tupfte ihren Augenwinkel mit dem kleinen Finger ab. Seth reichte ihr sein Taschentuch und sie nahm es mit einem schwachen Lächeln entgegen. „Ich bin so froh, dass wir wieder Freunde sind, liebster Seth. Sieh dich an." Sie hob die Hand zu seinem Gesicht. „Mein armer Seth. Hast du wieder gekämpft?" Sie schnappte nach Luft. „Doch hoffentlich nicht mit Lincoln?"

„Nein."

„Mit wem dann?"

„Ehemänner, Julia. Immer die verdammten Ehemänner."

Sie warf den Kopf in den Nacken und lachte. „Oh Seth, danke. Das habe ich gebraucht." Sie stellte sich auf Zehenspitzen und küsste ihn. Ich hörte, wie er die Luft einsog, und fragte mich, ob ihn der Riss in seiner Lippe schmerzte oder ob sie ihn auf dem falschen Fuß erwischt hatte. „Mein lieber Seth. Unser Streit war so albern, noch dazu über so eine Nichtigkeit wie … Nun, sie ist jetzt weg und wir sollten unsere Zwistigkeiten begraben. Ich vermisse dich fürchterlich." Ihre Stimme wurde kehlig. „Warum besucht du mich nicht heute Abend?"

Er machte sich von ihr los und trat zurück. „Ich muss das Angebot ablehnen. Meine Mutter versucht, eine Frau für mich zu finden, und es wäre ein Rückschlag für meine Aussichten, sollte mich jemand dabei erwischen, wie ich in den frühen Morgenstunden um das Haus einer geeigneten Witwe schleiche."

Sie blinzelte ihn an, ein Ausdruck erwachenden Schreckens auf dem Gesicht. Es war der Moment, in dem ihr bewusst wurde, dass Seth kein Interesse daran hatte, sich mit ihrer Sinnlichkeit wieder anzufreunden. „So etwas hat dir früher nie etwas ausgemacht", sagte sie, die Stimme harsch. „Und du hast mir gesagt, die Ehe würde dich nicht interessieren."

„Jetzt macht es mir etwas aus. Und was die Ehe angeht, bin ich hin- und hergerissen. Ich werde die Vorzüge jeder Kandidatin abwägen und zu gegebener Zeit eine Entscheidung treffen."

Sie zog den Pelzmantel über ihrer Brust zusammen und schaute weg. „Ich verstehe."

„Ich bin mir sicher, deine anderen Liebhaber werden die Lücke füllen." Er lachte über seine ungehobelte Anspielung.

Lady Harcourt versteifte sich. „Hör auf, Seth. Grausamkeit steht dir nicht."

Die Tür zur Bibliothek ging auf und Gillingham kam heraus. Die kränkliche Farbe seines Gesichts hob sich stark von seinen rostfarbenen Haaren ab. Mit dem Gehstock unter dem Arm griff er seinen eigenen Hut, die Handschuhe und den Mantel und ging an Seth und Lady Harcourt vorbei zur Eingangstür.

„Was hast du zu ihm gesagt, dass es ihm so zusetzt?", fragte sie Lincoln.

„Frag ihn", sagte er und schlenderte aus der Bibliothek.

„Das wage ich nicht. Er könnte mir den Kopf abbeißen." Sie eilte Gillingham hinterher, ohne auch nur auf Wiedersehen zu sagen.

Seth schloss die Haustür und seufzte. „Besprechung?"

Lincoln nickte. „Hol Gus."

Ich stand auf und zeigte mich. Seth schnappte nach Luft, aber Lincoln hob lediglich die Augenbrauen.

„Verdammt noch mal, Charlie!" Seth warf die Hände in die Luft. „Kann ein Mann hier nicht mal ein privates Gespräch führen, ohne dass jemand lauscht?"

„Wenn du ein privates Gespräch führen möchtest, solltest du irgendwo hingehen, wo du Privatsphäre hast", sagte ich, während ich an ihm vorbeiging. „Also wirst du die Kandidatinnen deiner Mutter ernsthaft in Erwägung ziehen?"

„Bist du irre?"

Ich lachte und folgte Lincoln in die Bibliothek. Er sammelte halb leere Teetassen ein und stellte sie auf das Tablett. Ich kniete mich vor den Kamin und legte Kohlen nach. Die Wärme und die Glut faszinierten mich und ich starrte sie an, bis sich Schritte näherten. Er setzte sich in den Sessel neben mir.

„Hast du über mein Geschenk nachgedacht?", fragte er leise.

Ich starrte auf meine Hände in meinem Schoß und nickte.

„Und?"

Das Eintreten von Seth und Gus hielt mich von einer

Antwort ab, was gut war, denn ich wusste nicht, was ich antworten wollte. Ich hatte sein Geschenk bedacht, war aber noch zu keiner Entscheidung gekommen. Es gab eine recht wichtige Frage, die zuerst geklärt werden musste—welche Bedingungen waren daran geknüpft?

„Haben Sie Gillingham nach seiner Frau gefragt?", wollte Seth wissen, der sich in den großen Sessel auf der anderen Seite des Kamins lümmelte.

Lincoln nickte. Zu mir sagte er: „Ich nehme an, du musst nicht darüber informiert werden, was sich bei dem Treffen ereignet hat?"

„Ich habe das Meiste gehört", sagte ich. Ich blieb auf dem Teppich sitzen und zog meine Füße unter meine ausgebreiteten Röcke. „Ich hatte erwartet, dass Marchbank auf deiner Seite ist, aber er war genauso wütend, dass du diese Leute weggeschickt hast."

„Marchbank ist vielleicht doch nicht unschuldig."

Seth setzte sich auf. „Warum sagen Sie das?"

„Es ist etwas, was Gillingham mir gerade erzählt hat."

„Interessant", sagte Gus. „Ein Schuldiger, der 'nem anderen die Schuld zuschiebt, vielleicht?"

„Möglich", sagte Lincoln mit einem Nicken. „Weitere Ermittlungen sind nötig, bevor Schlüsse gezogen werden können."

„Und?", drängte Seth. „Was hat Gilly gesagt?"

„Ich habe ihm mitgeteilt, dass ich über die Fähigkeit seiner Frau Bescheid weiß, ihre Gestalt zu ändern. Er war schockiert, dass das Geheimnis gelüftet wurde."

„Er wirkte auf jeden Fall schockiert", sagte Seth und verzog die Lippen. „Er war weiß wie eine Wand und seine Hände haben gezittert."

„Vielleicht war er auch beschämt", sagte ich. „Beschämt, dass du weißt, mit wem—eher gesagt, mit was— er intim war."

„Sie hat diese Gestalt während der Intimitäten nicht angenommen", protestierte Seth.

„Woher willst du das wissen?", fragte Gus mit einem verschmitzten Blitzen in den Augen.

„Hat sie nicht", antwortete Lincoln für ihn. „Sie hat es mir gesagt."

„Trotzdem", sagte ich. „Lord Gillingham scheint mir jemand zu sein, der nicht möchte, dass andere ihn für einen geringeren Mann halten wegen der anderen Gestalt seiner Frau. Der anderen dominanteren Form."

„Stimmt." Seth nickte wissend. „Weiter, Fitzroy. Was hat er Ihnen erzählt?"

„Ich habe ihn gefragt, ob seine Abneigung gegen seine Frau seine Wahrnehmung von Übernatürlichen im Allgemeinen gefärbt hat. Ich habe ihm unterbreitet, dass er sie in ihrer Tiergestalt hasst und diesen Hass an Personen auslässt, die ebenfalls anders sind."

„Sie haben ihn beschuldigt, der Mörder zu sein?" Gus pfiff leise. „Das is mutig."

Lincoln hob lediglich eine Schulter an. „Ich habe nicht erwartet, dass er es mir gesteht, aber ich wollte seine Reaktion sehen."

Dann hätte er einen von uns bitten sollen, dabei zu bleiben. Lincoln war nicht besonders gut darin, den Gesichtsausdruck von Menschen zu lesen. „Wie hat er reagiert?", fragte ich.

„Er wurde kreidebleich, wie ihr gesehen habt, und er stottert, wenn er aufgeregt ist. Er hat mir gesagt, dass er seine Frau nicht hasst, aber dass sie ihn anwidert und er sich nicht mehr sicher ist, wie er ihr begegnen soll. Als seine Frau ist sie ihm untergeordnet, so sagte er mir. Er betrachtet sie als die minderwertige Hälfte ihrer Ehe."

„Grundgütiger", murmelte ich. „Seine Denkweise ist absolut barbarisch."

„Und dennoch nicht ungewöhnlich unter Männern, meiner Erfahrung nach", sagte Lincoln leise. Ich schaute schnell hoch und sah, dass er mich beobachtete. Sein dunkler Blick erhitzte meine Haut.

„Schaut mich nicht an", sagte Seth, beide Hände erhoben. „Ich stelle Frauen nur zu gern auf ein Podest. Da kann man umso besser—"

„Halt die Klappe", sagte Gus und verdrehte die Augen. „Von dir hat eh keiner geredet."

Ich räusperte mich. „Sprich weiter, Lincoln. Was hat er noch gesagt?"

„Er hat sehr deutlich ausgeführt, dass er nicht der Mörder

ist", sagte er. Wir horchten alle auf. „Er hat behauptet, dass wenn er einen Nicht-Menschen töten würde, wie er Übernatürliche nennt, hätte er mit seiner Frau angefangen."

Ich legte meine Hand auf die Brust. „Vermutlich."

„Mit dieser Logik stimme ich nicht unbedingt überein", fuhr Lincoln fort. „In der Vergangenheit mochte er seine Frau. Er war mit ihr intim, bevor er von ihrer wahren Gestalt erfahren hat. Die Erinnerung an diese Zuneigung könnte ihn davon abhalten, ihr wehzutun. Zu den anderen Übernatürlichen hat er eine solche Verbindung nicht."

„Ich bin geneigt, das auch so zu sehen", sagte Seth mit einem Nicken. „Das Herz spielt einem merkwürdige Streiche. Während ich nicht bezweifle, dass ihre wahre Gestalt ihn anekelt, muss man schon ein ziemliches Monster sein, um eine Frau zu töten, mit der man intim war. Nicht, dass ich aus Erfahrung sprechen würde. Ich bewundere alle meine Verflossenen. Mit ein oder zwei Ausnahmen", fügte er mit einem Blick auf die Tür hinzu.

„Also sind wir kein Stück schlauer", sagte ich seufzend. „Er ist noch immer verdächtig."

„Ebenso wie Marchbank."

„Ach ja. Was hast du über ihn herausgefunden?"

„In seiner Aufregung hat Gillingham versucht, den Verdacht auf andere zu lenken. Er hat mir erzählt, dass Marchbank einen sehr guten Grund hat, Menschen mit übernatürlichen Fähigkeiten zu hassen. Einer von ihnen hat seinen Vater getötet."

KAPITEL 9

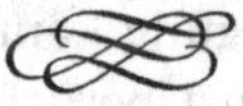

„Er wurde von keinem Übernatürlichen getötet", sagte Seth mit selbstgefälliger Sicherheit, als hätte er Gillingham bei einer Lüge ertappt. „Marchbanks Vater hat sich eines Nachts von einer Brücke gestürzt, vor Zeugen. Die Flusspolizei hat seine Leiche am nächsten Tag aus der Themse gefischt. Das Schlüsselwort hier ist Zeugen—plural."

„Laut Gillingham wurde Marchbank durch Hypnose dazu gebracht, Selbstmord zu begehen", sagte Lincoln.

„Hypnose!" Gus schnaubte. „Gillingham is'n Schwachkopf, wenn er meint, wir glauben so was. Hellseher sind alle Schwindler."

„Mir ist noch kein echter Hypnotiseur begegnet, aber es gibt einen Bericht über Gedankenmanipulation in den Ministeriumsakten. Er ist vage und der Hypnotiseur ist vor Marchbank verstorben, sodass er es nicht gewesen sein kann."

Seth rieb sich das Kinn, nicht mehr ganz so selbstsicher. „Sie behaupten also, dass Marchbanks Vater *überredet* wurde, ein Ende zu setzen?"

„Hypnotisiert", sagte Gus und verdrehte die Augen. „Nich überredet. Das is nich das Gleiche."

„Ich dachte, du hältst sie alle für Schwindler."

„Sind die auch."

„Glaubst du, Gillingham hat gelogen?", fragte ich Lincoln.

„Das konnte ich nicht herausfinden."

„Nein, vermutlich nicht. Du bist in solchen Dingen nicht sehr gut."

Seine Augenbrauen hoben sich ein klein wenig.

Da ich so weit gegangen war, sah ich keinen Grund, nicht noch weiterzugehen. „Empathie ist nicht gerade deine Stärke. Ich glaube, Gillingham hat dir das vorhin verdeutlicht."

Seine Brauen hoben sich stärker. Gus und Seth studierten intensiv den Kamin.

„Schau nicht so überrascht, Lincoln. Es ist wahr und du weißt es. Also, die Frage ist jetzt, wie finden wir heraus, ob Gillingham die Wahrheit sagt?"

„Ich werde Marchbank fragen", sagte Lincoln. „Ich muss mehr über den Hypnotiseur erfahren, ob er in den Tod des alten Marchbank verwickelt war oder nicht. Er muss in unseren Akten vermerkt sein."

„Das verstehe ich nicht", sagte ich. „Wenn Gillingham von dem Hypnotiseur wusste—wie auch Marchbank, anzunehmenderweise—warum ist der Kerl nicht schon in unseren Akten?"

„Der Hypnotiseur hat dem alten Marchbank befohlen, seine Ministeriumsakte zu vernichten. Der derzeitige Lord Marchbank weiß nur davon, weil er Hinweise im Tagebuch seines Vaters gefunden hat, aber weder Namen noch eine Beschreibung. Gillingham weiß allerdings nicht, woher der jüngere Marchbank wusste, dass der Hypnotiseur seinen Vater getötet hat."

„Teuflisch", murmelte Seth.

Gus warf die Hände in die Luft. „Die sind nich echt. Du bist zu leichtgläubisch, Seth."

Seth verzog das Gesicht. „Und du bist ein Idiot, wenn du meinst, das wäre ein Wort."

„Lasst uns die Möglichkeit, dass Hypnotiseure existieren, nicht verwerfen", sagte ich. „Echte. Aber sollten wir annehmen, dass der Hypnotiseur Marchbank zum Selbstmord getrieben hat, nur weil er seinen Namen nicht in unseren Akten haben wollte?"

„Es muss mehr dahinterstecken", sagte Lincoln mit einem Nicken. „Im Moment ist die Schlüsselfrage, warum ich nicht informiert wurde."

„Es ist auch wichtig zu wissen, ob das für Lord Marchbank

ausreicht, um auf alle Übernatürlichen wütend zu sein. Wütend genug, um zu töten."

Doyle trat ein und holte das Geschirr. Keiner von uns sprach, nicht weil wir nicht wollten, dass Doyle unser Gespräch hörte, sondern weil wir noch Gillinghams Neuigkeiten verdauten. Wenn er recht hatte, dann hatten wir es mit einem völlig neuen und gefährlichen Typ von Übernatürlichen zu tun. Einem, der großen Schaden anrichten konnte. Falls ein Komiteemitglied in der Vergangenheit den Kräften eines Hypnotiseurs zum Opfer fiel, obwohl er wusste, wozu er fähig war, dann war die Öffentlichkeit in noch größerer Gefahr.

„Und was jetzt?", fragte Seth. „Nehmen wir uns den Tag frei, um Charlies Geburtstag zu feiern?

Ich lachte. „Ich bin mir sicher, dass dir etwas Besseres einfällt, als den Tag hier mit mir zu verbringen. Was ist mit den anderen Namen aus dem Buch bei Brooks? Hast du sie aufgeschrieben, Lincoln?"

Er nickte. „Ich würde gern mit Andrew Buchanan und seinem Bruder Lord Harcourt anfangen. In Anbetracht unserer bisherigen Begegnungen mit ihnen und ihrem Wissen um das Übernatürliche sowie ihrem Zugriff auf unsere Archive sind sie unsere Hauptverdächtigen."

„Sollen wir zum Anwesen der Harcourts reisen?", fragte Gus. „Ein bisschen frische Luft tut uns allen gut."

Lincoln schüttelte den Kopf. „Noch nicht. Erst mal sehen, was Buchanan zu sagen hat."

„Ich weiß, dass du eine direkte Herangehensweise bevorzugst", sagte ich, „aber ich denke, wir sollten es vorsichtig angehen."

„Ich kann es vorsichtig angehen." War er beleidigt? Es war schwer zu sagen.

„Gibt es eine Möglichkeit, ihn zu befragen, ohne dass er misstrauisch wird?"

„Ich könnte seinen Leibdiener verhören."

Ich verzog das Gesicht. Lincolns Verhörmethoden waren nicht sonderlich vorsichtig.

Seth schüttelte den Kopf. „Leibdiener sind in der Regel loyal ihren Herren gegenüber."

„Ich werde ihn für sein Schweigen bezahlen", sagte Lincoln.

„Es besteht immer ein Risiko, dass er es Buchanan erzählen wird."

„Ich denke, wir sollten das Seth überlassen", sagte ich. „Er ist sehr gut im Plaudern."

Seth nickte nachdenklich. „Das bin ich, nicht wahr?"

„Und nicht ganz so bedrohlich wie du, Lincoln."

Lincoln war empört. Ich hatte noch nie gesehen, dass er sich derart aufrichtete oder seine Lippen so stark schürzte wie jetzt. Ich hatte nicht gedacht, dass es möglich war, ihm zu nahe zu treten, aber vielleicht hatte ich das getan. „Ich bin nicht immer bedrohlich."

Die angespannte Stille wurde von sich nähernden Schritten draußen auf den Fliesen unterbrochen. Doyle musste zurückkommen, um zu sehen, ob wir etwas brauchten.

„Wir müssen in Erfahrung bringen, wo Buchanan unterwegs ist", sagte ich, „und es dann so wirken lassen, als wäre Seth zufällig zur gleichen Zeit am gleichen Ort. Sie können sich unterhalten und Seth kann unauffällig Fragen über Buchanans Aufenthaltsorte an den Tagen stellen, an denen sich Rampling mit seinem mysteriösen Auftraggeber getroffen hat."

„Gut", sagte Gus. „Und woher wissen wir, wo Buchanan sein wird, damit Seth ihm über'n Weg laufen kann?"

„Das kann ich arrangieren", verkündete Lady Vickers, die wie eine schwarze Wolke in den Raum gefegt kam. Oh nein. Doyle hatte die Türe offengelassen.

„Mutter!" Seth schoss auf die Füße. „Wie viel davon hast du gehört?"

„Lediglich genug, um zu wissen, dass du mit Mr Buchanan zu sprechen wünschst."

„Davor nichts?"

Sie winkte ab. „Ich nehme an, Mr Fitzroy regelt ... Privatangelegenheiten. Das ist alles viel zu vulgär für meinen Geschmack, auch wenn ich die Notwendigkeit solcher geheimen Treffen und Diskussionen verstehe." Sie nickte Lincoln zu, als wüsste sie genau, was er trieb, und hätte beschlossen, dass es etwas anrüchig war, jedoch nicht genug, um sich darüber den

Kopf zu zerbrechen. Ich fragte mich, wie sie wohl reagieren würde, wenn sie die Wahrheit erfuhr.

„Sie wissen, wo Mr Buchanan sein wird?", hakte Lincoln nach.

„Ich weiß, wo er morgen Abend sein wird." Sie richtete ein triumphierendes Lächeln auf ihren Sohn. „Bei der Dinnerparty, an der ich dich gebeten hatte, teilzunehmen."

Seth fiel stöhnend auf seinen Stuhl zurück. „Ich werde meinen Anzug abstauben."

* * *

Ich kehrte zum Dachboden zurück, um die Ministeriumsakten weiter zu vervollständigen. Bei der Gelegenheit suchte ich nach Hypnotiseuren. Es gab nur den einen, den Lincoln erwähnt hatte, aber der war vor über hundert Jahren verstorben.

Der Dachboden war ein netter Raum mit einer grandiosen Aussicht über das Anwesen und ordentlichen Akten, die in einem Schrank mit kleinen Holzschubladen aufbewahrt wurden. Trotz unseres Mangels an Hausmädchen gab es nur wenig Staub und ein Teil war wie ein kleines Büro eingerichtet mit Schreibtisch und einem Stuhl in einer Nische beim Fenster. Alte Möbel und Kisten mit Sachen, die der Vorbesitzer zurückgelassen hatte, lagerten weiter hinten. Ich hatte wenig Grund, mich dorthin zu bewegen.

„Du musst das nicht machen." Lincolns Stimme erschreckte mich. Ich schluckte meinen Aufschrei herunter, konnte mein Zucken aber nicht verbergen. „Es ist dein Geburtstag."

Mein Blick richtete sich wieder auf die Akten, die ich durchblätterte, aber von den Informationen nahm ich nichts auf. „Hörst du an deinem Geburtstag auf zu arbeiten?"

„Du bist nicht ich." Seine Stimme klang näher.

Ich rammte die Schublade zu, holte zur Stärkung tief Luft und drehte mich zu ihm um. Er stand nur einen halben Meter entfernt, der Kragen offen und die weißen Hemdsärmel bis zu den Ellenbogen aufgekrempelt, was seine starken, gebräunten Unterarme offenbarte. Seine Augen wirkten schwärzer, doch das konnte an dem schlechten Licht auf dem Dachboden liegen. Sein Gesicht mit den noblen Wangenknochen und den harten Ebenen gab nichts preis. Der Zeigefinger seiner rechten Hand strich über den Daumennagel, aber sonst stand er ganz still. Er beobachtete mich nur mit diesem unergründlichen Ausdruck, als ob er erwartete, dass ich erraten konnte, was er wollte.

„Ich habe über den Mörder nachgedacht", sagte ich, um die unangenehme Stille zu füllen.

Er schaute weg. Seine rechte Hand ballte sich zur Faust.

„Ich habe das Gefühl, als würden wir diesen Fall in Bruchteilen betrachten, das Gesamtbild aber nicht sehen. Nein, das trifft es auch nicht richtig." Ich atmete ein und langsam wieder aus. Seine Nähe verwirrte mich.

„Sprich weiter", sagte er und zog einen Stuhl für mich heran.

Ich setzte mich und er lehnte sich an den Schreibtisch, die Hände an der Kante. „Wir müssen zurück zum Anfang, zurück zu den ursprünglichen Elementen. Wir haben versucht herauszufinden, wer Rampling und Daley angeheuert hat, aber wir können auch einen anderen Weg gehen. Den wollten wir schon einmal einschlagen bevor ..." Ich schluckte. „Bevor ich weggegangen bin."

„Die Verbindung zwischen Frankenstein, Jasper, Brumley und Drinkwater. Darüber habe ich auch nachgedacht, aber ich erkenne nicht, wie wir dort vorankommen sollen, ohne Ramplings Geschichte zu überprüfen. Es ist nicht unmöglich", fügte er schnell hinzu. „Ich zweifle nicht an dir. Du siehst Dinge anders als ich. Das ist ... gut. Deswegen arbeiten wir gut zusammen."

Ich hatte Lincoln noch nie plappern hören und war mir nicht sicher, ob man seine hastige Rede dafür halten konnte. Es war allerdings untypisch. „Ich nehme an, zu dem Schluss bist du während meiner Abwesenheit gekommen." Und hast mich deswegen nach Hause geholt. Falls es eins gab, was Lincoln dazu brachte, mich zurückzuholen, dann war es das. Das Ministerium war nun einmal alles für ihn.

Er nickte lediglich und beobachtete mich weiter.

„Wir wissen, dass jemand Captain Jasper beauftragt hat, ein Serum zu produzieren, dass die Toten zum Leben erweckt", sagte ich. „Jasper hat dieses Serum nie hergestellt. Der Mann, der ihm den Auftrag erteilt hat, hat ihn höchstwahrscheinlich in der Arrestzelle getötet, damit er nicht mit uns redet."

Er senkte den Kopf und unterbrach damit sein nervenaufreibendes Starren. „Stimmt."

„Der gleiche Mann hat sowohl Frankenstein als auch Drinkwater kontaktiert, nachdem er gehört hatte, dass sie ebenfalls Leichen reanimieren wollten, obwohl seine Informationen bezüglich Drinkwater nicht korrekt waren, denn das war nicht sein Ziel. Sobald er erfahren hatte, dass sie Magie benutzten, beendete er seine Korrespondenz. In Frankensteins Fall ließ er ihn in Ruhe, vermutlich weil er keine magischen Fähigkeiten hatte. Aber er hat Drinkwater getötet, vermutlich weil der sie besaß. Ebenso hat er Joan Brumley getötet, weil er durch Frankenstein erfahren hat, dass sie Nekromantin war. Und er hat von dem Moment an versucht, mich zu töten, als ich mich als Charlotte Holloway, Nekromantin, offenbart habe."

„Er will keine Magie nutzen, um Tote zu reanimieren", fuhr Lincoln fort, während er wieder aufsah, jedoch ohne diese Intensität im Blick. „Aber er will sie auf irgendeine andere Art wiederbeleben."

„Und er will nicht, dass irgendjemand das Gleiche mit übernatürlichen Methoden tut. Vielleicht, weil er vor uns Angst hat oder uns nicht leiden kann und uns schlichtweg aus Boshaftigkeit tötet."

„Ersteres ist wahrscheinlicher als letzteres", sagte er. „Die Tatsache, dass die Morde erst geschahen, *nachdem* Frankenstein dich benutzen wollte, deuten darauf hin."

„Genau das denke ich auch. Er hat Angst, weil er weiß, zu was wir fähig sind, obwohl es das Gleiche ist, was er tun will. Er hat Angst, dass wir es zuerst tun und die Belohnung für eine solche Entdeckung einheimsen." Ich streckte ihm meine Handflächen hin, als wollte ich ihm meine Theorie präsentieren. „Was meinst du?"

„Es ist möglich." Er verschränkte die Arme und legte die Fußknöchel übereinander. „Oder er hat Angst, die Wiederbelebten nicht kontrollieren zu können, falls jemand anderes eine Methode entwickelt. Eine magische Methode."

Ich nickte langsam. Der Gedanke leuchtete mir ein. „Das ist schlau, Lincoln. Ich glaube, du könntest recht haben."

„Finanzielle Gewinne sind auch eine sehr reale Möglichkeit."

„Vielleicht ist es eine Kombination von beidem." Ich lächelte und sein Gesicht hellte sich auf.

„Charlie", sagte er leise.

Ich hielt meine Hand hoch, um dieses Gespräch nicht in ungewisse und gefährliche Gewässer driften zu lassen. „Die Gründe spielen noch keine Rolle. Was eine Rolle spielt, ist das Wer. Und das bringt uns zu meinem nächsten Punkt. Etwas, über das ich nachgedacht habe. Was ist, wenn der Mörder es geschafft hat, nach Jaspers Tod einen anderen Arzt zu beauftragen? Vielleicht sogar einen anderen Militärarzt? Der militärische Aspekt wirft Verdacht auf General Eastbrooke."

Lincolns Fingers trommelten. „Jasper war aus dem medizinischen Dienst der Armee entlassen, als er beauftragt wurde, aber ich stimme zu, dass es hier eine Verbindung zu Eastbrooke gibt. Allerdings sollten wir uns nicht auf Militärärzte beschränken."

Es schien, als wäre er meinen Gedankengängen gefolgt, ohne dass ich sie hatte äußern müssen. Lag das an seiner seherischen Verbindung zu mir oder an einer mehr persönlichen? „Also meinst du, wir sollten bei anderen Ärzten ermitteln."

Er nickte. „Bei einem, der sich auf Hämatologie und Serum spezialisiert hat, so wie Jasper es getan hat. Wir fangen in den großen Kliniken an."

„Wir? Schlägst du vor, dass ich mitkomme?"

Er öffnete den Mund, zögerte aber, ehe er sagte: „Wenn du magst."

Ich hatte den starken Eindruck, dass er sich, Seth und Gus mit dem „wir" gemeint hatte, aber nicht bereit war, das zuzugeben. „Ich werde natürlich vorsichtig sein", sagte ich in weiser Voraussicht. „Ich werde darauf achten, nicht gesehen zu werden, wenn ich Lichfield verlasse. In den Kliniken kannst du dich als Arzt ausgeben und ich bin deine Assistentin. Oder vielleicht eine Reporterin. Ja, ich glaube, das ist der bessere Vorwand. Blutforschung ist wahrscheinlich ein kleines Feld, in dem sich alle Ärzte untereinander kennen. Reporter kennen sie wohl eher nicht."

Er neigte seinen Kopf zu einem wenig überzeugten Nicken.

„Ich kann nicht ewig hier eingesperrt bleiben", sagte ich. „Wenigstens falle ich so keinem unserer Verdächtigen auf."

Ein weiteres Neigen seines Kopfes.

„Sollen wir heute Nachmittag loslegen?", fragte ich.

„Wir suchen nach dem Mittagessen ein oder zwei Kliniken auf." Ich wartete darauf, dass er ging, aber er blieb auf der Schreibtischkante sitzen, als warte er darauf, dass ich etwas sagte. Über den Fall? Sein Geburtstagsgeschenk? Oder über meine Verbannung?

Ich stand auf und brachte ihn damit auch schnell auf die Füße. „Ich bin hier fertig. Wir reden nach dem Mittagessen." Ich wandte mich zum Gehen, aber dank seiner raumgreifenden Schritte erreichte er die Tür mit Leichtigkeit zuerst.

„Ich bin hier rauf gekommen, um mit dir zu reden", sagte er, seine Stimme ebenso rauchig wie seine Augen. Die Haare hatte er im Nacken zusammengebunden, aber ein paar Strähnen hatten sich gelöst und fielen in dunklen Locken über seine Stirn.

„Wir reden doch."

„Nicht über die Arbeit."

Mein Puls schnellte in die Höhe. „Ich brauche mehr Zeit, um über dein Geschenk nachzudenken."

„Darüber auch nicht."

„Soweit es mich angeht, gibt es sonst nichts zu reden." Ich wollte mich an ihm vorbeischieben, aber er stellte sich mir in den Weg. „Nicht", knurrte ich, leise und grimmig.

Er schluckte und trat zur Seite.

„Lass mich eins klarstellen." Ich hörte meine stahlharte Stimme, fühlte das glühende Pulsieren meines Blutes in den Adern. Es tat so gut, sich ihm entgegenzustellen, ihm zu zeigen, dass ich nicht mehr das gleiche Mädchen war, das sich blindlings in ihn verliebt hatte. „Was zwischen uns geschehen ist, ist vorbei. Es liegt in unser beider Interesse, dem nicht nachzuhängen. Ich weiß, du musst deine Gründe gehabt haben, mich fortzuschicken, aber ..." Ich schloss die Augen, damit ich sein attraktives Gesicht nicht sehen musste. „Aber ich bin nicht bereit, sie zu hören. Ich bin nicht bereit, dir zu vergeben."

Ich öffnete die Augen und wandte mich ab, das Herz schwer. Es fühlte sich an, als sei die Wunde, die er ihm zugefügt hatte, noch frisch. Vielleicht würde sie niemals heilen. Jedenfalls würde es sicher deutlich länger dauern als ein paar Tage.

„Wirst du das je sein?", fragte er leise.

„Es ist noch zu früh, um das zu wissen." Ich marschierte hinaus und ging in mein Zimmer, ohne zurückzuschauen. Mein Mittagessen aß ich dort im Sessel am Feuer mit einem Buch auf dem Schoß.

Einige Zeit später brachte mich ein schwaches Klopfen an meiner Tür wieder auf die Beine. Ich öffnete einem finster dreinschauenden Seth. „Ich wurde geschickt, um dir zu sagen, dass ihr bald losfahrt. Gus wird dich in fünfzehn Minuten vor dem Haus abholen. Es regnet. Nimm Mantel und Schirm mit."

„Du klingst aufgebracht." Ich trat zur Seite und winkte ihn herein.

Er zögerte, dann trat er mit einem Seufzen ein. „Ich bin nicht gerade glücklich darüber, dass du heute Nachmittag das Haus verlässt. Es ist zu gefährlich. Was ist, wenn du erkannt wirst? Das habe ich auch zu Fitzroy gesagt, aber er hat lediglich gesagt ‚ich weiß'. Entweder hat er den Verstand verloren oder du hast ihn bezirzt, dich mitzunehmen."

„Ich habe ihn nicht bezirzt. Wirst du ihm sagen, dass er den Verstand verloren hat oder soll ich das tun?"

Er brummte. „Mir gefällt das nicht."

„Wie du bereits sagtest. Kommst du mit?"

„Anscheinend werde ich nicht benötigt. Ich muss einige von Brooks' Mitgliedern unter die Lupe nehmen."

„Du bist enttäuscht."

„Ich bin verdammt ärgerlich, Charlie. Zum einen solltest du nicht da draußen sein, wo dich jeder sehen kann. Du hast uns eine Woche versprochen, erinnerst du dich?" Er warf die Hände in die Luft. „Ich kann nicht glauben, dass er das erlaubt! Gerade nachdem er sich die Mühe gemacht hat, dich wegzuschicken, um dich in Sicherheit zu bringen. Da könnte er dich genauso gut vor den Komiteemitgliedern herumstolzieren lassen."

Ich verschränkte die Arme vor der Brust. „Zuallererst: Ich werde vorsichtig sein. Zweitens: bist du dir sicher, dass er mich deswegen weggeschickt hat? Um mich in Sicherheit zu bringen? Das hat er behauptet?"

„Nicht in diesem Wortlaut, aber ich wette mein gesamtes Hab und Gut, dass es der Grund war."

„Du hast kein Hab und Gut."

„Das ist nebensächlich."

Ich seufzte. „Seth, wäre das sein Grund gewesen, hätte er mich nicht zurückgeholt, nachdem er gesehen hat, dass ich in der Schule gut aufgehoben war. Er hätte sich umgedreht und mich dort gelassen."

Er schürzte nachdenklich die Lippen. „Gutes Argument."

„Ich hatte Zeit, seine Gründe zu überdenken, und glaube nun, dass er mich als Ablenkung betrachtet hat. Vielleicht habe ich zu viel seiner Zeit beansprucht oder er konnte sich nicht konzentrieren, wenn ich dabei war. Oder vielleicht hatte er das Gefühl, sich in eine andere Person zu verwandeln als der rücksichtslose Leiter, der er immer war. Das hat ihm möglicherweise nicht gefallen."

Er lehnte sich an die Wand neben dem Türrahmen. „Du könntest recht haben. Trotzdem bleibt die Frage, warum er dich zurückgeholt hat, wäre das der Fall. Wenn du damals eine Ablenkung warst, bist du das nicht immer noch?"

„Ich weiß es nicht. Möglich ist es, aber wir sind jetzt kein Paar mehr. Es ist wieder so wie vor dem Zeitpunkt, wo alles kompliziert wurde."

Er schnaufte. „Ist es das? Das sehe ich anders, Charlie. Es ist überhaupt nicht so."

Ich zuckte lediglich mit den Schultern. Er hatte insofern recht, als dass Lincoln und ich nie wieder so miteinander umgehen konnten wie früher. „Du bist mit vielen deiner Liebschaften befreundet geblieben. Glaubst du, Lincoln und ich können eines Tages auch irgendwie Freunde sein?"

„Die Sache ist, meine Liebschaften wissen von Anfang an, dass ich sie nicht heiraten werde. Sie verstehen unser Arrangement und die meisten wünschen sich das Gleiche wie ich ohne die Komplikationen des Werbens. Deine Situation ist völlig anders."

Ich legte die Arme um mich. Mir war etwas kalt, trotz der Wärme im Raum.

Er küsste meinen Kopf. „Jetzt mach dich fertig. Ich möchte,

dass du den größten Hut trägst, den du hast, vorzugsweise mit einem Schleier. Und etwas mit hohem Kragen."

„Möchtest du vielleicht selbst etwas aus meinem Kleiderschrank aussuchen?"

„Großartige Idee."

Fünfzehn Minuten später hängte ich den Schleier vor mein Gesicht, den ich hastig an meine Hutkrempe genäht hatte. Er fiel nur bis zu meiner Nase, war aber dunkel genug, um meine Augenfarbe zu verbergen. Ich zog mir mein dunkelgraues Kleid mit dem hohen Spitzenkragen an, der bis an die Unterseite meines Kinns reichte. Wenn ich den Kopf leicht neigte, konnte man wenig von mir erkennen.

In der Eingangshalle traf ich auf Lincoln. Ein Hut bedeckte den Großteil seiner Haare, sodass die Länge nicht offensichtlich war, und ein falscher Schnurrbart zierte seine Oberlippe. Ich presste die Lippen aufeinander, um nicht zu lachen.

„Das hier ist vorhin für dich angekommen." Er reichte mir einen Brief von Alice.

„Wunderbar! Ich hatte mir schon Sorgen um sie gemacht." Ich steckte den Brief in meine Handtasche, um ihn später zu lesen.

Gus fuhr mit der Kutsche vor und Doyle begleitete uns hinaus. Er gab Lincoln zwei Schirme, von denen Lincoln einen über meinen Kopf hielt und den anderen über seinen eigenen. Wir kletterten in die Kabine. Der Raum wirkte plötzlich viel zu klein, seine Knie zu nahe an meinen.

„Lass dir nie einen Schnurrbart wachsen", sagte ich, während wir losfuhren.

Er strich darüber. „Ich dachte, ich sehe gut situiert aus."

Ich lächelte. „Wenn du mit gut situiert älter meinst, dann ja. Er macht dich mindestens zehn Jahre älter."

„Das hatte ich gehofft. Hätte ich einen mit etwas Grau darin gehabt, hätte ich den getragen."

„Du bewahrst in deinem Zimmer falsche Bärte auf?"

„Ich habe kürzlich welche von einem Perückenmacher gekauft. Wenn ich weniger … Verhöre durchführe, brauche ich mehr Verkleidungen, habe ich beschlossen."

„Manchmal sind Verhöre nötig. Das ist auch etwas, das du sehr gut machst."

In seinen Augen tauchte ein Blitzen auf, das ich seit meiner Rückkehr nach Lichfield nicht gesehen hatte. „Du klingst, als würdest du an meinen schauspielerischen Fähigkeiten zweifeln."

Gutes Schauspiel erforderte ein gewisses Maß an Empathie. Ich glaubte nicht, dass Lincoln davon ausreichend besaß, aber das würde ich ihm nicht sagen. Ich wollte seine gelöste Stimmung nicht zerstören. „Ich werde dich nach der heutigen Vorstellung einschätzen. Wirst du ein Reporter sein und ich deine Assistentin?"

Er nickte und griff in seine Innentasche. „Du wirst dies hier brauchen." Er reichte mir einen Bleistift und einen Notizblock. „Wir versuchen es beim University College Krankenhaus. Es ist das nächste und besitzt eine starke Forschungsabteilung."

„Ich hoffe, wir bekommen Resultate", sagte ich leise. „Sonst müssen wir uns auf Seths Bemühungen und seine Befragung von Andrew Buchanan heute verlassen. Apropos Buchanan, wie wirkte Lady Harcourt vorhin auf dich?"

„Es ist schwer zu sagen. Sie ist gut darin, ihre Gefühle zu verbergen."

Anders als ich. Ich neigte dazu, mein Herz auf dem Ärmel zu tragen, wo es jeder sehen konnte. „Es muss eine schwere Zeit für sie sein."

„Sie hat Buchanan zum Trost."

„Ich bezweifle, dass er sehr tröstend ist. Der Mann hat einen fiesen Zug."

„Dann passen sie gut zusammen." Er beäugte mich eingehend. „Es ist nett von dir, dich um Julia zu sorgen, Charlie. Allerdings ist es nicht nötig. Sie kann auf sich selbst aufpassen."

„Ich weiß. Ich war nur neugierig." Ich fischte Alices Brief aus meiner Handtasche. „Macht es dir etwas aus, wenn ich den jetzt lese? Ich will unbedingt wissen, wie es ihr geht."

„Nur zu. Ich gestehe, dass ich auch neugierig bin. Sie zurückzulassen war eventuell unklug. Ihre Kräfte sind für meinen Geschmack zu unberechenbar."

Ich nickte und öffnete den Brief vorsichtig, um das dünne Papier nicht zu zerreißen. Ihre kleine, ordentliche Schrift bedeckte die gesamte Seite und ließ nur schmale Lücken zwischen den Zeilen. Ich überflog ihn kurz und las dann noch einmal von Anfang an. „Alles ist gut", sagte ich atemlos. „Es gab keine weiteren ‚Vorfälle', wie sie es nennt, obwohl sie noch Träume hat. Sie hat sich mit den anderen Übernatürlichen angefreundet und alle verstehen einander jetzt besser." Beim nächsten Absatz lachte ich leise.

„Was ist?"

„Mrs Denk wurde über Nacht im Kerker eingesperrt, ehe eine der Lehrerinnen es bemerkte und sie herausließ. Anscheinend hat der Geist von Sir Geoffrey sie dort hingelockt. Ich sollte nicht lachen. Dieser Kerker ist ein furchtbarer Ort. Ein paar Stunden da unten fühlt sich an wie Tage."

Er beugte sich vor, die Augen wachsam. „Woher weißt du das?"

Ich faltete den Brief zusammen und steckte ihn zurück in meine Handtasche.

„Charlie?"

KAPITEL 10

„*M*rs Denk hat mich da unten eingesperrt."
    Ein Muskel in seinem Kiefer spannte sich an. Er hielt meinen Blick gefangen, bis ich es nicht mehr länger aushalten konnte und wegschaute.

Er berührte mein Knie. „Warum hast du mir das nicht gesagt?"

Ich rückte meine Knie zur Seite. „Das war unnötig, da du mich geholt hast."

Er lehnte sich zurück und drehte sich zum Fenster. Regen klatschte gegen das Glas und ließ die Stadt draußen verschwimmen. Dank der grauen Monotonie war es schwer zu sagen, wo genau wir uns befanden.

„Hast du auch Perücken gekauft?", fragte ich, um die Stille zu füllen.

„Nur Schnurrbärte. Ich dachte, ich könnte meine Haare schneiden, um—"

„Tu das nicht."

Er blinzelte. Mich überraschte meine Vehemenz ebenso.

„Deine Frisur steht dir", sagte ich mit einem Achselzucken.

Wir erreichten das Gower Street Krankenhaus und gingen hinein, um den Direktor zu sprechen, kamen aber nur bis zu seinem Assistenten im Vorzimmer, einem Mann mit spitzem Gesicht, der uns über seine Brille hinweg ansah. Lincoln musste entschieden haben, dass er genügen würde, und bat um ein Treffen mit dem Leiter der Forschungsabteilung der Hämatologie, den er zu seinen jüngsten Entdeckungen interviewen wollte.

„Für den Artikel, den mein Redakteur mir aufgetragen hat", endete er und deutete auf mich und meinen Stift und Notizblock.

„Sie sind hier falsch", sagte der Assistent mit gerunzelter Stirn. „Wir haben hier keine Ärzte, die sich auf Hämatologie spezialisieren."

„Oh." Lincoln klang enttäuscht, wenn auch etwas hölzern. „Wissen Sie, in welcher Klinik ich es versuchen sollte?"

„Warum möchten Sie das wissen?"

„Mein Redakteur hat von großen Fortschritten in diesem Bereich der medizinischen Forschung Wind bekommen und möchte, dass unsere Zeitung als erste darüber berichtet."

Der Assistent verschränkte die Hände vor sich auf dem Schreibtisch. „Ich weiß von keinen Laboratorien, die in der Hämatologie große Fortschritte machen. Sind Sie sicher, dass es sich nicht um ansteckende Krankheiten handelt?"

„Beides steht in Verbindung, nicht wahr?"

„Vermutlich."

Als der Assistent nichts weiter sagte, beugte Lincoln sich vor. Ich hielt in der Erwartung die Luft an, dass jetzt das Verhör begann. „Ich soll es eigentlich niemandem sagen", sagte er, „aber der Redakteur hat mich informiert, dass der Inhaber der Zeitung überlegt, eine große Summe für die weitere Forschung zu spenden." Dann tat er etwas sehr Seltsames. Er zwinkerte.

„Oh!" Der Assistent strahlte. „Wie aufregend!" Er zwinkerte zurück. „Ich werde es keiner Menschenseele verraten."

„Danke. Der Name der Klinik, die sich mit Hämatologie befasst?"

„Jetzt wünschte ich, wir wären es, aber leider müssen Sie mit Dr. Bell bei St. Bart's sprechen."

Lincoln bedankte sich und wir kehrten zur Kutsche zurück. „Bart's", wies Lincoln Gus an, ehe er die Tür schloss.

„Gut gemacht", sagte ich, während ich mich setzte. „Du hast deine Rolle perfekt gespielt. Meine Skepsis war fehl am Platze."

Er strich über seinen Schnurrbart. „Ich könnte mich an so ein Ding gewöhnen, wenn die Leute mich dann ernster nehmen."

„Glaube mir, die Leute nehmen dich normalerweise *sehr* ernst. Du musst ihnen nur einen von deinen Blicken zuwerfen und sie gehen in Deckung."

„Vielleicht will ich gar nicht, dass Leute in Deckung gehen."

Es war unmöglich zu wissen, ob er lediglich das ausspuckte, wovon er dachte, dass ich es hören wollte, oder ob er es ernst meinte. „Lincoln, du bist, wer du bist. Du solltest nicht versuchen, dich für andere Menschen zu ändern."

Er wandte sich zum Fenster.

„Das gilt doppelt in Bezug auf Schnurrbärte und Haare schneiden."

Ein Mundwinkel hob sich. „Ist notiert."

St. Bartholomew's Krankenhaus war Londons älteste Klinik, die noch immer am ursprünglichen Standort operierte. Sie bestand aus einer Gruppe von Gebäuden, die man durch das Henry VIII Tor betrat, wo ein träge dreinblickender Pförtner uns beäugte.

„Wenn's kein Notfall ist", sagte er, „findet die Aufnahme donnerstags um elf statt."

„Wir sind wegen einer anderen Angelegenheit hier." Lincoln stellte sich als William Humphrey, Journalist von der *Times*, vor und wiederholte seine Geschichte vom Interview mit Dr. Bell für die Zeitung.

Die schweren Augenlider hoben sich kurz, ehe sie wieder auf halbmast fielen. „Bells Labor befindet sich im zweiten Stock im Nordflügel. Er ist immer da." Er winkte zu dem mehrstöckigen Gebäude hinter sich. „Gehen Sie durch den Torbogen. Das Treppenhaus ist rechts."

Lincoln bedankte sich und wir steuerten von der Pforte zum Nordflügel, jedoch nicht, ohne dass ein scharfer Windstoß beinahe Lincolns Schnurrbart abriss. Er schlug den Kragen hoch, als wollte er sich gegen die Kälte schützen, und presste die falschen Haare gegen seine Oberlippe.

Eine weiß gekleidete Krankenschwester begrüßte uns im zweiten Stock. „Dr. Bell ist sehr beschäftigt", sagte sie mit einem Blick den Flur entlang. „Möchten Sie warten?"

„Nicht sehr gern." Lincoln wiederholte seine Geschichte von der Finanzspritze. „Wo können wir ihn finden?"

Ein Gentleman ging vorbei und wurde von der Schwester aufgehalten. „Dr. Fawkner wird Ihnen helfen. Er ist Dr. Bells Assistent."

Dr. Fawkner sah viel zu jung aus, um überhaupt Verantwortung übertragen zu bekommen, geschweige denn Arzt zu sein. Seine lockigen blonden Haare reichten nur bis ganz oben an seine Stirn und er besaß ein jungenhaftes Gesicht mit rosigen Wangen und engelsgleichen Lippen. Die Wangen wurden noch rosiger, als Lincoln seine Geschichte erneut vortrug.

„Wunderbar!", rief Dr. Fawkner. „Es wird auch Zeit, dass Dr. Bells Arbeit ernst genommen wird. Er ist ein Genie. Seine Forschung ist seiner Zeit weit voraus, aber so wenige in der Medizin erkennen das an. Das ganze Geld wandert in die Infektionskrankheiten, wissen Sie, und in Ausrüstung der Chirurgie. Hämatologie ist hier wirklich das Bettlerspezialgebiet. Kommen Sie mit. Ich werde Sie mit ihm bekannt machen."

Er führte uns einen langen Flur entlang an dutzenden Türen vorbei, von denen eine offenstand. Zwei lange Tische standen an den Wänden und zwei Herren in weißen Kitteln schauten durch Mikroskope, während ein dritter Notizen machte.

Dr. Fawkner klopfte an die nächste Tür und eine Stimme hieß uns eintreten. Ein glatzköpfiger Gentleman mit einem ordentlich gestutzten weißen Bart schaute von den Papieren auf, die den Großteil eines ausladenden Schreibtisches bedeckten. Seine blau-grauen Augen durchbohrten seinen Assistenten und nagelten ihn fest, sodass er nicht weiter eintrat als bis zum Türrahmen.

„Was ist denn, Fawkner?", schnappte Dr. Bell. „Ich bin beschäftigt."

Fawkner räusperte sich. „Dr. Bell, das sind Mr Humphrey und seine Assistentin. Sie sind von der *Times* und haben recht aufregende Neuigkeiten für Sie." Er war so begeistert, dass es mir ein wenig leidtat, ihn an der Nase herumzuführen.

„Das werde ich selbst beurteilen." Dr. Bell richtete seinen scharfen Blick auf Lincoln. Ich wurde geflissentlich ignoriert. Es war vermutlich besser, dass Dr. Bell mich nicht wirklich wahrnahm. Selbst mit dem Schleier, der mein Gesicht größtenteils verdeckte, war es sicherer, so gut wie unsichtbar zu bleiben.

Lincoln hielt seine Hand hin, aber Dr. Bell nahm sie nicht. „Ich schüttele keine Hand, wenn ich keine Handschuhe trage", sagte er.

Dr. Fawkner trat hinter uns von einem Fuß auf den anderen. „Bitte um Entschuldigung", murmelte er. „Das hatte ich nicht erwähnt."

Lincoln zog einen Stuhl für mich heran und ich setzte mich.

„Ich habe Ihnen keinen Platz angeboten." Dr. Bell schnippte mit den Fingern und Fawkner ging. „Was wollen Sie?"

„Mein Redakteur möchte, dass ich Sie interviewe", sagte Lincoln.

„Darin sehe ich keinen Nutzen. Verdammt typisch für Fawkner, dass er wegen etwas so Banalem wie einem Interview ganz aus dem Häuschen ist. Ich lese keine Zeitung, Mr Humphrey. Meine wertvolle Zeit verbringe ich lieber damit, medizinische Zeitschriften zu studieren."

„Der Artikel wird mit der Ankündigung eines Zuschusses vom Inhaber der Zeitung einhergehen, den Ihre Abteilung erhalten soll."

„Wie hoch ist der Zuschuss?"

„Zweitausend Pfund."

Bells weiße Augenbrauen schossen nach oben. Er beugte sich vor und legte die Fingerspitzen auf seinem Schreibtisch aneinander. „Warum meine Abteilung?"

„Persönliche Gründe, wurde mir gesagt."

Bell lehnte sich wieder zurück. „Ich verstehe."

Lincoln bedeutete mir, mit meinen Notizen zu beginnen. Ich konnte nur hoffen, dass meine Schrift den Anforderungen standhielt, sollte Dr. Bell darum bitten, meine Notizen einsehen zu dürfen. Meine Bildung war gehemmt worden, als mein Vater mich mit dreizehn vor die Tür gesetzt hatte, und auch wenn ich viel las, seit ich nach Lichfield gekommen war, schrieb ich langsam und wenig elegant.

„An welchen Entwicklungen arbeiten Sie gerade?", fragte Lincoln.

„Ich werde keine Ihrer Fragen beantworten, ehe ich mit Ihrem Redakteur gesprochen habe. Wie, sagten Sie, war sein Name?"

„Mr Marshall", sagte Lincoln, ohne zu zögern. „Ich wünsche Ihnen viel Glück, einen Termin bei ihm zu bekommen. Er ist ein viel beschäftigter Mann."

„Sind wir das nicht alle? Trotzdem werde ich erst mit ihm sprechen. Kommen Sie nächste Woche wieder."

„Es ist eine einfache Frage, Dr. Bell. Ich will keine Geheimnisse, lediglich Informationen über Ihre momentane Arbeit. Haben Sie beispielsweise private Aufträge?"

Dr. Bell stand auf. „Bitte gehen Sie."

„Der Zuschuss könnte jemand anderem zugutekommen, wenn Sie nicht kooperieren."

„Fawkner!", brüllte Bell.

Sein Assistent tauchte an der Tür auf. „Sehen Sie zu, dass Mr Humphrey und seine Assistentin den Ausgang finden. Wir wollen doch nicht, dass sie sich verlaufen und aus Versehen ins Labor stolpern."

Lincoln spannte sich an. „Wir werden Mr Marshall informieren, dass Sie sich melden werden."

„Hier entlang, bitte", sagte Dr. Fawkner mit erzwungener Fröhlichkeit.

Lincoln folgte mir hinaus. Auch wenn er sich nichts anmerken ließ, wusste ich, dass er innerlich kochte und sich vermutlich wünschte, er hätte sich die Mühe mit Verkleidungen und Geschichten gespart. Das wünschte ich auch, doch während Dr. Fawkner uns die Treppe hinabführte, wurde mir klar, dass noch nicht alles verloren war.

„Dr. Bell tut mir leid", sagte er leise, als wir das Erdgeschoss erreicht hatten. Er schaute die Treppe hinauf und beugte sich zu Lincoln. „Er ist ein sorgfältiger Mann, sehr gründlich und keinesfalls vertrauensselig. Sobald er sichergestellt hat, dass Sie sind, wer Sie zu sein behaupten, wird er ganz wild darauf sein, mit Ihnen zu sprechen. Jedenfalls über den Großteil seiner Arbeit." Er lachte nervös und schaute wieder die Treppe hoch.

Großteil? „Das ist schon in Ordnung", sagte ich. „Wir

verstehen das völlig. Mr Humphrey ist in der Beziehung Ihrem Dr. Bell sehr ähnlich."

Lincoln nickte knapp. Dr. Fawkner lächelte mich an. „Wie charmant, eine Frau in einer Männerrolle zu sehen. Ich bin ganz für die Rechte von Frauen. Ich habe Schwestern", sagte er mit einem herzlichen Lächeln. „Eine möchte Ärztin werden, aber sie wird sich wohl mit der Krankenpflege begnügen müssen."

„Ein ebenso wunderbarer Beruf." Meine enthusiastische Erwiderung ließ sein Lächeln noch breiter werden. Neben mir verlagerte Lincoln sein Gewicht. Ich ignorierte ihn. Dr. Fawkner war reif zum Pflücken. „Ihre Arbeit hier ist faszinierend", sagte ich mit einem Hauch von Bewunderung in der Stimme, „und so wichtig."

„Lebensrettend, könnte man sagen." Er schmunzelte. „Auch Leben schenkend, in gewisser Weise."

Schenkend? Konnte er Wiederbelebung meinen? „Wie fesselnd", sagte ich atemlos. „Was meinen Sie nur damit?"

„Nur etwas, das Bell einmal gesagt hat, Miss ..."

„Filmott." Ich lächelte und hielt ihm die Hand hin.

„Miss Filmott." Er nahm meine Hand und lächelte zurück, als ich seine sanft drückte. „Charmant."

„Sie sagten?"

„Ach ja." Er runzelte die Stirn, während er seine Gedanken ordnete. „Sie wären erstaunt, an was wir in unseren Laboren arbeiten, aber leider habe ich nicht in alles Einblick. Einige Arbeiten von Dr. Bell sind sehr privat. So sehr, dass er nicht einmal mit mir darüber spricht. Wir können nicht zulassen, dass rivalisierende Ärzte unsere Forschungsergebnisse stehlen, nicht wahr?" Er lachte. „Das ist Dr. Bells größte Angst. Das, und Keime."

„Natürlich. Das erklärt seine Zurückhaltung, uns ohne Überprüfung zu akzeptieren. Ich für meinen Teil nehme ihm das gar nicht übel. Wir haben kein Problem damit, noch einmal wiederzukommen."

„Sie sind sehr verständnisvoll." Er lachte leise und schaute wieder zur Treppe. „Man glaubt es kaum, aber Dr. Bell schläft in letzter Zeit im Labor. Er hat Sorge, dass jemand versuchen wird, seine Arbeit zu stehlen, sollte er nicht dort sein."

„Ist das so?" Das würde es erschweren, einen Blick auf seine Papiere zu werfen. „Es würde Mr Humphrey helfen, wenn er schon etwas in der Hand hätte, während wir darauf warten, dass Dr. Bell mit Mr Marshall spricht. Wir möchten die Geber interviewen und die Gründe erfahren, warum sie diese wichtige Arbeit fördern. Werden Sie ausschließlich von der Klinik bezahlt oder nehmen Sie auch private Aufträge an?"

„Beides", sagte er.

„Und diese geheimen Experimente sind für die Klinik oder diese privaten Geber?"

„Privat, aber mehr kann ich Ihnen nicht sagen. Die werden nicht mit der Zeitung sprechen wollen, aber die Klinik ganz sicher. Die Verwalter suchen immer nach Möglichkeiten, die Finanzlage zu verbessern und ein Zuschuss wird großen Anklang finden. Ihr Artikel würde auch weitreichende Werbung für unsere Forschung darstellen und weitere private Geber anlocken—ganz zu schweigen von dem Ruhm natürlich. Stellen Sie sich vor, man wird in einem Artikel in der *Times* erwähnt!"

„Wir werden sicherstellen, dass Ihr Name korrekt geschrieben wird", versicherte ich ihm. „Danke für Ihre Zeit, Dr. Fawkner. Es war mir ein Vergnügen, Ihre Bekanntschaft zu machen."

Er deutete eine Verbeugung an. „Ganz meinerseits, Miss Filmott. Mr Humphrey."

Lincoln und ich gingen zurück durch das Henry VIII Tor. Gus wartete mit der Kutsche in der Nähe. „Nach Hause", sagte Lincoln und wir stiegen ein.

„Das war erhellend", sagte ich.

Er brummte. „Wenn einer meiner Angestellten so plappern würde wie Fawkner, würde ich ihn entlassen."

„Gut zu wissen."

„Du bist keine Angestellte."

„Zu dumm, dass Bell nicht reden wollte", sagte ich, ehe ich unwiederbringlich in seinem warmen Blick versank.

Er riss sich den Schnurrbart ab und stopfte ihn in seine Tasche. „Vielleicht solltest du das nächste Mal alle Gespräche führen. Du kannst das besser. Du und Seth."

„Sei nicht enttäuscht. Du warst sehr gut. Ich glaube nicht,

dass die sanfte, subtile Masche je bei Bell ziehen würde, egal wer mit ihm redet. Zum Glück hatten wir Fawkner. Die Frage ist jetzt, ob er angedeutet hat, dass ihre Forschung die gleiche war wie das Serum, an dem Captain Jasper gearbeitet hat."

„Das ist unmöglich zu wissen, ohne die Experimente und Resultate gesehen zu haben."

„Woher würdest du wissen, was du da siehst? Ach, warte, sag's nicht. Deine wissenschaftlichen Kenntnisse sind genauso detailliert wie alle anderen Aspekte deiner Ausbildung. *Natürlich* kannst du Blutergebnisse interpretieren."

Seine Augen wurden schmal. „Meine Ausbildung war nicht in allen Punkten detailliert. Wissenschaft und Medizin sind besondere Interessen von mir. Wäre ich nicht dazu bestimmt, Leiter des Ministeriums zu werden, wäre ich gern Arzt geworden."

„Ist das so?"

„Was ist mit dir? Was wärst du geworden, wenn die Dinge anders gewesen wären?"

„Du meinst, wenn ich keine Nekromantin gewesen und mit dreizehn verstoßen worden wäre und oh, eine Frau, welchen Beruf hätte ich gewählt?"

„Ja."

Ich dachte einen Moment darüber nach. „Medizin scheint in der Tat ein nobler Beruf zu sein, aber ich habe die Befragung von Dr. Fawkner heute sehr genossen. Also vielleicht Reporterin."

„Oder Kriminalinspektorin?"

Ich zuckte mit den Schultern. „Ist es so schlimm, Leiter des Ministeriums zu sein?"

„Nicht immer. In den letzten paar Monaten nicht."

Ich spürte, wie mir die Hitze ins Gesicht stieg, und schaute weg. Ich wünschte, er wäre nicht so … nett. „Nekromantin zu sein ist auch nicht so furchtbar. Jetzt, wo ich mich daran gewöhnt habe, mag ich es grundsätzlich, mit den Toten zu reden. Ich habe einige interessante Charaktere kennengelernt. Es wäre noch besser, wenn ich nicht verstecken müsste, was ich bin. Oder wenn keiner mich umbringen wollte."

Er beugte sich plötzlich vor und nahm meine Hand in seine. Mit den Handschuhen hätte die Intimität fehlen sollen, doch das tat sie nicht. Es fühlte sich sehr real und ernsthaft an. Ein Kloß verstopfte meinen Hals. „Es ist bald vorbei, das verspreche ich dir, Charlie. Wir fangen den Mörder und du bist frei zu tun, was du willst."

Ich lächelte schwach und nickte. Mehr schaffte ich nicht. Dann zog ich meine Hand weg.

Seine Hände schwebten noch einen Moment in der Luft, ehe er sich wieder zurücksetzte. „Ich werde heute Nacht zurückgehen und schauen, was für Unterlagen ich finde, die Bell mit einem Serum zur Wiederbelebung von Leichen in Verbindung bringen."

„Du wirst einbrechen?"

Er nickte.

„Aber das kannst du nicht! Dr. Fawkner hat gesagt, Dr. Bell schläft im Labor."

„Mit Bell werde ich fertig."

„Das weiß ich", schnappte ich. „Die Sache ist die: Du riskierst, erkannt und verhaftet zu werden, oder noch Schlimmeres, wenn er eine Pistole in seiner Schublade aufbewahrt wie Dr. Merton in der Geburtsklinik."

Er schwieg einen Moment, das Gesicht ausdruckslos. „Du klingst besorgt."

„Natürlich bin ich besorgt! Wenn du stirbst …" Ich schluckte. „Was wird aus mir?" Ich bereute es, sobald ich es gesagt hatte. Das war überhaupt nicht das, was mir durch den Kopf gegangen war, aber dass ich mich um sein Wohlergehen sorgte, konnte ich ihm nicht sagen. Ich konnte es einfach nicht. Es mir selbst einzugestehen, war schmerzhaft genug.

„Du wirst das Haus in Harringay haben", sagte er zum Fenster. „Außerdem wird es in meinem Testament Regelungen für dich geben."

„Hör auf, Lincoln, bitte. Hör auf mit diesen ganzen Nettigkeiten, den mitfühlenden Blicken und den lebensverändernden Geschenken." Ich spreizte meine Finger auf meinem Schoß, aber es half nicht, um die Anspannung in meinem Körper zu lösen. „Es ist unmöglich, wütend auf dich zu sein, wenn du so bist, und ich *muss* wütend bleiben. Es ist einfacher als … Es ist halt einfacher." Ich drehte mich zum Fenster, bekam aber weder seinen offenen Blick noch das Zucken seiner Lippen aus dem Kopf. Etwas an meinem Ausbruch hatte ihn amüsiert. Ich konnte mir nicht vorstellen, was das gewesen sein sollte. Ich hatte kindisch und gereizt geklungen.

Er antwortete nicht und den Rest des Heimwegs sprach keiner von uns.

KAPITEL 11

„Kein Glück", sagte Seth nach dem Abendessen, als wir im Salon zusammensaßen. Seine Mutter war dabei und las Zeitung, scheinbar völlig unbeteiligt an unserem Gespräch. Wir mussten trotzdem vorsichtig sein, auch wenn ich mir manchmal nicht sicher war, warum. Wenn jemand den Schock aushielt, etwas über Magie und Übernatürliche zu erfahren, dann Lady Vickers. „Die ersten fünf Gentlemen auf der Liste haben für den sechzehnten November ein Alibi. Drei waren gar nicht in London, einer hatte eine geschäftliche Besprechung und der dritte war den ganzen Tag bei seiner Geliebten."

„Hat er dir das gesagt?", fragte ich.

„Seine Geliebte hat es mir gesagt. Die Geliebten der anderen Männer haben mich ebenfalls über deren Aufenthaltsorte informiert."

Alle haben Geliebte?"

„Das ist völlig normal", sagte Lady Vickers hinter ihrer Zeitung. „Und alle Ladys haben *Affären*, wenn auch diskret und natürlich nachdem sie für Nachwuchs gesorgt haben. Jeder macht das. Und wenn nicht, fühlt man sich außen vor."

„Das stimmt nicht, Mutter."

Sie senkte eine Ecke der Zeitung. „Es ist wahr und Charlie muss es wissen. Wenn sie eine gute Partie machen will, sollte sie mit offenen Augen in die Ehe gehen."

„Eine gute Partie!", wiederholte Gus. „Sie heiratet niemanden außer—" Er schaute zu Lincoln.

Lincoln stand ungerührt neben der Anrichte und schwenkte ein Brandyglas zwischen den Fingern, wobei er die Flüssigkeit studierte, als könne er die Zukunft darin lesen.

„Charlie?", hakte Seth nach. „Wovon redet meine Mutter da?"

„Charlie hat zugestimmt, mich zu gesellschaftlichen Anlässen zu begleiten. Ich denke, wir werden ein eindrucksvolles Team mit ihrem hübschen Aussehen und meinen Kenntnissen über die richtigen Leute."

Seth stöhnte und rieb sich das Gesicht. „Du kannst deine Zustimmung zurückziehen", erklärte er mir.

„Deine Mutter hat mir das geschenkt." Ich hoffte auf sein Verständnis, dass ich keinen Rückzieher machen konnte, ohne ihre Gefühle zu verletzen.

„Also gehst du zu Bällen und so was?", fragte Gus.

„Das hängt davon ab, was für Einladungen ich bekomme", sagte ich.

„Ich werde anklingen lassen, dass sie zur Verfügung steht", sagte Lady Vickers. „Angefangen bei der Dinnerparty morgen Abend. Ich schätze, dort wird sie eine Sensation, sobald die Leute von ihrem mysteriösen Hintergrund Wind bekommen."

Lincoln stellte sein Glas ab und ging. Instinktiv stand ich halb auf, zwang mich aber dazu, doch sitzen zu bleiben. „Heirat liegt in weiter Ferne", erklärte ich Seth und Gus. „In sehr weiter Ferne. Ich brauche etwas Zeit, um einfach nur ich zu sein und nicht die Ehefrau von irgendwem."

Seth leerte sein Brandyglas. „Du brauchst einen Ehemann, der dich nicht nur als Ehefrau behandelt, sondern als Person mit einem eigenen Willen." Er stand auf und ging zur Anrichte.

„Das ist sehr lieb", sagte ich. „Kein Wunder, dass die Frauen alle deinem Charme erliegen."

Er strahlte mich an. „Das tun sie, nicht wahr?"

Gus stöhnte und verdrehte die Augen.

„Sagten Sie, Sie wären heute bei Bart's gewesen, Charlie?", fragte Lady Vickers, die wieder die Zeitung studierte. „Hier ist eine Traueranzeige für einen Mr Mannering. Er war dort Verwalter bis zu seinem Tod vor einigen Tagen."

„Darf ich mal sehen?"

Sie faltete die Zeitung und reichte sie mir. „Ich lese gern die Traueranzeigen durch, um zu sehen, wer vom Ast gekippt ist", sagte sie. „Eine der wenigen Freuden, die mir noch geblieben sind."

Gus und Seth schauten mir über die Schulter. „Mr Ira Hartley Mannering", las Gus. Er tippte mir auf die Schulter. „Ein Verwalter dürfte sich im Krankenhaus auskennen."

Ich reichte Lady Vickers die Zeitung zurück und sprang auf. Seth und Gus folgten mir wortlos nach draußen.

„Wer ist das?", rief Lady Vickers uns nach. „Warum ist er wichtig?"

Wir eilten zu Lincolns Zimmer, der am Schreibtisch saß. Vor ihm lagen allerdings keine Dokumente, Bücher oder sonstige Arbeit. Nur mein Verlobungsring in seinem Kästchen.

„Ich kenne einen anderen Weg ins Labor", sagte ich auf meine Idee konzentriert. „Einen weniger gefährlichen Weg als ein Einbruch."

„Nämlich?"

Wir erzählten ihm von der Todesanzeige. Er hörte uns mit verschränkten Armen und ausgestreckten Beinen zu. „Seine Geisteraugen können im Dunkeln sehen, selbst aus einem toten Körper heraus, und er wird wissen, wohin er gehen muss."

Er schüttelte den Kopf. „Wenn Bell im Labor schläft, wird er ihn sehen."

„Ja, aber was soll's? Mannering wird zu stark sein, um aufgehalten zu werden, und kann weder verletzt noch getötet werden. Bell wird völlig machtlos sein. Und er wird keine Ahnung haben, dass wir dahinterstecken."

„Ich entnehme dem, dass du mitkommen willst, um ihn zu steuern."

„Genau wie in Bedlam."

„Ich meine mich zu erinnern, dass das beinahe im Desaster geendet hat."

„Aber nur beinahe. Lincoln, ich glaube nicht, dass es eine

sicherere Alternative gibt. Wenn du allein gehst, riskierst du nicht nur dein Leben, sondern auch das von Dr. Bell. Wenn ich Mannering befehle, niemanden zu verletzen, muss er mir gehorchen."

„Mir traust du nicht zu, Bell nicht zu verletzen?"

Entweder Seth oder Gus räusperte sich.

„Ich glaube, dass du kämpfst, wenn du unter Druck gerätst", sagte ich. „Wenn Mannering in die Ecke gedrängt wird, ist es egal."

„Da hat sie recht, Sir", sagte Gus.

„Und so können wir auch alle mitkommen", fügte Seth hinzu.

„Das ist keine Party", sagte Lincoln.

„Viel besser."

„Mannerings Beerdigung ist morgen. Morgan Brothers sind die Bestatter, die sind nicht weit von hier."

Lincoln seufzte und schüttelte den Kopf. „Alle sollten etwas schlafen. Wir brechen um zwei auf."

* * *

Ira Hartley Mannerings Geist wollte nicht wieder in seinen toten Körper eintreten. Ich konnte es ihm nicht verübeln. Meine ewige Ruhe von jemandem unterbrochen zu bekommen, der mir befahl, eine aufgedunsene Leiche zu bevölkern, würde mir auch nicht gefallen. Gott sei Dank würde er am nächsten Morgen begraben werden.

Ich hatte Mannering gerufen und dann keine Zeit verloren, seinen Geist zum Bestattungsinstitut zu schicken, damit er wieder in seinen Körper sinken konnte. Als er endlich eingewilligt hatte, hatte er die Tür von innen aufgeschlossen und war unbeholfen zu uns über die Straße getaumelt, wo wir mit der Kutsche auf ihn warteten. Jetzt saß er neben Lincoln, die toten Augen nicht fokussiert, während seine Arme schlaff an seinen Seiten hingen. Er erinnerte mich an die Puppe eines Bauchredners, wenn auch eine überdimensionierte und übel riechende.

„Was bedeutet das alles?", verlangte er zu wissen. Er hätte

152

mehr Autorität ausgestrahlt, wenn seine falschen Zähne sich beim Sprechen nicht gelöst hätten. So war er schwer zu verstehen. „Warum wurde ich gestört?"

„Es tut mir leid", sagte ich. „Sie haben mein Wort, dass Ihnen kein Schaden zugefügt wird."

Er machte ein merkwürdiges Geräusch, von dem ich vermutete, dass es ein Schnauben geworden wäre, hätte er Luft holen können. Im Licht der Lampe an der Tür konnte ich die Totenblässe deutlich in seinem Gesicht sehen, die fast den gleichen Grauton hatte wie sein Bart.

„Wir benötigen Ihre Hilfe bei der Bekämpfung einer großen Gefahr für unser Land, wenn nicht der ganzen Welt", fuhr ich fort. „Wenn wir diese Bedrohung nicht aufhalten, könnten wir von Untoten überrannt werden."

Lincoln hob die Brauen. Vielleicht war ich zu melodramatisch, aber wir hatten keine Zeit, um den heißen Brei herumzureden. Abgesehen davon stimmte das alles. Falls unser Mörder es schaffte, ein Serum zu entwickeln, könnte all das wahr werden— und noch mehr.

„Ich verstehe nicht, was das mit mir zu tun hat", sagte Mannering, während er versuchte, erst den einen, dann den anderen Arm anzuheben.

„Sie haben im Bart's gearbeitet und wir glauben, dass Dr. Bell, der gerade dort praktiziert, an einem Serum forscht, das die Toten zum Leben erweckt."

Sein Unterkiefer klappte herunter und seine Zähne fielen beinahe heraus. Langsam bekam er seine Hand gehoben, um sie zurück zu schieben. „Bell? Warum sollte er so etwas tun?"

„Jemand bezahlt ihn dafür."

„Wer?"

„Genau das wollen wir herausfinden", sagte Lincoln. „Sie werden ins Krankenhaus gehen und seine Papiere durchsuchen. Schauen Sie nach Hinweisen auf einen privaten Gönner in Akten, Briefen und sonstigen Unterlagen, alles was Sie entweder in seinem Büro oder im Labor finden."

Mannering legte den Kopf zur Seite, um Lincoln zu betrachten. „Warum sollte ich das für Sie tun?"

„Weil ich Sie dazu zwingen kann", sagte ich. „Ich möchte das nicht, aber wenn es darauf ankommt, *werde* ich Sie zwingen. Bitte, Mr Manning, es ist wichtig und dringend. Menschen sterben wegen dieses geheimen Serums und Sie sind unsere große Hoffnung. Für uns ist es gefährlich, an diese Informationen zu gelangen. Jemand könnte verletzt werden und das möchten wir unter allen Umständen vermeiden. Sie können allerdings nicht verletzt werden und Sie kennen sich im Krankenhaus gut aus, nicht wahr? Sie haben dort viele Jahre gearbeitet, laut Ihrer Todesanzeige."

„Sie haben meine Todesanzeige gesehen? Wie detailliert war sie? Wie viel Platz hat sie eingenommen?"

„Mehrere Zentimeter einer Spalte. Es war an diesem Tag die größte Anzeige. Sehr auffällig."

Seine Mundwinkel hoben sich.

„Sind Sie gewillt, unsere Bitte zu erfüllen?", fragte ich.

„Anscheinend habe ich keine Wahl."

Den Rest der Fahrt verbrachte Lincoln damit, ihm genau zu erklären, wonach er suchen sollte. Mannering hatte den Großteil der Zeit versucht, beide Arme gleichzeitig anzuheben, was ihm bei unserer Ankunft am Krankenhaus gelang.

„Sie werden sich bald daran gewöhnen, Ihren Körper zu steuern", teilte ich ihm mit.

„Sie haben das schon öfter gemacht?", fragte er.

„Ein paar Mal, ja."

„Was sind Sie für eine merkwürdige kleine Frau."

Ich lächelte ihn grimmig an. Lincoln öffnete die Tür. „Viel Glück", sagte ich.

„Moment." Mannering blieb mit einem Fuß in der Kutsche stehen. „Das Tor wird abgeschlossen sein, ebenso wie der Nordflügel und die Labortür."

„Ich werde die Schlösser des Tors und Nordflügels knacken", sagte Lincoln. „Was die Labortür angeht: Brechen Sie sie auf. Sie sind stark genug."

„Sie könnten es auch erst mit Klopfen versuchen", sagte ich. „Wenn Dr. Bell drinnen ist, wird er aufschließen. Überwältigen Sie ihn, ohne ihm wehzutun, dann durchsuchen Sie sein Labor und Büro."

Lincoln öffnete ein Fach unter dem Sitz und zog ein zusammengerolltes Seil heraus, das er Mannering reichte. „Fesseln Sie ihn hiermit."

Mannerings Gesichtsmuskeln zuckten, was mich an die krampfartigen Zuckungen von Frankensteins Kreationen erinnerte, nachdem er sie unter Strom gesetzt hatte. Kalter, feuchter Nebel schwebte durch die geöffnete Tür. Ich erschauerte und zog meinen Pelzmantel am Hals zusammen.

Mannering nahm das Seil und stapfte zum Tor. Lincoln zog noch eine Decke aus dem Fach und legte sie mir über den Schoß, dann folgte er dem Toten. Wir hatten die äußeren Lampen der Kutsche verdeckt, bevor wir Lichfield verlassen hatten, aber die innere Lampe hatte ich bei geschlossenen Vorhängen brennen lassen. Ich wagte es nicht, nach draußen zu linsen aus Angst, dass das Licht gesehen wurde, das ich aber nicht löschen wollte.

Nur Minuten später hörte ich Lincolns Stimme. „Macht euch bereit, schnell zu verschwinden", sagte er zu Seth und Gus, die beide auf dem Kutschbock saßen.

Seth antwortete, aber ich konnte seine Worte nicht verstehen. Kurz darauf kam Lincoln wieder zu mir in die Kutsche. Ich blies einen langen, zittrigen Atemstoß aus und lockerte meine Hände, die ich so fest umeinander geklammert hatte, dass meine Finger schmerzten. Meine Erleichterung überraschte mich zwar nicht, irritierte mich aber ziemlich. Ich wollte mich nicht so sehr um sein Wohlergehen sorgen, wie ich es tat.

Wir warteten schweigend. Kein Geräusch drang vom Krankenhaus herüber. Hin und wieder schnaubte eins der Pferde oder bewegte sich und damit auch das Geschirr, doch selbst diese Geräusche wurden durch den dichten Nebel gedämpft.

Warten war noch nie meine Stärke gewesen. Nichts zu tun, während andere arbeiteten, war eine qualvolle Geduldsprobe. Für Lincoln musste es allerdings noch schwieriger sein. Da er ein Mann der Tat war, musste er selten herumsitzen und warten. Trotzdem gelang es ihm, ohne zu zappeln, zu seufzen oder zu zittern. Ich versagte hingegen kläglich.

Er beugte sich zu mir und legte die Decke höher auf meinen Schoß. „Damit dir nicht kalt wird", sagte er, bevor er sich wieder zurücksetzte.

Ich zog die Decke bis zum Kinn, aber es nützte nichts. Je länger ich dasaß, desto kälter wurde mir. Meine Zehen und Finger wurden taub und mein Gesicht fühlte sich an, als würde ein Stirnrunzeln oder Lächeln es zerbrechen. Wie schaffte Lincoln es, so warm zu bleiben? Er wirkte so … einladend. Vor nur wenigen Wochen hätte ich mich auf seinem Schoß zusammengerollte und meine Nase an seinen Hals gelegt. Er hätte mich in seine warmen Arme geschlossen und—

Die Kutsche schwankte, als die Pferde sich bewegten. Gus sagte etwas, um sie zu beruhigen, aber er wurde von einem Ruf unterbrochen.

„Los!" Die Tür ging auf und Mannering platzte herein. Er krachte an die gegenüberliegende Seite der Kabine und fiel neben mir auf den Sitz. Was er sagte, konnte ich kaum verstehen. Er hatte seine Zähne verloren. „Er kommd!", wiederholte er.

„Haltet den Dieb!", kam der Schrei von draußen, während die Kutsche nach vorn ruckte. Ich erkannte Dr. Bells Stimme.

„Sie haben ihn nicht gefesselt", sagte Lincoln. Es war mehr Anklage als Frage.

„Habe ich. Muschte ihn aber freilaschen. Konnde ihn nich die gansche Nacht dalaschen, dasch scheine Undergebenen ihn morgensch finden. Wie schmachvoll für den armen Kerl." Er öffnete seine Jackentasche und zog einige Dokumente heraus. „Dasch habe ich gefunden. Weisch nich, ob Schie dasch brauchen können oder nich, aber esch war allesch Relevande, wasch ich finden konnde."

„Danke", sagte Lincoln und steckte sie in seine Tasche.

Die Kutsche schlingerte plötzlich und wir wurden alle zur Seite geworfen. Mannerings Körper federte mich ab und Lincoln fing sich mit der Hand ab, ehe er gegen die Wand flog. Er richtete sich auf und schüttelte die Hand aus.

„Verdammt, was soll das?", kam Seths Ruf. Gus fragte Ähnliches, nur wesentlich farbenfroher. Mit wem redeten sie?

„Absteigen!", befahl ein Fremder.

„Charlie", sagte Lincoln und half mir, mich aufzusetzen. „Bist du—"

Die Tür wurde aufgerissen und zwei uniformierte Polizisten

funkelten uns wütend an. Beide hatten Schlagstöcke in der Hand und einer trug eine Lampe. „Steigen Sie aus", sagte der vordere. „Sie sind verhaftet."

KAPITEL 12

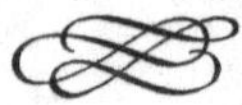

„Hände auf den Kopf", sagte der Polizist. „Sie auch, Miss."

„Was geht hier vor?", fragte ich, bevor Lincoln die Dinge auf seine, äh, ganz eigene Art in die Hand nahm. Wenn wir uns aus der Situation herausreden konnten, mussten wir das zuallererst versuchen. „Wir fahren hier nur ganz friedlich lang."

„Ohne Beleuchtung? Wenn bei Bart's irgendetwas faul ist?" Er nickte in die Richtung, aus der wir gekommen waren.

Ich schaute durch das Rückfenster der Kutsche und sah einen Lichtbogen, der hin und her schwang. Kurz darauf tauchten zwei weitere Polizisten aus dem Nebel auf, gefolgt von Bell. Sie mussten in der Nähe des Krankenhauses gewesen sein und Dr. Bells Rufe gehört haben, um dann den beiden anderen Polizisten mit ihrer Lampe Signale zu geben.

„Miss, legen Sie langsam die Decke zur Seite und steigen Sie aus", sagte einer der Polizisten.

Ich stand auf, aber Lincoln fasste meine Hand. Er schüttelte kaum merklich den Kopf. Wollte er sie überwältigen und fliehen? Das konnten wir recht leicht. Wir waren in der Überzahl und hatten eine Leiche mit übermenschlichen Kräften auf unserer Seite. Aber ich kam nicht umhin, über die Gefahren nachzudenken, nicht nur für uns, sondern auch für die Polizisten. Auch wenn ich nichts für sie übrighatte, wollte ich nicht

158

dafür verantwortlich sein, dass sie zu Schaden kamen. Noch größere Sorgen machte ich mir um Mannering. Wenn mir etwas zustieß, wer würde ihn zurückschicken?

„Sie beide!", keuchte Dr. Bell, ebenso überrascht wie, so vermutete ich, angestrengt. „Ich hätte wissen sollen, dass Sie keine Reporter sind. Geben Sie mir augenblicklich meine Dokumente zurück!"

„Wovon sprechen Sie?", fragte ich und stieg aus der Kutsche. Ich warf einen Blick über meine Schulter und zwinkerte. Dann sagte ich tonlos zu Mannering: „Rennen Sie weg." Zu den Polizisten und Bell sagte ich: „Gott sei Dank sind Sie jetzt gekommen." Meine Stimme bebte und ich packte den Kragen des Polizisten mit zitternden Fingern. „Dieser grässliche Mann hat uns gezwungen zu tun, was er sagt. Er hat uns dazu gebracht, dass wir Sie vorhin angelogen haben, und dann hat er uns gezwungen, in der Nacht zum Krankenhaus zu fahren."

„Was für ein Quatsch", schnappte Bell. Er schaute an mir vorbei und schluckte. „Mein Gott", flüsterte er. „Sie sind es *wirklich*. Mannering … sagen Sie mir … wie? Ich muss es wissen. Wer hat das mit Ihnen getan? Wer hatte Erfolg, wo ich versagt habe? *Sagen Sie es mir!*"

Ich bekam plötzlich einen so heftigen Stoß in den Rücken, dass der Polizist und ich zu Boden gingen. Er landete mit einem *Umpf*, und ich auf ihm. Ich schaute gerade rechtzeitig hoch, um zu sehen, wie zwei Polizisten hinter dem fliehenden Mannering herrannten. Sie würden ihn nicht schnappen.

Ich atmete erleichtert auf, aber vielleicht zu früh. Wir standen noch immer unter Arrest.

Lincoln half mir auf die Füße und der Polizist klopfte sich den Dreck ab. Seth sprang vom Kutschbock.

„Keinen Schritt weiter", sagte der Polizist, hob seinen Schlagstock und ging rückwärts zu seinem Kollegen, einem Sergeant nach seinen Abzeichen zu urteilen. „Keine Bewegung."

„Sie haben nichts damit zu tun", sagte Lincoln. Seine Finger umfassten meinen Arm, als ob er mich nicht loslassen wollte. „Dieser Mann hat sie heute angeheuert, um uns herumzufahren.

„Das stimmt", sagte ich. „Können sie gehen?"

Die Polizisten schauten einander an. Der Sergeant nickte.

Seths Blick streifte uns, dann tippte er sich an den Hut und kletterte neben Gus auf den Kutschbock zurück. Sie fuhren in dem Moment davon, als die beiden Polizisten, die Mannering verfolgt hatten, allein zurückkamen.

„Geh zurück ins Jenseits", flüsterte ich schnell in meinen Mantelkragen. „Ich setze dich frei."

„Wie bitte, Miss?", fragte der Sergeant.

Ich hustete. „Haben Sie diesen schrecklichen Mann nicht gefangen? Haben Sie sein Gesicht gesehen? Wir können ihn beschreiben, wenn Sie wollen."

„Kommen Sie mit aufs Revier und wir werden dort alles regeln. Sie auch, Mr Bell."

„Dr. Bell. Dieser Mann ..." Er schielte in den weißen Dunst des Nebels. „Das war Mannering."

„Sie kennen ihn?"

Bells Blick sprang zu Lincoln. „Ich ... weiß nicht."

Die Polizisten wiesen Lincoln und mich an, zwischen ihnen zu gehen. Ich klappte meinen Kragen bis zur Nase hoch, aber das hielt die Kälte nicht ab. Es fühlte sich an, als würde ich im Nebel ertrinken, ganz ähnlich wie die luftige Substanz, aus der die Geister bestanden.

„Was auch immer dieser Mann Ihnen gestohlen hat, er hat es mitgenommen", sagte Lincoln zu Bell. „Es tut mir leid, aber wir sind ebenfalls Opfer." Falls irgendjemand Lincoln ansah und glaubte, dass er ein Opfer sein könnte, dann sah er nicht sehr genau hin. Selbst im Zustand der Festnahme wirkte er nicht besorgt. Eher, als würde er an einem lauen Abend spazieren gehen.

„Das bezweifle ich", knurrte Bell. „Aber ich werde keine Anklage erheben, wenn Sie mir sagen, wie Sie ... *das* hingekriegt haben."

„Das liegt nicht bei Ihnen", sagte der Sergeant.

Bell schien ihn allerdings nicht zu hören. Er packte Lincolns Ärmel. Selbst im schwachen Licht der Straßenlaternen konnte ich etwas in seinen weit aufgerissenen Augen schimmern sehen. Wahnsinn? „Bitte, Sie *müssen* es mir sagen. Ich gebe Ihnen meine gesamte Kommission, wenn Sie Ihre Vorgehensweise mit mir teilen."

Der Sergeant zerrte ihn von Lincoln weg. Dr. Bell knurrte frustriert, ging den Rest des Weges zum Revier aber brav mit. Mir war nicht mehr so kalt und ich sorgte mich auch nicht mehr so sehr um unser Schicksal, denn jetzt wusste ich, dass es nicht umsonst gewesen war—Dr. Bell *war* beauftragt worden, die Toten zum Leben zu erwecken. Seine Reaktion bewies es.

* * *

„LASSEN SIE SIE GEHEN", sagte Lincoln, nachdem wir im Snow Hill Polizeirevier angekommen waren. „Sie hat nichts Falsches getan."

„Das hat keiner von uns", sagte ich. „Dieser Mann, Mannering, hat uns gezwungen."

„Dazu haben wir nur Ihre Aussage", sagte der Sergeant. „Warten Sie bis zum Morgen. Der Detective wird sich darum kümmern. Wenn er meint, Sie sagen die Wahrheit, wird er Sie gehen lassen."

„Bis zum Morgen!", rief ich. „Aber das dauert noch Stunden. Was machen Sie bis dahin mit uns?"

„Sie kommen in die Arrestzellen."

Galle stieg mir in den Hals. Ich streckte die Hand aus, um Halt zu finden. Lincoln trat zu mir, aber ein Polizist hielt ihn zurück, während mich ein anderer auffing.

Er lachte. „Die Zellen sind nicht allzu schlimm, Miss. Es gibt schlimmere in der Stadt, glauben Sie mir. Wir halten unsere sauber und schauen regelmäßig nach, dass sich niemand daneben benimmt."

Ich nickte wie betäubt und blinzelte Lincoln an. Er starrte zurück, die Augen schwarz wie Londons sternenlose Winternacht und genauso grimmig.

„In den Frauenzellen sind nur zwei andere", fuhr der Constable fröhlich fort. „Um diese Jahreszeit ist es immer ruhig. Zu kalt für Sünden."

War es wirklich erst sechs Monate her, dass ich in der Sommerhitze in einer Zelle gesessen hatte? Damals war ich zu den Männern gesteckt worden. Männer, die mich als Spielzeug betrachtet hatten und darüber in Streit geraten waren. Männer, die meinen Körper gewollt hatten, obwohl sie dachten, ich wäre ein Junge. Der Geist eines Toten hatte mir beigestanden und zur Flucht verholfen. Ihm hatte ich es zu verdanken, dass ich noch lebte und dass mein Leben sich zum Besseren gewendet hatte.

„Charlie?", sagte Lincoln leise. „Geht es dir gut?"

Ich zwang ein Lächeln auf mein Gesicht. „Es sind nur ein paar Stunden. Das schaffe ich schon und wenn der Inspektor unsere Geschichte hört, wird er uns gehen lassen." Ich hoffte, dass er meine Bitte verstand, keine Szene zu machen, und dass ich auf die anderen—legalen—Methoden vertraute.

„Lassen Sie sie gehen", sagte er noch einmal zum Sergeant, der jetzt Dr. Bell zu einem der Schreibtische lotste. „Sie ist eine junge Dame und gehört nicht an einen solchen Ort."

Der Sergeant seufzte. „Dem stimme ich zu, aber ich kann sie nicht gehen lassen, bis der Inspektor mit ihr gesprochen hat. Es tut mir leid, Miss." Er schenkte mir ein Lächeln. „Nur für ein paar Stunden."

Es war ein gutes Zeichen, dass er mich sanft behandelte. Also glaubte er unsere Geschichte. Ich hoffte nur, dass der Inspektor genauso vertrauensselig sein würde.

Lincoln und ich wurden getrennt, durchsucht und in nebeneinanderliegende Arrestzellen gesteckt. Sie hätten genauso gut auf gegenüberliegenden Seiten der Stadt sein können. Wir konnten nicht miteinander kommunizieren.

Lincoln hatte die Dokumente wahrscheinlich in der Kutsche gelassen, bevor er ausgestiegen war, sodass ich mir keine Sorgen machte, die Polizei könnte sie finden. Was mich viel mehr beschäftigte, war die Frage, wie ich in der eiskalten Zelle warm bleiben sollte.

Meine beiden Mitgefangenen waren Huren, nach ihren geschminkten Gesichtern und tief ausgeschnittenen Kleidern zu urteilen. Eine der beiden, eine dürre Gestalt, deren Alter ich in dem schwachen Licht nicht einschätzen konnte, saß mit dem Kinn auf ihre angezogenen Knie gestützt. Das Schnarchen der anderen hätte ganz London wecken können. Sie wachte nicht auf, als die Tür hinter mir zuknallte.

Die schlafende Gefangene lag auf der einzigen Pritsche, sodass ich mich daneben auf den Boden setzte, so weit von der anderen Frau weg wie möglich. Die schlafende Prinzessin auf der Pritsche stank nach Gin und Erbrochenem.

„Ich rieche nicht viel besser", sagte die andere, als hätte sie meine Gedanken gelesen. „Aber ich hab keine Läuse." Sie nickte zu der Frau, die sich im Schlaf am Kopf kratzte.

Ich rückte von ihr weg, näher an die dürre Frau auf dem Boden heran. Sie schien etwa in meinem Alter zu sein. Ihre fettigen schwarzen Haare umrahmten ein von Pocken gezeichnetes Gesicht und ihr Schal war so dünn, dass ich an einigen Stellen hindurchsehen konnte.

„Haben sie dich auch fürs Klauen eingebuchtet?", fragte sie.

„Ja, aber das ist ein Fehler."

Sie schnaubte. „Das hab ich auch versucht, denen zu sagen. Hat aber nicht funktioniert."

Ich umarmte meine Knie, wie sie es tat, wagte es aber nicht, meine Augen zu schließen. Ich musste wachsam sein für den Fall, dass sie mich angreifen und meinen Mantel stehlen wollte. Die Polizisten hatten ihn mir gelassen, nachdem sie ihn durchsucht hatten.

„Was meinste passiert mit uns?", fragte sie nach einer Weile.

„Ich weiß nicht."

„Ich kannte mal einen Typen, der gehängt wurde. Ein Kerl aus der Gang von meim Bruder war das. Hat nem reichen Schnösel ne goldene Uhr geklaut, war aber nich schnell genug und is erwischt worden. Die haben gesagt, sein Körper hätte am Seil gezappelt und gezuckt, bevor er still hing. Ich schätze, das ist der Geist, der in den Himmel geht. Was meinst du?"

„Ich glaube, du hast recht."

Sie schien zufrieden mit meiner Antwort. „Mein Bruder wollte mir weismachen, dass es solche Sachen wie Geister und Himmel nich gibt. Er sagt, tot sein is genauso wie schlafen, aber das glaube ich nich. Der ist'n Idiot. Kann nich mal seinen Namen schreiben. Ich kann schreiben, weiste? Hab mehr Bildung bekommen als er."

„Sag deinem Bruder, dass ich ganz sicher weiß, dass Geister real sind, wenn du ihn wiedersiehst."

Sie hob den Kopf. „Wie?"

„Ich habe welche gesehen und mit ihnen geredet."

Sie setzte sich kerzengerade hin. „Bist du so'n Medium?"

Ich nickte. „Sag deinem Bruder, dass es einen Himmel gibt und dass die guten Leute nach dem Tod dorthin kommen. Das weiß ich ganz sicher." Mir war nicht klar, warum ich den Drang verspürte, ihr das zu sagen. Vielleicht, weil sie in diesem Leben nichts zu erwarten hatte, wollte ich, dass sie eine Hoffnung auf ein besseres Leben nach dem Tod hatte.

„Wie ist es dort?", fragte sie leise. „Im Himmel?"

Ich zuckte mit den Schultern. „Das weiß ich nicht."

Sie krabbelte über den Boden und packte mit beiden Händen meinen Arm. Dabei wirkte sie so jung und verletzlich mit ihren hohlen Wangen, dem dürren Körper und den großen Augen voller Ehrfurcht. „Erzähl mir von den Geistern, die du siehst. Wie sehen sie aus?"

Ich beschrieb den Nebel, die mangelnden Farben und einige der Gespräche, die ich geführt hatte, ohne zu viel zu verraten. Dass ich die Toten rief, erzählte ich nicht, ebenso wenig wie von den Mördern, die mir begegnet waren. Je mehr ich redete, desto enger schmiegte sie sich an mich und umklammerte meinen Arm, als hätte sie Angst, ich würde weg schweben, wenn sie mich losließ. Nach einiger Zeit wurden ihre Augenlider schwer und sie gähnte immer häufiger.

„Schlaf ruhig", sagte ich leise. „Bald ist es Morgen und du brauchst deine Kraft für den anstehenden Tag." Ich zog meinen Mantel aus und legte ihn um uns beide.

Sie kuschelte sich an mich und schlief entspannt ein.

Ich lehnte den Kopf an die Wand und schloss ebenfalls die Augen. Obwohl ich nicht das Gefühl hatte, auch nur einen Augenblick geschlafen zu haben, war es heller, als ich die Augen wieder öffnete. Ein freudloser Sonnenstrahl kämpfte sich durch das vergitterte Fenster und erhellte mehr von der Zelle als die Gaslampe. Ich blieb lange Zeit reglos sitzen, um das schlafende Mädchen nicht zu wecken. An der Wand sah ich Kratzer, die von gelangweilten oder verängstigten Gefangenen eingeritzt worden waren. Einige davon stellten Namen dar. Ich las so viele, wie ich entziffern konnte, um mir die Zeit zu vertreiben und meine Gedanken von unseren Ermittlungen, Lincoln und den Erinnerungen an das letzte Mal fernzuhalten, da ich in einer

Arrestzelle gesessen hatte. In keinem Punkt war ich sonderlich erfolgreich.

Die Frau auf dem Bett drehte sich um und ließ einen fahren. Dann zog sie in regelmäßigen Abständen geräuschvoll die Nase hoch. Als ich noch in den Jungenbanden gelebt hatte, hatte ich gelernt, solche Angewohnheiten zu ignorieren. Aber nach einigen Monaten in einem zivilisierten und sauberen Umfeld war meine Toleranz für Körpergeräusche stark geschrumpft.

Das Schaben des Schlosses und die sich öffnende Tür wirkten wie ein Wecker. Die Frau auf dem Bett setzte sich auf und murmelte etwas in ihr Doppelkinn, das ich nicht verstand. Das Mädchen neben mir setzte sich ebenfalls hin und rieb sich die Augen. Beim Anblick des Constables umklammerte sie wieder meinen Arm.

„Miss Charlotte Holloway, kommen Sie bitte mit", sagte er. „Der Inspektor wird jetzt mit Ihnen sprechen."

Die Finger des Mädchens packten fester zur. Sie blinzelte mich an.

„Ich heiße Charlie", sagte ich ihr.

„Betty."

„Es war mir ein Vergnügen, deine Bekanntschaft zu machen, Betty. Hier." Ich zog den Mantel von meiner Schulter und legte ihn um sie. „Behalte ihn. Ich habe noch einen." Und sie würde ihn dringender brauchen als ich.

„Sie können auch gehen, Betty", sagte der Constable. „Da dies das erste Mal war und die Ware nicht bei Ihnen gefunden wurde, werden Sie mit einer Verwarnung entlassen. Kommen Sie beide mit."

Betty unterdrückte einen Schrei. „Gott sei Dank", murmelte sie. „Gott sei Dank." Sie umarmte mich und ich drückte sie ebenfalls. „Du bist mein Glücksbringer, Miss Charlie."

Ich lächelte ehrlich erfreut, nicht nur für sie, sondern auch für mich. Der Constable hatte gesagt, dass sie „auch" gehen konnte. Bedeutete es, dass ich nicht angeklagt wurde? „Pass gut auf dich auf, Betty."

„Was ist mit mir?", rief die Frau auf der Pritsche beleidigt.

„Du kannst die Ruhe und den Frieden hier noch ein bisschen länger genießen, Jenny", sagte der Constable schmunzelnd.

Sie legte sich mit dem bisher lautesten Schnauben wieder hin. „Schweine."

Betty und ich folgten dem Constable den Gang entlang in den vorderen Bereich des Reviers. Betty wurde einem weiteren Polizisten übergeben, der sie in ein Büro führte, während ich in ein anderes gebracht wurde. Lincoln begegnete mir an der Tür. Seine seherischen Sinne mussten meine Ankunft gespürt haben.

Zweimal wanderte sein brennender Blick über mein Gesicht. „Charlie." Er legte beide Hände an mein Kinn und strich mit den Daumen über meine Wangen. Dann öffnete er den Mund, sagte aber nichts. Das musste er auch nicht. Seine Augen und die Berührung sagten alles. Er hatte sich die ganze Nacht um mich gesorgt und jetzt war er vor lauter Erleichterung sprachlos.

Ich bedeutete ihm noch immer etwas, dessen war ich mir jetzt sicher.

Vorsichtig legte ich meine Hände über seine und zog sie weg. „Du siehst müde aus."

Der Inspektor deutete auf einen Stuhl. „Miss Holloway, setzen Sie sich", sagte er. Er war im mittleren Alter mit schlaffem Gesicht und gemächlichen Bewegungen. Seine Augen sprangen jedoch über mich und gaben mir das Gefühl, dass ihm nichts entging. „Ich habe lediglich einige Fragen, dann dürfen Sie gehen."

Lincoln drückte meine Hand. Ich hoffte, meine Antworten würden mit seinen übereinstimmen. Ich setzte mich an den Schreibtisch. Ein kleines, hölzernes Namensschild verriet mir, dass der Polizist mit dem schlaffen Gesicht Detective Inspektor Donald war.

„Erzählen Sie mir von diesem Kerl, den Sie getroffen haben, diesem Mannering", sagte der Inspektor.

„Heißt er so?", fragte ich so unschuldig wie möglich. „Dr. Bell sagte das, aber er hat sich mir nicht vorgestellt. Mr Fitzroy und ich gingen unserer Wege am Bart's vorbei, als dieser grässliche Kerl uns ansprach. Er sagte, er würde uns etwas antun, wenn wir nicht in Dr. Bells Büro gingen und ihn über seine Arbeit ausfragten. Das haben wir getan, aber Dr. Bell hat uns nichts gesagt. Der Mann war fuchsteufelswild und verlangte, dass wir ihm helfen, nachts einzubrechen. Sehr zögerlich hat Mr

Fitzroy eine Kutsche und Fahrer angeheuert, dann sind wir zum Krankenhaus zurückgekehrt. Er hat verlangt, dass wir auf ihn warten." Die Geschichte war so schwach, sie hielt kaum zusammen. Ich hoffte nur, dass Inspektor Donald dumm war und sich leicht von Lincolns grimmigem Gesicht einschüchtern ließ.

„Können Sie ihn beschreiben?"

Das tat ich, allerdings so vage, dass die Beschreibung wahrscheinlich zu der von Bell passen würde, aber auch auf viele andere Männer zutraf.

„Die Sache ist die", sagte Inspektor Donald, „Mannering ist tot."

„Dann konnte er es ja nicht sein, oder? Dr. Bell muss sich geirrt haben."

„Die andere Sache ist, dass ich Ihnen nicht glaube." Er wandte sich an Lincoln. „Ihnen beiden nicht."

Lincoln wurde sehr still. Ich wollte wieder nach seiner Hand greifen, wagte es aber nicht, mich zu rühren. Der Inspektor könnte es als Schuldeingeständnis werten.

Inspektor Donald stand auf und knöpfte seine Weste zu. „Allerdings wurde ich von meinen Vorgesetzten angewiesen, Sie gehen zu lassen. Mir ist ziemlich egal, warum. Eine Sache weniger auf meinem Tisch. Ich wünsche Ihnen beiden einen guten Tag. Sie können auf dem Weg nach draußen Ihre Habseligkeiten beim Constable abholen."

Ich war zu verdutzt, um mich zu bewegen, bis Lincoln aufstand. „Guten Tag, Inspektor. Vielen Dank für Ihre Zeit."

Das Gesicht von Inspektor Donald sackte noch weiter herab, aber er sagte nichts mehr, als wir gingen. Keiner von uns gab einen Ton von sich, während der Constable meine Handtasche, die Handschuhe und Lincolns Sachen aushändigte. Ich wollte auf keinen Fall etwas sagen, was den Inspektor dazu veranlassen könnte, seine Entscheidung rückgängig zu machen.

Lincoln blieb an der Tür stehen und reichte mir wortlos seinen Mantel. Er fragte nicht, wo meiner hingekommen war.

„Miss Charlie! Miss Charlie!" Betty winkte mir zu, als wir das Polizeirevier verließen. Sie stand in meinem Mantel da und hielt einen dreckigen Beutel an die Brust gepresst, als ob sie Angst hätte, jemand könnte ihn ihr wegreißen. „Ist es nicht herrlich, frei zu sein?", rief sie lächelnd.

„Das ist es", sagte ich und lächelte zurück. „Ich hoffe, das bleiben wir auch."

Ihr Lächeln verschwand. Sie nickte und wandte sich zum Gehen.

„Betty, warte." Ich öffnete meine Handtasche, überlegte es mir dann aber anders und reichte ihr das ganze Ding. Darin war nichts, was für mich einen persönlichen Wert hatte, nur einige Münzen, ein Taschentuch und die Tasche selbst. „Nimm das und sei vorsichtig."

Ihre Augen leuchteten auf. „Ganz sicher?"

Ich nickte.

„Danke, Miss Charlie. Danke, danke." Sie nahm meine Hand und küsste den Handrücken. Ihre Finger waren eiskalt. Ich gab ihr meine Handschuhe und wollte ihr gerade einen Ort nennen, an den sie gehen könnte, als Lincoln mir zuvorkam.

„In der Broker Row in der Nähe von Seven Dials gibt es eine Frau namens Mrs Sullivan", sagte er. „Wenn Sie mal eine Übernachtungsmöglichkeit brauchen oder etwas zu essen, gehen Sie dorthin und sagen Sie ihr, dass Charlie Sie geschickt hat. Sie wird sich um Sie kümmern."

Betty nickte eifrig. „Danke, Sir. Da gehe ich gleich hin. Ich will nicht wieder in meine alte Gegend. Dort wartet mein Pa und der will nur, dass ich mit dem weitermache, was mich hier reingebracht hat."

Ich wünschte ihr Glück und ging neben Lincoln davon. Trotz des kalten Morgens und des fehlenden Mantels zitterte er nicht. „Wir müssen Mrs Sullivan mehr Geld geben", sagte ich. „Ihr Haus muss aus allen Nähten platzen."

„Ich habe vor, mit ihr über ein größeres Haus zu sprechen", sagte er. „Wenn sie sich mit dem Gedanken anfreunden kann, kann sie weitere Mädchen aufnehmen und sich auch Hilfe holen, wenn sie will."

Manchmal überraschte er mich so, dass ich völlig sprachlos war.

„Ist alles in Ordnung?", fragte er.

„Ja. Und bei dir?"

„Bestens."

„Gut."

Wir steuerten vom Revier weg in den anwachsenden Morgenverkehr. Lincoln ging sehr nahe neben mir. Unsere Arme berührten sich und sein Gesicht war hoch konzentriert.

Da erst wurde es mir klar. Wir waren freigelassen worden, weil die Vorgesetzten von Inspektor Donald ihn dazu angewiesen hatten. Aber wer hatte sie angewiesen?

„Die Komiteemitglieder wussten, dass wir da drinnen waren, nicht wahr?", sagte ich, während ich die Umgebung absuchte. Wenn das Komitee es wusste und eins der Mitglieder unser Mörder war, dann war mein Leben wieder einmal in Gefahr.

„Es scheint so."

Ich zog meine Kette mit dem Kobold in der Bernsteinkugel heraus und hielt sie fest.

„Ich passe auf dich auf", sagte Lincoln, ohne mich anzusehen. Sein kleiner Finger berührte meinen. Er trug keine Handschuhe und ich hatte meine auch nicht mehr, sodass die Berührung von Haut auf Haut wie ein Schock war. Ich bewegte meine Hand weg.

„Es geht nicht nur um mich, oder? Dr. Bell ist jetzt auch in Gefahr. Unser Mörder mag keine losen Enden. Lose Enden haben die Angewohnheit zu reden."

Lincoln sagte nichts. Zweifelsfrei war er bereits zum gleichen Schluss gekommen.

„Wir gehen zum Krankenhaus und warnen ihn", sagte ich.

Er schüttelte den Kopf. „Ich bringe dich erst nach Hause."

„Das verschwendet wertvolle Zeit. Nein, Lincoln, wir gehen zu Bart's. Abgesehen davon", sagte ich, als er protestieren wollte, „bin ich bei dir sicherer. Wenn der Mörder jemand vom Komitee ist, werden sie erwarten, dass ich jetzt nach Lichfield zurückkehre, während du weiter ermittelst. Nicht wahr?"

Ich wertete sein Brummen als Zustimmung. „Halte dich nahe an die Gebäude", sagte er. „Bleib links von mir von der Straße weg und sei wachsam."

Kurz darauf kam ein Mann auf uns zu, der seinen Hut tief ins Gesicht gezogen hatte. Lincoln lotste mich an die Wand des Bankgebäudes. Mit dem Rücken an die Steine gepresst und

Lincolns Körper so nahe, dass ich seine Wärme spüren konnte, warteten wir, bis der Mann vorbeigegangen war.

Lincoln hätte zurücktreten und mich freigeben sollen, aber das tat er nicht. Er kam sogar noch näher und ich spürte, wie ein kleiner Schauer ihn durchfuhr, dessen Echo in meinem Körper widerhallte. Ich war ihm schon lange nicht mehr so nahe gewesen. Jede Nacht im Schloss war ich von Erinnerungen an seine Küsse überfallen worden, wenn ich im Bett gelegen hatte. Ich hatte ihn mit jeder Faser meines Seins bei mir haben wollen, hatte mich nach seinen Küssen, seinen Berührungen, seinen feurigen Blicken gesehnt.

Aber ich hatte sie genauso heftig von mir weggeschoben, wenn ich wieder zur Besinnung gekommen war. Hatte mir gesagt, dass das nie wieder passieren würde, und wenn, dann würde ich mich nicht wieder von seinem Wirbelsturm mitreißen lassen. Ich würde widerstehen.

Doch jetzt … jetzt war ich viel zu verwirrt, um etwas anderes zu tun als dazustehen und nach dem kleinsten Hinweis zu suchen, was er wirklich empfand.

Er schluckte. Seine Lippen öffneten sich. Er beugte sich vor und mir verschlug es den Atem, der jeglichen gesunden Menschenverstand mit sich forttrug. Lincolns Lippen streiften sacht die Meinen. „Charlie", flüsterte er so leise, dass die Brise es beinahe wegwehte.

Dann nahm er mein Gesicht in beide Hände und küsste mich.

KAPITEL 13

Ich legte meine Handflächen gegen Lincolns Brust und schubste ihn weg. Er brach den Kuss ab. „Nicht", knurrte ich und boxte ihn gegen die Schulter. „Lass das! Lass es, lass es, lass es." Ich betonte jedes Wort mit einem Schlag und schubste ihn zum Schluss noch einmal. Dann rauschte ich an ihm vorbei in Richtung Bart's.

Er schloss zu mir auf, bis er wieder neben mir ging. „Tut mir leid. Ich ..." Seine Hand fuhr durch seine Haare. „Es tut mir leid."

„Ich will keine Entschuldigung", maulte ich ihn an. „Ich will ..." Was wollte ich? Ich hatte keine Ahnung, also schüttelte ich lediglich den Kopf.

„Ich konnte nicht anders." Na toll. *Jetzt* entschied er sich, redselig zu sein. „Ich war so erleichtert, dich heute Morgen unversehrt zu sehen, dass ich dem Drang nicht widerstehen konnte."

„Ha! Du bist der disziplinierteste, kontrollierteste Mensch, den ich kenne. Du hättest widerstehen können."

„Vielleicht wollte ich es nicht." Er blieb plötzlich stehen, griff meinen Arm und hielt mich an. Das Tor des Krankenhauses mit der Statue von Henry VIII ragte in einiger Entfernung vor uns auf.

Ich folgte seinem Blick und sah Gus auf dem Kutschbock von

einer von Lincolns Kutschen sitzen. Lincoln überprüfte die Umgebung und ging dann zu ihm.

„Charlie! Fitzroy!" Gus strahlte, als er uns sah. „Gott sei Dank seid ihr raus. Nur wie?"

„Das Komitee hat überall Spione", sagte Lincoln, während er den Pförtner unter seinen dichten Wimpern heraus beobachtete. „Ich glaube, dass das Krankenhaus überwacht wird. Ob unser Besuch bei Bell den Spion veranlasst hat, seinen Herrn oder seine Herrin zu alarmieren, oder ob es das Handgemenge gestern Abend war, wird sich zeigen. Wie dem auch sei, Bell wurde beauftragt, einen Weg zu finden, wie man Tote zum Leben erwecken kann. So viel hat er zugegeben."

„Dachte ich mir", sagte Gus. „Hab die Papiere gefunden, die Sie zurückgelassen haben. Da steht nich viel drin, und Namen oder Unterschriften gibt's auch nich, aber es is klar wie Kloß-brühe, dass er 'nen Geheimauftrag bekommen hat, über den er nich reden darf." Er schmunzelte.

„Wo ist Seth?"

„Da drinnen. Versucht Bell zu überzeugen, dass er aus der Stadt raus muss. Ist nich mehr sicher für ihn."

Lincoln nahm meine Hand und legte sie in seine Armbeuge. „Komm mit. Halte deinen Anhänger fest und die Augen offen. Gus, du wartest hier."

„Hab ich eh gemacht", brummelte er, während wir weggingen.

„Halt dir den Bauch, als hättest du Schmerzen", sagte Lincoln leise, als wir uns dem Pförtner näherten.

Das tat ich und stöhnte noch zusätzlich. Der Pförtner war glücklicherweise ein anderer als gestern. Das bedeutete nicht, dass er keine Beschreibung von uns bekommen hatte, entweder von Dr. Bell oder von dem anderen Pförtner. Es war außerdem möglich, dass er einer vielen Spione war, die das Krankenhaus im Blick hatten.

Lincoln steuerte direkt auf ihn zu. „Meine Frau braucht einen Arzt", sagte er. „Wo muss ich hin?"

Der Pförtner inspizierte mich aufmerksam. Vermutlich sah er täglich Dutzende Kranker, von denen viele zerlumpt und arm waren und sich keinen Arzt leisten konnten, der sie zu Hause aufsuchte. Während wir nicht annähernd so verzweifelt aussahen, überzeugte ihn vielleicht die Tatsache, dass wir nur einen Mantel hatten. Allerdings brauchte er viel zu lange und beäugte uns viel zu eingehend.

Ich stöhnte lauter und krümmte mich zusammen.

„Beeilen Sie sich, Mann!", fuhr Lincoln ihn an. „Sie braucht Hilfe oder sie verliert das Baby."

„Da lang, quer durch den Hof", sagte der Pförtner und zeigte in die Richtung. „Folgen Sie den Schildern."

Lincoln legte den Arm um meine Taille und ich lehnte mich an ihn. „Komm, meine Liebe. Wir sind bald da."

„Beobachtet er uns noch?", fragte ich, sobald wir mehrere Schritte gegangen waren.

„Ja", sagte er, ohne sich umzudrehen.

„So viel geben deine seherischen Fähigkeiten her?"

„Ja."

Wir passierten den Nordflügel und gingen auf der anderen Seite zurück, außer Sichtweite des Eingangstores und des Pförtners. Auch wenn ich den Verdacht hatte, dass Lincoln sich wegen mir zurückhielt, hasteten wir die Treppen hinauf.

Wir hörten die Stimmen von Seth, Dr. Bell und Dr. Fawkner, ehe wir die oberste Stufe erreicht hatten. „Sie verstehen nicht." Seth klang entnervt. „Sie müssen mit mir kommen."

„Seien Sie nicht albern", brüllte Dr. Bell.

„Beruhigen Sie sich, Sir", sagte Dr. Fawkner. „Sagen Sie uns, warum Sie glauben, dass er in Gefahr ist."

„Das geht Sie verdammt noch mal nichts an."

„Lassen Sie mich los!", rief Dr. Bell.

Lincoln und ich rannten den Flur entlang, während andere Ärzte und Schwestern aus ihren Büros und Laboren kamen, um den Grund für den Aufruhr zu erfahren. „Seth", bellte Lincoln. „Lass ihn los."

Seth sah aus, als wollte er bei unserem Anblick vor Erleichterung in Ohnmacht fallen. Er ließ Bell los und trat zurück, die Hände erhoben, nur um Dr. Fawkner auf den Fuß zu treten. Der Ärmste jaulte auf.

„Sir!" Dr. Bell stürmte auf uns zu. Kurz schien es, als wollte er Lincoln an der Jacke packen, besann sich aber eines Besseren. „Wo ist er?", platzte er heraus. „Wo ist Mannering?"

„Ich weiß es nicht. Dr. Bell, können wir mit Ihnen in Ihrem Büro sprechen?"

„Hier entlang."

„Gehen Sie zurück an die Arbeit", sagte Lincoln zu den Umstehenden, inklusive Dr. Fawkner.

Wir folgten Dr. Bell in sein Büro und schlossen die Tür. Seth blieb mit verschränkten Armen daneben stehen und schaute Bell finster an.

„Warum haben Sie mir nicht gesagt, dass Sie für Mr Fitzroy arbeiten?", sagte Bell zu Seth.

„Ich dachte nicht, dass das eine Rolle spielt", sagte Seth mit einem Schulterzucken.

„Natürlich spielt es eine Rolle! Mein Gott, Mann, er weiß, wie Mannering zurückgekommen ist." Bell richtete seinen irren Blick auf Lincoln. „Oder? Sie wissen, warum ein Toter letzte Nacht in mein Labor eingebrochen ist und meine Unterlagen gestohlen hat."

„Wir arbeiten für eine geheime Regierungsorganisation, die Bedrohungen für die nationale Sicherheit überwacht", sagte Lincoln. „Wir wurden im Rahmen anderer Ermittlungen auf Sie und Ihre Forschungen aufmerksam. Unsere Sorge ist, dass Sie möglicherweise ein Serum oder eine Medizin herstellen, die von skrupellosen Personen genutzt werden könnte. Oder Personen, die gegen die Interessen der Krone und des Landes operieren könnten."

„Erstens weiß ich nichts von solch einer Regierungsorganisation."

„Deswegen nennt man es geheim", sagte Seth mit einem Kopfschütteln.

„Zweitens liegen meinem Förderer *ausschließlich* Englands Interessen am Herzen. Andernfalls hätte ich die Kommission nicht angenommen."

„Wie können Sie da sicher sein?"

„Aufgrund des Briefes, den er mir geschrieben hat. Er schwor darin, dass meine Medizin nur von der Regierung genutzt werden würde, um die Nation zu schützen."

„Das stimmt", sagte Seth. „Ich hab's gelesen."

„Sie sagten gerade ‚er'", sagte Lincoln. „Sind Sie sicher, dass es ein Mann ist? Haben Sie sich mit ihm getroffen?"

„Nein. Bezüglich der Identität meines Gönners habe ich keinerlei Gewissheit."

„Gibt es sonst etwas, was Sie uns über ihn oder sie sagen können? Irgendetwas, das uns helfen könnte, ihn oder sie zu identifizieren? Denken Sie scharf nach, Dr. Bell."

Bell zuckte mit den Schultern. „Nichts. Sie haben die Dokumente gesehen. Da ist kein Name, kein Monogramm, kein Briefkopf und die Unterschrift kann man nicht entziffern. Das Geld wurde für mich hier in einer Tasche abgegeben. Ich weiß nicht, wer sie hergebracht hat. Niemand weiß es."

„Und Sie haben nicht um einen Nachweis der Identität gebeten angesichts der Tatsache, dass das Medikament in den Händen einer skrupellosen Person gefährlich wäre?", fragte ich. „Das ist nicht sehr weise."

„Es muss viel Geld gewesen sein", murmelte Seth.

„Es ging nicht ums Geld!", schnappte Bell. „Es ging um die Herausforderung. Nur einem Genie würde es gelingen, ein solches Medikament zu erschaffen."

„Zu dumm, dass es Ihnen nicht gelungen ist", höhnte Seth.

Bell ignorierte ihn. „Ich habe eine Frage, Mr Fitzroy. Wie ist Mannering wieder zum Leben erwacht? War es ein Serum, das auf der Analyse seines eigenen Blutes basierte oder etwas ganz anderes? Ist meine Forschung in der Hämatologie überhaupt wichtig? Bitte, ich bin ständig gescheitert, ohne auch nur ansatzweise—"

„Genug", befahl Lincoln. „Wir müssen gehen. Sofort."

„Seien Sie nicht albern. Ich kann jetzt nicht gehen. Ich habe zu arbeiten."

„Das ist nicht verhandelbar."

„Dr. Bell, bitte", sagte ich. „Sie müssen London verlassen und untertauchen, bis wir diesen Mann gefasst haben. Er ist unglaublich gefährlich. Er hat Sie belogen. Das Serum ist nicht für gute Zwecke bestimmt."

„Woher wissen Sie das?"

„Er ermordet Menschen, um sie zum Schweigen zu bringen.

Kennen Sie irgendwelche Mörder, die das Wohl der Nation im Sinn haben?"

Bell plumpste auf seinen Stuhl. Er sah aus wie ein alter Mann, den Jahre harter körperlicher Arbeit verschlissen hatten, nicht die wissenschaftliche Arbeit in einem Labor. Zitternd hob er eine Hand, um über seinen Bart zu streichen. „Wofür will er es dann, wenn nicht für die nationale Sicherheit?"

Lincoln umrundete den Schreibtisch und zog Bell auf die Füße. „Wir müssen gehen. Sofort. Haben Sie Familie?"

Bell schüttelte den Kopf.

„Ich werde Ihnen Geld geben, damit Sie sich an Ihrem neuen Wohnort Kleidung kaufen können. Sind hier noch persönliche Gegenstände, die Sie mitnehmen wollen?"

Bell starrte ihn an, als könnte er ihn weder sehen noch hören.

Lincoln packte seine Schultern und schüttelte ihn. „Bewegen Sie sich."

„Aber *Sie* haben es geschafft, Mannering zu beleben."

Lincoln ließ ihn los und schlug ihn nieder. Er fing den bewusstlosen Mann auf, ehe er zu Boden ging.

„Wie kriegen wir ihn denn jetzt raus, ohne gesehen zu werden?", fragte Seth mit einem Seufzer.

Die Tür ging auf und stieß Seth in den Rücken, was ihn nach vorn warf. Dr. Fawkner stand da mit einer Pistole in der Hand. Sie zitterte. „Stellen Sie sich alle da rüber", wies er an und zeigte mit der Waffe auf die gegenüberliegende Wand. Dann bemerkte er Dr. Bell auf dem Boden. „Was haben Sie mit ihm gemacht?", quiekte er.

„Er wollte nicht gehorchen", sagte Lincoln. „Und wenn Sie auch nicht gehorchen, passiert dasselbe mit Ihnen. Nehmen Sie die Waffe runter."

Dr. Fawkner schüttelte den Kopf. „N-nein", stotterte er. „Ich befolge nur Anweisungen."

Anweisungen! Mein Gott, *er* war der Spion.

„Miss, stellen Sie sich zu ihm. Sie auch", sagte er zu Seth.

„Anweisungen von wem?", fragte Lincoln, als wir uns zu ihm gesellten.

„Weiß ich nicht. Ich weiß nur, dass niemand in die Nähe von Dr. Bell und seinen Forschungen kommen darf. Sie beide hatte ich erst nicht im Verdacht, aber als ich von gestern Abend gehört habe ..." Er schürzte die Lippen und seufzte. „Hoffentlich kann ich meinen Fehler jetzt wieder gutmachen."

„Sie sehen nicht so aus, als ob Sie das Ding da benutzen wollen", sagte ich und wünschte mir, ich wäre so ruhig, wie ich klang.

Dr. Fawkner wischte sich das Gesicht an der Schulter ab. Es hinterließ einen verschwitzten Fleck auf seiner Jacke. „Das werde ich, wenn ich muss."

„Warum?"

„Geld. Sie wissen schon, das Zeug, mit dem man das Dach über dem Kopf der sterbenden Mutter finanziert, und von dem junge Forschungsassistenten nicht viel bekommen."

„Sie sind ebenfalls in Gefahr", sagte Lincoln. „Genauso wie Dr. Bell. Der Mann, der Ihnen das Geld gegeben hat, möchte keine losen Fäden. Er hat bisher alle getötet, die er je für dieses Projekt angestellt hat—und andere—und Sie beide sind die Nächsten."

„Warum, wenn ich ihn nie getroffen habe?"

„Es wird etwas geben, das mir helfen könnte, ihn zu identifizieren. Vermutlich nichts, was Ihnen jetzt in den Sinn kommt, aber es könnte für uns ausreichen, wenn wir es mit anderen Puzzlestücken zusammenfügen."

„Nur, wenn ich rede."

Lincoln starrte ihn nur an. Fawkner zog seine Unterlippe zwischen die Zähne, damit sie nicht mehr bebte.

In dem Moment rührte sich Bell. Er hob sich stöhnend auf Hände und Knie.

„Dr. Bell?" Ich kniete mich neben ihn. „Ist alles in Ordnung?"

„Stehen Sie auf!", rief Fawkner. Er hielt die Pistole mit beiden Händen, die trotzdem unkontrollierbar zitterte. Sein Blick sprang zwischen uns Vieren hin und her. Er leckte sich den Schweiß von der Oberlippe.

Lincoln hockte sich neben mich und half mir auf, warum auch immer. Ich war weiß Gott in der Lage, allein aufzustehen. Trotzdem war ich für seine Nähe dankbar.

Noch dankbarer war ich, als mir klar wurde, warum er mir geholfen hatte. Ich registrierte das Klicken seiner Messerklinge, die im gleichen Moment durch den Raum flog. Er musste sie an seinem Bein oder in seinem Stiefel getragen haben, wo die Polizei sie nicht gefunden hatte.

Die Klinge grub sich in Fawkners Schulter. Er schrie auf und kippte im gleichen Moment nach hinten, in dem Lincoln mich hinter sich zog. Fast nachträglich drückte Fawkner ab, doch die Waffe zeigte inzwischen harmlos zur Decke. Ein Hagel von Putz und Staub regnete auf Seth herab, während er Fawkner die Pistole aus der Hand riss.

Fawkner wand sich weinend am Boden.

„Das war verdammt gefährlich", sagte Dr. Bell. Er rappelte sich auf. „Er hätte einen von uns erschießen können, ehe das Messer ihn erwischt hätte. Oder wenn Sie verfehlt hätten."

Seth brummte. „Er verfehlt nie."

„Er war aufgeregt und mit Schusswaffen nicht vertraut", sagte Lincoln. „Ich habe ihn als unsicheren Schützen eingeschätzt."

„Er irrt sich auch nie", fügte Seth hinzu und suchte Fawkner nach versteckten Waffen ab. „Fast nie", setzte er mit einem Blick auf mich nach.

Jemand hämmerte an die Tür. „Dr. Bell! Dr. Fawkner, ist alles in Ordnung?"

Bell rieb sich den Kiefer und warf Lincoln einen benommenen Blick zu. „Sie haben mich geschlagen."

„Und ich werde Sie wieder schlagen, wenn Sie nicht mit mir kommen. Oder ich könnte Sie hier dem Tod überlassen." Er nickte Fawkner zu. „Er wird nicht der Einzige sein, der Ihre Flucht zu verhindern sucht."

Bell nickte und ging zur Tür. „Uns geht es gut, aber ... wir müssen für eine Weile fort", sagte er zu dem erschrockenen Mann, der dort stand. „Penwick, Sie haben bis auf Weiteres das Sagen."

„Aber Doktor—"

„Tun Sie einfach, was ich sage!"

Penwick nickte bescheiden und trollte sich. Bell kam zu mir zurück. Er wirkte verloren.

„Es ist bald vorbei", sagte ich.

Bell packte einige Dinge aus seinen Schubladen in eine Arzttasche und nickte Lincoln dann zu. „Gehen wir. Was machen Sie mit ihm?" Er schaute zu Fawkner, der wimmernd am Boden lag.

„Wir nehmen ihn mit", sagte Lincoln. „Wenn wir ihn hierlassen, ist er bis Einbruch der Dunkelheit tot."

„Warum kümmert es Sie? Er hat versucht, Sie umzubringen."

Lincolns Blick sprang zu mir. „Mich kümmert es nicht. Aber die Meinung einer Person, die es kümmert, ist mir wichtig."

Ich hakte mich bei Dr. Bell ein, der mir seinen Arm anbot, denn ich brauchte Halt. Lincolns Aussage hatte mich aus der Bahn geworfen und sein intensiver Blick half auch nicht gerade.

Lincoln zog Fawkner das Messer aus der Schulter, sehr zum Entsetzen des Verletzten, und steckte es in seinen Ärmel. Fawkner fiel fast in Ohnmacht, aber Seth zog ihn auf die Füße und schüttelte ihn. Er legte Fawkner seinen Mantel um und verbarg so das Blut. Sie folgten uns in den Flur.

Dr. Bell entschuldigte sich und erzählte seinen Kollegen, er müsse für einige Tage aus privaten Gründen verreisen. Niemand schien ihm zu glauben, aber alle konnten sehen, dass er nicht gezwungen wurde, und sie mussten ihn genug respektieren und fürchten, um nicht nachzufragen.

Wir brachten die beiden zur Kutsche. Lincoln stieg mit Bell, Fawkner und mir ein und wies Seth an, sich hinten auf die Kutsche zu stellen und nach Verfolgern Ausschau zu halten. „King's Cross", sagte er zu Gus.

„Sagen Sie mir, wie Sie es gemacht haben", fragte Bell erneut. „Wie haben Sie Mannering zum Leben erweckt?"

Fawkner stieß ein spöttisches Lachen aus. „Haben Sie jetzt endgültig den Verstand verloren?"

„Ich *muss* es wissen!" Bell beugte sich vor und packte Lincolns Unterarme.

Lincolns steinerner Blick zwang den Doktor dazu, ihn loszulassen und sich zurückzusetzen. „Kein Medikament kann Tote zum Leben erwecken, Dr. Bell. Das ist unmöglich."

„Aber ich habe gesehen—"

„Sie haben jemanden gesehen, der Mannering ähnlich sieht. Er war es nicht."

Bells Lippen bewegten sich im stummen Zwiegespräch mit

sich selbst, während er diese Möglichkeit in Betracht zog. Vielleicht war er wirklich verrückt.

„Das tut höllisch weh", jammerte Fawkner und betrachtete seinen blutigen Ärmel.

„Halten Sie doch den Mund", fuhr ich ihn an. „Sie haben sich die Suppe eingebrockt, jetzt löffeln Sie sie auch aus."

„Ich hätte nicht wirklich auf jemanden geschossen." Er schniefte und sackte neben Bell in den Sitz. „Wo bringen Sie mich hin?"

„Nach Hause", sagte Lincoln.

„Wo ist das?" Als Lincoln nicht antwortete, fragte er erneut: „Wo wohnen Sie?"

„In einem Herrenhaus mit einem beeindruckenden Turm, den ich für meine Gefangenen nutze. Es wird Ihnen dort gefallen."

„Sarkasmus ist unangebracht", sagte Fawkner gereizt.

Bell sagte nichts weiter, bis wir den Bahnhof erreichten. Er saß in der Ecke und bewegte sich kaum. Die Schatten um seine Augen wirkten dunkler, was aber daran liegen konnte, dass er blasser war. Man konnte meinen, er hätte einen geliebten Angehörigen verloren. Vielleicht war die Arbeit sein intimster und ständiger Begleiter gewesen und die lag nun in Scherben.

„Wo soll ich hin?", murmelte er. „Was soll ich tun?"

„Sie nehmen den ersten Zug aus London heraus, wo auch immer der hinfährt", sagte Lincoln und öffnete die Tür.

Er stieg aus und half dem wackeligen Bell die Stufen hinab. Der Doktor schien um Jahre gealtert zu sein. Lincoln reichte ihm einen Beutel mit Geld und sprach leise mit ihm, ehe er mit einem Nicken auf Seth deutete. Seth sprang vom Trittbrett der Kutsche und begleitete Bell durch die Menge der Passagiere, die sich im Bahnhof tummelte.

Lincoln blieb beobachtend draußen stehen, bis Seth zehn Minuten später zu uns zurückkam. Es fühlte sich unsäglich lang an. Fawkner wollte nicht aufhören, mich über unser Ziel und sein Schicksal auszufragen. Egal wie oft ich ihn darum bat, er wollte einfach nicht den Mund halten, bis Lincoln endlich wieder einstieg.

Die Heimfahrt verlief zum Glück schweigend. Lincoln und

Seth brachten Dr. Fawkner und mich durch den Dienstboteneingang ins Haus. „Bring ihn ins Turmzimmer", befahl Lincoln.

„Nicht in den Kerker?" Seth schmollte. „Schade."

Lichfield besaß keinen Kerker, nur einen Keller, auch wenn es sich da unten wie im Kerker anfühlte, sobald die Tür verriegelt war. „Ich werde mich gleich um seine Verletzung kümmern", sagte Lincoln.

„Das werden Sie nicht", verkündete Fawkner. „Sie sind kein Arzt. Ich werde das selbst machen."

„Wie Sie wünschen. Seth, sobald er sicher verwahrt ist, hole das Verbandszeug und bleib bei ihm, bis er fertig ist. Dann nimmst du alles mit, was man als Waffe verwenden könnte."

Doyle und der Koch sahen Seth hinterher, der Fawkner an der Küche vorbei lotste. Fawkner ging brav mit, den Kopf gesenkt.

„Wie erklären wir das Lady Vickers?", fragte ich.

„Sie benötigt keine Erklärung", sagte Lincoln und bedeutete mir, vor ihm in die Küche zu gehen.

„Das heißt nicht, dass sie keine verlangt. Ich schätze, wir werden lügen müssen."

Er bat den Koch um ein spätes Frühstück und wandte sich dann an Doyle. „Sorgen Sie dafür, dass Charlies Zimmer warm sind. Möchtest du ein Bad nehmen?", fragte er mich.

„Gott, ja. Je eher ich den Gestank dieser Zelle loswerde, desto besser." Ich stellte mich an den Herd und half dem Koch, Bacon und Eier zu braten. Lincoln bereitete auf dem Tisch zwei Tabletts vor.

„Und? Was ist passiert?", fragte der Koch.

Ich beschrieb ihm unseren Abend, wobei mir etwas auffiel. „Uns ist heute Morgen niemand gefolgt oder hat uns angegriffen", sagte ich zu Lincoln. „Bedeutet das, dass Fawkner der einzige Spion im Krankenhaus war und da wir ihn dingfest gemacht haben, kann der Mörder nicht alarmiert werden?"

„Sich allein auf jemanden wie Fawkner zu verlassen, wäre ein Amateurfehler", sagte er und lehnte sich in der Nähe der Speisekammer an die Wand, die Arme verschränkt. „Unser Mörder ist kein Amateur. Es bedeutet vermutlich nur, dass er im

Moment nicht bereit ist, uns anzugreifen, um seine Schachzüge nicht zu früh zu zeigen. So würde ich es machen."

„Oder es ist vielleicht doch kein Komiteemitglied. Vielleicht hat derjenige noch nichts von unserer Begegnung mit Bell gestern Abend gehört."

„Das ist eine Möglichkeit."

„Wirst du Fawkner befragen?"

„Nach dem Frühstück. Ich kann warten, bis du gebadet hast, wenn du dabei sein willst."

Warum bat er mich darum, Fawkner mit ihm zusammen zu verhören? Um mich in die Ermittlungen einzubeziehen? Oder weil er Angst vor den Methoden hatte, die er anwenden würde, wenn ich nicht da war, um seine grausame Ader zu mildern?

„Nein, danke. Ich bin müde. Ich denke, ich werde mich ausruhen."

„Da sind Sie ja beide!" Lady Vickers stand im Türrahmen der Küche, der unsichtbaren Schranke, die sie aus dem Wirkungsbereich des Kochs heraushielt. „Wer ist unser neuer Gast? Seth wollte es mir nicht sagen. Er meinte, ich sollte mit Ihnen darüber sprechen."

„Sein Name ist Dr. Fawkner", sagte Lincoln.

„Ein Doktor?" Sie schürzte nachdenklich die Lippen. „Auch wenn ich finde, dass Sie es besser treffen könnten, mein liebes Mädchen, könnte ein Doktor passend sein, wenn sich keine anderen Kandidaten finden. Welch ein Glück, dass wir sein Benehmen genau unter die Lupe nehmen können. Kennen Sie seine Verbindungen, Mr Fitzroy?"

Es war so absurd, dass ich ein Auflachen nicht verhindern konnte. „Madam, ich kann Dr. Fawkner wirklich nicht leiden."

Sie seufzte. „Nun, ich schätze, es ist mein Fehler, da ich Ihnen gesagt habe, Sie sollen nach einer guten Partie streben."

Ich verdrehte die Augen.

„Ich erwarte einen höflichen Umgangston, Charlie", sagte sie schnippisch. „Sie müssen mit ihm Tee trinken und dergleichen. Auch wenn Sie ihn nicht mögen, mögen Sie vielleicht seine Freunde. Es ist wichtig, sich allen gegenüber im besten Licht zu präsentieren. Man weiß nie, wie eine Verbindung zustande kommt."

„Charlie wird nicht mit ihm Tee trinken", sagte Lincoln. „Niemand wird das. Er darf nicht gestört werden."

„Warum nicht?"

„Er ist krank."

Ihre Hand flog zu ihrer Brust. „Doch nichts Ansteckendes, hoffe ich."

„Es ist höchst ansteckend."

Sie schnappte nach Luft. „Meine Güte. Warum ist er nicht im Krankenhaus?"

„Das ist eine lange Geschichte, auf die ich gerade nicht eingehen möchte."

Das schien Lady Vickers zu genügen. Vermutlich glaubte sie die Geschichte, weil es Lincoln war, der sie ihr auftischte. Hätte ich oder jemand anderes sie erzählt, wäre sie zweifelsohne nicht so vertrauensselig gewesen. Lincoln erzählte seine Lügen so direkt, dass selbst ich sie gelegentlich absolut glaubwürdig fand.

Lady Vickers ging, wobei sie etwas über Krankheiten und Sauberkeit vor sich hin murmelte. Bella kam kurz darauf herein. Wahrscheinlich hatte sie nur darauf gewartet, dass ihre Herrin verschwand. Lincoln informierte sie über unseren neuen Gast und wiederholte seine Warnung, von ihm fernzubleiben. Sie glaubte ebenfalls jedes Wort; so sehr, dass sie Seth bei seiner Rückkehr mit angewidertem Gesicht empfahl, sich erst sauber zu schrubben, bevor er in ihre Nähe kam.

„Was habe ich denn jetzt gemacht?", fragte er.

Ich überließ es Lincoln, ihn zu informieren, und nahm mein Frühstückstablett mit in mein Zimmer, um dort zu essen. Nach einem heißen Bad setzte ich mich ans Feuer, um meine Haare zu trocknen. Ich konnte kaum die Augen offenhalten und schlief ein, nur um einige Stunden später aus einem Albtraum aufzuwachen. Ich hatte geträumt, dass die Soldaten der Herzkönigin mich in eine Gefängniszelle gejagt hätten, wo die widerliche Jenny, gekleidet in die Uniform der Königin, mir erst ins Gesicht gerülpst und mir dann ein Schwert ins Herz gerammt hatte.

Ich ging nach unten und fand Seth und Gus zusammen mit dem Koch und Doyle im Wohnzimmer. Doyle sprang bei meinem Anblick auf und lief knallrot an.

„Ist schon in Ordnung", sagte ich. „Bitte, setzen Sie sich. Sie dürfen das Wohnzimmer gern nutzen. Mr Fitzroy hat nichts dagegen."

„Danke, aber ich muss sowieso mit ihm sprechen." Er umrundete mich, als wäre ich ein wildes Tier, und schlüpfte hinaus.

„Wie geht es dem Gefangenen?", fragte ich und prüfte die Wärme der Teekanne auf dem Tisch.

„Lebt noch. Leider." Seth lag mit einem Arm unter dem Kopf auf dem Sofa ausgestreckt und ließ seine langen Beine über die Armlehne baumeln. „Der ist ein nerviger kleiner Drecksack."

„Hat Lincoln ihn befragt?"

„Klar", sagte Gus. Er saß im Sessel und wackelte mit den nackten Zehen vor dem Feuer herum. „Fawkner hat ihm nix über die Person gesagt, die ihn eingestellt hat. Weiß wahrscheinlich nix."

„Er hat das Geld und die Anweisungen in einem unbeschrifteten Umschlag nach Hause geliefert bekommen", fügte Seth hinzu. „Er hat nicht gesehen, wer ihn gebracht hat."

Der Koch streckte seine Beine aus und kratzte sich den runden Bauch. „Der klingt nach einem Idioten. Wer stellt so einen ein?"

„Er war Dr. Bell am nächsten", sagte ich, „und verzweifelt. Solche Männer lassen sich leicht einstellen. Anscheinend ist auch seine Mutter krank. Was mich daran erinnert, dass wir herausfinden sollten, wo seine Familie wohnt. Wir müssen uns irgendeine Geschichte ausdenken, die seine Abwesenheit erklärt."

„Fitzroy will, dass ich das später mache", sagte Gus.

Seth setzte sich auf, um mir auf dem Sofa Platz zu machen. „Deine Mutter würde Anfälle kriegen, wenn sie dich so auf dem Sofa herumlümmeln sähe", sagte ich. „Wo ist sie eigentlich? Und warum ist Bella nicht hier bei euch?"

„Bella hilft meiner Mutter, sich für die Dinnerparty umzuziehen."

Ich warf einen bedeutsamen Blick auf die Uhr auf dem Kaminsims. Es war fünf und das Dinner begann erst um acht.

„Anscheinend dauert es Stunden", sagte Seth. „Bellas Fähigkeiten beim Frisieren sind nicht auf der Höhe."

Gus schnaubte. „Die ist bei so ziemlich gar nix auf der Höhe."

Seth wackelte mit den Augenbrauen. „Das glaubst du."

„Du treibst es direkt vor der Nase deiner Mutter? Verdammt noch eins."

„Du suchst Ärger", ergänzte der Koch. „Heul uns bloß nichts vor, wenn du erwischt wirst."

„Mit meiner Mutter komme ich schon klar", sagte Seth gähnend.

Ich kicherte in meine Teetasse.

Lincoln trat ein und nickte mir zu. „Du bist wach."

War Doyle angewiesen worden, ihm zu sagen, wenn ich aufwachte? Es schien so. „Tee?", fragte ich.

„Danke. Gus, du fährst jetzt zu den Fawkners. Seth, sieh nach, ob Dr. Fawkner irgendetwas braucht."

„Warum?", jammerte Seth. „Es ist noch nicht lange her, dass ich nach ihm geschaut habe."

Lincoln warf ihm einen vernichtenden Blick zu und Seth seufzte. Er folgte Gus nach draußen. Der Koch ging ohne Aufforderung. Lincoln hatte gerade sichergestellt, dass wir allein waren. Ich fühlte mich, als würde ich in der Falle sitzen, besonders nachdem er die Tür geschlossen hatte.

Ich goss ihm eine Tasse Tee ein, bereute es aber, als ich sie ihm reichte. Mein Zittern ließ die Tasse auf der Untertasse klappern.

„Danke", sagte er und trank einen Schluck.

Ich nippte ebenfalls an meinem Tee und wich seinem Blick aus. Wenn er diesen Kuss erwähnte, dann würde ich … würde ich gehen. Solche Dinge konnte ich nicht mit ihm besprechen. Intimitäten mussten vermieden werden, koste es, was es wolle. Wenn man es so betrachtete, sollte es auch vermieden werden, mit ihm allein zu sein.

„Du wirst einen neuen Mantel und Handschuhe brauchen", sagte er.

„Ich habe noch andere."

„Trotzdem."

Wir nippten beide wieder am Tee.

„Ich hatte das Komitee heute Nachmittag hier erwartet", sagte ich.

„Ich auch."

„Hattest du Gelegenheit, dir die Unterlagen anzusehen, die Mannering von Bell gestohlen hat?"

Er nickte. „Sie waren nicht sonderlich hilfreich. Darin steht nichts, was wir nicht schon wissen." Er stellte seine Tasse ab und setzte sich neben mich auf das Sofa. „Ich will mit dir reden. Über uns", fügte er hinzu, als könnte ich etwas anderes annehmen.

„Das würde ich lieber nicht tun." Ich wollte aufstehen, aber er fasste meine Hand. Ich zog sie weg.

„Ich vermute, dir liegt so einiges auf dem Herzen, das du loswerden musst."

„Du willst, dass *ich* rede?"

„Ich will, dass du mir jetzt alles sagst, was du mir sagen willst. Alles, was dich aufregt. Halte nichts zurück."

Ich richtete mich auf und ging zum Kamin, um meine Gedanken zu ordnen. „Also gut, aber sei gewarnt. Es wird dir nicht gefallen."

„Das erwarte ich nicht."

Ich holte tief Luft und atmete langsam aus. Es gab so viel, was ich ihm sagen wollte. Die Frage war nur, wo sollte ich anfangen?

KAPITEL 14

Ich verknotete meine Finger hinter meinem Rücken und sah Lincoln in die Augen. Es war wie immer nervenaufreibend und ich wünschte, ich hätte wieder wegschauen können, aber dafür war es zu spät. Ich spürte, wie ich in diese pechschwarzen Tiefen gesaugt wurde. Es gab kein Entrinnen.

Ich räusperte mich. „Die Sache ist, Lincoln, dass ich glaube, du weißt bereits alles, was ich dir sagen werde."

„Ich will es von dir hören."

„Du stehst echt auf Bestrafung."

Sein Blick senkte sich, unterbrach die Verbindung und entließ mich.

Ich holte tief Luft und atmete langsam wieder aus. Ich schaffte das. Ich konnte ihm geradeheraus sagen, was ich dachte, ohne mich von meinen Gefühlen beeinflussen zu lassen. „Du musst aufgrund meiner und der Reaktionen der anderen inzwischen begriffen haben, dass mich das, was du getan hast, am Boden zerstört hat."

Seine einzige Erwiderung war, den Blick wieder zu heben und zu schlucken. Er sagte nichts und es schien, als wäre er bereit, sich alles ohne Unterbrechung anzuhören.

„Du hast mir das Herz gebrochen, als du mich weggeschickt hast, und beinahe auch meinen Geist." Meine Stimme brach, sehr zu meinem Entsetzen. Ich hatte doch eine starke Front präsentieren wollen, hatte ihm zeigen wollen, dass er mich nicht ganz zerstören konnte. Bisher gelang mir das nicht sonderlich gut.

Er erhob sich, aber ich hielt die Hand hoch, damit er nicht näherkam. Er setzte sich wieder und fuhr sich mit der Hand über das Kinn.

„Sag es mir ganz ehrlich, Lincoln. Warum hast du mich weggeschickt? Ich weiß, dass es nicht nur um meine Sicherheit ging."

Er räusperte sich. „Das war ein Grund. Aber hauptsächlich war es, weil du mich von meiner Arbeit abgelenkt hast. Wenn ich abgelenkt bin, arbeite ich nicht effizient, und wenn ich nicht effizient bin, geschehen gefährliche Dinge. Menschen sterben. Mörder schlüpfen durch die Maschen. Ich vergesse, wichtige Dinge zu tun."

Gut. Da hatten wir es. Jetzt wusste ich es, auch wenn ich es geahnt hatte. Es war eine Art Erleichterung, es ihn sagen zu hören. Das erklärte auch, warum er sich immer noch um mein Wohlergehen sorgte, obwohl es den Schmerz nicht linderte.

„Ich hätte es dir erklären sollen", sagte er schwermütig. „Aber ich dachte, es wäre besser, wenn du glaubst, ich hätte mich umentschieden. Ich wollte wirklich, dass du einen Neuanfang machst, weit weg von hier, mit neuen Leuten. Normalen Leuten. Ich wollte, dass du mich vergisst, und das konntest du nicht, solange du noch Hoffnung hattest, dass ich … dass ich noch etwas für dich empfand."

Ich schaute auf meine Hausschuhe und verknotete erneut meine Finger hinter meinem Rücken. Mein Herz hämmerte gegen seinen Käfig, aber meine Gedanken waren klar. Ich schaute ihn wieder an und begegnete seinem eindringlichen Blick. „Du musst aufhören, mich wie ein Kind zu behandeln."

„Mir war nicht bewusst, dass ich das getan habe."

„Vielleicht nicht wie ein Kind, aber wie jemand, der unbedarft und unschuldig ist. Ich habe vielleicht ein freundlicheres, offeneres Wesen als du, aber deswegen bin ich kein ahnungsloser Dummkopf."

Seine Lippen pressten sich zusammen und ein Muskel wölbte

sich an seinem Kiefer hervor. Ich vermutete, dass er sich sehr intensiv bemühte, nichts zu erwidern.

„Mir sind die Gefahren bewusst, die damit einhergehen, hier zu leben und für das Ministerium zu arbeiten", fuhr ich fort. „Und mit dir."

Sein Blick wurde schärfer. Sein Brustkorb dehnte sich mit seinem Atem.

„Hat meine Abwesenheit dir geholfen, dich zu konzentrieren?" Obwohl ich die Antwort bereits ahnte, wollte ich sie von seinen Lippen hören.

„Nein. Dich wegzuschicken war ein Fehler, in jeglicher Hinsicht." Er beugte sich vor und legte die Ellenbogen auf die Knie. Einige Haarsträhnen fielen ihm ins Gesicht und verdeckten die Augen. Er sah mich durch den Vorhang aus Wimpern und Haaren an. „Ich bereue meine Taten, Charlie. Ich hoffe, du weißt das."

Mir schnürte sich die Kehle zu. Er wirkte so verloren, wie er da auf dem Sofa saß, während ich am Kaminfeuer stand. Es entging mir nicht, dass unsere Positionen normalerweise vertauscht waren. „Ich weiß."

Er stand plötzlich auf und überbrückte die kurze Distanz zwischen uns mit zwei langen Schritten. Kurz bevor er meine Arme nahm, trafen sich unsere Blicke. Er hielt im letzten Moment inne und legte die Hände hinter den Rücken. „Du vergibst mir nicht."

„Nein."

Seine Nase blähte sich. „Ich kann mich nur noch einmal entschuldigen."

„Ich kann's nicht mehr hören."

Er runzelte die Stirn. „Dann … wie kann ich es wieder gut machen?"

Tränen brannten in meinen Augen. Ich hasste es, dass er immer noch in der Lage war, solchen Herzschmerz zu verursachen; dass er mir noch immer Reaktionen entlocken konnte, von denen ich mir geschworen hatte, sie nie wieder zu zeigen. „Das kannst du nicht. Und ich erwarte es auch nicht von dir."

Sein Blick suchte in meinen Augen, bis ich es nicht mehr ertragen konnte, ihn anzusehen. Ich hob mein Gesicht zur Decke, aber er umfasste mein Kinn. Ich wappnete mich und schaute wieder in seine Augen. Hätte ich dort doch nur die Kälte gesehen wie an dem Tag, als er mich weggeschickt hatte. Das wäre einfacher gewesen als diese Verletzlichkeit.

„Charlie …", flüsterte er. „Es muss doch etwas geben, was ich tun kann, um deine Vergebung zu verdienen."

Ich entzog mich seiner Berührung, denn mein Kinn bebte. Es war eine Sache, wenn er es sah, aber eine ganz andere, wenn er es spürte. Ich atmete tief durch. Es half. „Du hast mich weggeschickt, weil es *deinen* Bedürfnissen entsprach. Du hast keine Sekunde darüber nachgedacht, was es mit mir macht. Du bist ein egoistischer Mann, Lincoln. Du sagst und tust, was auch immer du willst, und alle anderen müssen sich dem entweder fügen oder sie werden niedergetrampelt, während du *deinen* Zielen nachjagst. Ich kann dir nicht vergeben, was du getan hast." Diese verdammten Tränen, die so dicht unter der Oberfläche lagen, rollten schließlich über meine Wangen. Es war schwierig, mit so enger Kehle zu sprechen, aber ich musste meinen Teil sagen. „Ich kann dir nicht vergeben, denn wenn ich das tue, dann lasse ich dich wieder in mein Herz. Ich kann nicht riskieren, dass es ein zweites Mal gebrochen wird, und ich kann ganz sicher nicht zulassen, dass du meinen Geist zerstörst. Er ist das Einzige, was wirklich mir gehört—was ich wirklich *bin*—und ich werde ihn von jetzt an aufs Schärfste verteidigen."

Die Stille, die auf meine Worte folgte, war absolut. Lincoln bewegte sich nicht. Er verharrte so reglos, dass er nicht einmal zu atmen schien. Merkwürdigerweise wollte ich die Hand nach ihm ausstrecken und sein Gesicht streicheln, um die Wucht meiner Worte zu mildern. Ein Teil von mir meinte, dass ich nicht so brutal ehrlich hätte sein dürfen. Wie sollte jemand, der in Gefühlsdingen so unerfahren war, mit dem klarkommen, was ihn jetzt überrollte? Oder irrte ich mich? Fühlte er am Ende gar nichts?

Es war unmöglich zu sagen. Trotz des kleinen Muskels, der hoch oben an seinem Kieferknochen pulsierte, verriet sein Gesicht nichts.

Lady Vickers rauschte ins Wohnzimmer, die Haare auf den Schultern. „Charlie, ich brauche Ihre Hilfe beim Aussuchen—"

Sie verstummte. „Tut mir leid. Ich komme später wieder." Sie drehte sich um und eilte hinaus.

Lincoln holte Luft. „Danke für deine Zeit", sagte er, als hätten wir gerade eine Geschäftsbesprechung gehabt. „Ich will dich nicht aufhalten." Er marschierte hinaus. Die Knöchel seiner Hände, die noch immer hinter seinem Rücken verschränkt waren, leuchteten weiß vor Anstrengung, ähnlich wie meine.

Ich folgte ihm einige Augenblicke später und ging in mein Zimmer. Die letzten Schritte rannte ich den Flur entlang in der Hoffnung, niemanden zu treffen. Sobald ich drinnen war, warf ich mich in den Sessel am Feuer und brach in Tränen aus.

Viel später erkannte ich, dass meine Tränen nicht nur aus Elend geboren waren. Auch wenn mir etwas übel war, weil ich Lincolns Hoffnungen zerschlagen hatte, fühlte ich mich leichter und entlastet. Ich hatte meinen Stolz. Ich hatte nicht klein beige-geben. Meine Position hatte ich mit aller Deutlichkeit vertreten und das Beste war, dass ich es ohne Kratzer überstanden hatte. Ich bereute es nicht, dass ich mich ihm offenbart hatte. Er hatte wissen wollen, was ich dachte und warum ich ihm nicht vergeben konnte. Er *musste* es wissen.

Jetzt blieb abzuwarten, ob die angespannte Beziehung, die wir seit meiner Rückkehr aufgebaut hatten, besser oder schlechter werden würde.

* * *

Das Komitee kam schließlich an, während ich in meinem Zimmer zu Abend aß. Meine erste Reaktion war, mich bedeckt zu halten, aber diese Idee verwarf ich schnell als feige. Das Komitee wusste, dass ich zurück war, also war es sinnlos, sich zu verstecken. Abgesehen davon würde es niemand wagen, mich in Lincolns Gegenwart anzugreifen.

Hitzige Stimmen signalisierten ihre Anwesenheit im Salon. Alle redeten durcheinander, aber das Thema war das Gleiche— sie beschuldigten Lincoln, ohne Anweisung gehandelt zu haben. Falls Lincoln etwas erwiderte, war es in dem Lärm nicht zu hören. Viel wahrscheinlicher war es, dass er nur dastand und ihnen gestattete, ihre Meinung zu sagen, während er irgendwie über der Zankerei zu stehen schien.

Ich straffte die Schultern, hob mein Kinn und marschierte hinein. Es stellte sich als effektive Methode heraus, sie zum Schweigen zu bringen.

„Guten Abend", sagte ich und stellte mich neben Lincoln an den Kamin. Was auch immer unsere persönlichen Differenzen sein mochten, ich wollte unsere gemeinsame Schlagkraft demonstrieren, sowohl dem Komitee als auch ihm gegenüber. Sie sollten alle wissen, dass ich auf seiner Seite stand und seinen Entscheidungen in Ministeriumsangelegenheiten vertraute. „Bringt Doyle Tee?"

„Brandy", sagte Lincoln. „Hier ist etwas Stärkeres gefragt." Er schaute nicht mich, sondern seine Gäste an, die im Salon verteilt saßen.

„Also stimmt es", sagte Lord Gillingham. „Sie haben sie zurückgeholt."

Lincoln antwortete nicht.

„Warum haben Sie sie dann überhaupt weggeschickt?", bellte General Eastbrooke. Sein Backenbart war nicht so ordentlich gestutzt wie sonst und die Falten in seinem Gesicht schienen sich vermehrt zu haben. Ausnahmsweise sah man ihm sein Alter an.

Die anderen Komiteemitglieder wirkten auch deutlich mitgenommener als sonst. Lady Harcourts liebliches Gesicht war blasser und ihre Augen sprangen über mich, als wollte sie mich auf Veränderungen prüfen. Ich fragte mich, was sie sah. Lord Gillingham rieb den Knauf seines Gehstocks, wieder und wieder. Sein Gesicht hatte eine recht ungesunde rote Farbe angenommen, während er seinen Protest über meine Anwesenheit im Salon herausprustete.

„Halt den Mund, Gilly", knurrte Marchbank vehementer, als ich es je von ihm gehört hatte. Normalerweise war er der Gefasste, sah heute jedoch müde und besorgt aus.

Es ließ mich stutzen und einen nervösen Blick zu Lincoln werfen.

„Wir wollten sie zurück und jetzt ist sie zurück", fuhr Marchbank fort. „Also hör auf, darauf herumzureiten."

„Ich wollte sie nicht zurück", protestierte Gillingham. „Ich wollte lediglich wissen, wo er sie hingeschickt hat."

„Ebenso wie ich", schnappte Eastbrooke. „Wie die meisten von uns."

Wieder redeten vier Stimmen durcheinander.

„Sie ist zurück." Lincolns Stimme schnitt durch den Lärm. „Sie bleibt. Das ist das Ende der Diskussion."

Gillingham schoss auf die Füße. „Sie sagen uns nicht, wann die Diskussion beendet ist!"

„Setzen Sie sich", knurrte Lincoln.

Er setzte sich nicht, sondern trat auf uns zu. Lady Harcourt packte jedoch seinen Arm.

„Bitte, Gilly", sagte sie in einem leisen, affektierten Ton, der nicht gut zu ihr passte. „Lass uns diese Geschichte so zivilisiert wie möglich regeln." Sie sah mich nicht an. Ihre braunen Augen waren flehend auf Lincoln gerichtet.

Doyle schob einen Getränkewagen herein. Er schenkte Brandy aus. Niemand sprach, bis er gegangen war und die Tür hinter sich geschlossen hatte.

„Du fragst dich vielleicht, warum wir nicht schon früher gekommen sind", sagte Lady Harcourt.

„Der Gedanke kam auf", sagte Lincoln ausdruckslos.

„Wir mussten uns erst einmal unter uns treffen, um die Situation zu besprechen. Es war … hitzig—und ziemlich anstrengend."

„Das erklärt, warum Sie so gereizt und müde sind", sagte ich. Mein Glas stellte ich auf das Kaminsims, denn ich wollte einen klaren Kopf behalten.

Lady Harcourts Hand berührte ihren Augenwinkel, als wollte sie nach neuen Falten suchen.

„Sie haben zugelassen, dass Sie von der Polizei aufgegriffen werden", sagte Eastbrooke. „Was haben Sie sich dabei gedacht, Mann?"

„Und was zum Teufel haben Sie überhaupt bei Bart's getrieben?", fügte Gilly hinzu. „Was hat das Krankenhaus mit allem zu tun?"

Lincoln verlagerte sein Gewicht. „Das kann ich Ihnen noch nicht sagen."

„Ich muss doch sehr bitten!"

Eastbrooke stand auf. Er war eine imposante Erscheinung, aber Angst hatte ich nicht. Nicht mit Lincoln neben mir. „Vorsicht, Lincoln. Seien Sie sehr vorsichtig, dass Sie es nicht zu weit treiben."

„Sie werden informiert, wenn ich es für notwendig halte", sagte Lincoln. „Vorher nicht. Ich bin der Leiter des Ministeriums und dies hier sind meine Ermittlungen."

Gillingham zeigte mit dem Mittelfinger der Hand, die sein Glas hielt, auf jedes einzelne Komiteemitglied. „*Wir* sind der Kopf der Organisation."

„Nein, sind Sie nicht."

„Und wir haben die Macht, Sie zu entlassen."

Ich schnappte nach Luft.

Eastbrooke hob die Hände. „Jetzt beruhigen wir uns alle mal. Keine vorschnellen Entscheidungen."

Entscheidungen? Unruhe breitete sich in meinem Magen aus, bitter und kalt. Ich schaute zu Lincoln, aber sein versteinertes Gesicht gab nichts preis.

„Unsere Entscheidungen sind niemals übereilt", sagte Marchbank.

Der General zeigte auf seinen Kollegen. „Du hast hier nicht das Sagen, March."

„Du auch nicht."

Eastbrooke plusterte sich auf und schob das Kinn vor. Er verbreitete das Selbstbewusstsein eines Mannes, der eine Armee unter seinem Kommando hatte, dessen Worte niemals infrage gestellt und dessen Befehle immer befolgt wurden. „Ich bin das älteste Mitglied des Komitees. Ich habe jahrelange Erfahrung in der Strategie, Planung und dem Umgang mit Männern. Ganz abgesehen davon, dass ich noch am ehesten die Rolle seines Vaters ausfülle."

„Nein." Die Schärfe in Lincolns Stimme zog alle Blicke auf ihn. Lady Harcourt presste eine Hand auf ihre Lippen und General Eastbrooke blinzelte. Er hatte nicht mit Lincolns Widerspruch gerechnet. „Sie sind für mich keine Vaterfigur", fuhr Lincoln fort. „Sie haben nichts Väterliches an sich und hatten es auch nie, also tun Sie nicht so."

„Ich habe Sie großgezogen."

„Sie haben das Dach über meinem Kopf bezahlt und die Tutoren, die mich unterrichtet haben. Das ist nicht das Gleiche wie großziehen."

„Da hat er dich", sagte Gillingham mit einem Schmunzeln.

Eastbrooke zupfte am Saum seiner Jacke. „Wie dem auch sei, ich habe hier das Sagen."

„Das hast du nicht", schoss Marchbank zurück. „Keiner von uns hat das. Deswegen gibt es Treffen und Abstimmungen." Eastbrooke mochte das Gehabe eines Seniormitglieds der Streitkräfte haben, aber Marchbank besaß das, was jeder Adelige verinnerlicht hatte—den Glauben an das gottgegebene Recht, über allen anderen zu stehen. Und er hatte das Gesicht eines kampferprobten Kriegers. Meiner Meinung nach machte ihn das wesentlich beängstigender und respektwürdiger.

„Bitte, genug von diesen Streitereien", flüsterte Lady Harcourt. „Meine Nerven sind strapaziert genug."

„Das bist du selbst schuld, Julia", sagte Gillingham, während er mit seinem Spazierstock auf sie zeigte. „Du kannst keinem von uns in die Schuhe schieben, dass dein Geheimnis ans Licht gekommen ist. Ich jedenfalls wusste nichts davon, dass du Tänzerin warst, bis ich es in der Zeitung gelesen habe. Sag mal, kannst du den Cancan tanzen? Wunderbar energiegeladener Tanz. Würdest du mir eventuell später eine kleine Privatvorstellung liefern?"

Mit einem Knurren und gefletschten Zähnen warf sie sich auf ihn. „Wie kannst du es wagen!"

Er hob die Hände, um sein Gesicht zu schützen, war aber nicht schnell genug. Ihre Fingernägel zerkratzten seine Wange und sein Brandy landete in seinem Schoß. Sowohl Eastbrooke als auch Marchbank waren nötig, um sie von ihm herunter zu zerren und sie wieder auf ihren Stuhl zu setzen. Lincoln rührte keinen Finger.

Gillingham berührte seine blutige Wange. „Du Zicke!"

„Du widerwärtiger, verdorbener Wicht." Ihre leise, grimmige Stimme hatte nichts von dem samtigen Ton, der normalerweise aus ihrem Mund kam. Sie atmete schwer, wobei sich ihre Brüste über ihrem Mieder wölbten.

„Ich bin hier nicht der Widerwärtige oder Verdorbene." Gillinghams Blick fiel auf ihre Brüste. Er lachte grunzend.

Hätten Eastbrooke und Marchbank sie nicht noch immer festgehalten, hätte sie sich vielleicht erneut auf Gillingham gestürzt. So begnügte sie sich mit einem verächtlichen Blick.

„Genug!", rief der General. „Ihr benehmt euch wie Kinder."

Gillingham tupfte erst seine Wange mit einem Taschentuch ab, dann seinen feuchten Schoß. „Das ist der Grund, warum Frauen nicht ins Komitee aufgenommen werden sollten. Einer der Buchanans hätte den Platz seines Vaters einnehmen sollen."

„Was getan ist, ist getan." Marchbank trat vorsichtig zurück, als wäre Lady Harcourt eine Wildkatze, die er gefangen hatte und wieder freilassen wollte, sich aber nicht sicher war, ob sie ihn nochmals angreifen würde. „Mitgliedschaft im Komitee ist nicht verhandelbar."

Ich beobachtete das Schauspiel mit weit aufgerissenen Augen. In meiner Kindheit waren Adelige immer Leute gewesen, zu denen man aufschaute und die man wegen ihrer eleganten Kleidung, den glitzernden Juwelen und der königlichen Haltung bewunderte. Sie schienen über den Dingen zu schweben, die mich umtrieben, wie zum Beispiel wo meine nächste Mahlzeit herkam oder wie ich mich umziehen sollte, ohne dass die Jungs meine Brüste sahen. Seit ich das Komitee kannte, hatte ich gelernt, dass sie sich nicht von allen anderen unterschieden. Sie konnten genauso mies und brutal sein wie die schlimmsten Verbrecher auf den Straßen, die den Verzweifelten nachstellten. Zu sehen, wie das Komitee implodierte, war eine sowohl demütigende als auch befriedigende Erfahrung. Mit Ausnahme von Marchbank mochte ich keinen von ihnen.

Lady Harcourt schniefte. Tränen rollten über ihre Wangen und hinterließen Spuren in dem Puder, das sie trug. Marchbank reichte ihr sein Taschentuch, aber ihr Blick wich nicht von Lincoln.

Ich sah ihn ebenfalls an. Er stand mit den Händen hinter dem Rücken, die Füße etwas auseinander, und seine ganze Aufmerksamkeit ruhte auf den Männern, die jetzt alle drei aufstanden.

„Es gibt für dieses Treffen einen Grund", sagte er mit gelangweilter Gleichgültigkeit. „Könnte bitte jemand darauf zu sprechen kommen?"

Gillingham tupfte weiter an seiner Wange herum, als hätte er die Forderung nicht gehört. Eastbrooke und Marchbank sahen sich an.

Eastbrooke schüttelte kaum merklich den Kopf. „Es ist ein Fehler", sagte er leise.

„Sie wurden überstimmt, General." An Lincoln gewandt sagte Lord Marchbank: „Wir haben bei unserem heutigen Treffen über die unmittelbare Zukunft des Ministeriums gesprochen, insbesondere über Ihre Rolle darin, Fitzroy. Wir haben beschlossen, dass Sie als Leiter abgesetzt werden, mit sofortiger Wirkung."

„Was?", explodierte ich. „Das können Sie nicht! Laut der Prophezeiung ist er der Leiter."

„Da sind wir uns ausnahmsweise mal einig", sagte der General. „Allerdings haben die anderen drei für Ihre Entlassung gestimmt, Lincoln."

„Ich kann nicht fassen, dass Sie so etwas tun würden! Ich habe Sie respektiert", sagte ich zu Marchbank. „Aber Sie sind genauso dumm und arrogant wie die anderen."

„Das Ministerium ist aufgeflogen." Lord Marchbank klang müde, älter. „Wir wissen nicht mehr, wo sich viele der Übernatürlichen aufhalten, und Fitzroy weigert sich, uns über wichtige Angelegenheiten zu informieren. Er lässt uns keine Wahl."

„Im Ministerium ist kein Platz für einen unberechenbaren Einzelgänger", sagte Gillingham und füllte sein Glas aus der Karaffe auf. „Insbesondere in der Rolle des Leiters. Er muss gehen."

„Das können Sie nicht tun!" Wie konnte ich es ihnen klarmachen? Das konnten sie Lincoln nicht antun. Das Ministerium bedeutete ihm alles. Ganz sicher hatten sie nicht zu Ende gedacht. „Sie haben dazu nicht die Autorität. Niemand hat das."

„Hör auf", zischte Lady Harcourt. „Deine winselnde Ergebenheit macht mich krank. Du überraschst mich, Lincoln. Offene Gefühlsregungen konntest du noch nie leiden, aber du stehst da und hörst *ihr* zu."

„Ich höre ihr zu, weil sie etwas zu sagen hat, das ich hören will. Oder hören muss." Er sprach vollkommen ruhig, als ob er nicht gerade aus der Aufgabe entlassen worden wäre, für die er prädestiniert war.

„Seit sie hier aufgetaucht ist, bist du taub für jegliche Argumente."

„Nicht taub", sagte er, während ich noch mit ihrer Dreistigkeit kämpfte, so mit ihm zu reden. „Dumm, gelegentlich, aber nicht taub. Ich hätte Charlie nie wegschicken sollen. Sie gehört hierher." An Marchbank gewandt sagte er: „Ich werde freiwillig zurücktreten, wenn mir zwei Bedingungen erfüllt werden. Lichfield bleibt in meinem Besitz und Charlie wird in Ruhe gelassen."

Ich schnappte wieder nach Luft. „Willst du nicht erst darüber nachdenken?"

„Ich habe darüber nachgedacht. Das ist meine Entscheidung."

„Das Haus gehört Ihnen", winkte Marchbank ab. „Das war immer so."

„Was das Mädchen angeht, wird sie genauso behandelt wie jeder andere Übernatürliche auch." Ich hörte das Grinsen in Gillinghams Stimme, war aber zu sehr damit beschäftigt, Lincoln anzustarren.

„Lincoln ... was sagst du da?", flüsterte ich.

„Ich stimme meinem Rücktritt vom Ministerium zu", sagte er.

Gillingham schnaubte. „Als ob Sie eine Wahl hätten."

KAPITEL 15

Ich blinzelte Lincoln an und schüttelte den Kopf, aber er schaute nicht zu mir. Tatsächlich schien er angestrengt in die Ferne zu starren und absichtlich *niemanden* anzusehen.

„Das widerspricht der Prophezeiung", sagte Eastbrooke bedauernd. „Wer ist sonst qualifiziert? Er wurde dazu erzogen. Niemand sonst könnte so effektiv sein."

„Dem stimme ich zu." Ich berührte Lincolns Ellenbogen. „Du musst ihre Entscheidung nicht akzeptieren."

Er wandte sich mir langsam zu. Sein Gesicht wirkte anders und ich brauchte einen Moment, um zu erkennen, dass es weicher geworden war. „Doch, das muss ich."

Das konnte er nicht ernst meinen. Er konnte nicht einfach abtreten und zulassen, dass sie ihm seine Bestimmung wegnahmen. „Lincoln, du brauchst Zeit, um dir über die Konsequenzen klar zu werden."

„Ich kenne die Konsequenzen. Es ist mein Wunsch."

„Aber—"

„Er hat seine Entscheidung getroffen", sagte Lady Harcourt knapp. „Es ist endgültig." Sie streckte die Hand aus, damit einer der Gentlemen ihr aufhalf. Nach einem Moment ergriff Marchbank sie.

„Mir gefällt das nicht", sagte Eastbrooke mit einem weiteren besorgten Kopfschütteln.

„Deine Einwände wurden vorhin notiert." Gillingham knallte seinen Gehstock auf den Boden. „Wie March bereits angeführt hat, wurdest du überstimmt. Es ist Zeit, sich über die Zukunft Gedanken zu machen."

„Das ist Wahnsinn." Ich schloss Lincoln mit in diese Beurteilung ein und ließ es ihn mit einem finsteren Blick wissen. „Wer wird jetzt zum Leiter ernannt?"

„Das geht dich nichts an", sagte Gillingham.

Ich wandte mich an Marchbank. „Ich dachte, Sie wären auf seiner Seite!"

„Ich bin auf gar keiner Seite. Ich tue, was ich für das Ministerium für richtig halte. In diesem Fall glaube ich, dass Fitzroy übereilt gehandelt hat, als er die Übernatürlichen fortgeschickt hat, ohne uns über ihren Aufenthaltsort zu informieren—und deinen." Er reichte Lincoln die Hand, der sie schüttelte. „Hoffentlich ist das nur vorübergehend. Wenn Sie die Übernatürlichen zurückbringen, wird alles vergeben."

„Wohl kaum", murmelte Gillingham.

„Ich werde die Position nicht wieder annehmen", sagte Lincoln.

Ich schüttelte den Kopf. Jetzt verstand ich ihn gar nicht mehr.

Gillingham war der erste, der ging, gefolgt von Lady Harcourt, die den Kopf hoch erhoben hatte. Trotzdem ließ ihr Gang die übliche Geschmeidigkeit vermissen und ihr Rücken war nicht ganz so steif.

General Eastbrooke seufzte tief. „Ich hätte das nie für möglich gehalten, aber Sie sind weich geworden, Lincoln." Sein auf mich gerichteter Blick ließ keinen Zweifel daran, wem er dafür die Schuld gab.

„Auf wiedersehen, General", sagte Lincoln.

Eastbrooke seufzte erneut und ging ebenfalls. Ich folgte ihm ein Stück vor Lord Marchbank und Lincoln.

„Es ist noch nicht zu spät", sagte Marchbank leise. „Bringen Sie die Übernatürlichen zurück oder sagen Sie uns, wo sie sind, dann können Sie Ihre Position als Leiter wieder einnehmen."

„Ich werde sie nicht zurückbringen, solange ihre Leben in

Gefahr sind. Wenn Sie den Mörder fassen, was ich sehr hoffe, und sie nach London zurückkehren, werde ich mich dem Ministerium nicht wieder anschließen. Es ist Zeit, dass ich mich mit anderen Dingen befasse."

„Nun gut. Ich akzeptiere Ihre Entscheidung, auch wenn ich sie nicht gutheiße." Wir gingen die Treppe hinunter, wo Doyle Mäntel und Hüte ausgab. „Ich werde morgen Früh dafür Sorge tragen, dass Ihre Kopien der Ministeriumsakten geholt werden. Ebenso sämtliche Notizen, die Sie über die Suche nach dem Mörder angefertigt haben."

„Ich werde heute Abend einen Bericht schreiben. Es gibt allerdings nicht viel zu berichten, fürchte ich. Seien Sie versichert", sagte er lauter, sodass die anderen es hören konnten, „sollte jemand versuchen, Charlie zu schaden, werde ich ihn töten."

Alle sahen mich an. Ich wünschte, ich hätte mich wieder hinter der Urne verstecken können, aber ich ertrug ihre finsteren und geringschätzigen Blicke mit Würde. So hoffte ich jedenfalls. Keiner reagierte mit Furcht. Bedeutete es, dass keiner von ihnen der Mörder war? Oder, falls einer es war, hatte er nicht mehr vor, mich umzubringen? Oder glaubten sie etwa, Lincoln würde seine Drohung nicht wahr machen?

„Ihre Annahme unserer Entscheidung ehrt Sie, Fitzroy", sagte Marchbank, während er sich die Handschuhe anzog. „Ehrlich gesagt hatte ich erwartet, dass Sie sich wehren. Ihre Reaktion ist absolut selbstlos."

Selbstlos.

Mein Gott. *Jetzt* verstand ich. Vor nur wenigen Stunden hatte ich Lincoln egoistisch genannt und jetzt schob er in dem Versuch seine Wünsche beiseite, mir zu beweisen, dass er an andere denken konnte. Er war als Leiter zurückgetreten, weil er glaubte, dass es das war, was ich wollte, oder vielleicht was ich brauchte. Er hatte gerade sein gesamtes Leben auf den Kopf gestellt, hatte sich gegen alles gewandt, wozu er erzogen worden war, und hatte seine Bestimmung *für mich* aufgegeben. Das war das Selbstloseste, was er hätte tun können.

Aber es war völlig falsch.

„Wo ist Seth?", fragte Lady Harcourt und schaute an Doyle vorbei zu den Schatten am Ende der Eingangshalle.

„Bei einer Dinnerparty mit seiner Mutter", sagte Lincoln.

„Oh? Wessen denn?"

„Die der Murrays. Ich glaube, Buchanan ist ebenfalls dort."

„Ach ja", sagte Gillingham mit einem schmierigen Grinsen. „Ich war auch eingeladen, habe aber abgelehnt. Ich glaube, die ganze junge, beliebte Meute wird da sein. Hast du keine Einladung bekommen, Julia?" Seine Stimme triefte vor süßer Grausamkeit.

Sie vergrub ihr Kinn im grauen Pelz ihres Kragens. „Begleiten Sie mich hinaus, General."

Ich wartete, bis alle weg waren und Doyle sich zurückgezogen hatte, ehe ich auf Lincoln losging. „Das hättest du nicht tun müssen. Du hättest es nicht tun *sollen*."

„Ich wollte aber."

Ich boxte ihn gegen die Schulter, was ungefähr so effektiv war, wie einen Felsen zu schlagen. „Mach das nicht, bloß weil du glaubst, ich würde es wollen. Tue ich nicht."

Er verschränkte die Arme und sah mir in die Augen. „Es ist das, was ich möchte." Falls er log, war er verdammt gut.

„Jetzt kannst du nicht mehr zurück. Da draußen läuft ein Mörder frei herum und du bist der Beste, um die Wahrheit aufzudecken."

„Die knobeln das schon raus."

„Irgendwann vielleicht, aber bis dahin wird der Mörder es wieder versuchen."

Er packte meine Schultern. „Ich werde nicht zulassen, dass dir jemand etwas tut. Sie würden es nicht wagen."

„Oh Lincoln, dessen kannst du dir nicht sicher sein. Und es geht nicht nur um mich. Was ist mit den evakuierten Übernatürlichen? Sie können nicht in ihre Häuser zurückkehren, bis der Mörder gefasst ist. Du hast ihnen versprochen, dass du ihnen helfen wirst."

Sein Blick schweifte ab.

Ich nahm seine Hände in meine. „Lass sie nicht im Stich. Lass den Mörder nicht gewinnen."

„Das ist keine Frage von Gewinnen oder Verlieren." Er klang

so überzeugend und trotzdem sah er mich nicht an. Ich kannte ihn. Lincoln würde mir in die Augen sehen, wenn er die Wahrheit sagte und wollte, dass ich ihm glaubte.

„Doch, Lincoln, genau darum geht es. Worum es nicht geht, bin ich—oder wir. Hier geht es um etwas ganz anderes. Lass das Ministerium und diese Menschen nicht im Stich, weil du glaubst, du könntest mich so zurückgewinnen. Das funktioniert nicht. Du bist kein Mann, der vor seiner Verantwortung kneift. Das liegt nicht in deiner Natur und ich möchte nicht, dass deine Natur sich ändert." Ich hätte noch weiter ausführen können, dass ich mich so in ihn verliebt hatte, wie er nun mal war, aber dann müsste ich ergründen, ob ich ihn immer noch liebte. Für diesen schlüpfrigen Pfad war ich noch nicht bereit.

Seine Finger drückten fester und sein Blick sprang zu mir und wieder weg. „Ich habe meine Entscheidung kundgetan. Meine Entscheidungen sind immer endgültig." Selbst ein Fremder hätte diesmal die Unsicherheit in seiner Stimme gehört.

Meine Augenlider schlossen sich vor Erleichterung. Ich war so froh, dass ich nicht falschgelegen hatte und er immer noch Ministeriumsleiter sein wollte. Keinesfalls wollte ich der Grund dafür sein, dass er alles aufgab. „Lass sie glauben, dass du gekündigt hast. Auf die Art kannst du die Suche fortsetzen, ohne dass sie ständig dazwischenfunken."

„Sie werden herausfinden, was ich mache, früher oder später.

„Dann hoffen wir, dass es später ist, *nachdem* du den Mörder entlarvt hast."

Er schaute auf unsere Hände hinab. Ich hatte vergessen, dass wir einander noch festhielten, und zog meine schnell zurück. Seine ballten sich an seinen Seiten zu Fäusten. „Vielleicht ist der Rücktritt genau das Richtige", sagte er. „Ich habe noch nie darüber nachgedacht, wie das Leben außerhalb des Ministeriums sein würde. Vielleicht gefällt es mir ja."

Viel wahrscheinlicher war, dass er vor Langeweile verrückt wurde. Es konnte unmöglich einen anderen Beruf auf dieser Welt geben, der ihn beschäftigen könnte, sowohl körperlich als auch geistig.

„Ich werde diesen Fall abschließen und dann entscheiden", sagte er.

„Also gut. Wenn es das ist, was du willst." Ich erschauerte und legte meine Arme um mich. In der Eingangshalle war es kalt und ich sehnte mich nach einem Kamin.

„Du solltest Doyle bitten, das Feuer in der Bibliothek anzuzünden", sagte er. „Ich nehme an, du möchtest aufbleiben, um Seths Bericht des Abends zu hören?"

Ich nickte. „Was wirst du tun?"

„Ich habe einen sehr vagen Bericht zu schreiben."

* * *

LINCOLN, Seth und Gus gesellten sich bei ihrer Rückkehr zu mir in die Bibliothek. Gus hockte am Feuer, die Hände seufzend zur Wärme hingestreckt. Der Ärmste hatte in letzter Zeit viel draußen sein müssen, weil er uns herumkutschierte. Die Kälte musste ihm zusetzen.

„Julia war laut Buchanan aufgebracht, weil sie nicht eingeladen war", erzählte Seth uns. Er hielt ein Glas Brandy in seiner Handfläche, auch wenn ich mir nicht sicher war, ob er es noch brauchte. Seine Augen waren bereits glasig und ihn umgab eine Aura von leichtsinnigem Übermut.

Lincoln erwähnte nicht, dass wir Lady Harcourt und die anderen Komiteemitglieder getroffen hatten, also behielt auch ich es für mich.

„Das ist der Anfang, wisst ihr", fuhr Seth fort. „Es ist die erste von vielen Veranstaltungen, zu denen sie nicht eingeladen wird. In der Gerüchteküche brodeln alle möglichen Dinge über sie, von denen vieles heute Abend aufgetischt wurde, obwohl Buchanan anwesend war. Vermutlich hat er das Meiste davon in Umlauf gebracht. Jedenfalls schien er die saftigen Details über seine Stiefmutter sehr zu genießen."

„Sie tut mir beinahe leid", sagte ich.

„Nicht", sagte Seth. „Sie verdient kein Mitleid, am allerwenigsten von dir. Abgesehen davon war ein Teil von dem, was heute über sie gesagt wurde, wahr. Ich sollte es wissen, schließlich habe ich bei einigem mitgemischt." Er prostete uns zu. „Jetzt nicht mehr. Schon gar nicht, wenn es so viele andere reife kleine Pfirsiche gibt, die—"

„Seth!" Lincolns Bellen schnitt Seth das Wort ab.

Seth kicherte in sein Glas.

„Ich dachte, deine Mutter will dich mit einem von diesen kleinen Pfirsichen verheiraten", sagte ich trocken.

„Das will sie. Bedeutet aber nicht, dass ich da mitmache." Er zuckte mit den Schultern. „Wenn ich schon Partys und alberne Konversation ertragen muss, kann ich mich genauso gut vergnügen. Kriegsbeute und dergleichen."

„Du bist ein Arsch", erklärte Gus ihm.

„Halte dich mit deinen Liebschaften an die Witwen", sagte ich. „Ruiniere keiner armen Debütantin ihren Ruf."

„Arme Debütantin! Du hättest Miss Yardly sehen sollen. Der musste ich praktisch die Finger brechen, um sie loszuwerden. Sie hat mich im Flur angefallen, als ich zur Toilette gegangen bin, und hat mich an Stellen berührt, die mein zartes Empfinden verletzt haben. An der ist nichts Unschuldiges."

Gus schnaubte ein Lachen heraus.

„Hast du es geschafft, mit Buchanan über seinen Aufenthaltsort am fraglichen Tag zu sprechen?", fragte Lincoln. „Oder warst du zu sehr mit Tratsch und aufdringlichen Bewunderern beschäftigt?"

Seth grinste. „Tatsächlich habe ich es geschafft, als wir uns in den Billardraum verzogen haben. Mit Charme und unter großzügiger Anwendung von Alkohol habe ich aus ihm herausbekommen, dass er spät aus dem Bett seiner Liebschaft aufgestanden und nach Hause gegangen ist, um sich frisch zu machen. Dort erwartete ihn sein Bruder. Wenn Harcourt nicht an dem Tag nach London gekommen wäre, wage ich zu bezweifeln, dass Buchanan sich an irgendetwas erinnert hätte. Anscheinend haben sie sich über die zügellosen Gewohnheiten des jüngeren Bruders gestritten und sind dann getrennter Wege gegangen. Harcourt ist aus dem Haus gestürmt, aber Buchanan weiß nicht, wohin er gegangen ist. Buchanan hat sich derweil an die ehrenwerte Jane Stebney-Green herangemacht. Er braucht eine wohlhabende Ehefrau und sie ist zufällig Erbin und verfügbar, wenn auch ein stilles Mädchen—überhaupt nicht sein Typ."

„Wie hat er sich denn an sie herangemacht?", fragte ich.

„Indem er ihr gefolgt ist, während sie eingekauft und

Besuche absolviert hat. Anscheinend ist er ihr und ihrer Mutter nicht weniger als dreimal an einem Tag über den Weg gelaufen."

„Das klingt mir nicht sonderlich anziehend", murmelte Gus. „Mehr wie'n Husten, den man nich loswird."

„Jemand sollte sie vor ihm warnen", sagte ich.

„Nicht nötig", sagte Seth. „Sein Vorgehen hat nicht funktioniert. Seither hat sie ihm unmissverständlich klargemacht, was sie von ihm hält, und wird jetzt von wesentlich anständigeren Gentlemen umschwärmt."

„Schön für sie."

„Amen. Für mich zum Glück auch, sonst würde Mutter dafür sorgen, dass ich mich an sie heranmache."

„Seine Geschichte wird sich recht einfach durch ihre Magd prüfen lassen", sagte Lincoln.

Seth presste eine Hand auf sein Herz. „Es wird mir eine Ehre sein, die Magd zu befragen."

Lincoln nickte.

Gus streckte sich auf dem Teppich vor dem Feuer aus und verdrehte die Augen. „Du bist'n Blödmann."

„Aber ein Blödmann, der Dinge herausfindet, wie Harcourts Verstrickung mit St. Bartholomew's Krankenhaus." Seth kippte den Rest seines Brandys herunter und stellte das Glas auf den Tisch. „Ich habe Bart's in einem Nebensatz über Gus' Tante erwähnt und Buchanan gefragt, ob er dort gute Ärzte kennt. Er behauptete, nichts über die Institution zu wissen, meinte aber, sein Bruder täte es. Anscheinend unterstützt Harcourt die Forschung dort."

„Welche Abteilung?"

„Das wusste Buchanan nicht. Die jüngsten medizinischen Durchbrüche nannte er es. Er setzte eine spitze Bemerkung hinterher, weil sein Bruder exzessiv Geld an Fremde spendet, während Mitglieder seiner eigenen Familie praktisch auf seiner Türschwelle verhungern."

Ich lachte. „Buchanan hat sich mit einem hungernden Streuner verglichen? Dem Mann ist nicht zu helfen."

„Ich gehe dem nach", sagte Lincoln.

„Gut." Seth schob sich aus dem Sessel heraus, wankte leicht

und wischte sich dann den Mund mit dem Handrücken ab. „Ich gehe ins Bett."

„Noch nicht", sagte Lincoln und Seth plumpste in den Sessel zurück. „Es hat eine Entwicklung gegeben, über die ihr beide Bescheid wissen müsst."

„Wir wissen, dass das Komitee hier war", sagte Gus. „Hat der Koch uns schon gesagt."

„Das ist nicht alles." Ich schaute Lincoln an, der mir zunickte.

„Habt ihr beide euch versöhnt?", fragte Seth mit einem hoffnungsvollen Lächeln.

Ich räusperte mich. „Lincoln hat beim Ministerium gekündigt."

„Äh … was?"

Gus setzte sich auf. „Was zur Hölle! Warum ham Sie das gemacht?"

„Sie wollten ihn sowieso rauswerfen", sagte ich. „Er hat lediglich zugestimmt."

„Hä?" Seth rieb sich die Augen und blinzelte uns dann an. „Euch zwei sollte man wirklich nicht mit dem Komitee allein lassen."

Wir erzählten ihnen, dass das Komitee an dem Tag zusammengekommen war und dafür gestimmt hatte, Lincoln als Leiter abzusetzen. Die Gründe erwähnten wir ebenfalls und dass Eastbrooke sich als Einziger gegen die Entscheidung ausgesprochen hatte.

„Und wenn das hier alles vorbei ist, stellen die Sie fröhlich wieder als Leiter ein", sagte Seth und tippte sich wissend mit dem Finger gegen den Nasenflügel.

„Klar." Gus nickte. „Die kommen angekrochen und betteln darum, dass Sie zurückkommen. Rufen Sie mich, wenns so weit is. Das will ich sehen."

„Ich werde meinen Standpunkt zum Ministerium neu bewerten, wenn der Mörder gefasst ist", sagte Lincoln. „Vielleicht gehe ich nicht zurück."

Zwei Paar Augen wurden aufgerissen. Dann drehten sich beide zu mir, als ob ich die Antwort darauf wusste, warum Lincoln plötzlich den Verstand verloren hatte.

Ich stand auf, denn ich wollte den Fragen ausweichen, bevor sie sie stellten. „Gute Nacht, allerseits."

„Da sind wir mal einen Abend unterwegs und dann so was", murmelte Gus, der Seth aus dem Sessel half. „Wir kommen nach Hause und totales Chaos."

Seth nickte, aber das brachte ihn zum Schwanken. Gus fing ihn auf, ehe er zurück in den Sessel kippte. „Die sollte man echt nich allein lassen, nur unter Aufsicht von ein paar Angestellten. Denen kann man nich trauen."

Ich lächelte, während ich hinausging. Zum ersten Mal seit Wochen fühlte ich mich zufrieden.

* * *

„ENDLICH!", rief Lady Vickers, als ich ihr sagte, dass meine Rückkehr nicht mehr geheim gehalten werden musste.

„Endlich?", fragte ich. Wir saßen im Wohnzimmer am Feuer. Lincoln hatte Dr. Fawkner mit nach Bart's genommen, um etwas über Lord Harcourts Investitionen herauszufinden. Er hatte dem Arzt versprochen, ihn danach zu seiner Mutter und seinen Schwestern zu bringen, sofern er tat, was er von ihm wollte. Ein verschlafener Seth besuchte die Magd der ehrenwerten Jane Stebney-Green, während Gus mich bewachte. Er nahm diese Aufgabe sehr ernst und hatte mich bereits vom Fenster wegbeordert, als ich dort in der Morgensonne hatte sitzen wollen. Während Lady Vickers und ich nähten, blieb er wachsam.

„Ja, endlich", wiederholte Lady Vickers. „Es besteht bereits Interesse an Ihnen nach meinem etwas angepassten Bericht über Ihre geheimnisvolle Vergangenheit. Sobald ich bekannt gebe, dass Sie für Partys zur Verfügung stehen, erwarte ich eine Flut von Einladungen. Ich werde heute beginnen."

„So bald?"

Sie tätschelte mein Knie. „Natürlich, meine Liebe. Wir haben keine Zeit zu verlieren. Sie werden nicht jünger."

Ich seufzte und wandte mich hilfesuchend an Gus.

„Könnte lustig werden", sagte er mit einem Schulterzucken. „Du brauchst mal'n bisschen Spaß. Is nich gut für dich, hier festzusitzen."

„Wie ist es Seth ergangen?", fragte ich, um schnellstens das Thema zu wechseln. „Hat er gestern Abend einige passende junge Damen kennengelernt?"

„Mehrere sogar", sagte seine Mutter mit einem stolzen Lächeln. „Er war sehr beliebt."

„Hat ihm eine besonders gut gefallen?"

„Bei Miss Yardly schien es mir so. Jedenfalls weiß ich sicher, dass *er ihr* gefallen hat. Nach dem Essen sagte sie mir, dass er äußerst charmant sei und sie bestens unterhalten hätte."

Gus und ich warfen uns einen Blick zu und unterdrückten ein Grinsen. Miss Yardly war die Debütantin mit den neugierigen Händen gewesen.

„Er muss sie mögen", sagte Gus mit großer Ernsthaftigkeit. „Er hat sie gestern Abend erwähnt, nicht wahr, Charlie?"

Ich funkelte ihn wütend an, bis Lady Vickers mit einem erwartungsvollen Lächeln zu mir schaute. „Hat er das? Ich war mir nicht sicher, ob er von ihr angetan war. Sie ist weder besonders hübsch noch schlagfertig, aber das Geschäft ihres Vaters läuft hervorragend nach allem, was man so hört. Deswegen ist sie sehr beliebt." Sie legte ihr Nähzeug auf den Schoß und starrte mit gerunzelter Stirn ins Feuer. „Obwohl ihre Popularität in keinem Verhältnis zu seinem Besitz steht. Alle Gentlemen schienen gestern Abend darauf aus zu sein, ihre Aufmerksamkeit zu erregen. Sie konnten kaum die Augen von ihr abwenden." Sie seufzte. „Das kommt davon, wenn ein Mädchen mit so femininer Figur ein tief ausgeschnittenes Kleid trägt. Wenigstens haben Sie das Problem nicht, Charlie."

Meine Wangen wurden heiß, aber ich konnte nicht protestieren. Sie hatte recht.

Lady Vickers nahm ihr Nähzeug wieder zur Hand und nähte energisch weiter. „Mrs Yardly sollte Lady Harcourt als negatives Beispiel anführen, um ihrer Tochter ein wenig Bescheidenheit beizubringen. Diese Frau weiß nicht, wie man sich bedeckt hält."

Gus' Wangen glühten. Er behielt den Blick fest auf das Fenster gerichtet und tat so, als würde er nicht zuhören. Lady Vickers schien seine Anwesenheit vergessen zu haben.

„Um fair zu sein", sagte ich, „Lady Harcourt wurde wegen

ihrer Vergangenheit als Tänzerin Opfer des Tratschs, nicht wegen ihrer Kleidung."

„Ach, da seid ihr ja", sagte Seth, der voller Selbstbewusstsein hereingeschlendert kam. Seine Augen strahlten jetzt heller und die Farbe war in sein Gesicht zurückgekehrt.

„Du siehst besser aus als vorhin", sagte ich.

Er grinste und gab seiner Mutter einen Kuss auf die Wange. „Ich fühle mich auch besser. Die Magd der ehrenwerten Jane Debney-Green kennt ein wunderbares Mittel gegen die Nachwirkungen eines Rauschs."

Lady Vickers schnalzte mit der Zunge. „Mehr müssen wir davon nicht hören."

„Ich habe gehört, ihr diskutiert gerade über Julia. Gestern Abend habe ich es vergessen, Charlie, aber wie wirkte sie auf dich, als sie hier war?"

„Erschüttert, aber ob das jetzt an dem vorangegangenen Treffen lag, was wohl sehr hitzig war, oder an dem Tratsch über ihre Vergangenheit, weiß ich nicht."

„Das hat sie sich selbst eingebrockt", sagte Lady Vickers.

Seth warf sich in einen der Sessel. „Das musst du gerade sagen, Mutter! Du hättest mal hören sollen, was über dich geredet wurde, nachdem du London verlassen hast."

Sie schniefte. „Ich habe das alles mit hoch erhobenem Kopf und intakter Würde ertragen."

„Du warst ja noch nicht mal hier!"

„Das Stigma ist mir nach Amerika gefolgt. Was ich sagen will, ist, dass es mich nicht allzu sehr belastet hat. Ich wusste, was man über mich sagen würde, als George und ich beschlossen, unsere Beziehung öffentlich zu machen, aber ich habe es trotzdem getan. Abgesehen davon ist meine Situation ganz anders. Ich habe es aus Liebe getan. Ihre Motive sind absolut habgierig und jeder weiß das. Die Leute sind nachsichtig, wenn es um Romantik geht, und ich erzähle gern, was für ein romantischer Mann George war und dass unser Leben in Amerika das reinste Märchen war."

„Ist nicht dein Ernst", sagte Seth. „Das glauben die dir?"

Sie schaute auf ihn herab. „Woher glaubst du denn, dass du

deinen Charme bekommen hast? Sicher nicht von deinem Vater. Der hatte so viel Charme wie eine verhungernde Ratte."

Seth sah so aus, als wollte er die Ehre seines Vaters verteidigen, überlegte es sich dann aber anders.

„Ich bin mir sicher, dass Lady Harcourt sich über einen Besuch von einem Freund freuen würde", sagte ich zu ihm.

Er schüttelte den Kopf. „Wir sind keine Freunde. Sie würde nur versuchen, mich auf ihre Seite zu ziehen. Kümmere dich nicht um sie, Charlie. Julia ist eine Überlebenskünstlerin. Die findet einen Ausweg."

„Vielleicht", sagte seine Mutter.

Lincoln kam mit einem Teetablett herein. Er schenkte aus, während ich die Tassen verteilte.

„Ich werde meinen in meinem Zimmer trinken", sagte Lady Vickers und legte ihr Nähzeug zurück in den Korb. „Ich habe noch Briefe zu verschicken. Wenn alles gut läuft, gehen Sie heute Abend mit uns zum Dinner aus, Charlie."

„Heute Abend!" Ich sah Lincoln an. Er stellte die Teekanne geräuschvoll ab, sagte aber nichts. „So bald?"

„Natürlich", sagte sie. „Warum warten?"

„Beinhaltet dieses Dinner mich auch?", fragte Seth.

„Ja. Das habe ich dir gestern Abend auf dem Weg nach Hause gesagt und du hast zugestimmt."

„Ich war betrunken! Du kannst mich nicht auf etwas festnageln, was ich in dem Zustand gesagt habe."

„Du kommst mit", sagte sie mit einem strengen Blick. „Genauso wie Charlie."

„Wenn sie geht, gehe ich auch", sagte Lincoln.

Lady Vickers nickte steif. „Das hatte ich erwartet. Zum Glück ist Mrs Overton sehr darauf erpicht, dass Sie ebenfalls teilnehmen."

Ich seufzte. Das Overton Mädchen hatte nur Augen für Lincoln. Nicht, dass es mich interessierte, aber ich wusste, dass ihm die Aufmerksamkeit nicht gefallen würde. Abgesehen davon verschwendete sie ihre Zeit. Er wollte nicht heiraten. Ich seufzte noch einmal. Das würde ein langes Dinner werden.

Lady Vickers nahm ihre Teetasse und ließ uns allein. Sobald sie außer Hörweite war, berichtete Lincoln von dem, was er am

Morgen erreicht hatte. „Fawkner hat mich den anderen Ärzten im Krankenhaus vorgestellt. Ein Mikrobiologe hat bestätigt, dass Harcourt in seine Arbeit an tropischen Krankheiten investiert."

„Das schließt ihn nicht notwendigerweise als Verdächtigen aus", sagte ich. „Er könnte heimlich auch in Bells Arbeit investiert haben."

„Möglicherweise."

„Also was machen wir jetzt?"

„Marchbank wird in Kürze herkommen, um die Akten und meinen Bericht zu holen. Ich will ihn über seinen Vater befragen."

„Wird er nicht misstrauisch werden?"

„Ich werde subtil sein."

Seth, Gus und ich sahen uns an. Lincoln nippte an seinem Tee.

Marchbank kam etwas später am Morgen mit zwei seiner Lakaien. Gus und Seth führten die Diener nach oben, um ihnen mit den Akten zu helfen. Keinem von uns bereitete die Entfernung der Akten größere Sorgen. Lincoln hatte ihren Inhalt auswendig gelernt und konnte ihn jederzeit reproduzieren. Marchbank schien nicht zu wissen, dass Lincolns Gehirn eine Falle für Informationen war, sonst hätte er sich die Mühe nicht gemacht.

Lincoln brachte Marchbank ins Wohnzimmer. „Ich bin froh, dass Sie beide hier sind", sagte Marchbank. „Ich wollte Ihnen sagen, wie unangenehm mir der gestrige Tag war. Ich wollte das nicht."

„Sie haben für seine Entlassung gestimmt", zeigte ich auf.

„Ich hatte keine Wahl. Sie werden wieder eingesetzt, sobald Sie diese Leute zurückbringen, Fitzroy."

„Gillingham wird dem nicht zustimmen", sagte Lincoln.

„Gilly ist ein Dummkopf, aber er ist nur einer und wir sind zu dritt. Julia kann überzeugt werden, insbesondere, wenn Sie mit ihr reden. Eastbrooke ist natürlich sowieso schon auf Ihrer Seite." Er legte die Beine übereinander und klopfte mit dem Finger auf die Sessellehne. „Wissen Sie, auf gewisse Weise sieht er Sie als seinen Sohn an."

Ich beobachtete Lincoln genau, aber er gab kein Anzeichen,

dass Marchbanks Worte ihn berührten. „Er hat mich nie so behandelt, wie ein Vater sein Kind behandelt."

„Sie meinen Zuneigung? Nicht alle Männer zeigen sie."

„Ich meine Respekt. Wie eine Person mit eigener Meinung—einen Gleichberechtigten. Er hat mir kaum Anleitung gegeben und nur sehr wenig seiner Zeit. Ich wollte keine Zuneigung, ich wollte—" Seine Stimme war immer lauter und angespannter geworden und er musste es bemerkt haben. „Ich wollte seine Freundschaft", fügte er leise hinzu.

Ich hatte noch nie erlebt, dass er über seine Kindheit oder den General mit solcher Vehemenz sprach. Bisher war es immer mit Gleichgültigkeit geschehen, als wäre es ihm egal.

Ich ballte meine Hand auf meinem Schoß zur Faust, um nicht nach ihm zu greifen.

„Er war eine bessere Vaterfigur, als Sie noch sehr klein waren", sagte Marchbank. „Sie erinnern sich sicher nicht mehr daran, aber er hat gern Zeit mit Ihnen im Garten verbracht, hat Dinge mit Ihnen entdeckt oder verstecken gespielt."

„Warum hat er damit aufgehört?", fragte ich.

Marchbank zuckte mit den Schultern. „Ich weiß es nicht."

„Sie haben ihn nie gefragt?"

„Man fragt einen Mann wie den General nicht, warum er sein Ziehkind nicht mehr wie einen Sohn behandelt."

„Vermutlich nicht." Ich konnte mir nicht vorstellen, wie man ein solches Gespräch überhaupt beginnen sollte.

„Da wir gerade über die Vergangenheit sprechen", sagte Lincoln, „es gibt da etwas, was ich mich immer bezüglich *Ihres* Vaters gefragt habe."

Ich musste ihm für diese geschmeidige Überleitung Beifall spenden. Gut gemacht.

„Ah. Ich hatte mich schon gefragt, wann Sie das Thema aufbringen." Angesichts Lincolns hochgezogener Augenbrauen fügte Marchbank hinzu: „Ich wusste, dass Sie es früher oder später herausfinden würden."

„Ich wusste es schon länger", sagte Lincoln. Er log wie gedruckt und wirkte dabei kein bisschen schuldbewusst.

„Tatsächlich?" Marchbank sah nicht aus, als würde er ihm das abkaufen. „Ich schätze, Sie möchten jetzt wissen, ob ich alle

Übernatürlichen genug hasse, um sie zu töten, weil mein Vater von einem Hypnotiseur umgebracht wurde."

Jetzt hatte er uns, und das nach einer so guten Lüge. „Und?", hakte Lincoln nach. „Tun Sie es?"

„Das war vor langer Zeit, Fitzroy. Warum sollte ich mit meiner Rache bis jetzt warten?"

Lincoln sagte nichts.

„Es gibt keinen Grund", antwortete Marchbank für ihn. „Abgesehen davon, warum sollte ich Rache an Menschen üben, die mit dem Vorfall nichts zu tun hatten?"

„Rache gegen die gesamte Sippe", sagte ich mit einem Schulterzucken. „Weil Sie den Hypnotiseur nicht töten konnten."

„Da steckt der Fehler in eurer Theorie. Ich *habe* den Hypnotiseur getötet."

KAPITEL 16

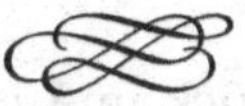

Ich schnappte nach Luft. Es war das einzige Geräusch in der bedeutungsschwangeren Stille.

Marchbank warf mir ein fades Lächeln zu. „Es stimmt. Ich habe ihn getötet, kurz nachdem er meinen Vater verleitet hatte, sich von der Brücke zu werfen. Da haben Sie es. Ich habe schon vor Jahren für Gerechtigkeit gesorgt, also muss ich das jetzt nicht mehr tun. Nicht, dass Sie in dem Fall noch ermitteln. Oder?"

Lincoln begegnete Marchbanks stählernem Blick mit seinesgleichen. „Sie kannten den Mörder?"

„Mein Vater hatte etwas über den Kerl in sein Tagebuch geschrieben. Ein Kerl, der so überzeugend und unwiderstehlich war, dass er meinen Vater zu den merkwürdigsten Dingen bringen konnte. Dinge, die seinem Charakter nicht entsprachen. Mein Vater hatte vermutet, dass er ein Hypnotiseur war, auch wenn er noch nie vorher einem begegnet war und nicht gewusst hatte, dass es sie gab. Er schrieb, dass der Hypnotiseur keine Details über seine Person in unseren Akten erfasst haben wollte, aber dass Vater es in dem Glauben trotzdem festgehalten hatte, einer größeren Sache zu dienen. Das würde er dem Hypnotiseur an diesem Tag mitteilen, aus Fairness. Es war der letzte Eintrag. Ich fand das Tagebuch nach seinem Tod und wusste, was passiert sein musste, sobald ich es las. Also tötete ich den Hypnotiseur—aus Versehen, natürlich. Ich stellte ihn wegen des

Todes meines Vaters zur Rede, aber er fing mit seinem Hypnose-Singsang an, also habe ich ihn mit einem Schürhaken geschlagen, damit er aufhört. Er ist zusammengebrochen und nicht wieder aufgewacht."

„Sie haben ihn nicht erst befragt?"

„Nein."

„Haben Aussagen von unabhängigen Zeugen eingeholt?"

„Nein."

Lincoln lehnte sich zurück und ich hätte schwören können, dass er scharf Luft geholt hatte.

Mich schockierte es auch. Lord Marchbank hatte einen Mann auf der Basis einer sehr dünnen Beweislage getötet. Unfall oder nicht, er hatte eine grausame Tat begangen. Ich war mir nicht sicher, wie ich diese Neuigkeit auffassen sollte. Marchbank war vielleicht doch nicht der geradlinige Gentleman, für den ich ihn gehalten hatte.

„Es gab keinen Zweifel, Fitzroy", sagte Marchbank. „Nicht, nachdem ich das Tagebuch gelesen hatte. Sie hätten das Gleiche getan."

„Ich hätte erst Antworten von ihm bekommen."

„Dem widerspreche ich nicht. Ich wünschte, ich hätte mit ihm über seine hypnotischen Fähigkeiten gesprochen, wie es funktionierte und warum er so war. Sein Name war Christopher Eckhart, falls Sie Nachforschungen über seine Familie anstellen wollen."

„Sie hätten mir das schon früher sagen sollen. Es hätte in den Akten vermerkt, seine familiären Verbindungen überprüft und notiert werden müssen."

Marchbank bestätigte dies mit einem Nicken, bot aber keinen Grund an, warum er Lincoln erst jetzt informierte. „Die Sache ist die, Fitzroy. Sie haben angenommen, dass ich ein Motiv habe, die Übernatürlichen—und Charlie—umzubringen, aber ich bin nicht der Einzige, der sich über die Dinge Sorgen macht, die jemand wie sie tun könnte. Seit Frankenstein uns die Möglichkeiten der Magie gezeigt hat und die Beschwörung von Estelle Pearson bewiesen hat, wie schief die Dinge laufen können, ist das gesamte Ministerium in Habachtstellung. Wir *alle* misstrauen denjenigen, die so große Macht über uns ausüben können. Charlie ist vielleicht eine ehrenhafte Person, aber nicht jeder ist wie sie. Und auch sie ist nicht vor Korruption gefeit."

„Da bin ich mir aber sehr sicher, vielen Dank", schnappte ich.

„Jeder sollte vor Übernatürlichen auf der Hut sein, sogar Übernatürliche selbst. Sogar Sie. Beide."

„Mir ist vollkommen bewusst, zu was Personen mit magischen Fähigkeiten in der Lage sind", sagte ich. „Ebenso wie Lincoln. Niemandem ist es bewusster. Das bedeutet aber nicht, dass wir alle umbringen dürfen. Nur weil jemand ein Messer in der Hand hat, heißt das noch lange nicht, dass er jemanden abstechen wird."

Marchbank hielt die Hände hoch. „Ich stimme zu. Das war es, was ich klarmachen wollte."

„Es gibt aber jemanden, der dem nicht zustimmt."

„Das ist korrekt", fügte er leise hinzu, wobei er Lincoln finster anblickte. Fast erwartete ich, dass Marchbank uns seinen Verdacht mitteilen würde, vielleicht sogar seine Gedanken über die anderen Komiteemitglieder äußern würde, aber das tat er nicht.

„Ich werde die Übernatürlichen nach London zurückbringen", versicherte Lincoln ihm. „Nachdem der Mörder gefasst ist."

„Die Aufgabe ist jetzt mir zugefallen. Es sei denn ..."

Lincoln reichte ihm ein einzelnes Blatt Papier. „Mein Bericht."

Marchbank zögerte, dann faltete er es auseinander. Nachdem er es überflogen hatte, drehte er es um, aber die Rückseite war leer. „Das ist alles?"

Lincoln nickte. Ich hatte den Bericht gelesen und fand auch, dass viel hatte ausgelassen werden müssen. Marchbank war verdächtig und wir konnten ihm nicht offenbaren, wie viel wir wussten, selbst wenn er versprach, den anderen nichts zu sagen.

„Was haben Sie die ganze Zeit gemacht?", fragte Marchbank.

„Ich war mit anderen Dingen beschäftigt."

Marchbanks Blick glitt zu mir. „Ich verstehe."

Seth lugte durch die Tür. „Die letzte Kiste wird jetzt aufgeladen, Sir."

Marchbank erhob sich und wir begleiteten ihn zur Haustür, wo Doyle mit dem Mantel des Earls wartete.

„Und was werden Sie jetzt mit sich anfangen?", fragte Marchbank mit einem Hauch von Spott in seiner rauen Stimme. Offensichtlich glaubte er noch immer nicht, dass Lincoln sich völlig aus den Ermittlungen heraushalten würde.

„Vielleicht mache ich Urlaub am Meer", sagte Lincoln.

„Aber es ist Dezember!"

„Auf dem Land ist es zu jeder Jahreszeit schön."

„Ich hätte Sie nicht als Ästheten eingeschätzt", sagte Marchbank, während Doyle ihm in den Mantel half.

„Bis vor kurzem war ich das auch nicht. Ich glaube, ich habe mich in die Landschaft verliebt, als ich kürzlich Harcourts Anwesen in Oxfordshire besucht habe."

Diese paar Tage außerhalb von London waren wundervoll gewesen und ich hatte sie in guter Erinnerung. Lincoln hatte mir einmal gestanden, dass er bis dahin nie wirklich bemerkt hatte, wie schön die Landschaft war.

„Ein beeindruckendes Anwesen", stimmte Marchbank zu. „Sie sollten mich und Lady Marchbank einmal in March Hall besuchen. Sie auch, Charlie. Aber nicht im Winter. Um die Jahreszeit ist Yorkshire bitterkalt."

Als ob ich das nicht wüsste.

„Deswegen ziehen Elsa und ich es vor, bis Ostern hierzubleiben." Er tippte sich an den Hut und Seth brachte ihn zur Kutsche.

„Und?", sagte Seth, als er wieder hereinkam. „Was habt ihr herausgefunden?"

„Er hat den Hypnotiseur umgebracht, der seinen Vater getötet hat", sagte ich.

Er pfiff durch die Zähne. „Und ich dachte, er wäre der Zurechnungsfähige."

Lincoln ging ohne ein weiteres Wort davon und nahm zwei Stufen auf einmal.

„Dem ist eine Laus über die Leber gelaufen", sagte Seth und sah ihm hinterher.

Wir gingen in die Küche und warteten, bis Bella gegangen war, ehe ich wiederholte, was wir von Marchbank erfahren hatten. Lincoln war noch immer nicht wieder nach unten gekommen und meine Neugierde wurde schließlich zu groß.

Ich klopfte an seine Tür und er bat mich herein. Er saß im Sessel in seinem Wohnzimmer. Ein Blatt Papier hatte er in der Hand, andere lagen auf seinem Schoß und auf dem Tisch daneben verstreut. Er schaute hoch und wirkte überrascht, mich zu sehen. Schnell stand er auf und legte das Blatt weg.

Nach einem Augenblick fragte er: „Ist alles in Ordnung?"

„Ich habe mich nur gefragt, was du machst. Du bist ziemlich schnell ohne Erklärung verschwunden. Ist bei *dir* alles in Ordnung?"

Er bedeutete mir, mich zu setzen, nahm ebenfalls wieder Platz und griff nach dem Blatt. „Das sind die Dokumente, die Mannering von Bell gestohlen hat. Ich habe mich entschlossen, sie mir noch einmal näher anzusehen."

„Aus einem besonderen Grund?"

„Frustration, weil wir nicht vorankommen. Ich glaube nicht, dass Marchbank unser Mörder ist."

„Ihn auszuschließen ist ein Fortschritt."

„Nicht genug. Nicht annähernd genug." Er stützte seine Ellenbogen auf die Armlehnen und strich mit der Seite seines Fingers über seine Oberlippe. „Sag mir, was du davon hältst. Ein frischer Blick könnte etwas offenlegen, das ich übersehen habe."

„Das bezweifle ich. Dir entgeht nicht viel." Ich nahm die Dokumente trotzdem entgegen. Es waren hauptsächlich kurze Briefe, die Fortschrittsberichte zu dem „Auftrag" einforderten und gelegentlich Zahlungen erwähnten. Ich las jeden, manche zweimal. Dann hielt ich das Papier gegen das Licht, sah aber kein Wasserzeichen oder andere Besonderheiten. „Es gibt hier nichts, was den Mörder identifiziert."

„Stimmt", sagte er, obwohl ich das Gefühl hatte, dass er etwas zurückhielt.

Ich schaute wieder hin. „Ich schätze, sie sagen uns ein wenig darüber, was für eine Person er ist. Oder sie."

„Mach weiter."

„Ich glaube, es ist ein Mann. Die Schrift ist ordentlich, aber scharf. Keine femininen Bögen oder Kringel."

„Schon fast zu scharf." Er beugte sich vor und zeigte auf die

Großbuchstaben. Alle hatten kleine, aber dennoch sichtbare Tintenflecken. „Als ob der Schreiber einen Moment lang nachgedacht hätte, nachdem er den Stift aufgesetzt hat, aber bevor er zu schreiben anfing. Als ob er absichtlich den Stil und die Form der Buchstaben verändert hätte."

Jetzt sah ich es auch. „Also ist ein weiblicher Schreiber nicht ausgeschlossen."

„Möglich. Es deutet darauf hin, dass der Autor bemüht ist, seine Identität zu verschleiern. Weil er weiß, dass wir seine Handschrift erkennen würden?" Er schob seinen Stuhl neben meinen und beugte sich zum Lesen zu mir. Ich brauchte einen Moment, um mich zu sammeln und wieder zu konzentrieren.

„Der Satzbau ist nicht weiblich", sagte ich. „Er ist recht schroff und zielgerichtet."

„Ja."

„Das schließt Lady Harcourt wohl doch aus."

„Und lässt alle Männer übrig." Er streckte die Beine aus und rieb sich die Stirn.

„Du bist müde", sagte ich.

„Frustriert über die Ermittlungen und dieses Arrangement … es kann so nicht weitergehen."

„Du meinst, dass wir beide hier leben?" Ich fand es in letzter Zeit nicht allzu schrecklich, aber das lag womöglich daran, dass wir beide beschäftigt gewesen waren.

„Nein, ich meine, dass du im Haus bleiben musst. Du solltest einkaufen, reiten und all die Dinge tun, die junge Frauen zu dieser Jahreszeit machen."

„So übel ist es nicht, aber danke, dass du dir Gedanken machst. Ich schätze, Dr. Fawkner ist schlimmer dran."

„Er hat es verdient."

„Wir können ihn nicht ewig hier festhalten. Und wir müssen auch an die Übernatürlichen denken. Bald ist Weihnachten und sie werden nach Hause kommen wollen."

Er zog seine Beine zurück und beugte sich vor, wobei er die Ellenbogen auf die Knie stützte und den Kopf senkte. Die dunklen Strähnen seiner Haare hingen lose um sein Gesicht und verdeckten seine Augen. Ich sehnte mich schmerzlich danach, seine Schulter zu berühren, um ihm etwas Trost zu spenden.

Der Gedanke schockierte mich zutiefst. Wann hatte ich von Hass auf Mitgefühl umgeschwenkt? Ich wollte nicht mitfühlend sein. Ich wollte ihm nicht vergeben, wollte nicht wieder seinen Launen ausgesetzt sein.

Ich stand auf und schaute weg, aber mein Herz blieb schwer. „Du weißt, dass es eine einfache Lösung gibt. Eine, die den Mörder hervorlocken wird."

„Nein, Charlie", sagte er mit stiller Überzeugung. „Das ist keine Lösung."

„Ist es wohl. Die einzige, die wir haben."

Er stand ebenfalls auf. „Ich sagte nein."

Ich hob mein Kinn und konnte mein Lächeln nicht verhindern. „Du bist nicht mehr der Leiter. Du kannst mich nicht herumkommandieren." Jetzt hatte ich ihn.

Er öffnete den Mund und schloss ihn wieder. Innerlich schien er mit sich zu kämpfen. Wollte er mich daran erinnern, dass er mich in mein Zimmer einsperren konnte oder dass er immer noch der Herr hier im Haus war? Ob er sich entschied, dass in Anbetracht unserer gemeinsamen Vergangenheit diese Worte wenig weise waren?

„Du spielst nicht fair", sagte er nur.

Ich lachte. „Behauptet der Mann, der den Ratgeber über fiese Schachzüge geschrieben hat."

Einer seiner Mundwinkel hob sich. Er trat auf mich zu, also zog ich mich schnell zur Tür zurück und öffnete sie. Er würde nichts Dummes versuchen, wenn andere zusehen konnten.

Ich irrte mich. Im Flur fing er mich mit einem Arm um meine Taille ein. Sein keuchender Atem wärmte meine Stirn und seine Hand lag auf meiner Hüfte. Die andere hob er an meine Wange und strich sanft mit seinem Daumen darüber. Sein dunkler, hitziger Blick verfolgte seinen Pfad.

Die zarte Berührung war aufregend; trotzdem schmerzte sie mich auch. Ich wollte mehr davon, und doch wollte ich ihn von mir wegschieben. Ich wollte in seiner Umarmung schwelgen und ihn gleichzeitig anschreien. Was war nur los mit mir? Warum war ich so hin- und hergerissen? Die Wahl hätte mir nicht schwerfallen sollen. Vor nur wenigen Tagen, als er mich in Inglemere abgeholt hatte, war sie einfach gewesen. Ich war fest entschlossen gewesen, ihm niemals zu vergeben.

Und jetzt stand ich hier und gestattete ihm, meine Selbstbeherrschung zu zerfetzen und meine Überzeugungen niederzumachen.

Er beugte sich zu mir und ich schloss die Augen. Allerdings küsste er mich nicht, sondern lehnte seine Stirn an meine. „Charlie", flüsterte er.

Mit enormer Anstrengung entzog ich mich ihm und trat aus seiner Reichweite heraus. Ich zwang mich, seinem Blick standzuhalten, was bei der Verwirrung, die ich darin las, gar nicht so leicht war. Ich hasste es, ihn so zu sehen.

„Du kannst das nicht dauernd machen, Lincoln", sagte ich. „Du kannst nicht ständig deine Meinung ändern. Du willst mich, dann willst du mich nicht, jetzt willst du mich wieder. Das macht mich fertig."

„Ich habe nie aufgehört, dich zu wollen. Niemals." Er lehnte sich an den Türrahmen und fuhr sich mit beiden Händen durch die Haare. „Aber ich habe mir selbst eingeredet, dass ich ohne dich besser dran wäre und stark genug, meine Gefühle wegzuschieben." Er verschränkte die Arme weit oben auf seiner Brust und versteckte seine Hände. „Ich lag falsch."

Ich schluckte, aber der Kloß in meinem Hals bewegte sich nicht.

„Gibt es eine Chance ... wirst du mir jemals vergeben?", murmelte er.

„Ich ... ich weiß es nicht. Ich glaube schon, aber es geht nicht ums Vergeben. Nicht mehr. Weißt du, mir ist während unserer Trennung etwas klar geworden. Es ist nicht nur, dass du mich weggeschickt hast, sondern auch, dass ich es zugelassen habe."

„Ich verstehe nicht."

„Ich habe zugelassen, dass ich manipuliert werde, und ich habe zugelassen, dass du Entscheidungen über mein Schicksal triffst. Ich weiß nicht genau, wann das passiert ist, aber irgendwann im Laufe unseres Werbens habe ich aufgehört, *ich selbst* zu sein. Ich will mich nicht verlieren, Lincoln. Ebenso will ich dir nie wieder ausgeliefert sein, oder sonst jemandem."

„Das wirst du nicht. Das Cottage wird dafür sorgen, dass du

immer einen Ort hast, an den du gehen kannst. Vorher hattest du keine Wahl, jetzt schon."

„Vielleicht. Ich weiß es nicht. Ich hatte noch keine Zeit, das zu durchdenken."

„Nimm dir so viel Zeit, wie du brauchst. Ich bin für dich da."

Ich versuchte zu lächeln, aber es gelang mir nicht. Sich umzudrehen und zu gehen war nicht einfach. Jedes Stück meines Herzens wollte sich ihm wieder in die Arme werfen, aber mein Kopf befahl mir, weiterzugehen, keinen Launen nachzugeben, sonst würde ich es bereuen.

Ich war mir nicht mehr sicher, welcher Teil von mir das Sagen haben sollte.

Lady Vickers räusperte sich, was mich erschreckte. „Oh", sagte ich. „Ich habe Sie nicht gesehen." Ich schaute den Flur entlang und erwischte Lincoln dabei, wie er mich beobachtete. Er ging in sein Zimmer zurück. „Wie lange waren Sie schon da?"

„Lange genug, um Sie beide zu sehen", sagte sie. „Keine Sorge, ich habe nichts gehört. Aber ich habe Augen im Kopf. Ich weiß, was los ist."

Ich seufzte. „Bitte, ich bin jetzt nicht in der Stimmung für eine Standpauke."

„Das ist schade, denn Sie benötigen eine."

Ich hatte das Gefühl, dass ich ihr nicht entkommen konnte. Plötzlich tat Seth mir unglaublich leid. „Wird es lange dauern?"

Sie runzelte die Stirn. „Genug Frechheiten, junge Dame."

Ich lachte, trotz meiner bedrückten Stimmung. „Sie glauben, das wäre frech? Sie sollten mal dahin mitkommen, wo ich mich früher rumgetrieben habe. Da sehen und hören Sie Dinge, dass Ihnen die Haare zu Berge stehen."

Ihre Lippen wurden weiß und ihre Nasenflügel bebten. Wenn sie jetzt noch mit dem Fuß aufstampfte, glich sie einem angreifenden Bullen. „Als älteste Frau in diesem Haus und eine, die sowohl Liebe als auch Verlust und alles dazwischen erlebt hat, dachte ich, ich gebe Ihnen einen Rat."

„Ich will keinen Rat", sagte ich und ging weg.

„Zu dumm, denn ich gebe ihn trotzdem." Sie folgte mir die Treppe hinunter. Wenn ich jetzt in die Küche ging, würde sie auch dahin mitkommen?

Stattdessen wanderte ich ins Wohnzimmer, wo Seth und Gus sich leise unterhielten. Lady Vickers würde es nicht wagen, mich vor ihrem Sohn und seinem der Angestellten zu rügen.

Wieder einmal irrte ich mich. „Wie lange wollen Sie ihn noch dafür bestrafen, dass er Sie weggeschickt hat?" Wenigstens verschwendete sie keine Zeit damit, um den heißen Brei herumzureden.

„Ich bestrafe ihn nicht", sagte ich leichthin und setzte mich aufs Sofa. Sowohl Gus als auch Seth schienen genauso an meinen Antworten interessiert zu sein wie Lady Vickers, denn sie schenkten uns ihre ungeteilte Aufmerksamkeit.

„Tun Sie nicht?", fragte sie milde.

„Er hat etwas Abscheuliches getan, Mutter", sagte Seth, ehe ich antworten konnte. „Er hat Charlie aus ihrem Zuhause geworfen."

„Ja", stimmte Gus zu. „Sie hat jahrelang auf der Straße gehaust, ohne Zuhause, ohne jemanden, der sich um sie kümmert, und gerade als sie sich hier eingelebt hat, schickt er sie weg."

„Ihre Geschichte ist mir bekannt", sagte Lady Vickers spitz.

Ich schaute von einem zum anderen, das Herz auf der Zunge und Tränen in meinen Augen. Ich sollte sie aufhalten, sie daran erinnern, dass ich hier mitten im Raum war, aber ich konnte es nicht.

„Du kennst die Geschichte, aber du *verstehst* sie nicht, Mutter", fuhr Seth fort. „Lass es mich erklären. Charlie war noch ein kleines Mädchen, als ihr Vater sie verbannt hat. Mädchen sollten ihren Vätern vertrauen. Sie sollten wissen, dass dies die eine Person ist, die auf ihrer Seite steht, und Holloway tat das nicht. Er hat sie vom Steg geschubst und sie musste entweder schwimmen oder ertrinken. Sie ist geschwommen, so gerade eben. Und dann kommt sie her und kaum beginnt sie zu hoffen, dass sie vielleicht wieder ein Zuhause haben könnte mit Menschen, denen sie vertraut, da macht Fitzroy genau das Gleiche wie ihr Vater. Er reißt sie aus ihrem Zuhause, ihrer Familie und schmeißt sie vom Steg." Er schüttelte den Kopf. „Er *sollte* bestraft werden."

„Ich bestrafe ihn nicht!" Ich wischte mir die feuchten Wangen ab und stand auf.

Lady Vickers nahm meine Hand, aber ich riss mich los und rannte aus dem Zimmer. Im Türrahmen hielt ich an. Lincoln stand dort, die Augen riesige schwarze Abgründe umringt von Schatten. Er starrte mich an, ohne zu blinzeln, ohne zu atmen, die Hände zu Fäusten geballt. Er hatte alles gehört.

„Ich war noch nicht fertig", verkündete Lady Vickers und kam zu mir.

„Ich will es nicht hören!", schnappte ich.

„Also gut." Sie räusperte sich. „Dieser Brief kam für Sie. Deswegen habe ich sie gesucht, aber dann sah ich ..." Sie reichte mir den Brief und kehrte ins Wohnzimmer zurück.

Lincoln rührte sich nicht. Er schien darauf zu warten, dass ich zuerst etwas sagte oder tat. Mir fiel nichts ein. Ich hatte bereits alles gesagt, was ich sagen musste.

Ich öffnete den Brief, weil ich es nicht länger aushielt, in seine gequälten Augen zu schauen. Ich atmete tief durch, aber meine Hände zitterten, während ich las. Der Brief war von Alice und sie hatte Neuigkeiten. Furchtbare Neuigkeiten.

KAPITEL 17

incoln kam an meine Seite, aber nicht zu nah. „Was ist los? Was ist passiert?

„Ein weiterer von Alices Träumen ist wahr geworden." Ich zeigte ihm den Brief. Er war kurz, nur einen Absatz lang, aber darin stand alles, was ich wissen musste. Alices Eltern weigerten sich, ihren Platz im Mädchenpensionat weiter zu bezahlen und hatten ihr verboten, nach Hause zu kommen. Sie hatten sie enterbt und Mrs Denk hatte ihr ein Ultimatum bis Weihnachten gesetzt. In dieser Nacht war Alices Traum wieder lebendig geworden. Diesmal hatten fette Zwillinge an der Schule nach ihr gesucht. Laut Alice waren beide unbeholfene Dummköpfe, die ihr schon oft in ihren Träumen begegnet waren. Zwei schwergewichtige Idioten waren besser als eine Armee, aber Mrs Denk wurde ungehalten und hatte ihnen befohlen, zu verschwinden. Anscheinend hatten die Männer nicht auf sie gehört. Ich fragte mich, ob sie sie schnurstracks in den Kerker gebracht hatte, um ihnen eine Lektion zu erteilen.

„Alice kommt hierher", sagte Lincoln und reichte mir den Brief zurück. „Schreib ihr heute noch und schicke etwas Geld für die Reise mit."

Ich nickte unter Tränen. Warum weinte ich noch? Ich freute mich darauf, sie wiederzusehen, trotzdem konnte ich nicht aufhören. „Danke, Lincoln."

„Nichts zu danken." Er ging davon, ohne sich noch einmal umzuschauen.

„Was ist los?", fragte Seth.

Ich zeigte ihm den Brief. „Alice kommt her und wird hierbleiben."

Er lachte, während er las. „Ich hoffe, wir erleben auch ein paar von diesen Träumen. Ihre fetten Zwillinge würden sich super mit Gus und dem Koch verstehen."

„Hoffentlich wird eine sichere Umgebung dem ein Ende setzen."

„Wie sicher ist es hier im Moment?" Er legte mir den Arm um die Schultern. „Lass uns zum Koch gehen. Du siehst aus, als könntest du ein Stück Kuchen gebrauchen."

* * *

DER ABEND bei der Dinnerparty der Overtons fing recht ordentlich an. Miss Overton blieb an der Seite ihrer Mutter, sodass ich ihnen im Salon während der Aperitifs vor dem Essen gut aus dem Weg gehen konnte. Lincoln entwischte ihnen ebenfalls, was er hauptsächlich Lady Vickers zu verdanken hatte, die sich auf Mrs Overton stürzte. Schnappte man eine Overton, hatte man automatisch beide.

„Zwei Fliegen, eine Klappe", murmelte Seth in mein Ohr. „Aber Mutter muss noch mal scharf nachdenken, wenn sie glaubt, das Mädel wäre was für mich."

„Vielleicht ist sie ganz nett, wenn man sie vom Rockzipfel ihrer Mutter wegbekommt", sagte ich.

„Woher sollen wir das je wissen? Mir ist ein Mädchen mit einem eigenen Willen lieber."

„Wie Miss Yardly?" Ich nickte in Richtung der üppigen Frau, die über etwas kicherte, was Andrew Buchanan gesagt hatte. Eigentlich hatte ich sie aufgrund ihres Temperaments mögen wollen, bis ich sah, wie sie sich an ihn heranmachte. Er war ein Schuft und nicht sehr gut darin, es zu verbergen. Offensichtlich hatte sie einen schlechten Geschmack.

„*Nicht* wie Miss Yardly." Seth kehrte dem Paar den Rücken zu und betrachtete über meinen Kopf hinweg den Rest der

Anwesenden. Es waren zwanzig, die meisten davon jung und heiratswillig—die Mädchen natürlich in Begleitung. Mrs Overton wollte offensichtlich Ehen anbahnen.

Genau wie Lady Vickers. Die beiden steckten ihre Köpfe zusammen und nickten in Richtung verschiedener Teilnehmer, während sie redeten. Vermutlich machten sie sich einen Spaß daraus, uns in Paare einzuteilen.

„Vickers", verkündete ein Gentleman und klopfte Seth auf den Rücken. „Schön dich zu sehen. Ist eine Weile her."

Seth schüttelte dem Mann die Hand. „Ganz schön lange. Ich dachte, du hättest London verlassen."

Der Mann grinste. Er hatte gerade weiße Zähne, die sich strahlend von seiner gebräunten Haut abhoben. Seine Haare waren so hell wie Seths und er war auch genauso groß. Wären die drei Narben auf seiner Wange nicht gewesen, hätte er sehr gut ausgesehen.

„Habe ich." Er zeigte auf seine Narben. „War in Afrika."

„Was für eine Kreatur war das denn?"

Er schob die Schultern zurück und den Brustkorb heraus. „Löwe."

„Verdammt." Seth zog mich näher. „Charlie, das ist mein alter Schulfreund, Mr Martin Seacombe. Seacombe, das ist Miss Charlotte Holloway, die Gesellschafterin meiner Mutter."

Mr Seacombe tat etwas sehr Merkwürdiges. Er hielt mir die Hand hin. Die meisten Männer beugten sich über die Hand der Dame oder küssten sie, aber das tat er nicht. Ich schüttelte seine Hand mit festem Griff.

Er errötete leicht und zog die Hand schnell zurück. „Entschuldigung. Ich war so lange weg, ich habe vergessen, wie man sich in zarter Gesellschaft benimmt."

„Das muss Ihnen nicht leidtun", sagte ich.

„Keine Sorge", sagte Seth grinsend. „Charlie ist überhaupt nicht zart." Er deute mir seinen Ellenbogen in die Seite. Ich hätte ihn am liebsten getreten.

Lincoln gesellte sich zu uns. Seth stellte ihn vor und fragte Seacombe dann über seine Reisen aus. Er unterhielt uns mit der Geschichte, wie der Löwe, den er gejagt hatte, den Spieß umgedreht und stattdessen ihn gejagt hatte.

„Er hat die Schlacht gewonnen", sagte Seacombe mit einem Grinsen, das die Narben hervorhob. „Aber ich habe den Krieg gewonnen."

Wir starrten ihn alle drei an. „Du hast den Löwen getötet?", fragte Seth.

Wieder schob Seacombe die Brust vor. „Das habe ich."

„Oh."

„Das Fell und der Kopf geben einen beeindruckenden Teppich für meine Bibliothek ab, solange man aufpasst, wo man hintritt." Er lachte. „Was ist los, Vickers? Hat der Löwe deine Zunge erwischt?" Er schmunzelte.

„Ich schätze mir entgeht der Reiz, Tiere ohne jeglichen Grund zu töten."

„Das liegt nur daran, dass du noch nie die Aufregung der Jagd erlebt hast. Du fühlst dich lebendig. Wenn es um Leben und Tod geht, wird alles so viel klarer." Er klopfte Seth wieder auf die Schulter. „Hatte nicht erwartet, dass du es verstehst. Du warst ja noch nie in Afrika."

„Ich schon", sagte Lincoln gelangweilt.

Seacombe warf ihm einen wertschätzenden Blick zu. „Was geschossen?"

„Ja."

„Löwe? Elefant?"

„Engländer."

Seacombe senkte sein Glas, wobei etwas vom Inhalt auf den Boden schwappte.

„Er hat viel geredet", fuhr Lincoln fort. Sein Gesicht war so hart und ausdruckslos wie immer, aber ich wusste, dass er den Kerl hochnahm. „Ich fand das nervtötend." Er schlenderte davon, nur um von Andrew Buchanan abgefangen zu werden.

„Du umgibst dich mit seltsamen Leuten, Vickers", murmelte Seacombe in sein Glas, während sein Blick Lincoln folgte.

„Nicht so seltsam, wie's mal war", antwortete Seth.

Der Dinner-Gong erklang und ich bedankte mich im Stillen bei der Dienerschaft für das perfekte Timing, das mich von Seacombes Geschwafel befreite. Jedenfalls dachte ich das.

Letztendlich saß ich neben ihm. Lady Vickers beugte sich zu mir, als ich Platz nahm. „Ich habe Mrs Overton darum gebeten,

Sie neben Seacombe zu setzen", flüsterte sie. „Ich sah Sie beide reden und wusste sofort, dass Sie nebeneinander sitzen sollten."

„Ich mag ihn nicht", flüsterte ich zurück.

„Oh, das erwarte ich auch gar nicht. Er ist ein arroganter Pinsel. Nein, ich habe Sie neben ihn gesetzt, um Fitzroy eifersüchtig zu machen." Sie tippte mir mit ihrem geschlossenen Fächer auf die Schulter. „Sie brauchen mir nicht zu danken."

„Sie sind also die Gesellschafterin der alten Lady Vickers, eh?", sagte Seacombe zu mir. „Die ist eine recht unterhaltsame Frau. Passen Sie nur auf, dass Sie nicht in ihre Fußstapfen treten." Er lachte. „Sie möchten nicht zur Zielscheibe von Skandalen und Tratsch werden."

„Mr Seacombe, was wissen Sie über mich?"

„Ich weiß Ihren Namen."

Ich lächelte und prostete ihm zu. „Dann auf Skandal und Tratsch."

Er zuckte mit den Schultern und hob ebenfalls sein Glas. „Erzählen Sie mir von sich. Was ist Ihre Geschichte? Wie kam es, dass Sie Lady Vickers' Gesellschafterin wurden?"

„Meine Mutter ist gestorben, mein Vater hat mich enterbt und ich habe fünf Jahre lang in den Slums gelebt, bevor Mr Fitzroy mich entführt hat. Seth hat auch für ihn gearbeitet und als seine Mutter nach England zurückkam, ist sie bei uns eingezogen." Ich bedankte mich bei dem Lakaien, der mir die Suppe servierte.

„Tja, also", sagte Seacombe mit einem Schniefen, „wenn Sie es mir nicht erzählen wollen, hätten Sie das auch einfach sagen können. Kein Grund für Sarkasmus." Er drehte mir den Rücken zu und begann ein Gespräch mit der Frau auf der anderen Seite.

Die Frage kam allerdings wieder auf. Mrs Overton, die ganz am anderen Ende des Tisches saß, bat um Ruhe, um mich befragen zu können. „Wer sind Ihre Eltern, Kind?"

„Sie sind tot." Meine schroffe Antwort veranlasste Lady Vickers, in ihre Serviette zu husten, aber Mrs Overton ließ sich nicht abschrecken.

„Wann sind sie verstorben?"

Ich beschloss, von meinen Adoptiveltern zu erzählen, nicht meinen echten. Die Geschichte war viel zu kompliziert. „Mein

Vater erst vor wenigen Wochen, aber meine Mutter starb, als ich dreizehn war."

Sie runzelte die Stirn. „Erst vor einigen Wochen? Aber Sie sind doch schon seit Monaten in Lichfield Towers, nicht wahr?"

„Das stimmt."

„Warum nicht bei Ihrem Vater?"

„Weil er mich aus dem Haus geworfen hat, als meine Mutter starb."

Das kollektive Luftschnappen ließ die folgende Stille noch lauter erscheinen.

„Es ist eine komplizierte Lage", sagte Lady Vickers, die mir einen grimmigen Blick zuwarf.

„Aber wo haben Sie denn vor Lichfield gelebt und nachdem Ihr Vater sie rausgeworfen hat?"

„Hier und da", sagte ich.

„Wo?"

„Sie wurde unter Freunden und Familienmitgliedern herumgereicht", sagte Lady Vickers schnell. „Niemand, den Sie kennen. Natürlich alles respektable Leute, aber nicht wie wir."

„In London?", fragte Mrs Overton.

„Ja", sagte ich im gleichen Augenblick, in dem Lady Vickers verneinte.

„Also, wenn sie in London sind, habe ich vielleicht von ihnen gehört. Wo wohnen sie, diese Familien und Freunde?"

Lady Vickers warf mir einen weiteren wütenden Blick zu, der mich den Mund schließen ließ, ehe ich eine Reihe von Slums herunter ratterte, in denen ich gehaust hatte, bevor ich nach Lichfield gekommen war. Es war nicht fair von mir, ihre Bemühungen derart zu torpedieren. Ihr war es wichtig, dass ich akzeptiert wurde, und es würde schlecht auf sie zurückfallen, wenn meine wahre Geschichte ans Licht kam. Ihr eigener Ruf hing an einem seidenen Faden, aber der konnte gekappt werden, wenn bekannt wurde, dass sie eine Kanalratte präsentierte, die fünf Jahre lang mit Jungs gelebt hatte.

„Im Süden", sagte Seth. „Charlie hat entfernte Cousins in Cornwall."

Mrs Overton beäugte mich misstrauisch. „Sie hat keinen kornischen Akzent."

„Das liegt daran, dass sie auch Cousins im Norden hat", sagte Lady Vickers. „Und im Osten. Im Westen jedoch nicht, Gott sei Dank. Ihr Akzent wurde bei dem ganzen hin und her zwischen den Cousins geschliffen. Das war kein Leben für sie. Als meine eigene liebe Cousine mir von ihrem Leid erzählte, habe ich beschlossen, sie nach Lichfield zu schicken, wo ich sicher sein konnte, dass Seth sich um sie kümmert."

Miss Yardly kicherte in ihr Weinglas. Eins der anderen Mädchen wurde rot. Zweifelsohne stellten sie sich all die Arten vor, in denen Seth sich um mich gekümmert hatte.

„Ich wurde ihr Vormund", sagte Lincoln, dessen eiskalte Stimme alles Gekicher und Erröten unterband. „Seth bat mich, sie aufzunehmen, also tat ich es. Falls jemand der Auffassung ist, dieses Arrangement wäre unschicklich, darf er es gern draußen mit mir diskutieren."

Oh, Lincoln, der die Dinge wieder einmal mit Brutalität klärte. Fairerweise musste man sagen, dass man bei mir keinen Skandal vermeiden konnte. Ich war sozusagen darin getränkt. Das waren wir alle. Es war dumm von Lady Vickers zu glauben, sie könnte das umschiffen. Hoffentlich war sie nicht zu enttäuscht davon, wie der Abend sich entwickelte. Seth hatte weibliche Bewunderer um sich und schien es zu genießen. Vielleicht konnte sie dem Desaster doch noch etwas abgewinnen.

„Was sind Sie doch für eine Kuriosität", sagte Seacombe, der sich deutlich näher zu mir hin lehnte als nötig oder höflich war. Sein begehrlicher Blick und das gelackte Grinsen sagten mir ganz genau, warum er sich herabließ, wieder mit mir zu sprechen. „Ich finde Sie faszinierend, Miss Holloway. Sehr sogar. Vielleicht darf ich Sie bald einmal zu Hause besuchen."

„Ja natürlich, aber Sie werden das vorher sowohl mit Lady Vickers als auch Mr Fitzroy absprechen müssen. Ich muss tun, was die beiden wünschen."

Er beäugte Lincoln. Lincoln starrte zurück, die Oberlippe gefährlich verzogen.

Seacombe schluckte. „Ich werde mit meinem Assistenten Rücksprache halten, wann ich Zeit habe. Mein Terminplan ist sehr voll."

„Das bezweifle ich nicht. Sie müssen sehr gefragt sein, um über ihre afrikanischen Abenteuer zu sprechen."

Das brachte seinen Redefluss wieder in Wallung und er verbrachte den Rest des Dinners damit, mich und die Frau auf seiner anderen Seite mit Geschichten zu unterhalten.

Das Dinner schien sich ewig hinzuziehen. Ich war froh, als die Herren und Damen sich endlich trennten und hoffte, dass wir so bald wie möglich gehen konnten, wenn die Herren sich wieder zu uns in den Salon gesellten. Leider taten wir das nicht. Lady Vickers schien unbedingt bleiben zu wollen und Lincoln machte keine Anstalten zu gehen. Zu allem Übel wurde ich auch noch von Andrew Buchanan abgefangen.

„Wo *waren* Sie nur, während Sie weg waren?" Er lümmelte sich in den wackeligen Stuhl neben mir, ein Glas an den Lippen, und wirkte, als hätte er keinerlei Sorgen. Dabei hatte er vor wenigen Monaten noch aus Bedlam gerettet werden müssen. Damals hatte er es zu schätzen gewusst, was ich dem langweiligen Angeber von heute deutlich vorzog.

„Im Norden", sagte ich.

„Wo genau?"

„Das geht Sie nichts an, Mr Buchanan."

Er grunzte in sein Glas. „Na schön, bewahren Sie Ihr Geheimnis. Darf ich feststellen, was für eine Freude es ist, Sie wiederzusehen. Ich hoffe, Sie haben sich in Lichfield gut wieder eingelebt."

„Das habe ich, danke." Ich schaute mich nach einem Gespräch um, zu dem ich flüchten konnte, aber Seth redete mit Seacombe und Lincoln war von den Overtons belagert worden. Buchanan erschien mir das geringere der drei Übel.

„Es gab ganz schön viel Aufruhr, während Sie weg waren", fuhr er fort. „Der Zirkusmord zum einen. Wussten Sie, dass Fitzroy dachte, *ich* hätte den Muskelmann umgebracht? Ich! In mir steckt nicht einmal ein Hauch von Brutalität."

„Er wird seine Gründe gehabt haben." Lincoln hatte mir von dem Arrangement zwischen Buchanan und der Zirkustänzerin erzählt, die auch mit dem Muskelmann liiert gewesen war. Mit dem Wissen hätte ich Buchanan auch verdächtigt.

„Es war nicht nur der Mord an diesem Kerl, der meinen

Haushalt umgetrieben hat. Julia hat auch einen heftigen Schlag einstecken müssen."

„Davon habe ich gelesen. Lady Vickers hat mich auf den Zeitungsartikel aufmerksam gemacht. Ich kann mir vorstellen, dass es sehr aufreibend ist, im Zentrum des Tratschs zu stehen."

„Vernichtend. Man könnte glauben, die Welt wird bald untergehen."

„Vermutlich tut sie das in gewisser Weise. Ihre Welt zumindest."

Er nippte nachdenklich an seinem Getränk. Ich hatte erwartet, dass er seine Stiefmutter verhöhnt und die Chance nutzt, jetzt nachzutreten, wo sie am Boden lag. Diese nachdenkliche Ruhe passte nicht zu Buchanan und ganz sicher nicht zu der Art ihrer Beziehung. In meiner Gegenwart waren sie immer so bitter miteinander umgegangen, als ob sie sich in irgendeinem Kampf befänden. Dennoch wirkte er fast mitleidig.

„Es ist interessant", sagte er zu seinem Glas.

„Was?"

„Die Veränderung in ihr."

Ich war mir nicht sicher, ob ich dafür das Wort interessant verwendet hätte.

„Es tut ihr gut, mal daran erinnert zu werden, woher sie stammt", fuhr er fort. „Sie saß auf einem etwas zu hohen Ross. Ich habe sie gewarnt, dass sie eines Tages abgeworfen wird, und jetzt ist dieser Tag endlich gekommen." Er trank sein Glas in einem Zug leer. „Definitiv interessant."

Konnte er derjenige gewesen sein, der die Zeitungen über ihre Vergangenheit informiert hatte? Aus seiner Reaktion ließ sich das schlecht schließen, aber ich konnte mir gut vorstellen, dass er sich an ihr rächte, weil sie seinen reichen Vater mit Adelstitel ihm vorgezogen hatte.

Lincoln kam herüber und verkündete, dass es Zeit war zu gehen.

„So früh?" Mrs Overton schmollte. „Wie schade, nicht wahr, meine Liebe?", sagte sie zu ihrer Tochter.

„Wirklich schade", wiederholte Miss Overton ohne auch nur die Spur von Ehrlichkeit. Es schien, als würde sie ihn nicht mehr als Zukünftigen in Erwägung ziehen, auch wenn ihre Mutter das noch tat. Vielleicht hatte das Gespräch mit ihm Miss Overton von jeglichen zarten Gefühlen geheilt, die sie mal gehegt hatte. So, wie ich Lincoln kannte, hatte er das Gespräch ins Stocken gebracht. Belanglose Unterhaltungen lagen ihm nicht.

„Kommen Sie doch wieder", sagte Mrs Overton zu Lincoln, als wir uns verabschiedeten. „Ihre Anwesenheit ist hier immer willkommen, Sir. Und die Ihres Mündels", fügte sie noch schnell hinzu.

Lincoln und ich dankten ihr.

Mrs Overton stieß ihre Tochter mit dem Ellenbogen an. Miss Overton räusperte sich. „Ich habe unser Gespräch heute Abend sehr genossen, Mr Fitzroy."

„Ich ebenso", erwiderte er.

Gus fuhr mit unserer Kutsche vor und wir stiegen ein und kuschelten uns in unsere Pelzmäntel und die Decken, die für uns bereitlagen.

„Der arme Gus da draußen in der Kälte", sagte ich.

„Armer Gus!" Seth klopfte auf die Decke auf seinem Schoß. „Der hatte so richtig Spaß da hinten in den Stallungen, der Glückspilz. Der musste nicht stundenlang zuhören, wie der verdammte Seacombe von seinem toten Löwen faselte. Ich kann mich gar nicht erinnern, dass er so ein Langweiler war."

„Ich schon", sagte seine Mutter.

„Warum wolltest du dann, dass Charlie neben ihm sitzt?", fragte Seth. „Ich habe gehört, wie du diese Overton belatschert hast, die Sitzordnung zu ändern."

Sie schniefte. „Gründe, mein lieber Junge, Gründe."

„Hattest du Spaß?", fragte Lincoln mich.

Ich seufzte. „Nicht wirklich."

In der Kutsche war es dunkel, aber ich hätte schwören können, dass er lächelte.

„Es geht nicht um den Spaß", verkündete Lady Vickers. „Es geht darum, Beziehungen aufzubauen und sich die richtigen Leute zu suchen. Seacombe ist reich und verbringt die meiste Zeit auf Reisen. Seine Frau hätte es hier sehr gemütlich und könnte ganz sie selbst sein, ohne dass sich ein fordernder Ehemann einmischt. Ich bin der Auffassung, dass ein solches Arrangement Charlie sehr entgegenkommen würde."

„Charlie würde das nicht wollen", sagte Seth.

„Charlie kann ihre eigenen Entscheidungen treffen, danke sehr", sagte ich schnippisch.

Seth stöhnte und lehnte den Kopf zurück. „Ich hätte mehr trinken sollen. *Dann* wäre es ein schöner Abend geworden."

„Ich habe einen Vorschlag zu machen", sagte ich. „Einen, der mir in den Sinn kam, während wir im Salon auf die Herren gewartet haben. Er wird dir nicht gefallen."

„In dem Fall ist die Antwort nein", sagte Seth.

„Stimmt", sagte Lincoln. „Wir benutzen dich nicht als Köder."

Entweder hatte er geraten oder seine seherischen Fähigkeiten benutzt.

„Köder?", fragte Lady Vickers. „Hat das irgendetwas mit Seacombe zu tun?"

„Seth erklärt es später", sagte Lincoln.

Seth neigte den Kopf wieder nach vorn. „Tue ich das?"

„Erzähl ihr alles."

Seth stöhnte. „Der Abend wird plötzlich noch schlimmer."

„Wir müssen das machen", sagte ich zu Lincoln. „Es ist die einzige Möglichkeit und du weißt es."

„Was machen wir?", fragte Seth.

„Wir veranstalten eine Dinnerparty und laden die Komiteemitglieder, Andrew Buchanan und Lord Harcourt ein. Morgen Abend."

Lady Vickers verzog das Gesicht. „Was für eine unfassbar langweilige Gruppe. Ich glaube, ich werde morgen Abend ausgehen, falls es Ihnen recht ist."

„Gute Idee", sagte Lincoln finster. „Der Abend könnte zu interessant werden."

Ich zog die Decke enger um mich. Mit seiner Zustimmung hatte ich nicht gerechnet. „Alles wird gut, Lincoln. Wir werden sehr gut vorbereitet sein."

Er schaute aus dem Fenster, obwohl dort nichts zu sehen war außer seines eigenen Spiegelbildes.

* * *

DEN GROẞTEIL des folgenden Tages half ich dem Koch in der Küche. Wir empfingen selten Gäste zum Dinner und niemals so viele auf einmal. Der Koch wurde in seinem Perfektionismus diktatorischer als General Eastbrooke. Er gab Bella und Gus eine lange Einkaufsliste, während Seth und ich ihm bei den Aufgaben zur Hand gingen, die man in der Zwischenzeit erledigen konnte, bis die Einkäufer zurück waren. Doyle verbrachte den ganzen Morgen damit, den Tisch zu decken und die Weinoptionen zu überdenken, auch wenn ich den Verdacht hegte, dass er lediglich die Küche mied. Sogar Lincoln kam dazu, als Gus und Bella zurückkehrten. Der Koch stellte ihn ans Möhren schnippeln, was er zur allgemeinen Verwunderung stumm tat. Lediglich Lady Vickers hielt sich fern.

„Hast du die Einladungen verschickt?", fragte ich Lincoln, als ich seinen Eimer mit Schalen und Abfällen holte.

„Gus und Bella haben das heute Morgen erledigt", sagte er. „Und es sind keine Einladungen. Es sind Forderungen."

„Das wird super laufen", murmelte Seth.

Bella bot an, den Eimer für mich rauszubringen und ich gab ihn ihr. Sobald sie weg war, fragte ich Seth: „Wie hat deine Mutter die Nachricht über unsere … Arbeit aufgenommen?"

„Erst dachte sie, ich würde scherzen. Ich hatte es verdammt schwer, sie zu überzeugen, dass ich die Wahrheit sage, und bin mir immer noch nicht sicher, ob sie mir glaubt. Wobei mir einfällt, Charlie, stell dich drauf ein, dass sie dich bittet, den Geist meines verstorbenen Vaters zu beschwören."

„Als Beweis?"

„Und um ihm vorzuwerfen, dass er uns mit so vielen Schulden zurückgelassen hat. Vor seinem Tod hatte sie dazu keine Gelegenheit und sie will das von Angesicht zu Angesicht klären. Ich habe versucht, ihr zu erklären, dass sie ihn nicht sehen wird, es sei denn, du belebst seinen Körper. Das hat diesem Wunsch schnell den Garaus gemacht, aber sie möchte trotzdem mit seinem Geist sprechen."

Der Koch warf mit einer Kartoffel nach Seth, der sie im letzten Moment noch auffing. „Hör auf zu quatschen. Entweder du machst dich an die Arbeit oder du verschwindest."

„Heißt das, ich habe die Wahl?" Seth warf die Kartoffel zu

Gus, der damit jonglierte, bevor er sie mit seinen breiten Händen zu fassen bekam.

Trotz des wilden Aktionismus in der Küche zog sich der Nachmittag endlos hin, bis es Zeit war, sich für das Dinner umzuziehen. Bella half mir mit meinen Haaren und dem Kleid und wollte gerade gehen, als es sacht an die Tür klopfte. Sie ließ Lincoln herein, machte einen Knicks und ging. Die Tür hatte sie geschlossen, bevor ich sie darum bitten konnte, sie offenzulassen.

Lincoln schaffte es immer, gut auszusehen, egal was er trug, aber ein Frack, eine weiße Fliege und eine schwarze Weste sorgten immer für eine Art Unnahbarkeit, die ihm bei legerer Kleidung fehlte. Mit den ordentlich zusammengebundenen dunklen Haaren war es leicht, sich vorzustellen, wie er mit der Königsfamilie dinierte, sollten sie ihn jemals einladen.

„Wie ich sehe, hast du den Kobold dabei", sagte er und nickte in Richtung der Bernsteinkette an meinem Hals.

Ich berührte sie und stellte erleichtert fest, dass sie pulsierte. Hoffentlich würde ich den Kobold heute Abend nicht rufen müssen, aber es war beruhigend zu wissen, dass er da war.

Er räusperte sich und kam zum Schminktisch, wo ich saß. Er hielt mir ein blaues Kästchen hin. „Für dich, um es heute Abend zu tragen."

Ich starrte auf das Kästchen und eine Welle von Emotionen drohte mich zu verschlingen. Warum tat er das immer wieder? Warum machte er alles so … kompliziert? „Reicht das Haus nicht?"

Er senkte seine Hand und auch seinen Blick. Seine Schultern verloren ihre Steifheit.

Ich fühlte mich krank. Eine solche Undankbarkeit war unnötig. „Es tut mir leid, Lincoln. Ich habe nicht nachgedacht." Ich hielt die Hand auf. „Wenn du es immer noch anbietest, werde ich es gern annehmen."

Er reichte mir das Kästchen und ich machte es auf. Auf dem blauen Samt lag ein Armband, das mit einem Dutzend Bernsteinkugeln verziert war. Sie hatten den gleichen Farbton wie die Kugel meiner Kette.

„Das ist wunderschön." Ich hielt es gegen das Licht und lachte leise. „Keine Kobolde?"

„Ich habe keinen Juwelier gefunden, der sie verkauft. Ich suche weiter."

„Danke Lincoln. Es gefällt mir." Sehr sogar, hätte ich hinzufügen können. Es war hübsch und ein schöner Gedanke, es passend zu meiner Kette auszuwählen. Ich musste es heute Abend tragen. Sollte er doch verdammt sein für seine Aufmerksamkeit.

Er verbeugte sich und wandte sich zum Gehen.

„Wir haben noch nicht darüber gesprochen, wie wir den Mörder hervorlocken wollen", sagte ich. „Hast du einen Plan?"

„Nein. Und du?"

„Ich könnte behaupten, mir den Magen verdorben zu haben und das Esszimmer verlassen. Hoffentlich folgt der Mörder mir und du kannst dann ihm folgen."

„Das ist ein guter Plan.

„Du schmeichelst mir", sagte ich mit einem Kopfschütteln. „Es ist ein lausiger Plan."

„Es ist der einzige, den wir haben."

„Aber was ist, wenn der Mörder nicht hinter mir herkommt? Was ist, wenn er eine Waffe zieht und ich den Kobold nicht schnell genug rufen kann?"

„Ich bezweifle, dass er eine Pistole haben wird. Wenn er versucht, dich zu töten, wird es auf eine Art geschehen, die man nicht auf ihn zurückführen kann. Pass gut auf deine Getränke und dein Essen auf. Vergiftung ist eine sehr wahrscheinliche Möglichkeit."

Ich holte tief Luft und ließ sie langsam ausströmen. Er hatte recht, aber es half nicht, um meinen Magen zu beruhigen. Ich bezweifelte, dass ich überhaupt etwas würde essen können.

Er hockte sich vor mich und nahm meine Hände in seine. „Mach dir keine Sorgen, Charlie. Ich werde nicht zulassen, dass dir etwas geschieht."

Ich nickte und zog meine Hände zurück. „Hilfst du mir, das Armband anzulegen?"

Er zögerte, ehe er das Armband nahm. Ich hielt ihm mein Handgelenk hin und erkannte sofort, was für ein Fehler das war.

Die Berührung seiner Finger verwirrte meine sowieso schon zerrütteten Nerven. Seine Wärme, der Duft seiner würzigen Seife, seine bloße Nähe verursachte völliges Chaos in mir. Ich vergaß meine Überzeugung. Ich vergaß, auf meinen Kopf zu hören, und konnte stattdessen nur noch mein Herz hören, das mir sagte, ich solle ihm vergeben und aufhören, ihn zu bestrafen. Und ich solle ihn küssen.

KAPITEL 18

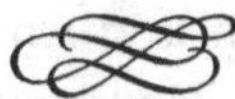

„Charlie", sagte er, bewegte sich von mir weg und studierte mich mit nachdenklich gerunzelter Stirn. „Was Seth und Gus Lady Vickers gestern gesagt haben ... über ein Zuhause und dass du bis jetzt so lange keins hattest ... Ich habe das nie verstanden. Nicht wirklich."

„Wie konntest du das nicht verstehen, Lincoln? Du bist doch nicht völlig emotions- oder empathielos. Das weiß ich. Wie konntest du nicht begreifen, was dieser Ort mir bedeutet?"

„Ich habe immer nur hier gewohnt—und davor im Haus des Generals." Er schaute zur Decke, dann auf die Wände und den Kamin hinter mir. „Beide Orte bedeuten mir nicht mehr als Ziegel, Holz und Glas. Wenn ich fort war, habe ich mich nie danach gesehnt zurückzukommen. Nicht zu dem Gebäude an sich." Sein Blick ruhte auf mir. Noch nie hatte ich in seinen Augen eine solche Sanftheit gesehen, eine solche Arglosigkeit. Ausnahmsweise hatte ich nicht das Gefühl, dass er versuchte, mich zu etwas zu bringen oder mich zu überzeugen. Er war einfach nur ehrlich. „Wenn ich nach Hause kommen will, dann weil dort jemand ist, den ich sehen will."

Mir schnürte sich die Kehle zu. Er brauchte es nicht auszusprechen, denn ich wusste, er meinte mich. Das stand in seinen Augen geschrieben.

Ein Klopfen an der Tür brachte ihn dazu, sich abzuwenden

und mir die Chance zu geben, meine Augenwinkel mit meinem kleinen Finger abzutupfen.

Seth nickte uns beiden grimmig zu. „Sie kommen an."

Lincoln atmete tief ein, eher er sich wieder zu mir umdrehte. „Bereit?"

Ich zog meine langen Handschuhe an und stand auf. „Bereit."

Er hielt mir den Arm hin und ich hakte mich ein. Er musste gespürt haben, dass meine Hand zitterte, denn er legte seine darüber. „Du siehst übrigens bezaubernd aus. Das tust du immer."

* * *

Der General war der erste, der ankam. Er marschierte in den Salon und schüttelte Lincoln die Hand. „Schön zu sehen, dass Sie Vernunft annehmen. Machen Sie sich keine Sorgen um die anderen. Gemeinsam können wir sie überreden."

„Ich nehme die Rolle als Leiter nicht wieder an", sagte Lincoln.

Lord Gillinghams Eintreten lenkte mich von Eastbrookes schroffer Antwort ab. „Warum sind wir hier?", verlangte Gillingham zu wissen, der sich schwer auf seinen Gehstock stützte. „Was soll das bedeuten, Fitzroy?"

„Ich wollte für Klarheit sorgen", sagte Lincoln. „Und Ihnen zeigen, dass ich kein Problem mit Ihrer Entscheidung habe. Ich habe Frieden darüber. Das Dinner ist rein gesellig."

„Sie müssen die Entscheidung nicht akzeptieren", sagte Eastbrooke.

„Sei still, General", murmelte Gillingham. „Du hast diesmal verloren. Akzeptiere die Niederlage ausnahmsweise mal ehrenhaft, anstatt darüber zu brüten."

Der General stürmte an Doyle vorbei, den er dabei fast umrannte. Das Tablett in seiner Hand wackelte bedenklich, aber er schaffte es, nichts von den Drinks zu verschütten, die darauf standen. Eastbrooke baute sich vor Gillingham auf. Er war vielleicht älter, aber eine wesentlich imposantere Erscheinung als der kleinere Mann.

Gillingham trat einen Schritt zurück und packte seinen Stock fester. Ich würde nie vergessen, wie er mich damit verprügelt hatte. Würde er es wagen, ihn gegen Eastbrooke zu erheben?

„Du bist ein Feigling, Gilly", höhnte Eastbrooke. „Schwach. Ein *Mann* akzeptiert niemals eine Niederlage."

Lincoln trat in dem Moment zwischen sie, als Lady Harcourt mit beiden Stiefsöhnen eintrat. „Nicht vor den Ladys", sagte Lincoln.

Eastbrooke gab nach, schaute Gillingham aber weiterhin quer durch den Raum finster an.

Lincoln wiederholte seine Erklärung für die Einladung für die Neuankömmlinge und schließlich für Lord Marchbank, der als letzter eintraf. „Ich hoffe, Ihre Ehefrauen sind nicht beleidigt", sagte er zu Marchbank und Gillingham, „aber ich wollte sie nicht mit Gesprächen bezüglich Übernatürlichen beunruhigen, sollte das Thema aufkommen."

Gillingham versuchte, sein Erröten hinter seinem Glas zu verbergen, dessen Inhalt er mit einem Schluck herunter kippte.

Lord Harcourt schaute stirnrunzelnd auf seine Uhr und schob sie zurück in seine Westentasche. *Ja*, wollte ich ihm sagen, *es wird eine lange Nacht.*

„Also sind Sie jetzt ein vornehmer Müßiggänger", sagte Andrew Buchanan und prostete Lincoln zu. „Herzlichen Glückwunsch. Das sind die besten. Sie sollten mit mir zum Klub kommen oder zum Pferderennen. Das wäre ein Spaß. Bringen Sie Charlie mit." Er zwinkerte mir zu.

Igitt. Vielleicht war er schon betrunken. Seine Augen wirkten jedenfalls glasig, dabei hatte er seinen ersten Sherry noch nicht ausgetrunken.

„Halten Sie den Mund, Buchanan", schnappte Seth. „Mit Ihnen will niemand irgendwo hingehen."

Buchanan rümpfte die Nase. „Sie sind gleichmacherisch geworden, Fitzroy. Lassen den *Helfer* jetzt mit den ehrenwerten Gästen speisen, was?"

Seth verdrehte lediglich die Augen.

„Hör auf, Andrew." Lady Harcourt presste ihre Finger an die Schläfen. „Das hier ist herausfordernd genug, ohne dass du alles noch schlimmer machst."

„Das passiert, wenn sich mehrere deiner Liebschaften zusammen in einem Raum befinden. Es wird *herausfordernd*." Er hielt Doyle sein Glas zum Nachfüllen hin. „Beeilen Sie sich, Mann. Ich brauche Stärkung, wenn ich das hier überleben soll."

„Genug!", bellte Eastbrooke. „Oder ich schmeiße Sie persönlich raus."

„Das würde ich gern sehen, alter Mann."

„Andrew!", fuhr Harcourt seinen Bruder an. „Lass es!"

Buchanan knallte die Hacken aneinander und salutierte, erst seinem Bruder, dann dem General.

„Arsch", murmelte Seth.

Die Gesellschaft verteilte sich in kleinere Gruppen, auch wenn Lincoln nie weiter als eine Armlänge von mir weg war, während er mit den Lords Harcourt und Marchbank redete. Seth blieb auf meiner anderen Seite, und zwar so nah, dass ich spürte, wie sich alles in ihm sträubte, als Lady Harcourt zu mir schlenderte.

Sie trug tiefstes Schwarz mit ihrem üblichen tiefen Ausschnitt, der ihren Busen und den Schmuck in ihrer ganzen Perfektion zur Schau stellte. Wie immer war ich geblendet von ihrer Schönheit und ihrem Reichtum, auch wenn sie die Müdigkeit in ihren Augen und die Sorgenfalten um den Mund nicht verbergen konnte. Der Tratsch forderte Tribut.

„Das ist eine ungewöhnliche Kette", sagte sie und streckte die Hand nach der Kugel aus. Ich zuckte instinktiv zurück und sie lachte. „Ich werde sie nicht stehlen, Charlie. Ich wollte sie nur bewundern. Sie ist interessant. Wo hast du sie her?"

„Sie gehörte meiner Mutter."

„Oh? Das Armband auch? Gehören sie zusammen?"

„Lincoln hat mir das geschenkt."

Aus dem Augenwinkel sah ich, wie Seths Blick zu Lincoln wanderte, der aber nicht zuzuhören schien.

„Und du hast es nicht zurückgegeben, als eure Verlobung aufgelöst wurde?", fragte Lady Harcourt. „Meine Liebe, was für ein Signal sendest du ihm da? Ich weiß, du hast keine Mutter, die dich in ordentlicher Etikette anleitet, aber von Lady Vickers hätte ich mehr erwartet. Sie sollte dir sagen, dass eine Frau alle Geschenke zurückgibt, wenn sie eine Verlobung löst."

„Ich habe die Verlobung nicht gelöst, sondern er. Und dieses Armband wurde mir erst heute Abend überreicht. Es war das Geschenk eines Freundes, nicht eines Verlobten."

Das merkwürdige kleine Lächeln auf ihrem Gesicht fror ein. „Ich verstehe", war alles, was sie sagte, ehe sie weiterging, um mit General Eastbrooke zu reden.

„Ich glaube nicht, dass sie es ist", sagte Seth zu mir hinter vorgehaltenem Glas. „Sie ist zu sehr mit ihren eigenen Problemen beschäftigt, um Morde auszuhecken."

„Was ist mit den anderen?", murmelte ich. „Buchanan scheint mir zu betrunken zu sein. Wenn er mich heute Abend umbringen wollte, würde er dann nicht nüchtern bleiben wollen?"

„Auf jeden Fall. Hast du bemerkt, wie oft der General zur Tür schaut?"

„Vielleicht hat er Hunger."

Seth kicherte. „Gillingham hat seinen Stock fest im Griff. Da könnte ein Schwert drinstecken oder eine andere Art Waffe."

„Dann könnte auch Lord Harcourt eine Waffe in seiner Jackentasche haben. Er klopft immer mal wieder dagegen, als würde er sich vergewissern. Da! Jetzt hat er es wieder gemacht."

Ich beobachtete die Gäste weiter, während ich mich bemühte, leichte Konversation zu betreiben. Das war nicht so einfach, da Buchanan immer lauter wurde und mir ständig zuzwinkerte, Lady Harcourt, General Eastbrooke und Lord Gillingham mich ignorierten und Lord Harcourt und March-bank für sich blieben.

Der Dinner-Gong war die reinste Erlösung. Lincoln bot mir seinen Arm an, auch wenn er die standesgemäß höchste Dame hätte begleiten sollen, Lady Harcourt. Sie reagierte auf die Brüskierung mit geblähten Nasenflügeln und harten Gesichtszügen. Die anderen bemerkten es ebenfalls, behielten ihre Meinung aber weitestgehend für sich. Nur Lady Harcourts Stiefsöhne warfen sich einen Blick zu. Zu meiner Überraschung war es der ältere Bruder Lord Harcourt, der grinste. Buchanan presste die Lippen aufeinander.

Wir verließen den Salon, doch aufgrund eines Missverständnisses ging Lord Harcourt in die eine Richtung und ich in die andere, sodass wir mit den Ellenbogen aneinanderstießen. „Entschuldigung", murmelte er. „Habe Sie nicht gesehen."

„Ich komme gleich wieder dazu", sagte Buchanan, kurz bevor wir uns setzten.

Ich sah ihm nervös nach. Lincoln nickte kaum merklich, was vermutlich sein eigenes Misstrauen signalisieren sollte. Er schaute zu Seth, der leise hinaus schlüpfte, was die meisten Gäste bemerkten.

Seth und Buchanan kehrten einige Minuten später zurück, gefolgt von Doyle, der den Servierwagen ins Esszimmer schob. Er war strikt angewiesen worden, das Essen auf dem Weg von der Küche bis zum Esstisch nicht aus den Augen zu lassen. Trotzdem wartete ich, bis alle ihre Suppe gekostet hatten, ehe ich den Löffel eintauchte.

„Köstlich", sagte Gillingham auf der anderen Seite des Tisches. „Hab immer gesagt, dass Sie einen hervorragenden Koch haben."

Ich musste den Kopf etwas nach rechts neigen, um ihn an dem großen Kerzenständer in der Mitte vorbei sehen zu können. Er schien es ernst zu meinen. Der Dummkopf hatte vergessen, dass er selbst den Koch einst beschäftigt hatte.

Als Nächstes kamen Austern und Shrimps, wonach ich mich entschuldigte.

„Geht es dir gut?", fragte Lincoln mit glaubhafter Sorge.

„Nur ein wenig Unwohlsein", sagte ich auf dem Weg nach draußen. „Es ist bestimmt nichts."

Ich ging die Treppe hinauf und blieb auf dem Absatz stehen. Als ich nach unten schaute, unterdrückte ich einen Aufschrei. Andrew Buchanan folgte mir. Er taumelte die Stufen herauf, wobei er einmal stolperte. Er grinste lüstern.

Ich packte meinen Anhänger. „Was wollen Sie?"

„Ein Küsschen von einem hübschen Mädel", lallte er.

Die Worte hatten kaum seinen Mund verlassen, als Lincoln hinter ihm auftauchte. „Fassen Sie sie an und ich tue Ihnen weh."

Buchanan ergab sich mit erhobenen Händen. „Ich dachte, Sie beide wären nicht mehr zusammen. Wenn Sie sie immer noch für sich haben wollen, Fitzroy, hätten Sie das vorhin sagen sollen."

Lincoln stellte sich auf die gleiche Stufe wie Buchanan.

Buchanan schluckte. „Ich wollte mich nicht an ihr vergreifen. Es sei denn, sie hätte es gern gehabt. Manchmal wollen die das, aber ich schätze, das ist Ihnen bekannt."

Wenn er nicht bald den Mund hielt, würde Lincoln das möglicherweise bald für ihn mit seiner Faust erledigen.

„Was geht hier vor?", rief der General vom Fuß der Treppe. „Lincoln?"

„Buchanan wollte gerade ins Esszimmer zurückgehen", sagte Lincoln.

Buchanan wich zurück und wäre die Treppe hinuntergestürzt, hätte Lincoln nicht seinen Arm gepackt. Er ließ ihn nicht los und eskortierte ihn den ganzen Weg ins Esszimmer, gefolgt vom General.

Ich ging in mein Zimmer, blieb dort einige Minuten und kehrte dann zum Dinner zurück. Alle schauten auf, als ich eintrat.

„Geht es Ihnen besser?", fragte Marchbank.

„Ja, danke."

Gillingham nahm mein Weinglas und reichte es mir. „Ich finde ja, dass ein Glas Rotwein für das Befinden Wunder wirkt."

Warum war er so erpicht darauf, dass ich trank? Nicht nur ich war aus dem Raum gegangen, sondern auch Lincoln. Doyle war zwar in der Nähe, aber ich konnte nicht von ihm erwarten, dass er alle Gäste während unserer Abwesenheit im Blick behielt. Ich nahm das Glas entgegen und wartete, bis die Aufmerksamkeit abgeflaut war. Dann stellte ich es ab, ohne zu trinken.

Gillingham bemerkte es allerdings.

„Sind Sie dem Zirkusmörder inzwischen auf der Spur?", fragte Buchanan Lincoln überraschend nüchtern.

Sein Bruder knallte Messer und Gabel auf seinen Teller. Es hätte mich nicht gewundert, wenn der Teller einen Sprung bekommen hätte. „Um Himmelswillen, Andrew, nicht bei Tisch."

„Warum nicht? Hier sind doch alle bestens mit Blut und Übernatürlichen vertraut."

„Es sind Damen anwesend."

„Die sind wohl kaum zarte Blümchen, Donald."

„Trotzdem", sagte der General. „Nicht angebracht."

„Also gut." Buchanan konzentrierte sich auf die drei verschiedenen Braten und das Geflügel auf seinem Teller, aber ich hatte das Gefühl, dass er mit dem Thema noch nicht durch war. „Erzählen Sie mal", sagte er, als niemand sonst ein Gespräch anfing, „was werden Sie jetzt tun, wo Sie nicht mehr Teil des Ministeriums sind, Fitzroy?"

„Reisen", sagte Lincoln schlicht.

„Nein", warf der General ein. Alle sahen ihn an. Sein Blick, der auf die Tür hinter mir gerichtet gewesen war, verlagerte sich zu Lincoln. „Bleiben Sie hier in London. Sie werden zurückberufen."

„Er wird nicht gebraucht, General", sagte Gillingham. „Wir können ohne ihn ermitteln. Wir haben die nötigen Mittel."

„Das sehe ich anders."

Lady Harcourt tupfte sich die Mundwinkel mit ihrer Serviette ab. „Gentlemen, bitte, meine Nerven—"

„Denen geht's gut", warf der General ein. „Hör auf zu übertreiben, Julia."

Lady Harcourts Augen weiteten sich. Ich würde wetten, dass sie schon lange nicht mehr so respektlos angesprochen worden war.

„Also wirklich", sagte Buchanan, „das war unnötig."

„Auch das sehe ich anders." Der General wandte sich an Lincoln, bekam aber nicht die Gelegenheit, zu sprechen.

„Es gibt keine Veranlassung, so schroff zu sein", sagte Lord Harcourt. „Ausnahmsweise stimme ich meinem Bruder mal zu. Was auch immer Ihre Zwistigkeiten mit Julia sind, sie ist eine Lady und verdient Ihren Respekt."

Schroff.

Ich blinzelte Harcourt an. Er hatte recht. Der General hatte eine schroffe und zielgerichtete Art zu sprechen. Genau wie die Briefe an Dr. Bell. Nicht nur das, er schaute auch häufig zur Tür. Warum? Wen erwartete er?

Ich versuchte, Lincolns Aufmerksamkeit zu erhaschen, aber er konzentrierte sich ebenfalls auf den General. Hatte er die gleichen Rückschlüsse gezogen?

Mit der Hand auf meinen Magen gepresst, stand ich erneut auf. „Entschuldigung", murmelte ich und hoffte, dass mein Gesicht schmerzverzerrt wirkte.

Mehrere Blicke brannten sich in meinen Rücken, während ich hinausging, und wieder erreichte ich den oberen Treppenabsatz, ehe ein Gast mich einholte. Es war allerdings nicht der General, wie ich erwartet hatte, sondern Lady Harcourt mit Lincoln dicht auf ihren Fersen. Sie hastete die Treppen hinauf und blieb unter dem Kronleuchter stehen. Dutzende kleiner Gasleuchten betonten die Juwelen in ihren Haaren und das grausame Blitzen in ihren Augen.

„Sag mir ein für alle Mal, bist du mit Lincoln zusammen?", fragte sie.

Lincoln wurde langsamer. Seine Schritte waren so leicht, dass sie ihn nicht gehört hatte. Ich packte die Kette meines Kobolds.

„Das geht Sie nichts an", erwiderte ich.

„Das geht mich sehr wohl etwas an, du kleine Kanalratte." Sie hob die Hand, aber ich wehrte die Ohrfeige mit Leichtigkeit ab. Zwar hatte ich mein Training nicht wieder aufgenommen, seit ich nach Lichfield zurückgekommen war, aber die Bewegungen zur Selbstverteidigung, die Lincoln mir beigebracht hatte, hatte ich nicht vergessen.

Mit einer Geste hielt ich Lincoln auf. Ich wollte die Dinge ohne seine Einmischung mit ihr regeln. „Kanalratte? Fällt Ihnen nichts Originelleres ein?"

„Er gehört mir", zischte sie und bleckte die Zähne. So wild hatte ich sie noch nie gesehen. Trotz der Juwelen und eleganten Kleidung sah sie so verzweifelt und gemein aus wie eine Hure in den Slums, die ihr Revier verteidigte. „Du kannst für einen solchen Mann unmöglich interessant genug sein."

„Er gehört Ihnen nicht, Lady Harcourt, ebenso wenig wie mir. Er wird niemals irgendeiner Frau *gehören*. Wenn Sie ihn gut kennen würden, wüssten Sie das." Ich schaute an ihr vorbei zu Lincoln. Sein Blick sprang zu mir, dann zurück zu ihr, aber ich sah das kurze Aufflackern darin. Einen Hoffnungsschimmer.

Buchanan stand wenige Stufen unterhalb von Lincoln, das Gesicht ahnungsvoll verzogen. Er starrte Lady Harcourts Rücken an, presste die Lippen aufeinander und machte dann auf dem Absatz kehrt. „Doyle", rief er, während er die Treppen wieder herunter trampelte. „Meinen Mantel! Ich fahre."

Lady Harcourt drehte sich um und schnappte nach Luft, als sie Lincoln sah. Sie taumelte etwas, bis sie das Treppengeländer erwischte. „Du kannst nicht die Kutsche nehmen", sagte sie zu Buchanan.

„Ich laufe. Doyle!"

Der Butler tauchte auf, ebenso wie alle anderen Gäste, die sich in der Tür des Esszimmers drängten, um besser sehen zu können. Lady Harcourt schritt die Treppe wie eine Königin herab, den Kopf mit absoluter Unnahbarkeit hoch erhoben. Manchmal wünschte ich mir, ich könnte äußerlich auch so ruhig bleiben. Ich folgte ihr und gesellte mich wieder zu den Gästen.

„Warum gehst du?", fragte Lord Harcourt seinen Bruder.

„Mir hat diese falsche Schlange schon zu oft ins Gesicht gespuckt." Er schnappte seinen Mantel und Hut aus Doyles Händen und warf Lady Harcourt einen boshaften Blick zu. „Mir reicht's."

„Es ist eiskalt da draußen! Du kannst nicht den ganzen Weg nach Hause laufen."

„Lass ihn gehen." Lady Harcourt zeigte Buchanan die kalte Schulter. „Gestatte ihm seinen dramatischen Abgang."

„Gott, wie ich dich hasse", zischte Buchanan. „Ich wünschte, du würdest wieder unter dem Stein verschwinden, unter dem du hervorgekrochen bist."

„Es reicht", befahl Marchbank.

Buchanan riss in dem Moment die Tür auf, als tief im Inneren des Hauses ein Schuss erklang.

„Scheiße!", kam Gus' entfernter Schrei aus der gleichen Richtung.

Oh Gott.

„Was geht hier vor?", fragte Gillingham, der sich in Richtung Haustür wagte. „Fitzroy, ist das irgendein kranker Scherz?"

Lincoln zog eine Pistole aus dem Hosenbund, die von seinem Jackett verdeckt gewesen war. Lady Harcourt schrie auf und rückte näher an die anderen heran. Ich bewegte mich zu Lincoln und Seth.

„Alle bleiben hier." Lincolns Befehl mochte allen gegolten habe, aber er sah Seth und mich an, während er sprach. „Folgt mir nicht, egal was ihr hört."

„Sie können nicht nach da hinten gehen!", brüllte der General. Aber Lincoln ging bereits mit langen Schritten davon.

Seth legte den Arm um mich. Er starrte auf die Tür zum Dienstbotenbereich, die sich hinter Lincoln schloss. „Alles wird gut", murmelte er. „Gus geht's gut. Dem hässlichen Kerl geht's immer gut. Den haut nichts um. Der kommt klar." Er rieb sich mit zitternder Hand über den Mund.

Ich legte meinen Arm um seine Taille und drückte, was meine eigenen Befürchtungen jedoch nicht schmälerte. Mein Herz hämmerte im Hals und mir war plötzlich schrecklich kalt, obwohl die Haustür wieder geschlossen war. Buchanan war nicht gegangen. Niemand rührte sich. Es war, als wäre die Zeit stehen geblieben, während wir auf Lincoln warteten.

„Zurück ins Esszimmer." Das Bellen des Generals erschreckte mich. „Alle! Jetzt!" Mit ausholenden Bewegungen trieb er die anderen vor sich her. „Ihr auch", sagte er zu Seth und mir.

Ich ignorierte ihn. „Ich hasse es, nichts zu wissen", sagte ich. „Vielleicht sollten wir nachsehen."

„Er ist in der Lage, damit klarzukommen, was auch immer da hinten passiert." Der General klang nicht ganz überzeugt von seinen eigenen Worten. „Er will dich in Sicherheit wissen, Charlie. Geh zu den anderen."

„Er hat recht", sagte Seth. „Ich habe ein schlechtes Gefühl bei der Sache."

Ich erlaubte Seth, mich ins Esszimmer zu bringen, umklammerte allerdings meinen Anhänger, um meine Angst zu beherrschen. Alle anderen, auch Doyle, warteten drinnen, die Blicke auf die Tür gerichtet. Ich stellte mich zwischen Seth und Doyle.

Dann gingen die Kerzen aus.

„Also wirklich!", rief Gillingham lauter als alle anderen.

„Wer hat sie ausgeblasen?", verlangte der General zu wissen.

Ich hatte es nicht gesehen. Meine Aufmerksamkeit war auf die Tür gerichtet gewesen.

„Doyle!" Lady Harcourts Kreischen kratzte wie Fingernägel auf einer Tafel. „Doyle, zünden Sie sie wieder an!"

„Ja, Ma'am." Ich spürte, wie er wegging. Die plötzliche Abwesenheit seiner soliden Gestalt ließ mir das Blut in den Adern gefrieren. Ich konnte nichts im Dunkeln sehen, nicht einmal Umrisse. Der Geruch von Kerzenrauch füllte den Raum.

„Ich befreie dich", murmelte ich, aber mein Kobold kam nicht aus seinem Kokon.

Seths Arm lag um mich. „Bleib nahe bei mir", sagte er in mein Ohr.

Das hatte ich unbedingt vor, aber meine Arme wurden plötzlich von hinten gepackt. Ich wurde weggerissen und mit dem Gesicht voran auf den Boden geworfen. Große, kräftige Finger hielten meine Hände auf dem Rücken fest.

„Charlie!", rief Seth. „Charlie! Wo bist du?"

„Hier!", konnte ich noch rufen, ehe sich eine Faust in meinen Mund rammte. Mein Kopf schlug auf den Boden auf. Ich war benommen.

Lärm. So viel Lärm erfüllte meinen Kopf. Schreie. Gebrüllte Befehle. Das Wummern meines Blutes.

Dann drückte sich ein Messer gegen meine Seite. Die kalte, scharfe Spitze drang durch die Lagen meiner Kleidung in meine Haut.

Ich wehrte mich, trat um mich, aber ein schwerer Körper drückte mich nieder. Meine armseligen Versuche bewirkten rein gar nichts. Es war definitiv ein Mann und nicht Gillingham. Der war nicht groß genug.

Das Messer verletzte mich.

Ich schrie auf, was aber in einer Explosion unterging. Der Boden erbebte unter mir. Gläser und Teller schepperten. Die Schreie erstarben plötzlich und eine unheimliche Stille folgte.

„Nein", keuchte der Mann über mir. „Noch nicht." Der Druck ließ genug nach, dass ich mich umdrehen und in einer geschmeidigen Bewegung nach oben schlagen konnte. Meine Faust traf mit einem befriedigenden, aber schmerzhaften Knirschen.

„Charlie!", rief Seth.

„Hier unten!", schrie ich und schlug wieder zu.

Ich musste meinen Angreifer benommen gemacht haben, denn er ließ von mir ab, rückte aber nicht ganz von mir herunter. Ich wand mich und schob, bis ich frei war. Doyle zündete eine Kerze wieder an und in dem schwachen Licht wurde mir klar, dass ich mich nur befreit hatte, weil Seth den Angreifer von mir weggezogen hatte.

„Sie!", fuhren sowohl Seth als auch ich General Eastbrooke an.

Er atmete schwer und seine Stirn war schweißgebadet, aber er sah uns nicht an, sondern starrte auf die Tür. „Lincoln", murmelte er mit weit aufgerissenen Augen. „Das sollte jetzt noch nicht hochgehen. Lincoln … mein Sohn."

Ich rappelte mich auf die Füße, hob meine Röcke an und sprintete zur Tür hinaus. „Lincoln!"

KAPITEL 19

Mir schlug eine Wand aus Hitze und Rauch entgegen, als ich die Küche erreichte. In dem dichten, wogenden Qualm konnte man unmöglich erkennen, wie viel von der Küche brannte. „Lincoln!", schrie ich.

Keine Antwort. Nur Rufe hinter mir und das Knistern der Flammen vor mir. Tränen brannten in meinen Augen und beeinträchtigten meine Sicht. Ich vergrub Mund und Nase in meiner Armbeuge und ging weiter. Ich musste ihn finden. Er musste in Sicherheit sein, irgendwo, lebend. Er *musste* einfach.

Sonst ...

Ich hustete ebenso aufgrund der erstickenden Angst und Tränen wie des Rauches. Vergeblich versuchte ich, in der grauen Wolke menschliche Formen auszumachen. Lediglich den Tisch und den Herd konnte ich erkennen, keine Personen.

Jemand hustete und prustete. Lincoln! Oder Gus oder der Koch vielleicht. Ich musste da rein, aber die Luft wurde aus meinen Lungen gedrückt und Qualm drang ein. Ich hustete in meine Armbeuge und kroch vorwärts.

Der Bernstein an meiner Kette pulsierte. Der Kobold! Die anderen würde er nicht retten, aber mich.

Hinter mir erklangen Stimmen und ein Durcheinander unverständlicher Rufe. Dann tauchte plötzlich der General aus dem Dunkel auf und ging mit einem Knurren auf mich los.

Ich stürzte mich in den rauchigen Dunst der Küche. Beißende Hitze schlug mir ins Gesicht und raubte mir den letzten Atem. Qualm schnürte mir die Kehle zu. Ich konnte nicht atmen. Mir wurde schwindelig. Ich fiel auf die Knie, schaffte es aber, die Hand um die schnell wummernde Bernsteinkugel zu legen.

„Ich befreie dich", würgte ich heraus.

Licht blitzte auf und der Kobold ragte groß und real vor mir auf. Sein haarloser Körper bäumte sich auf und die grünen Schlitzaugen fixierten einen Punkt hinter mir, als ob er den General herausfordern würde, mich anzugreifen.

„Teufel!", kreischte Gillingham. „Sie ist eine Hexe!"

„Zurück!", befahl der General. „Bleibt alle zurück!"

Mein Brustkorb schmerzte. Meine Kehle brannte. Hitze umwirbelte mich, stärker nahe der Speisekammertür, die in Flammen stand. Ich tastete mich wie eine Blinde vor. *Vertraue dem Kobold.*

Der veränderte plötzlich seine Gestalt. Die katzenhafte Kreatur wirbelte immer schneller herum, bis sie verschwamm. Der Rauch wurde wie Staub in einem Wirbelsturm mitgerissen. Der Kobold drehte sich aus der Küche heraus, jagte die panischen Zuschauer auseinander und zog den Qualm hinter sich her.

Ich machte zwei tiefe Atemzüge in der halbklaren Luft, ehe mehr Rauch über den Flammen aufquoll. Durch meine Tränen konnte ich gerade so drei Körper und ein abgetrenntes Bein auf dem Boden zwischen zerbrochenen Möbeln, Geschirr und verschütteten Speisen ausmachen. Ich erkannte den Koch, Gus und Lincoln. Nur der Koch hustete. Die beiden anderen rührten sich nicht.

Oh Gott, oh Gott.

„Wasser!", schrie Seth. „Löscht das Feuer, bevor es sich ausbreitet."

„Bleib da", knurrte der General und richtete eine kleine Pistole auf Seth. „Niemand bewegt sich."

„Es reicht, General", schnappte Marchbank. „Legen Sie die Waffe weg und lassen Sie uns helfen."

„Holt Lincoln raus", sagte der General. „Sonst niemanden."

„Sind Sie wahnsinnig?"

„Er ist mein Sohn!"

„Nein", krächzte ich. „Ist er nicht."

Der General richtete die Waffe auf mich. „Du hast ihn verdorben. Du hast ihn verändert. Er war loyal und zufrieden mit seinem Dienst für das Ministerium, bis du aufgetaucht bist."

Ich konnte nicht protestieren. Ein Hustenanfall übermannte mich und Schnodder lief mir aus der Nase und Tränen aus den Augen. Mein Kobold war weg und ich konnte den General aus meiner geschwächten Position auf allen vieren heraus nicht angreifen.

„Verdammte Hexe. Du fährst zur Hölle, wohin deinesgleichen gehört." Er drückte ab und ein Schuss ertönte.

Trotzdem starb ich nicht. Ich öffnete die Augen—ich hatte nicht gemerkt, dass ich sie zugekniffen hatte—und sah den Kobold auf den Hinterbeinen stehen, eine Kugel in einer Pfote, einen Eimer in der anderen. Er kippte das Wasser aus dem Eimer über die Flammen, die am Türrahmen der Speisekammer loderten, als ob er so etwas täglich tun würde und nicht gerade mein Leben gerettet hätte.

Seth packte die Waffe, als der General benommen auf den Kobold starrte.

„Was ist das für ein Ding?", fragte Gillingham hinter Lady Harcourts Rücken.

„Zur Seite", befahl Marchbank und schob sich durch. Er, Buchanan und Harcourt kamen mit Eimern angelaufen. Sie warfen Wasser auf die Flammen. Dank ihnen und dem behänden Kobold war das Feuer bald gelöscht.

Die Küche war ein einziges verkohltes Chaos. Durch die Scherben und zersplitterten Möbel kroch ich zu Lincolns reglosem Körper. Zu reglos.

Ich wischte ihm die Haare aus dem Gesicht und presste mein Ohr an seinen Mund. Sein flacher Atem klang keuchend. Trotz meiner ausgedörrten Kehle fing ich an zu weinen.

„Lebt er?" Lady Harcourt kniete mit einer Kerze neben mir. Jetzt, da das Feuer gelöscht war, war es die einzige Lichtquelle.

Ich nickte und sie stieß ein leises Jammern aus. Der General murmelte etwas zur Decke hin und senkte dann den Kopf. „Mein Junge."

Ich war zu erschöpft, um ihm zu sagen, dass Lincoln sich nicht als Sohn des Generals betrachtete.

„Doyle", sagte ich rau. „Holen Sie Dr. Fawkner."

Der Butler nickte und verschwand.

Ich streichelte Lincolns Gesicht. Abgesehen von der blauschwarzen Beule auf seiner Stirn wirkte er so blass. Er sah jünger aus, aber das mochte daran liegen, dass ich ihn noch nie so hilflos gesehen hatte. Ich presste meine Lippen auf seine, halb küssend, halb atmend in der Hoffnung, dass ich die Macht hatte, ihn am Leben zu halten.

„Weg von ihm", zischte Lady Harcourt. „Du erstickst ihn."

Ich hielt seinen Kopf auf meinem Schoß und streichelte weiter seine Haare, während ich nach Anzeichen suchte, dass er überleben würde. Doch da war kein Blinzeln der Augenlider, kein Öffnen der Lippen. Er blieb totenbleich.

„Dummkopf!", fluchte der General. „Er hätte es noch nicht auslösen sollen."

Ich folgte seinem Blick zu dem abgetrennten Bein, das noch mit Hose und Stiefel bekleidet war. Es gehörte weder dem Koch, noch Gus, noch Lincoln.

„Sie haben diese Explosion eingefädelt?", verlangte Marchbank zu wissen. „Sind Sie irre?"

„Wir hätten alle getötet werden können!", knurrte Harcourt.

„Idioten!", gab der General patzig zurück. „Ihr alle! Es gibt keine Schlacht ohne Opfer, aber ich habe nicht ein einziges Mal *eure* Leben in Gefahr gebracht. Nur die derer, die austauschbar sind."

„Lincoln ist nicht austauschbar!", kreischte Lady Harcourt.

Die Gesichtszüge des Generals entgleisten. Sein Blick wurde weicher, als er Lincoln ansah. „Irgendwas ist schief gegangen. Die Explosion hätte jetzt noch nicht erfolgen sollen. Es war zu früh. Zu verdammt früh."

„Sie haben versucht, Charlie im Esszimmer zu töten", knurrte Seth und riss heftig an Eastbrookes Arm.

Der ältere Mann zuckte zusammen. „Sie ist eine Gefahr für die Gesellschaft! Jeder von euch weiß das. Sogar Sie, Vickers."

Buchanan ballte die Faust, um den General zu schlagen, doch der bewegte sich und der Schlag traf stattdessen Seths Kinn. Er taumelte zurück und musste seinen Griff gelockert haben, denn der General riss sich los und schnappte sich die Waffe vom Boden, die ich als Lincolns erkannte. Er zielte auf mich.

„Buchanan, Sie verdammter Idiot", sagte Seth und rieb sich das Kinn. Er wollte seine Waffe heben, aber da der General seine auf mich gerichtete hatte, senkte er sie fluchend wieder.

Der Kobold richtete sich wieder hoch auf.

Eastbrooke beäugte ihn mit einer Mischung aus Furcht und Bewunderung. „Er beschützt nur dich, nicht wahr?" Mit einem abfälligen Schnaufen zielte er auf Gus, der jetzt am Boden anfing zu husten. Sein Hemd zeigte Blutflecken an der Hüfte.

Der Koch setzte sich schwankend auf und rieb sich die Augen. Blitzschnell erfasste er die Situation und wollte zu mir, doch der General befahl ihm, sitzen zu bleiben.

„Ihr bleibt alle, wo ihr seid", sagte er. „Oder ich *werde* ihn töten."

„Was glauben Sie denn, was passiert?", fragte ich. „Meinen Sie, Lincoln wird Sie nach dem hier wie einen Vater behandeln? Sie sind wirklich verrückt, wenn Sie das glauben."

„Du hast ihm den Kopf verdreht." Einen Augenblick lang zielte er auf mich, ehe er die Waffe wieder auf Gus richtete.

Ich schloss die Augen und murmelte ein Gebet, ein vertrautes, das ich so lange nicht mehr aufgesagt hatte.

„Deswegen hat er dem Beschluss des Komitees zugestimmt, ihn als Leiter abzusetzen", fuhr er fort. „Wegen dir. Weil er glaubt, dass du das willst. Er hört auf niemand anderen mehr."

„Warum wollen Sie ihn denn so verzweifelt als Leiter haben? Wegen einer uralten Prophezeiung, deren Ursprung niemand mehr zurückverfolgen kann?"

„Vergiss die Prophezeiung. Ich will ihn als Leiter haben, weil es das ist, was er ist. Es ist ein Teil von ihm, genau wie es ein Teil von mir ist, bei der Armee zu sein, und es ein Teil von dir ist, Nekromantin zu sein. Das ist sein Leben, seine *Essenz*." Seine Zunge zuckte über seine Oberlippe. „Was ist er denn ohne das Ministerium?"

Meine Hand hielt auf Lincolns Wange inne, die ich gedankenverloren gestreichelt hatte. So sehr es mir widerstrebte, ich musste dem General recht geben. Lincoln und das Ministerium waren ebenso miteinander verwoben wie ich mit meiner Nekromantie. Auch wenn ich nicht als Nekromantin betitelt werden wollte—oder als Kanalratte oder als Waise—konnte ich doch nicht abstreiten, dass ich all das war. Ich war die Summe aller meiner Erfahrungen und doch war ich noch so viel mehr.

Ich konnte nicht zulassen, dass Lincoln das Ministerium für mich aufgab, genauso wenig, wie er von mir verlangen konnte, keine Nekromantin mehr zu sein. Das hatte er versucht und es hatte nicht funktioniert. Er hatte aus seinen Fehlern gelernt. Es war wichtig, dass ich jetzt nicht bei ihm die gleichen Fehler machte.

„Legen Sie die Waffe weg", sagte Seth ruhig. „Sie wollen doch nicht wirklich, dass jemand verletzt wird.

Der General packte die Pistole mit beiden Händen, um sie ruhig zu halten. „Wenn Sie das glauben, dann haben Sie keine Ahnung. Ich habe unzählige Männer getötet, Vickers. Mehr als Sie je erfahren werden. Ich habe meine eigenen Männer in den sicheren Tod geführt." Er schluckte und wischte sich Nase und Mund an der Schulter ab.

„Die Kampagne in Bhutan?", fragte Marchbank. „Ich erinnere mich an deine Rückkehr. Du warst … ein anderer Mensch."

„Fünfundzwanzig Jahre ist es her. So viele Tote … meine Jungs. Es hätte eine leichte Schlacht gegen einen schwächeren Gegner sein sollen, aber … es war ein Blutbad."

„Also deswegen wollten Sie sie mithilfe des Serums wiederbeleben", beendete ich den Gedanken für ihn.

„Für sie ist es zu spät, aber nicht für andere. Stellt euch vor, wir hätten eine Armee, die immer und immer wieder aufersteht. Wir würden keine frischen Soldaten brauchen. So viele Leben könnten verschont werden. Keine strammen jungen Männer würden mehr niedergemäht werden."

Seine ehrenhaften Gründe machten alles noch tragischer. „Warum jetzt?", fragte Lady Harcourt.

„Ich versuche es schon seit Jahren. Niemand kam auch nur ansatzweise heran, außer Bell. Dann hast *du* alles verdorben, Hexe, indem du Lincoln überzeugt hast, ihn dort wegzuholen."

„Bell stand nicht kurz davor, ein Serum herzustellen", sagte ich.

„Das war er. Er hat mir erst gestern Abend geschrieben, dass er den Körper von Mannering, einem kürzlich verstorbenen Kollegen, wiederbelebt hat."

„Ich habe Mannering wiederbelebt."

Eastbrookes Lippen öffneten sich. Ein Schweißtropfen rann ihm ins Auge und er blinzelte. „Du?", flüsterte er.

„Warum jetzt all diese Morde, meinte ich", sagte Lady Harcourt. „Wenn Sie die Übernatürlichen so hassen, warum haben Sie sie nicht vorher schon getötet? Sie hatten Jahre Zeit."

Er leckte sich über die Lippen. „Weil mir erst klar geworden ist, was alles möglich ist, als *sie* auftauchte und Frankenstein nach ihr suchte. Er konnte sie benutzen, um die Toten selbst zu erwecken. Sie war der Schlüssel für seine Experimente. Sie und andere wie sie. Ich musste alle Übernatürlichen eliminieren, die das Potenzial für so unmenschliche Zwecke bargen."

„Aber *Sie* wollten die Toten doch auch auferstehen lassen", sagte ich. „Was hat Frankenstein denn anderes getan?"

„Wenigstens wäre das Serum mit mir an der Spitze für England genutzt worden, um unsere Feinde zu besiegen. Nicht auszudenken, wenn ein skrupelloses Monster Frankensteins Experimente perfektioniert und sie an ein anderes Land verkauft hätte, zusammen mit dem Nekromanten. Stellt euch vor, was unsere Feinde mit so einer mächtigen Magie machen würden. Bei einem von mir kontrollierten Serum gäbe es wenigstens kein Risiko, dass übernatürliche Schurken sich an den Höchstbietenden verkaufen. Mein Serum würde hier sicher verwahrt und nur im Kriegsfalle eingesetzt werden."

„Ich bin keine Gefahr, General", sagte ich mit einer gelassenen Autorität, die mich selbst überraschte. Ich fühlte mich alles andere als gelassen. „Nicht mehr als jeder andere auch. Sie können so nicht Gott spielen."

Seine Nasenflügel bebten. „Du auch nicht."

„Glaub nicht, dass wir dich gehen lassen", sagte Marchbank. „Es muss eine Bestrafung geben."

Gus rührte sich. Seine Augen gingen auf und er brummelte

etwas, das ich nicht hören konnte. Eastbrooke schaute auf ihn herab.

„Nicht schießen!" Seth bewegte sich langsam, sehr langsam auf ihn zu, die kleine Pistole des Generals noch in der Hand. Er zielte auf Eastbrookes Brust. „Es ist sinnlos. Wenn Sie ihn erschießen, erschieße ich Sie. So einfach ist das."

Eastbrooke blinzelte Lincoln an, der in meinen Armen lag. Tränen traten ihm in die Augen. „Holt ihm einen Arzt. Sagt ihm, dass es mir leidtut." Er richtete die Waffe auf seinen Hals und drückte ab.

Ich schloss gerade noch rechtzeitig die Augen, um es nicht mit ansehen zu müssen, öffnete sie aber wieder, um den Geist des Generals aus seinem Körper schweben zu sehen. Er formte seine Gestalt in der Luft und verharrte dort, den traurigen Blick auf Lincoln gerichtet. Mein Herz zog sich zusammen.

„Ich sage es ihm", erklärte ich dem Geist.

Er warf mir einen Blick zu und nickte, ehe er sich auflöste und davonflog. Ich atmete aus.

„Ist er weg?", flüsterte Lady Harcourt mit bebenden Lippen.

Mein Kobold schrumpfte auf seine normale Katzengröße und wühlte sich mit einem leisen Maunzen in meine Röcke. „Geh zurück", befahl ich ihm. „Ruh dich jetzt aus."

Der Lichtblitz erhellte für einen kurzen Moment den dunklen Raum.

„Du hast eine Menge zu erklären, Mädchen", fuhr Gillingham mich an. Jetzt, da die Gefahr gebannt war, stand er wie ein Pfau da, die Brust geschwellt, die Beine breit. Seinen Stock hatte er zurückgelassen.

„Sei doch still", sagte Marchbank. Er klang müde.

Dr. Fawkner kam angerannt und betrachtete die blutige Szene mit einer Mischung aus Schrecken und Neugier. „Sie sagten, es hätte einen Unfall gegeben", sagte er zu Doyle. „Ein solches Chaos hatte ich nicht erwartet." Er kam vorsichtig durch das Durcheinander zu mir und Lincoln. Doyle, der Lincolns Arztkoffer trug, folgte ihm auf den Fersen.

Fawkner beugte sich über Lincoln, während Seth in der Tasche herumwühlte und Lappen herausholte. Er hob Gus'

Hemd hoch und wischte stumm das Blut weg, um die Wunde zu inspizieren. Gott sei dank schien sie nicht tief zu sein.

„Wird er wieder gesund?", fragte Lady Harcourt Dr. Fawkner.

„Schwer zu sagen." Fawkner öffnete Lincolns Jacke, die West und das Hemd und untersuchte ihn. „Der Schlag auf den Kopf muss heftig gewesen sein, denn sonst sehe ich keine weiteren Verletzungen."

„Er war der Explosion am nächsten", sagte der Koch, der den toten Körper des Generals wegzog. „Abgesehen von Eastbrookes Kutscher." Er nickte in Richtung der verkohlten Speisekammer, wo möglicherweise die Überreste des Kutschers lagen. Ich wollte nicht hinsehen. „Die Wucht der Detonation hat Fitzroy gegen die Wand geschleudert, aber mehr habe ich nicht gesehen, bevor ich getroffen wurde." Er hob ein Stuhlbein hoch, als wäre das der Übeltäter. „Irgendetwas muss Fitzroy auch am Kopf getroffen haben. Gus—er wurde angeschossen, bevor Fitzroy reinkam." Er hockte sich neben Seth und packte Gus' Unterarm. Sie lächelten sich grimmig an. Vielleicht waren sie erleichtert, dass sie beide überlebt hatten.

„Es ist nicht allzu schlimm", sagte Seth mit einer Fröhlichkeit, die ich ihm keine Sekunde abkaufte. Er war genauso besorgt wie wir alle. „Also heischt nicht nach den Sympathien der Ladys."

Gus klopfte Seth auf die Schulter. Er schaute zu mir, dann zu Lincoln. „Ist bei ihm alles in Ordnung, Doc?"

„Er muss bequem liegen", sagte Dr. Fawkner. „Hoffentlich wacht er bald auf."

„Hoffentlich?", rief Lady Harcourt. „Ist das alles, was Sie tun können? Hoffen?"

Fawkner wich vor ihr zurück und stolperte beinahe über einen Topf. „Kopfverletzungen sind unberechenbar. Ich … es tut mir leid."

„Bringt Lincoln in sein Zimmer", sagte ich allgemein in die Runde. Buchanan und Harcourt traten näher und hoben ihn hoch. Sie trugen ihn hinaus, angeführt von Doyle, der zwei Kerzen hochhielt.

Zu Fawkner sagte ich: „Sie können jetzt nach Hause gehen.

Die Gefahr ist gebannt und Sie sind frei." Ich schaute auf die Füße des Generals. Sein Gesicht mied ich. „Wir werden Dr. Bell morgen in Kenntnis setzen."

Fawkner streckte den Hals aus seinem Kragen und beäugte Lady Harcourt vorsichtig. Sie hatte allerdings nur Augen für ihre Stiefsöhne, die Lincoln forttrugen. Ich widerstand dem Bedürfnis, ebenfalls zuzusehen, auch wenn alles in mir ihnen hinterherrennen wollte.

„Ich werde erst nach Ihren Freunden schauen", sagte Fawkner.

Ich berührte seinen Arm. „Danke."

Seth zog mich kurz an sich. „Geh und bleib bei ihm, Charlie. Ich kümmere mich hier unten um alles."

Ich ging los. Lady Harcourt versuchte, an mir vorbei zu stürmen, aber Seth hielt sie auf. „Nein", knurrte er. „Du musst aufräumen helfen."

„Ich räume nicht auf", sagte sie mit dem Trotz, den ich von ihr erwartete, den ich in letzter Zeit aber nicht gesehen hatte. „Ich bin Lady Harcourt."

Ihre Stiefsöhne holte ich ein, als sie Lincoln auf sein Bett legten. Sie zogen ihm das Jackett und die Weste aus, das Hemd jedoch nicht. Ich bedankte mich bei ihnen und setzte mich auf den Rand der Matratze. Dass sie den Raum verlassen hatten, merkte ich erst, als ich die Tür hörte.

Lincoln lag reglos da. Die Beule auf seiner Stirn hob sich tiefschwarz von seiner fahlen Haut ab. Das war falsch. Jemand mit Lincolns Lebendigkeit und Stärke sollte nicht so schwach sein. Er würde es hassen. Und er würde es hassen, dass ich ihn so sah.

Ich berührte seine Wange. Sie fühlte sich kühl an, also zerrte ich die Bettdecke hervor und stopfte sie um ihn herum. Seine Lider flatterten und ich hielt die Luft an, aber er wachte nicht auf. Ich streichelte seine Wange, seine Stirn, fuhr die Linie seiner Brauen mit dem Finger bis zum Rand nach, unterhalb der Beule. Kopfverletzungen waren unberechenbar, hatte Dr. Fawkner gesagt. Lincoln konnte mit Gedächtnisverlust aufwachen, oder seine Sprache konnte beeinträchtigt sein oder sein Körper. Oder er wachte vielleicht nie wieder auf.

Mein Magen drehte sich um. Tränen rollten, auch wenn ich gedacht hatte, ich hätte genug vergossen. Wenn er starb ... Das Loch, das seine Abwesenheit in mein Leben reißen würde, würde sich nie wieder schließen.

Leise Schritte näherten sich. „Charlie", flüsterte Doyle von der Tür her. „Ich habe Tee gebracht. Ich dachte, Sie brauchen ihn vielleicht." Er stellte das Tablett auf den Nachttisch und schenkte mir eine Tasse ein.

„Danke." Ich nahm meine Tasse und ging mit dem Butler ins Nebenzimmer. „Wie geht es den anderen?"

„Die Gäste sind gefahren. Es wurde entschieden, dass die Polizei nicht informiert wird. Die Gentlemen haben die Leiche des Generals entfernt und, äh ... was von seinem Kutscher noch übrig war. Der Kutscher wird entsorgt und seine Familie informiert, aber Details über seine Beseitigung werden nicht preisgegeben. Die Leiche des Generals wird in seiner Kutsche in der Nähe seines Hauses deponiert. Jegliche Nachfragen der Polizei werden von deren Vorgesetzten zerstreut und eine ordentliche Bestattung arrangiert *et cetera*."

„Er hatte keine Familie", sagte ich dumpf. „Nur Lincoln, in gewisser Weise."

„Seth und ich kümmern uns darum, dass die Küche wieder in Ordnung kommt. Der Koch behält den Überblick. Den Tee musste ich am Feuer des Salons zubereiten."

„Stellen Sie sicher, dass der Koch und Seth sich auch ausruhen. Und Gus?"

„Im Bett."

„Gut. Danke, Doyle."

Er lächelte mich freudlos an. „Seien wir nur froh, dass Bella den Abend frei hatte und ihre Herrin außer Haus ist."

Ich schaute auf die Uhr auf Lincolns Schreibtisch. „Sie wird bald zu Hause sein." Ich seufzte. Auf die Erklärungen freute ich mich nicht. „Ich komme runter und helfe."

„Das ist keine Arbeit für eine junge Frau. Bleiben Sie hier und passen Sie auf Mr Fitzroy auf."

„Ich habe schon früher Blut weggeputzt." Und Reste von Gehirnmasse und Schädelknochen—von Lord Harcourts Schwager.

„Seth geht mir an den Kragen, wenn ich Sie nach unten lasse. Ruhen Sie sich hier oder in Ihrem Zimmer aus."

„Also gut. Danke, Doyle. Sie sind ein Wunder."

Er ging, aber ich ruhte mich weder aus, noch kehrte ich in Lincolns Schlafzimmer zurück. Ich war zu aufgedreht, um zu schlafen. Die Teetasse stellte ich auf dem Schreibtisch ab und suchte nach einer Liste der Übernatürlichen und wohin sie gegangen waren. Das half mir, mich von dem Mann auf dem Bett und den Geschehnissen abzulenken. Über den General und was er getan oder versucht hatte, wollte ich nicht nachdenken. Auch wollte ich die Gefühle, die in mir rumorten, nicht ergründen.

Dem entging ich jedoch nicht, da ich meinen Verlobungsring in seinem Kästchen auf dem Schreibtisch sah. Das Kästchen war offen, wie jedes Mal, wenn ich in Lincolns Gemächer gekommen war.

Ich durchwühlte die Schubladen und zwang mich, nicht über unsere aufgelöste Verlobung nachzudenken. Oder darüber, was gewesen wäre, hätte er mich nie fortgeschickt. Es nützte nichts. Der Ring zog mich immer wieder an, bis ich das Kästchen schließlich zur Hand nahm. Es war ein wunderschöner Ring mit seinem facettenreichen Diamanten, doch er gehörte mir nicht mehr.

Es sei denn, ich wollte ihn. Ich hatte den Verdacht, dass Lincoln mich wieder zu seiner Verlobten machen wollte, aber ich konnte nicht zu dem zurück, was mal gewesen war—wie *ich* mal gewesen war. Das Mädchen war ich nicht mehr. Ich war nicht mehr hoffnungslos verliebt in einen perfekten Mann. Lincoln war nicht perfekt.

Das war ich auch nicht.

Beim Tapsen schwerer Schritte im Schlafzimmer ließ ich das Kästchen fallen und sprang vom Stuhl auf. Lincoln erschien im Türrahmen. Er wirkte zerlumpt und groggy, aber er war *lebendig*. „Charlie", krächzte er.

„Du bist wach", sagte ich. Ich hielt meine Arme vor der Brust verschränkt und bohrte meine Fingernägel in meine Handflächen, um nicht zu ihm zu gehen.

Er lehnte sich mit hängenden Schultern gegen den Türrahmen. Die Haare fielen ihm in wirren Strähnen ins Gesicht. „Kaum." Er berührte die Beule auf seiner Stirn und brummte.

Ich blinzelte die Tränen weg und biss mir innen auf die Wange, um nicht zu grinsen. Es war so schön, ihn lebendig zu sehen und reden zu hören, selbst wenn er aussah, als hätte er gerade die Apokalypse überstanden. „Du solltest dich noch weiter ausruhen."

Er schaute plötzlich zu mir hoch und stolperte vorwärts. Ich fing ihn auf, als er die Hand nach dem Türrahmen ausstreckte. Er schaffte es, auf den Füßen zu bleiben, aber ich klammerte mich so fest an ihn wie er sich an mich. Sein Hemd war noch offen, wo Dr. Fawkner es aufgeknöpfte hatte, und ich drückte meine Wange auf seine Brust. Der stetige Rhythmus seines Herzens war das schönste Geräusch, das ich an diesem Abend vernommen hatte. Ich schloss die Augen und sog seinen rauchigen Duft ein.

Sein Atem streifte die Haare auf meinem Scheitel und er streichelte sacht meinen Nacken. „Du bist unverletzt." Seine Stimme rumpelte neben meinem Ohr, noch rauer durch den Qualm, aber nicht weniger volltönend.

„Ja."

„Gus? Die anderen?"

„Gus ist verletzt, aber nicht schwer. Dem Koch und Seth geht es gut. General Eastbrooke ist tot."

Er wirkte nicht überrascht und mir wurde klar, dass er den General als Übeltäter identifiziert haben musste, als er seinen Kutscher mit der Pistole, die Gus getroffen hatte, und der zerstörerischen Bombe in der Küche gesehen hatte.

„Wie lange habe ich geschlafen?", fragte er.

„Nicht lange." Zögernd machte ich mich von ihm los. Er griff nach mir, aber ich nahm seine Hand und hielt die, anstatt ihm zu gestatten, mich an sich zu ziehen. Er sah erschöpft aus. Die Schatten um seine Augen waren fast so dunkel wie die Beule auf seiner Stirn. „Du musst dich ausruhen, Lincoln."

„Kann ich nicht."

„Doch, kannst du."

„Ich muss—"

„Nein." Ich hob den Zeigefinger. „Das Einzige, was du

musst, ist dich ausruhen. Dr. Fawkner hat das gesagt. Die Gefahr ist vorüber und es wird sich um alles gekümmert."

„Du bist wunderschön, wenn du mich rumkommandierst."

Ich schnappte nach Luft. Sei stark, Charlie. Nicht nachgeben. „Hast du Notizen von den Aufenthaltsorten der Übernatürlichen gemacht oder ist das alles in deinem Kopf?"

„Beides. In der mittleren Schreibtischschublade ist ein kodiertes Dokument. Darin sind alle Namen und Orte aufgelistet."

„Und der Code?"

Er tippte sich an die Stirn.

„Das ist nicht sehr hilfreich. Was, wenn du—?" Ich biss mir auf die Lippe, denn sie drohte zu zittern.

„Der Code befindet sich in einem Schließfach meiner Bank. Es ist eins von vielen. Sollte mir jemals etwas zustoßen, denk dran, dort nachzusehen. Die Bankunterlagen sind in meinem Wand-Safe." Er deutete auf ein idyllisches Landschaftsgemälde an der Wand. „Ich ändere die Kombination regelmäßig, aber im Moment ist es dein Geburtsdatum."

Ich blinzelte.

„Ich informiere dich jedes Mal, wenn ich es ändere", fuhr er fort. „Nichts davon ist jetzt nötig. Mein Erinnerungsvermögen ist intakt. Ich werde den Schlüssel aufschreiben, dann kannst du meine Liste decodieren." Er ging wesentlich sicherer als erwartet zum Schreibtisch, plumpste dort aber auf den Stuhl.

Er griff nach dem Tintenfass, hielt jedoch inne, als er sah, dass das Kästchen mit dem Verlobungsring bewegt worden war. Er nahm es in seine Handfläche, ehe er es wieder an seinen ursprünglichen Platz zurückstellte.

Einige Minuten später reichte er mir das Papier. Der Code war irrwitzig lang. „Dein Erinnerungsvermögen ist mehr als intakt", sagte ich.

„Es sei denn, der da funktioniert nicht und du bekommst stattdessen eine Wäscheliste."

Ich lächelte erleichtert. Wenn er Witze riss, musste mit ihm alles in Ordnung sein. „Geh ins Bett, Lincoln. Du siehst müde aus und ich nehme an, dein Kopf schmerzt."

Er sträubte sich. Möglicherweise hatte ich seine Männlichkeit beleidigt, aber das war mir egal. „Ich will nicht schlafen, ich will mit dir reden."

„Heute Abend wird nicht mehr geredet. Morgen. Versprochen."

Er senkte den Kopf und ich berührte sein Kinn. Er schaute mich voller Hoffnung an.

„Gute Nacht, Lincoln."

Er schaute zum Sofa. „Ich bleibe hier bei dir, um mit dem Code zu helfen, falls nötig."

Hätte er nicht so schwach gewirkt, hätte ich ihn geboxt. „Brauchst du Hilfe, um zum Sofa zu kommen?"

„Ich komme klar." Er stand auf, machte einen Schritt und blieb dann stehen. „Ich glaube, ich brauche doch Hilfe. Wenn du deinen Arm um mich legen könntest ..."

Es war eine blanke Lüge und ich wusste es. Obendrein, falls die kleine Kurve in seinen Mundwinkeln irgendein Hinweis war, wusste er, dass ich es wusste. Trotzdem stellte ich mich an seine Seite und legte den Arm um ihn. Er legte seinen um meine Schultern, stützte sich aber nicht auf mich, sondern erlaubte mir lediglich, ihn zum Sofa zu führen.

Ich positionierte zwei Kissen an ein Ende und er legte sich hin, wobei seine Beine über das andere Ende baumelten. Die Schuhe zog ich ihm aus, nur um angesichts der Bandagen an seinen Füßen zu stutzen. Ich hatte die Verletzungen vergessen, die er sich hier in diesem Raum zugezogen hatte, indem er über zerbrochenes Glas gelaufen war.

Mit einer Hand auf seinem Fußrücken sah ich ihm ins Gesicht. Er schloss schnell die Augen, aber ich wusste, dass er mich beobachtet hatte. *Oh, Lincoln, du bist ganz schön kaputt.*

Dem Drang, ihn zu küssen, widerstand ich, auch wenn es nicht leicht war. Ich zündete ein Feuer im Kamin an und kehrte zum Schreibtisch zurück. Es dauerte seine Zeit, um mithilfe des Codes alle Namen und neuen Adressen der Übernatürlichen aufzuschreiben. Als ich fertig war, warf ich Lincoln einen Blick zu. Er schlief in genau der Position, in der ich ihn zurückgelassen hatte, die Arme auf der Brust verschränkt. Er hatte wieder Farbe im Gesicht und seine Atmung war gleichmäßig. Gott sei Dank.

Weitere zwei Stunden später hatte ich an alle Übernatürlichen einen Brief in schönster Schrift geschrieben und für Lincoln Platz zum Unterschreiben gelassen, wenn er wach wurde. Dann, nachdem ich ihm lange im Schlaf angeschaut hatte, ging ich. So friedlich hatte ich ihn noch nie gesehen.

KAPITEL 20

„Er ist wach", verkündete Doyle, als er am nächsten Tag Lady Vickers, Gus und mir das Mittagessen ins Wohnzimmer brachte. Wir hatten ihr erzählt, was sich in ihrer Abwesenheit ereignet hatte, und sie hatte es überraschend gut aufgenommen. Möglicherweise lag das daran, dass sie weder die Küche noch die abgetrennten Körperteile oder die Leiche des Generals gesehen hatte. „Er hat mich gebeten, diese hier zu versenden." Doyle stellte das Tablett ab und nahm einen Stapel Papier zur Hand. Es waren die Briefe, alle unterschrieben.

„Er kommt nicht herunter?", fragte ich.

Doyle schüttelte den Kopf.

Wenn Lincoln in seinem Zimmer blieb, musste er sich sehr unwohl fühlen. „Ist es sein Kopf?"

„Er wollte es nicht sagen, aber ich vermute es. Ich habe die Vorhänge geöffnet, aber das Licht schmerzte ihm in den Augen. Und er behielt heute Morgen nichts bei sich."

„Oh." Ich starrte auf die Briefe in Doyles Hand, sah sie aber kaum. „Ich sollte nachsehen, ob er etwas braucht."

Lady Vickers verzog das Gesicht, als sie ihren Teller mit Sandwiches von Doyle entgegennahm. „Wenn Sie meinen Rat möchten, bleiben Sie hier, Charlie. Fähige Männer wie Mr Fitzroy mögen es nicht, wenn ihre Liebste sie schwach sieht."

„Ich bin nicht seine Liebste."

„Sie wissen, was ich meine. Rufen Sie einen Arzt, Doyle."

„Er ist auf dem Weg, Madam." Doyle verneigte sich. „Danke für Ihren Rat."

Er ging und ich versuchte zu essen, war aber nicht hungrig. Zuvor war ich aus dem Dienstbotenbereich verscheucht worden, wo Seth die Aufräumarbeiten beaufsichtigte. Eine Weile hatte ich bei Gus in seinem Zimmer gesessen, bis er beschlossen hatte, dass es ihm gut genug ging, um nach unten zu gehen. Ich konnte jedoch nicht ewig tatenlos herumsitzen. Zum einen würde Lady Vickers mich mit ihrem ständigen Tratsch wahnsinnig machen, zum anderen machte ich mir jetzt Sorgen um Lincoln.

Seth bot eine willkommene Abwechslung, als er wie ein Bauarbeiter in einem blauen Overall hereinkam. Seine Mutter schnalzte mit der Zunge und wies ihn an, sich nicht auf die Möbel zu setzen.

Gus kicherte und streckte sich betont gemütlich wie eine Katze auf dem Sessel am Feuer aus. Anstatt ihn anzupflaumen, nahm Seth eine Decke von der Sofalehne und deckte Gus damit zu.

„Ruh dich aus, mein Freund", sagte Seth leise.

Gus' zufriedenes Grinsen verschwand. Er nickte ernsthaft.

„Wie sieht's hinten aus?", fragte ich Seth.

„Dreckig, aber wenigstens ist jetzt alles sicher und die Decke wird nicht einstürzen. Gott sei Dank ist der Teil des Hauses nur einstöckig."

„Was meinst du, wie lange werden die Reparaturen dauern?"

„Wochen. Ich suche heute Nachmittag einen Maurer. Ich kenne einige, die recht gut sind, wenn sie lange genug nüchtern bleiben."

Ich vermutete, dass er die aus seinen Tagen als Boxer kannte, erwähnte es aber in Gegenwart seiner Mutter nicht. Sie wirkte auch so schon entsetzt genug, dass ihr Sohn Arbeiter kannte.

„Ich habe vergessen zu fragen, wie der Koch ohne Küche klarkommt", sagte ich und hielt mein Sandwich hoch.

„Übel, so wahr mir Gott helfe. Er arbeitet im Esszimmer der Angestellten und beschwert sich pausenlos. Ich hoffe, jeder mag Sandwiches, weil wir eine Weile wohl nichts Besseres bekommen werden."

Er wollte sich setzen, doch seine Mutter schimpfte. „Sieh dich an! Du bist die reinste Blamage."

Er verdrehte die Augen. „Doyle sagt, Fitzroy geht's nicht gut", sagte er zu mir. „Warst du heute Morgen schon bei ihm?"

Ich schüttelte den Kopf. „Er will bestimmt nicht, dass ich ihn so sehe."

„Bist du dir sicher?"

Ich starrte auf meine verschränkten Hände in meinem Schoß.

Seth hockte sich vor mich. „Er wird wieder. Du brauchst dir keine Sorgen zu machen."

Ich nickte, während mir Tränen in die Augen stiegen. „Es ist nur ... Gus hat gesagt, Lincoln war dem Kutscher am nächsten, als die Explosion hochging. Lincoln wollte ihn entwaffnen, nicht wahr?"

„Wahrscheinlich." Er sah Gus an.

„Der Kerl war besoffen", sagte Gus mit finsterer Miene. „Er hatte eine Pistole und 'ne kleine Bombe, die aussah, als hätte er sie im Stall zusammengebastelt. Ich glaube, er sollte die später zünden, vielleicht als Ablenkung, wenn niemand in der Nähe war. Der sollte auch nich um sich schießen, schätze ich." Er berührte seine Seite, die unter seinem Hemd dick verbunden war. „Fitzroy hat versucht, ihn zu beruhigen und ging hin, um ihn zu überwältigen. Der Kutscher kriegte Panik und hat die Bombe gezündet, is sie aber nich schnell genug losgeworden. Das ging alles ruckzuck."

„Lincoln hat versucht, ihn aufzuhalten." Ich wischte mir die Wangen ab. „Er hat sein Leben riskiert, um alle anderen zu retten. Das war selbstlos."

„Das war es." Seth berührte mein Knie.

„Du verstehst nicht", sagte ich. Jetzt konnte ich die Tränen nicht mehr aufhalten. „Ich habe ihm vorgeworfen, egoistisch zu sein."

„Nein, Charlie. Gib dir nicht die Schuld."

„Der hätte sein Leben so oder so riskiert", fügte Gus hinzu.

„Die Sache ist die, Charlie", sagte Lady Vickers und setzte sich neben mich. „Er *ist* ein egoistischer Mann—aber nur in manchen Situationen, in anderen nicht. Ich würde sagen, er *dachte* er wüsste, was für andere das Beste ist."

„Weiß er nich", sagte Gus.

„Ihr beide, raus", befahl Lady Vickers. „Ich möchte allein mit Charlie sprechen."

„Aber ich bin verletzt!"

Sie stand auf und zog mich mit sich. „Dann gehen wir."

Ich gestattete ihr, mich aus dem Wohnzimmer bis zum Treppenabsatz zu führen. Sollte ich zu ihm rauf gehen?

„Ich wollte Ihnen schon die ganze Zeit etwas sagen, seit Sie zurück sind, aber es gab nie einen passenden Zeitpunkt", sagte Lady Vickers und nahm meine beiden Hände. „Ich kann sehen, wie die Dinge zwischen Ihnen und Mr Fitzroy stehen. Es verursacht für alle eine gewisse Anspannung. Es ist Zeit, das abzulegen und nach vorn zu schauen. Sie müssen ihm bezüglich eine Entscheidung treffen. Ich bin mir sicher, Ihnen ist klar, dass es Ihre Wahl ist."

Ich war hin und her gerissen. Einerseits wollte ich ihr sagen, sie solle sich nicht einmischen, andererseits hätte ich sie am liebsten gebeten, mich in den Arm zu nehmen und zu trösten. Letztendlich sagte ich gar nichts.

„Vielleicht wird das, was ich zu sagen habe, helfen, Ihre Meinung zu ändern. Es ist das Gleiche, was ich zu ihm gesagt habe, bevor er losgefahren ist, und ich glaube nicht, dass ich meinen Einfluss überschätze, wenn ich behaupte, mein Rat hat ihn dazu gebracht, Sie zurückzuholen."

Ich blinzelte sie an. Plötzlich fühlte ich mich sehr klein und unbedeutend. Als Junge hatte ich mich hinter meinen Haaren versteckt und mich in kleine Nischen gedrückt, um mich von den gefährlichen Straßen fernzuhalten. Ich war eine stille Maus gewesen, die nur brüllte, wenn sie bedrängt wurde. Lincoln hatte mich bis an meine Grenzen gedrängt, als wir uns begegnet waren. Jetzt blieb mir der Luxus der Anonymität versagt, doch in Momenten wie diesem sehnte ich mich wieder danach. Ich wollte nichts lieber als mich verkriechen.

„Ich habe ihm gesagt, dass Liebe keine Wahl ist", fuhr Lady Vickers fort und sah mir direkt in die Augen, „aber sie in sein Leben zu lassen, schon."

Sie hatte mit Lincoln über Liebe gesprochen? Und er hatte

zugehört? Oder machte sie sich über ihren Einfluss auf ihn nur etwas vor? Das schien nichts zu sein, was Lincoln hören wollte.

Und doch hatte ihn *etwas* dazu gebracht, seine Meinung zu ändern und mich zu holen.

„Sich zu verlieben ist eine beängstigende Erfahrung für jemanden, der es gewohnt ist, seine Emotionen im Griff zu haben. Ich schätze, er hat das Gefühl, seine Selbstbeherrschung zu verlieren. Gerade die ist es, die ihn bei seiner Arbeit so erfolgreich macht und in die Sie sich verliebt haben."

„Seine Selbstbeherrschung liebe ich nicht." Ich biss mir auf die Zunge. Damit hatte ich schon mehr gesagt, als ich sagen wollte. Ich schaute die Treppe hinauf, fast in der Erwartung, ihn dort stehen zu sehen, doch da war niemand.

„Vielleicht nicht, aber es ist das, was die meisten Menschen an ihm respektieren. Es ist das, was ihn einzigartig macht, und bei Ihnen kam es ihm abhanden. Sein Leben nahm eine Richtung, die er nie erwartet hatte, und das auch noch sehr schnell. Er hatte Angst."

„Lincoln hat vor nichts Angst."

„Jeder hat vor irgendetwas Angst."

Ich verschränkte die Arme. „Woher wollen Sie wissen, was er fürchtet? Sie kennen ihn kaum."

„Wir sind uns nicht unähnlich. Ich habe auch viel riskiert, um bei dem Mann zu sein, den ich liebte."

„Sie glauben, es ist für ihn ein Risiko, mit mir zusammen zu sein?"

„Seine Liebe für Sie zu akzeptieren ist es. Sehr sogar. Schauen Sie nicht auf seine Bemühungen herab, die Dinge zwischen Ihnen wieder zu richten. Das fällt den meisten Männern schwer, aber für ihn ist es vermutlich noch schwieriger. Sie haben es selbst gesagt—er musste bisher selten die Meinung anderer berücksichtigen."

„Ich schaue nicht auf ihn herab", sagte ich. „Aber ich war nicht fair. So viel weiß ich."

Sie nahm mich in die Arme und drückte mir einen Kuss auf den Kopf. „Nach ein wenig Überzeugungsarbeit von mir hat Ihr Mr Fitzroy beschlossen, lieber die Kontrolle über sein Leben und seine Gefühle zu verlieren, als ohne Sie auszukommen. Das, meine Liebe, ist eine ziemlich starke Aussage von ihm."

Ich schniefte. „Ich weiß."

„Ist schon gut. Nicht weinen, Mäuschen." Sie drückte mich und reichte mir dann ihr Taschentuch. „Ich bin ziemlich gut in dieser Mutter-Tochter-Sache, nicht wahr?"

Ich lachte und tupfte mir die Wangen ab. „Das sind Sie."

„Ich wollte immer lieber eine Tochter, die auf ihre Mutter hört, als diesen undankbaren Sohn, der das nicht tut."

„Seth ist nicht undankbar. Wütend, ja, aber das wird vergehen."

„Das hoffe ich", sagte sie seufzend.

Ich wollte gerade die Treppe hinaufgehen, als der Arzt ankam. Er blieb unendlich lange bei Lincoln und wollte danach niemanden außer Doyle zu ihm hereinlassen.

„Er braucht Ruhe", sagte der Doktor. „Sein Kopf schmerzt und seine Sicht ist verschwommen. Ich vermute, dass diese Kombination ihm Übelkeit verursacht." Er schien sich bei seiner Diagnose alles andere als sicher zu sein.

„Wird er wieder gesund?", fragte ich.

„Hoffentlich."

Ich stöhnte.

Lady Vickers nahm meine Hand. „Danke, Doktor."

„Ich komme morgen wieder", sagte er und beäugte mich vorsichtig.

Es dauerte schrecklich lange, bis Morgen endlich kam. Als es so weit war, kämpfte ich den ganzen Tag mit mir, ob ich mich den Anweisungen des Arztes widersetzen sollte. Doyle und Seth versicherten mir jedoch, dass sie sich um Lincoln kümmern würden, wenn er nicht schlief.

„Wenn du da bist, wird er bestimmt nicht schlafen", sagte Seth, als ich vor der Tür herumlungerte. „Und er muss sich ausruhen. Der Arzt sagt, es ist nicht nur die Beule am Kopf, sondern dass er wahrscheinlich schon länger überanstrengt ist."

Ich lehnte mich an die Wand und vergrub meine Hände in meinen Haaren. Morgens hatte ich mir nicht die Mühe gemacht, sie hochzustecken, sodass sie mir unordentlich auf die Schultern hingen.

„Ich wusste es", fuhr Seth mit einem Kopfschütteln fort. „Ich wusste, dass er nicht geschlafen hat, solange du weg warst. Er war ... unberechenbar." Er brummte. „Am liebsten würde ich sagen, geschieht ihm verdammt recht."

„Kannst du aber nicht", beendete ich den Satz für ihn. „Ich auch nicht."

Gott sei Dank gab es eine Ablenkung in Form von Alice. Eine Droschke brachte sie an unsere Tür, einen Koffer in der einen Hand. Mit der anderen hielt sie ihren Hut fest, während sie zum Mittelturm von Lichfield hinaufschaute.

„Das habe ich auch gemacht, als ich ihn das erste Mal gesehen habe", sagte ich und rannte die Eingangsstufen hinunter.

„Charlie!" Sie ließ ihren Koffer fallen und umarmte mich. „Ich hatte mich schon gefragt, ob ich hier richtig bin. Du hast so davon geschwärmt, aber es ist ganz anders, als ich erwartet habe."

Ich nahm ihre Hände und lächelte. „Es ist so schön, dich zu sehen. Du siehst hübsch aus wie immer, trotz der langen Reise."

„Ich bin im Morgengrauen aufgebrochen. Ich schätze, Mrs Denk ist froh, mich los zu sein." Ihr Lächeln verblasste und ein Schatten huschte über ihre Augen.

Ich drückte ihre Hände. „Oh Alice, es tut mir so leid, was deine Eltern dir angetan haben. Aber du hast hier ein Zuhause. Lincoln hat eisern behauptet, dass du hier willkommen bist."

„Ich will deinen mysteriösen Gentleman unbedingt kennenlernen. Zugegeben, ich weiß nicht, ob ich ihn dafür hassen soll, wie er dich verletzt hat, oder ihn wegen der Einladung wundervoll finden."

„Hasse ihn nicht." Ich nahm ihren Koffer und ging die Treppe hinauf. „Und was das Treffen angeht, wirst du warten müssen. Ihm geht es nicht gut."

„Doch hoffentlich nichts Ernstes."

„Nein", sagte ich wenig überzeugend. „Er hat einen heftigen Schlag auf den Kopf bekommen, als kürzlich die Küche Feuer gefangen hat."

Sie schnappte nach Luft. „Meine Güte. Geht es allen anderen gut?"

„Gus ist leicht verletzt. Wir haben zurzeit auch zu wenig Leute. Seth und Doyle wechseln sich ab, nach Lincoln zu sehen und den Haushalt am Laufen zu halten. Deswegen trage ich den hier." Ich deutete auf ihren Koffer.

Sie wollte ihn mir wieder abnehmen, aber ich verweigerte es und brachte sie nach oben in eins der Gästezimmer. Ich versprach ihr, sie den anderen vorzustellen, sobald sie sich frisch gemacht hatte. „Ich fürchte, das Abendessen wird keine große Sache ohne Küche zum Kochen."

„Es tut mir leid, dass ich in so einer schwierigen Zeit hier ankomme", sagte sie verlegen. „Ich fühle mich furchtbar, dass ich euch zusätzlich zur Last falle. Ich werde versuchen zu helfen, wo ich kann."

„Du bist keine Last, sondern wunderbare Gesellschaft. Und danke für dein Angebot. Du wirst vermutlich erst mal selbst flicken, waschen und putzen müssen."

„Dann ist es genau wie in der Schule, nur ohne Mrs Denk, die mir ihren Stock auf den Rücken schlägt und mir sagt, ich soll geradestehen."

Ich lachte. Gott, fühlte sich das gut an. „Das hat sie mit dir nie gemacht. Musste sie nicht, du hast die perfekte Haltung." Ich küsste ihre Wange. „Ich bin froh, dass du hier bist."

Beim Abendessen stellte ich sie Gus und Lady Vickers vor. Es gab kalte Salate. Ich befürchtete, Lady Vickers würde Anfälle kriegen, so sehr regte sie sich darüber auf, dass Gäste mit so einem kärglichen Angebot abgespeist wurden.

„Wenigstens ist elegant gedeckt", sagte ich und deutete auf das edle Geschirr. Es war das gleiche, das wir in der Nacht des Feuers benutzt hatten.

„Das liegt nur daran, dass sonst nichts mehr übrig ist", sagte sie empört. „Es passt zu Braten und Gemüse, köstlichen Marmeladen und Süßigkeiten, aber doch nicht zu Salat und Sandwiches. Ich habe es reichlich satt."

„Es sind noch nicht einmal zwei Tage", sagte ich.

„Wenn Sie's satthaben, nehme ich Ihre Portion", sagte Gus.

Sie schlug seine Hand weg. „Es wird eine willkommene Erleichterung sein, wenn Sie Ihre Aufgaben wieder wahrnehmen können, Gus."

„Amen" murmelte er.

„Ihr esst ohne mich?" Seth schlenderte herein. Als er Alice sah, hielt er inne. „Ein Gast! Charlie, warum hast du mir nichts gesagt?"

„Weil du in Lincolns Zimmer warst und ich von dort verbannt wurde. Wie geht es ihm?"

Er winkte ab. „Vergiss ihn. Wir haben einen Gast. Lord Vickers", sagte er und beugte sich über Alices Hand. „Zu Ihren Diensten."

„Alice Everheart. Schön Sie kennenzulernen, My Lord."

„Verdammt noch eins", brummelte Gus kopfschüttelnd. „Nenn ihn Seth oder der passt nich mehr in seine Schuhe."

Alice lächelte. Seth strahlte zurück und beförderte mit einem kurzen Rucken seines Kopfes seine Haare aus der Stirn.

Lady Vickers räusperte sich. „Komm, setz dich zu mir, Sohn." Sie klopfte auf den Stuhl neben sich.

„Ich sitze lieber bei Miss Everheart", sagte er, ohne seinen Blick von Alice abzuwenden.

Lady Vickers sah aus, als wollte sie ihn herumkommandieren, überlegte es sich dann aber offensichtlich anders. Sie wusste, dass ihr Sohn nicht gehorchen würde, egal was für einen Aufstand sie probte. „Wir haben Miss Everheart gerade nach ihrer Familie und ihren Verbindungen gefragt."

Niemand widersprach ihrer Lüge. Alice war schwer zu beeindrucken und absolut in der Lage, die tückischen Gewässer sozialer Höflichkeit zu navigieren. Mit beunruhigten Müttern von Junggesellen kam sie deutlich besser zurecht als ich.

„Ich komme aus Dorset", sagte sie.

„Faszinierend." Seth füllte ihr Weinglas aus der Karaffe auf. „Fahren Sie fort."

„Es gibt nicht viel zu erzählen. Mein Vater ist Geschäftsmann. Er handelt hauptsächlich mit Stoffen, aber manchmal auch mit anderen Gütern." Sie nahm ihr Glas und lächelte die entsetzte Lady Vickers über den Rand hinweg an.

Ich verbarg mein eigenes Grinsen hinter meiner Hand. Die arme Lady Vickers. Sie verabscheute Gespräche über Geschäfte, insbesondere am Essenstisch. Was ihr wahrscheinlich noch viel mehr zusetzte, war die Tatsache, dass ihr Sohn die Augen nicht von einer Kaufmannstochter abwenden konnte.

„Faszinierend", sagte Seth erneut. „Nicht wahr, Mutter?", fügte er in bissigem Ton hinzu.

Lady Vickers legte ihre Gabel ab. „Ihr Vater klingt sehr scharfsinnig, Miss Everheart. Ich kann mir vorstellen, dass er sehr erfolgreich ist."

Gus und ich warfen uns einen Blick zu. Wir wussten beide, wohin die Reise ging. Wenn Alices Vater reich war, würde Lady Vickers ihm vergeben, dass er mit so etwas ‚Vulgärem' wie Handel zu tun hatte.

„Das sollte man annehmen", sagte Alice. „Aber er ist zu konservativ, um ein Risiko einzugehen und es sind eigentlich immer die Risikofreudigen, die geschäftlich erfolgreich sind. Und die, die ihre Töchter an Männer verheiraten, die erfolgreicher sind als sie selbst, natürlich", sagte sie mir zuliebe, wie ich vermutete. Ihr Vater hatte genau das versucht, bis sich ihre übernatürliche Begabung bemerkbar gemacht hatte.

„Was für eine Schande", sagte Lady Vickers mit ehrlichem Mitgefühl.

Seth funkelte seine Mutter wütend an.

„Die noch viel größere Schande ist, dass meine Eltern mich enterbt haben." Alice nahm ihr Glas und nippte elegant daran.

Ich biss mir auf die Lippe, um nicht zu grinsen. Sie hatte nur ein paar Minuten gebraucht, um Seth und seine Mutter korrekt einzuschätzen. Es würde sehr unterhaltsam werden, sie dabei zu beobachten, wie sie sich in den Haushalt einfügte.

* * *

AM NÄCHSTEN MORGEN kam Lincoln noch immer nicht heraus. Laut Doyle hatte er immer wieder geschlafen, bis er es endlich geschafft hatte, etwas Brühe bei sich zu behalten, die der Koch mithilfe eines geretteten gusseisernen Topfes auf der Glut des Wohnzimmerkamins zubereitet hatte.

„Darf ich ihn jetzt sehen?", fragte ich.

„Nein", sagte Doyle, ohne mich anzusehen.

„Warum nicht, wenn es ihm besser geht?"

„Es tut mir leid, Charlie, aber er hat ausdrücklich gesagt, dass Sie nicht eingelassen werden sollen."

Ich stemmte die Hände auf die Hüften, aber es gab nichts, was ich dagegen tun konnte. Wenn Lincoln mich nicht bei sich haben wollte, musste ich seine Wünsche akzeptieren. Das war allerdings nicht einfach und bis zum Mittagessen hatte ich beschlossen, Seth zu belästigen. Vielleicht bekam ich von ihm eine andere Antwort. Er hatte fast den ganzen Morgen bei Lincoln verbracht und damit Alice dringend benötigten Raum verschafft.

„Warum gehen wir nicht spazieren?", fragte Alice sanft, als wir im Wohnzimmer allein waren. „Es ist zwar kühl, aber es regnet nicht."

Ich schüttelte den Kopf. „Ich will nicht aus dem Haus."

Sie saß in der Fensternische und schaute hinaus. Die Wolkendecke hing unheimlich tief, aber ich sehnte mich nach frischer Luft. Sobald ich selbst nach Lincoln gesehen hatte und wusste, dass es ihm gut ging, würde ich mit ihr spazieren gehen.

Ich setzte mich zu ihr in die Fensternische. „Du solltest gehen", sagte ich. „Das Anwesen ist zu jeder Jahreszeit bezaubernd. Der Obstgarten ist mein Lieblingsort, selbst ohne Früchte oder Blätter."

Sie lächelte wehmütig und blinzelte mit feuchten Lidern.

Ich berührte ihre Hand. „Es ist schwer für dich", sagte ich leise. „Aber du bist hier absolut willkommen. Vielleicht wirst du es mit der Zeit auch als dein Zuhause betrachten."

Sie tupfte sich die Augenwinkel ab. „Danke. Ich fühle mich willkommen, aber auch fehl am Platz, wie eine Puppe, die draußen vergessen wurde."

Ich legte den Arm um sie, sagte aber nichts. An das Gefühl erinnerte ich mich nur allzu gut, selbst Jahre nachdem mein Vater mich hinausgeworfen hatte.

„Alles, was ich will—alles was ich je wollte—ist ein Zuhause, wo ich mich sicher fühle." Sie drehte sich zu mir. „Wie hast du das gemacht? Wie hast du jahrelang überlebt, ohne zu wissen, ob der Ort, wo du abends deinen Kopf niederlegst, der gleiche ist wie in der folgenden Nacht? Wie konntest du mit dieser Unsicherheit leben, die wie eine Guillotine über dir schwebte? Zudem noch als Kind."

Ich hob eine Schulter. „Ich schätze, ich habe nie die Hoffnung verloren. Die Hoffnung, dass ich eines Tages wieder ein Zuhause haben würde, von dem ich nicht weggehen müsste, es sei denn, ich wollte es." Ich starrte aus dem Fenster, sah aber nur mein eigenes Spiegelbild und das des Zimmers hinter mir. „Du wirst eines Tages dein eigenes Lichfield haben, Alice. Bis dahin teile ich meins mit dir."

Sie legte ihren Kopf an meine Schulter und starrte ebenfalls auf unsere Spiegelbilder.

Ein weiteres Gesicht gesellte sich dazu. Ich schnappte nach Luft und wirbelte herum, wobei ich Alice gegen die Nase stieß. „Lincoln!" Wie lange stand er schon da? Was hatte er alles gehört?

Sein Gesicht war noch etwas blass und die Beule auf seinem Kopf hatte die Größe eines Eis, aber im Vergleich zum letzten Mal, als ich ihn gesehen hatte, sah er wunderbar aus. Seine feuchten Haare hingen ihm lose auf die Schultern und schrien förmlich danach, hinter seine Ohren gestrichen zu werden. Seine Augen glänzten wie polierte Kohle.

„Dir geht's besser", sagte ich und stand auf. „Ich meine, du siehst besser aus. Aber du solltest nicht hier unten sein. Seth und Doyle sollten mir Bescheid sagen, wenn du wieder auf den Beinen bist, damit ich dich besuchen kann. Warum haben sie das nicht gemacht, wenn es dir doch besser geht?" Ich musste dringend aufhören zu plappern, konnte aber nicht anders.

„Ich habe es ihnen verboten", sagte er.

„Warum?"

„Ich hatte meine Gründe." Er streckte Alice die Hand hin. „Sie müssen Miss Everheart sein. Seth hat mir alles von Ihnen erzählt."

Sie schüttelte ihm die Hand. „Es ist mir ein Vergnügen."

Sie tauschten einige Höflichkeiten aus, bis Alice sich entschuldigte. „Ich würde gern etwas rausgehen, bevor es regnet."

Ich fand mich allein mit Lincoln wieder. Seit Tagen hatte ich mit ihm allein sein wollen, aber jetzt wusste ich nicht, was ich sagen sollte. Meine Zunge fühlte sich dick und trocken an und mein Herz wollte nicht aufhören, wie verrückt zu hämmern.

Er setzte sich zu mir in die Fensternische, sagte aber nichts. Nach einer Weile wagte ich einen Blick zu ihm. „Geht es dir gut? Musst du zurück ins Bett?"

„Ich habe genug Zeit im Bett verbracht. Jetzt möchte ich Zeit mit dir verbringen."

Ich schluckte und nickte, damit er weitersprach.

Seine Finger tippten auf sein Knie. „Ich versuche, einen Anfang zu finden."

„Dann fange ich an." Ich atmete tief durch. „Es gibt da etwas, das ich dir sagen muss."

KAPITEL 21

„Ich nehme dein Geburtstagsgeschenk an. Das Haus", fügte ich hinzu, als er mich nur anstarrte. „Ich finde zwar immer noch, dass es zu großzügig ist, aber ..." Ich verstummte. Jeder weitere Kommentar würde vermutlich habgierig klingen.

„Es ist nur großzügig, wenn ich es mir nicht leisten könnte. Die Geste ist kaum der Rede wert." Er klang, als wäre er von sich enttäuscht.

„Es ist der Rede wert. Du hast an die eine Sache gedacht, die ich mir am meisten gewünscht habe und hast sie mir auf die einzige Art geschenkt, die du kanntest."

„Nicht die einzige Art, aber selbst wenn wir geheiratet hätten, wärst du erst nach meinem Tod eine unabhängige Frau geworden." Seine Lippen verzogen sich zu einem schiefen Grinsen. „Ich wollte dich nicht in Versuchung führen."

Ich stieß ihn mit dem Ellenbogen an und lachte leise.

Er nahm sacht meine Hand, drehte sie mit der Handfläche nach oben und rieb seinen Daumen über meinen. „Charlie—"

„Nein. Warte. Erst muss ich noch etwas loswerden." Ich schloss meine Hand um seine und schaute zu ihm auf. „Ich vergebe dir, Lincoln."

Er schaute auf unsere verschränkten Hände. „Das solltest du nicht."

„Ich hätte es dir schon früher sagen sollen. Wenn du gestorben wärst, ohne es zu wissen ..." Ich räusperte mich, aber meine Kehle blieb eng. „Ich verstehe, warum du mich weggeschickt hast. Wirklich."

„Aber das hätte ich nicht tun sollen." Er beugte sich vor und stützte seine Ellenbogen auf die Knie. Dann vergrub er seinen Kopf in seinen Händen, wobei er seine Haare zurück schob. „Ich habe gehört, was du und Alice gerade über Zuhause und Zugehörigkeit gesagt habt ... Nichts davon habe ich bedacht, als ich dich weggeschickt habe. Es kam mir überhaupt nicht in den Sinn, dass ich genau das tat, was Holloway getan hatte. Das entschuldigt nichts; es spricht mich nicht von der Schuld frei. Ich *hätte* es bedenken *sollen*." Er neigte den Kopf zur Seite, um mich anzusehen. Der Glanz war aus seinen Augen verschwunden und durch einen getriebenen Ausdruck ersetzt worden. „Ich behaupte, dich zu lieben, trotzdem verstehe ich dich nicht ganz."

Mein Herz stolperte. *Er liebte mich.* Es war das erste Mal, dass er das Wort überhaupt erwähnt hatte. Ich war erleichtert, dass er wenigstens wusste, was es bedeutete und es in sich identifizieren konnte. Das war ein Fortschritt, weswegen ich ihm nicht sagte, dass er mir gegenüber nie ausdrücklich behauptet hatte, mich zu lieben. Nicht von Angesicht zu Angesicht.

Ich schob seine Haare hinter sein Ohr, damit ich ihn richtig sehen konnte. „Wenn Männer und Frauen einander ganz und gar verstehen würden, wäre das Leben langweilig. Du und ich sind verschieden, und ich kann nicht von dir erwarten, dass du weißt, was ich denke. Du hast einen Fehler gemacht, Lincoln, und es tut dir leid. Du hast dich entschuldigt und ich weiß, dass du denselben Fehler nie wieder machen wirst."

„Das werde ich nicht, aber ..." Er schüttelte den Kopf. „Wie kannst du mir das vergeben, Charlie?"

Ich legte meine Hand an seine Wange und er setzte sich auf, die weit geöffneten Augen auf mich gerichtet. Er schien nicht mehr zu atmen. Mein Atem hingegen kam stoßweise. Ich musste es sagen. Ich musste es ihm erklären. Noch nie in meinem Leben war ich mir so sicher gewesen—hatte noch nie mir selbst und seinen Gefühlen für mich mehr vertraut. Wir hatten eine gemeinsame Zukunft als Gleichberechtigte—das wusste ich jetzt. „Dir nicht zu vergeben, tut mir genauso weh wie dir. Ich will dich in meinem Leben, Lincoln. Ich will mit dir zusammen sein, dich lieben und von dir geliebt werden. Ich will—"

Sein Mund legte sich auf meinen und schnitt mein Geschwafel ab. Er küsste mich so, wie ich es in Erinnerung hatte —selbstbewusst, etwas verzweifelt und ziemlich heiß. Der Kuss wurde aber sehr bald vorsichtiger, als hätte er seinen Instinkt plötzlich weggeschoben. Er überlegte zu viel. Ich wollte nicht, dass er überlegte, sondern einfach fühlte.

Ich packte sein Gesicht mit beiden Händen und berührte seine Lippen mit meiner Zunge. Er lächelte kurz und vergrub dann seine Finger in meinen Haaren. Sein Kuss wurde intensiver und ich erwiderte ihn, ohne mich zurückzuhalten. Ich wollte, dass er wusste, wie sehr ich ihn wollte, dass ich ihm rückhaltlos vergab und wir nie wieder getrennt sein würden. All die intensiven Gefühle, die ich in den letzten Monaten gehabt hatte, füllten mich jetzt bis zum Rand. Sie flossen mit diesem Kuss aus mir heraus, rannen mir über die Wangen und strömten über uns hinweg. Verbanden uns.

Er keuchte an meinem Mund, zog sich zurück und presste eine zitternde Hand an seine Stirn. Er schluckte.

„Lincoln? Was ist los? Was hast du?"

„Ich bin mir nicht sicher. Visionen, schätze ich."

„Du hast die Zukunft gesehen?"

„Ich weiß nicht. Da war ein Durcheinander von Bildern, die schwer zu trennen sind."

„Was hast du gesehen?"

„Dich. Uns. Das Meer."

Ich lächelte erleichtert, dass er keine schrecklichen Dinge gesehen hatte. „Bedeutet das, dass wir zusammen in den Urlaub fahren?"

Er berührte die Beule an seiner Schläfe. „Das war ... unerwartet."

„Du hast so etwas noch nie erlebt?"

Er schüttelte den Kopf.

Ich war mir nicht sicher, ob ich es gut fand, dass unsere Küsse ein Trigger für seine Visionen waren. Bei unseren Küssen in der Vergangenheit hatte er nichts dergleichen erlebt, also war es vielleicht nur dieses Mal so.

Er wirkte wieder blasser, also berührte ich seine Wange. Sie war nicht übermäßig warm. „Schmerzt dein Kopf?"

„Nicht allzu sehr." Er nahm meine Hand und presste sie an seine Lippen. „Ich werde dir Zeit lassen, Charlie. Ich will dich nicht drängen."

„Beim letzten Mal ging es auch nicht sehr schnell." Ein Teil von mir wollte weitere Schritte gehen, sehr sogar, aber angesichts des Irrsinns der letzten Wochen war es vielleicht besser, wenn wir kleine, wohlüberlegte Schritte machten.

„Mit mir in eine Beziehung einzutreten, wird nicht einfach", sagte er.

„Das weiß ich."

„Ich möchte, dass du dir ganz sicher bist."

Ich nickte. Ich war mir sicher, konnte aber die Klugheit des Wartens nicht leugnen. Das letzte Mal hatte die Verlobung an sich mich schwindelig gemacht. Diesmal wollte ich schwindelig werden, weil ich mit *ihm* verlobt war.

„Du weißt, wo dein Ring ist", sagte er. „Wenn du bereit bist, möchte ich, dass du ihn anziehst."

„Das werde ich." Ich zuckte vor Anstrengung, um sitzen zu bleiben und nicht gleich die Treppe hinauf in sein Zimmer zu stürmen. „Warum hast du ihn dort auf deinem Schreibtisch gelassen und ihn nicht in die Schublade oder den Safe getan?"

„Um mich daran zu erinnern, was ich weggeworfen habe." Er legte seine Stirn an meine. „Um mich daran zu erinnern, was du zu mir gesagt hast, als du ihn mir zurückgegeben hast."

Ich wand mich. „Das waren schreckliche Dinge. Ich hätte sie nicht sagen sollen."

„Du warst wütend und hattest jedes Recht der Welt dazu."

„Ich war viel zu lange wütend."

Er schlang seinen Arm um meine Taille und zog mich an sich. Ich schmiegte mich an ihn, den Kopf unter seinem Kinn, und lauschte auf das gleichmäßige Pulsieren seines Blutes durch seine Adern. „Es war deine Wut, die mir Hoffnung gab, noch etwas aus dem Chaos retten zu können, das ich angerichtet hatte."

„Wie meinst du das?"

„Erinnerst du dich, wie wir nach dem ersten Treffen mit Dr. Bell Bart's Krankenhaus verlassen haben?"

„Nicht wirklich."

„Du warst wütend auf mich, weil ich nett zu dir war. Wärst du nicht wütend gewesen, sondern gleichgültig, hätte ich gewusst, dass es wenig Hoffnung für uns gab."

Ich legte meine Arme um ihn. „Dann ist es ja ein Glück, dass ich keine Ahnung habe, wie ich meine Gefühle verbergen kann."

Er lachte leise. „In der Hinsicht ergänzen wir uns."

„Wir arbeiten gut zusammen." Ich lehnte mich zurück, um ihn anzusehen. „Apropos ... was die Leitung des Ministeriums angeht ... wirst du darauf bestehen, wieder eingesetzt zu werden?"

„Möchtest du das?"

„Es ist ein Teil von dir, Lincoln. Du bist einfach der ideale Leiter. Denk an die Alternative."

Er brummte. „Stell dir vor, Gillingham hätte das Sagen."

„Nein, danke. Also sagst du es ihnen?"

Er nickte. „Aber nicht heute. Und vielleicht auch nicht morgen."

Ich strich ihm neben der Beule über die Stirn. „Gut. Du musst dich ausruhen. Vielleicht im neuen Jahr, wenn du dann bereit dazu bist."

Er lehnte den Kopf hinter sich an den Fensterrahmen. „Ich kann dem Ministerium sowieso nicht aus dem Weg gehen. Jetzt bin ich auch Teil des Komitees."

„Du bist Eastbrookes Erbe?"

„Soweit ich weiß." Er hob meine Hand an seine Lippen und küsste sanft meine Finger. „Es fühlt sich falsch an."

„Er hat dich als seinen Sohn betrachtet."

„Davon habe ich wenig gemerkt."

„Vielleicht hatte er Probleme, sich auszudrücken." Lincoln sollte am ehesten in der Lage sein, das zu verstehen. „Er war vor vielen Jahren in eine desaströse Militärkampagne in Bhutan involviert. Das hat ihm zugesetzt und ihn dazu gebracht, nach einem Heilmittel für den Tod zu suchen. Vielleicht hat es auch seine Fähigkeit beeinträchtigt, dich zu lieben."

„Vielleicht."

„Er wollte, dass ich dir sage, dass es ihm leidtut. Er will deine Vergebung."

Er verschränkte seine Finger mit meinen und legte unsere Hände sacht über sein gleichmäßig klopfendes Herz. Dann drückte er mir einen Kuss auf den Kopf. „Ich vergebe ihm seinen Mangel an Zuneigung, aber dass er versucht hat, dich zu töten, kann ich ihm nicht vergeben."

Das war vielleicht zu viel verlangt. Ich konnte dem General die Leben, die er ausgelöscht hatte, auch nicht vergeben. Oder dass er beinahe Lincoln umgebracht hätte, auch wenn die Explosion ein Unfall gewesen war.

Wir saßen zusammen in der Fensternische. Die Sonne wärmte uns, Lincolns Arme lagen um mich und mein Kopf auf seiner Schulter. Ich dachte über die Vergangenheit nach und über unsere gemeinsame Zukunft und hatte angenommen, dass er das auch tat. Nach einer Weile wurde seine Atmung jedoch tiefer und regelmäßiger. Er war eingeschlafen.

Ich lächelte. Nicht jede Frau konnte den aktivsten Mann Englands dazu bringen, sich so zu entspannen, dass er neben ihr einschlief. Nur ich.

* * *

DER KOCH SCHAFFTE ES, ein Weihnachtsessen zu zaubern, wie ich es noch nie erlebt hatte. Selbst Lady Vickers war beeindruckt, was jedoch bald verflog, sobald ihr klar wurde, dass der gesamte Haushalt gemeinsam im Esszimmer speisen würde, mit Ausnahme von Bella, die den Tag bei ihren Eltern verbrachte.

„Wie hast du das alles ohne Küche hinbekommen?", fragte ich den Koch, während ich mir Kartoffeln nahm. „Du bist ein Zauberer."

Er betrachtete voller Stolz die Platten mit Austern, Bouillon, Kartoffeln, süßen Pasteten, Erbsen, Putenbraten mit Cranberry-Soße und einem Salat aus kalten Kartoffeln, Rüben und Sellerie. „Ein guter Koch ist keinen Pfifferling wert, wenn er seiner Familie zu Weihnachten kein Festmahl auf den Tisch stellt."

„Du betrachtest uns als deine Familie?"

Er wurde rot und senkte den Kopf. „Mit zwei nervigen Brüdern."

Seth und Gus strahlten sich gegenseitig über den Tisch an.

Lady Vickers kniff die Lippen zusammen. „Wenn Sie dem kein Ende bereiten, werden Ihre Angestellten Sie nach Strich und Faden belügen, Mr Fitzroy."

„Mutter!" Seth stach auf eine Kartoffel ein. „Niemand hat nach deiner Meinung gefragt."

„Glauben Sie, das würden sie wagen?", fragte ich Lady Vickers.

Sie sah Lincoln an, der neben mir saß. „Vielleicht sind Sie die Ausnahme."

„Hast du George so schnell vergessen?", fragte Seth. „Der Liebhaber meiner Mutter", raunte er Alice zu. „Und unser Lakai."

„Ehemann", schnappte Lady Vickers. „Wir haben in Amerika geheiratet. Und nein, ich habe ihn nicht vergessen. Er war ein wunderbarer Mann, ganz untypisch für einen Angestellten."

„Wie anständig, dass du ihn aus deinem allumfassenden Urteil ausnimmst." Seth und seine Mutter funkelten einander an. Seit Alice angekommen war, hatte sich die Beziehung zwischen den beiden deutlich abgekühlt. Seth hatte unserem neuen Gast sehr viel Aufmerksamkeit geschenkt, was Lady Vickers nicht guthieß. Ihrer Auffassung nach musste die erste Ehe ihres Sohnes dem gesellschaftlichen Aufstieg oder der Bereicherung dienen und nicht der Liebe. Seth sah das anders.

Alice schien den Aufruhr gar nicht zu bemerken. Sie benahm sich mühelos gelassen und wirkte mehr ladylike als Lady Vickers.

„Diese Kartoffeln sind köstlich", sagte sie zum Koch, als hätte sie den Machtkampf zwischen Mutter und Sohn nicht wahrgenommen.

„*A la maître d'hôtel*", sagte der Koch in einwandfreiem Französisch.

Gus zog die Nase kraus. „Was stimmt mit englischen Kartoffeln nich?"

Der Koch sah aus, als wollte er eine spitze Bemerkung

zurückschießen, aber ein giftiger Blick von Lincoln ließ seinen Mund zuklappen.

„Haben Sie beide sich schon über Ihre Kostüme unterhalten?", fragte Lady Vickers Alice und mich. „Der Ball ist schon in einer Woche. Wir müssen uns darum kümmern."

Eine alte Freundin von Lady Vickers hatte uns zu einem Maskenball eingeladen, um das neue Jahr einzuläuten. Es würde mein erster Kostümball sein. Das Gleiche galt für Alice. Wir freuten uns beide darauf.

„Prinzessinnen", verkündete Seth. „Sie sollten als Prinzessinnen gehen, mit sehr auffälligen Masken, damit wir sie in dem Meer von Damen wiederfinden."

„Du kannst die Damen nicht auseinanderhalten, wenn du ihre Gesichter nicht sehen kannst?", fragte Lincoln mit ehrlicher Neugier.

„Äh." Seth wurde rot. „Natürlich kann ich das. Manche. Normalerweise."

„Hoffentlich beschließt Lady Harcourt, zu Hause zu bleiben", sagte Lady Vickers und richtete ihren Blick auf mich. „Anscheinend wurde sie eingeladen." Es war eine Warnung, die ich zu schätzen wusste. Ich nickte ihr dankbar zu.

Nicht, dass ich mir um ihre Wirkung auf Lincoln Sorgen machte. Sie hatte keine. Aber ihre unangenehme Zickigkeit konnte herausfordernd sein und ich wollte sie wenn möglich meiden.

Unter dem Tisch berührte ich Lincolns Knie und er legte seine Hand über meine. Wir hatten den Morgen gemeinsam mit Alice und Lady Vickers damit verbracht, Schmuck, Papierblumen und kleine Beutel mit Nüssen an den Baum in der Eingangshalle zu hängen. Seth, Gus und Doyle hatten dem Koch derweil bei den Essensvorbereitungen geholfen. Die Männer hatten bereits Efeu und Mistelzweige um das Treppengeländer und die Kaminsimse gewickelt, was Lichfield eine festliche Atmosphäre gab. Das Essen zusammen mit Lincoln an meiner Seite zu genießen, war mehr, als ich noch vor wenigen Tagen zu hoffen gewagt hatte. Vor einem Jahr ... nun, damals hatte ich mir kaum gestattet, je wieder auf ein fröhliches Weihnachtsfest zu hoffen. Es war mir damals unmöglich erschienen.

Als wüsste er, in welche Richtung meine Gedanken gingen, drückte Lincoln meine Hand. „Es tut mir leid, dass ich kein Geschenk für dich vorbereitet habe", sagte er und nahm sein Glas. „Aber eine ruppige Krankenschwester wollte mich nicht aus dem Haus lassen. Ich habe es nicht gewagt, ihr in die Quere zu kommen."

„Die ruppige Krankenschwester benötigt kein weiteres Geschenk, danke." Mein Lächeln verebbte. Ich deutete auf die anderen am Tisch, die sich leise unterhielten. „Das ist alles, was ich will. Abgesehen davon habe ich auch nichts für dich. Ich war mit einem aufmüpfigen Patienten beschäftigt, der keine Ruhe halten wollte."

Er legte den Arm auf meine Stuhllehne und beugte sich zu mir. Seine Lippen streiften mein Ohr, seine Finger strichen über meine Schulter. Das war ebenso eine Ansage an alle Anwesenden wie eine intime Geste. „Du hast mir alles gegeben, Charlie. Alles."

ENDE

Charlies und Lincolns Geschichte können Sie hier weiterverfolgen:
Von Vorhersehung und Phantomen
Der 7. Band der *Ministerium der Kuriositäten* Reihe von C.J. Archer.
Abonnieren Sie den Newsletter von C.J., um über neue ins Deutsche übersetzte Bücher informiert zu werden. Abonnieren: WWW.CJARCHER.COM

EINE NACHRICHT DER AUTORIN

Ich hoffe, Sie hatten beim Lesen von AUS DER ASCHE ebenso viel Spaß wie ich beim Schreiben. Als unabhängige Autorin ist Mundpropaganda entscheidend für den Erfolg. Wenn Ihnen dieses Buch also gefallen hat, überlegen Sie doch bitte, ob Sie Ihren Freunden davon erzählen möchten und in dem Shop, in dem Sie das Buch gekauft haben, eine Rezension hinterlassen. Wenn Sie über Neuerscheinungen informiert werden möchten, abonnieren Sie meinen Newsletter unter http://cjarcher.com/contact-cj/newsletter/. Sie werden nur dann kontaktiert, wenn ein neues Buch erscheint.

AUSSERDEM VON C. J. ARCHER

REIHEN MIT 2 ODER MEHR BÄNDEN

Glass and Steele

Ministerium der Kuriositäten

The Glass Library

Cleopatra Fox Mysteries

After The Rift

The Emily Chambers Spirit Medium Trilogy

The 1st Freak House Trilogy

The 2nd Freak House Trilogy

The 3rd Freak House Trilogy

The Assassins Guild Series

Lord Hawkesbury's Players Series

Witch Born

EINZELTITEL

Courting His Countess

Surrender

Redemption

The Mercenary's Price

ÜBER DIE AUTORIN

C.J. Archer begeistert sich für Geschichte und Bücher, seit sie denken kann, und wähnt sich glücklich, dass sie beides vereinen konnte. Sie verbrachte ihre frühe Kindheit in der dramatischen Schönheit des Outbacks von Queensland, Australien, lebt inzwischen aber mit ihrem Mann, zwei Kindern und einer frechen schwarzweißen Katze namens Coco in Melbourne.

Abonnieren Sie C.J.s Newsletter auf ihrer Webseite, um informiert zu werden, wenn sie ein neues Buch herausbringt: http://cjarcher.com/deutsch/

facebook.com/CJArcherAuthorPage

 x.com/cj_archer

 instagram.com/authorcjarcher

9 781922 554758